地鐵站

Underground Station

何致和

好評推薦

從隧道口前來的地鐵列車光亮，是帶來希望的光明，還是死亡的刀芒？一則則跳軌自殺的人身事故，深沉演奏著都會男女糾葛、家庭齟齬、社會詭譎氣氛，《地鐵站》是臺灣第一本地鐵小說，也是迷人好看的長篇小說，有著欲罷不能的閱讀快感，值得上手。

——小說家　甘耀明

這是一本引人入勝的小說，何致和耐心為我們揭示了日常生活的崩毀，而那崩毀是如此真實可信，彷彿就發生在你我之間，每當列車轟隆經過身旁的一瞬，迎面撲來的，竟是死亡的強烈魅惑。但這本小說卻不盡然虛無冰冷，死亡和愛戀彷彿在字裡行間跳起了探戈，讓地鐵的月台也有迷人的溫度。

——作家　郝譽翔

以地鐵或火車為故事背景寫成的文學作品，像是龐德的詩作〈在地鐵車站裡〉與小說家齊佛的〈五點四十八分〉，都能反映出人類文明社會的某些問題。何致和這個以地鐵為背景的故事裡也有幾個不同層次，愛情、親情、人性、社會、企業文化等元素交織，甚至更涉及生命要如何才能延續下去的思考。恭喜致和再次精采完成說故事的任務。

——臺大翻譯碩士學程助理教授　陳榮彬

溫情貼近當代人們心理，洞察世間內外困境。臺灣難得一見的社會派小說。

——木馬文化社長　陳蕙慧

什麼時候會是「最好的時候」？穿越人群，走在未知的命運軌道，在這看似平凡的日常之中，作家嚴謹且幽默復現生活。愛與制約，往返與停駐，生與死的共伴不在引起對峙，不在面向自殺的防微杜漸，而是讓我們知曉，時時刻刻都可能會是最好的時候，正如一班即將準時到來的列車。

——作家　連明偉

在封閉如劇場的地鐵空間，情節時而擴張流動，時而凝滯停頓，輾壓而出的是愛與失落（落軌）。藉著離與返的流動，再現了死亡的情境，拼圖出生者的原來生活，帶出一雙雙注目著一「晃」即逝的感情光影。「軌」道裡躲著各種命運與感情的「鬼」。於是地鐵站承載的是抽象的一幅幅浮世繪，地鐵洪流般的漁汛人生，串聯起互為糾纏的有機命運共同體，彷佛每個人都在川流中停格成「停車」暫借「問」：問情是何物，直叫人生死相許。

——作家　鍾文音

（依姓氏筆畫序排列）

地鐵站

鐵軌上的鞋子

在地鐵車廂關門警示聲中，一個年輕人快步衝下電扶梯，飛跳過最後幾級梯階，落地時滑了一下險些跌倒，卻未拖慢奔向車廂的速度。車門關上的時間比他料想得還快，以一個鼻頭的距離在他面前闔上。他緊急煞車，因速度突然停止而拉直身體，連後腳跟都提了起來。列車開動了，年輕人和他臉上的尷尬都來不及上車，只得退回月台黃線後面，裝出若無其事的樣子拿出手機，利用下班列車五分鐘後才到的空檔，將他趕不上車差點被車門夾到的糗事透過網路昭告天下。

坐在月台長椅上的一位男子，面無表情把這一切看在眼裡。他在這裡坐很久了，已有好幾輛列車從他面前這側月台進站出站，一波波旅客被放下和帶走，花幾分鐘才聚集起來的人群一下子就流光了。沒人像他這樣一直待在這裡。

——這地方真像個漏杓。

他心想。併攏雙手十指舉至面前，看著指根之間那寬大的漏洞。

——和我的指縫還真像，什麼都留不住。

月台上燈光明熾，地板和牆面都像上過蠟，映耀著潔淨光亮。相較之下，月台盡頭那深不見底的隧道顯得特別黝黑，彷彿會把一切東西都吸入吞噬。中年男子起身，走到沒有設置安全閘門的月台邊，往隧道深處張望。除了黑暗，他什麼也看不見。

他摸出手帕抖開，揩了揩額頭。這條手帕很久沒洗了，吸飽了他身上的汗臭，不過他還是很仔細地把手帕整齊摺成小四方形，收進褲袋，然後才走回候車椅坐下。

電扶梯陸續傳送下來幾批新的乘客。現在是離峰時段，離擠爆人的下班時間還有兩個小時，搭車的人還沒多到需要站在月台上的排隊線內卡位。他們三三兩兩站著，互不交談卻默契十足遠離月台邊緣，以及遠離月台上的這位中年男子。

他身穿灰白色條紋襯衫，深灰色西裝長褲，去頭去腳就是個正常上班族的裝扮，但他好幾天未刮的鬍子和腳下那雙運動鞋洩露了他是失業者的底。這雙鞋是名牌的，在他把手錶剝下交給當鋪後，這雙鞋就成為他全身上下最貴重的東西——要不是當鋪不收舊鞋，他也會把它送出去的。他已失去所有珍貴的東西，他的車子，他的房子，他的工作，他全部的親戚朋友，還有他的妻子和可愛的女兒。過去他所習以為常的，曾經圍繞住他的那一切，在那天晚上之後，同時都被拋甩出去了。

——連不認識的人都開始躲我了。

有人說指縫大是漏財之相，他現在算是信了。他的十指併攏攤開像個漏杓，把好運也給漏掉了。他沒別的嗜好，下班最常做的消遣就是賭。他老婆勸也勸了，鬧也鬧了，帶女兒住回娘家來來去去好幾次，但他就是罷不了手。他認為賭這種東西就是這樣，有時贏有時輸，就像地鐵站有人上車有人下車，日久自然達成平衡，對家中財務造成不了什麼傷害。但那天晚上運氣一路壞到天亮的那場賭局，摧毀了他長久以來的信念，他輸光了所有積蓄。若只是這樣，倒也只是災難一場，還有重建的可能。他現在應該還是可以坐在公司財務部辦公室裡，忙著計算帳目核對報表偶爾吆喝下屬。真正造成他整個世界毀滅瓦解的，是公司已消失的那幾百萬公款——如果他沒失心瘋加碼想把失去的積蓄討回來的話。

又一班列車進站，一批新的旅客很快從月台這個漏杓流光。他發現即使不靠月台跑馬燈提示，就算閉起眼睛只憑月台空氣流動，也可預知列車即將進站。地鐵列車快速行駛在長長的隧道裡，有如他買給女兒的長筒空氣水槍，一壓推桿便能噴出儲在筒中的水或空氣。在夏天的海邊，他曾和女兒比賽看誰能用這種水槍把水柱射得最遠。當然每次都是他贏，這種事情全憑力量大小，他沒有輸的可能。就像面對列車進站之前灌進月台的那道強風，對抗這個由地鐵車廂和隧道構成的超大型空氣水槍，他萬萬沒有贏的可能。

——就下班列車吧。

他深吸一口氣，吸飽站內空調送出的涼風，再次走到月台邊。風從隧道吹來了，先是微微的，輕輕細細的空氣流動，然後風勢慢慢加強，像大雨來臨之前滿樓的山風。嵌在地面筆直黃色候車線上的圓燈，開始一明一滅眨動。他往右看向隧道深處，看見黑暗中央出現一小團微微顫動的亮光，像一粒微型的太陽。亮光慢慢接近，越變越大，大到占滿整個隧道吞掉一切黑暗，才向左右迸開，急劇縮小變成列車的兩盞頭燈。

——是時候了。

他低下頭，看著被燈光照亮的軌道，餘光卻發現左腳的鞋帶略微鬆脫。就在這時候，他閉上了眼睛。地鐵電車鳴起尖銳警笛聲，憤怒地從他身邊刷過，直到車頭快抵達月台盡頭才停下。

「借過一下好嗎？」

他睜開眼睛，看見一位推著嬰兒車的少婦臭著臉站在他面前。他發現自己剛好就站在車門正中央位置，幾名乘客從他身旁鑽過下車，唯獨那輛嬰兒車被他擋住下不來。抱歉。他在心裡說，連忙後退一步。少婦急急把嬰兒車推上月台，回頭扔下一句：「要先下後上，你不知道嗎？」

——我不是故意的。對不起，我真的不知道會這樣。

他在心裡喃喃說著這句已不知道說了多少次的話。列車開走了，下車的旅客走向各個樓梯、電扶梯和廂型電梯，每個人都行色匆匆，彷彿地鐵站是全世界最不值得留戀的地方，拒絕在這裡多待上一秒。他也不想留戀太久，但是鞋帶鬆掉了，得先綁好才行。

他緩緩蹲下，感覺膝蓋有點僵硬，不知道是退化還是這陣子走太多路造成的。雖然只有一邊鞋帶鬆脫，他還是把左右鞋帶都拉開，像以前幫讀幼稚園的女兒綁頭髮那樣，以溫柔動作重新紮回。他已經好幾個月沒見到女兒了，這段時間這雙運動鞋帶著他不停逃跑，躲避錢莊索債和警方追緝。他不知道自己會在女兒心中留下什麼印象，但肯定不是好的。嗜賭如命的敗家爸爸、盜用公款的小偷、沒責任感的廢人……這些負面的形象，他早已從妻子那雙冷漠忿恨的眼神中看到了，所以只好帶著這雙運動鞋開始逃跑。

——我不是故意的。對不起，我會負責的，就快了。

地鐵大廳傳來站長廣播聲，提醒候車旅客注意排隊次序。廣播聲語調平緩，有條不紊，一切都在掌握之中。儘管如此，他心裡卻焦躁了起來。他掏出那條髒兮兮的手帕，擦了擦臉，再仔細摺回小四方形收進褲袋。廣播聲說，下班列車即將進站，這讓他心跳又開始加快。他跨過月台邊的等候黃線，隱約感覺有風拂過他的臉，非常輕柔，像情人耳邊的呢喃，充滿誘惑與煽動。可惜風勢增強太快，像溫柔的情人翻臉暴怒，用隱形的巴掌連摑他好幾個耳光。他低頭看著月台地面，決定不要太早凝視隧道內的那團亮光，以免融掉他好不容易凝聚起來的勇氣。可能是受到月台黃線邊閃爍的警示燈光影響，也可能是忽然濕潤的眼睛做怪，他感覺整個地面晃動了起來，然後是一連串聲音的加入——空氣在隧道流動的聲音，列車鐵輪滾動在軌道上的聲音，擴音器傳出的列車進站預告音樂，還有自己大口大口的喘息聲。原本陰暗的軌道被燈光照亮了，這時他聽見一聲響亮的警笛聲射了過來，剛才的經驗告訴他那是由列車發出的。於是他抬頭，轉身面對列車過來的方向。在他跳下軌道的那一瞬間，他清楚看見這輛列車司機員的臉，也確定司機員看見了他。

1

出站的旅客和平時一樣謹守秩序，大部分人都靠在電扶梯右側，眼睛盯著前一個人的背部或手上發光的螢幕，隨著階梯緩緩上升，像自動化工廠生產線輸送帶上的貨物沒半點特殊反應。偶有一兩個年輕人跨大步從電扶梯左側快速竄上來，臉上也一樣沒有表情，看不出他們是從一座剛發生人身事故的地鐵站離開。

葉育安走在與出站旅客逆向的人群中。他搭的計程車停靠的這個地鐵站出口並不寬，受限於消防法規，只能安裝一部電扶梯服務出站旅客，想進站搭車的人必須自己走樓梯下到地底。他應該要不斷喊著借過，用最快速度趕到月台，可是這時他卻一語不發，儘管心中不斷催促自己走快一點，雙腳仍緩慢移步往地下前進。他一隻手插在褲袋裡，想以自然、鎮靜或不在乎的態度掩飾心中的恐懼。

他害怕看見屍體。今年四十五歲的他，擔任地鐵公司運務管理課主任還不到一年，卻已見過一、二十具殘缺的、輾爛的、軋扁的屍體。他不會用「冰冷」或「僵硬」形容這些遺體，因為他大都在半小時內趕至現場，死者的身體仍軟軟地流出微溫的血液，沒有任何一具遺體是冰冷的。這些遺體的主人有男有女，有老到需付保證金才能住養老院的長者，也有國小剛畢業新制服沒洗過幾回的國中生。他們選擇在生命中的某一天，走進某個葉育安管轄的地鐵站，然後在列車進站的瞬間跳下月台，用性命擋下列車，讓車上兩千位旅客每個人的生命都擔誤十分鐘，也讓不管人在何處的葉育安都得放下手邊工作，趕赴出事地點擔任現場指揮官處理善後。

「看多了，就會痲木了。」

他的上級長官處長魏紹達對他這麼說。消息靈通，往往和救護人員同時到達的葬儀社人員也這麼說。就連他的下屬，在運務管理課已待了三年的副主任劉士超也這麼對他說。彷彿每個人都看出這些屍體在他心中堆疊出的陰影。

就像過敏一樣，有些事是永遠不可能痲木或習慣的。他熟悉處理跳軌自殺事件作業程序中的每一個小細節，知道該如何回報行控中心、如何聯絡檢察官和救難人員，知道該說哪些話安撫撞死人司機員的情緒。但那都是抵達現場後的事，在此之前，他還是無法不感到畏縮和焦慮。

為了不讓恐懼貶損自己的專業形象，葉育安能做的唯有掩飾。他走進車站大廳，穿過閘門下到出事月台。現場已拉起封鎖線圈住月台一角，不讓候車旅客接近，這是標準作業程序首先要做的事。葉育安永遠也搞不懂，如果他不是工作人員而只是一般旅客，他一定會離事故現場越遠越好，甚至馬上離開這不祥之地。但現在他看到的情況並非如此，封鎖線外站了不少看熱鬧的人，大半都拿著手機對著出事的車廂拍照錄影。

「我們必須把列車退後一點。」一看到葉育安出現，副主任劉士超便跑過來說：「人被壓在第一節車廂右前輪下，從側面拖不出來，得移動一下車廂位置才行。」

在趕來這個車站的路上，葉育安已接獲跳軌者當場死亡的消息，他原本還期望見到一個「比較好」的狀況，譬如整個人完整彈飛至駕駛室前方，或被撞進月台下方軌道邊的避難空間，這樣只需拿一張白布蓋上等檢察官勘驗過就能把屍體抬走，不必動員人力四處撿拾屍塊。但今天的情況顯然不屬於此種類型。

有個葬儀社的人下去掀開軌道上的白布，這場面雖然熟悉，葉育安仍忍不住心臟一陣狂跳。他看見車頭前方露出一隻腳，無法判斷這隻腳是否還連接著遺體。有隻鞋子掉在供電軌的支撐架旁，一隻男性運動鞋，鞋帶紮得好好的，很標準的一個繩結。他想不通綁得好好的鞋子為什麼還會和主人的腳分離。想著想著，只覺得頭腦一陣暈眩。

「檢察官來了嗎？」

「來過了，五分鐘前才離開。」

「今天怎麼來得這麼快？他該不會沒事守在車站等事情發生吧。」

「快一點來不是比較好嗎？」劉士超說，臉上露出不解表情。「前兩次檢察官拖了兩個小時才來，延誤我們清理現場恢復通車的時間，客服中心電話都快被打爆了。」

劉士超這些話提醒了葉育安，這是本月第三起跳軌自殺事件，而這個月還沒過完一半呢。他們身為運務管理課人員，有責任用最短時間讓地鐵恢復正常行駛。葉育安飛快在心中計算現場處理需要的時間，以及會受到延誤的班車數量和旅客人數。如果跳軌者只是受傷比較容易處理，他有信心自己的團隊能在三十分鐘內讓列車恢復雙向通行。但跳軌者當場死亡的話就麻煩了，等待檢察官勘驗的時間是個變數，清洗現場的時間也是個變數——這得視屍體的破碎程度而定。不過看見自己的副手已在現場，葉育安有鬆口氣的感覺，士超辦事他放心，有他在這裡，就表示處理跳軌事件的程序已經啟動，該做的醫療救護、行車調度和接駁公車安排，都在進行之中。看來該做的事情劉士超都做了，只是他不明白，為什麼屍體還留在那裡。

「既然檢察官來過了，那大家還在等什麼？」葉育安有點不高興。「趕快移動列車把屍體搬出來，讓清潔人員下去，這樣才能快點恢復通車呀？」

「我們在等替代的司機員趕來。」劉士超說，他右手握著對講機，拇指的位置還停在通話按鈕上。

「不是都有司機員在待命嗎？他應該在第一時間趕到才對。」

「今天情況有點特殊，替代司機員待命的位置離這裡有點遠，趕來的途中又遇上塞車……」

「不能再等下去了。」葉育安說，他看了停在軌道上的列車一眼，躊躇該不該走去月台邊看一下。他不高興是有理由的，如果替代司機員按規定時間趕到，遲來現場的他就不會看到這具屍體了。「這班列車的司機員呢？請他來把列車移動一下。」

「主任，按照規定，出事的司機員是不能再開車的。」

「我當然知道規定是什麼，問題是，替代司機員卡在路上，以前沒遇過這種情形吧？」

「沒有。」

「現場指揮官必須視狀況隨機應變，不能硬邦邦死守那些準則。」

「我明白，可是……」

「可是什麼？」

「就算我們破例，可能也沒辦法請這班列車的司機員回去開車。」

「為什麼？」

劉士超沒有回答，只舉起拿著對講機的那隻手，指向月台的角落。

葉育安轉頭，一眼望見兩名穿地鐵公司制服的女生，坐在月台候車長椅上，距離列車第一節車廂的位置大約十來公尺遠。長頭髮的那個女生低著頭，把臉埋在雙掌裡，雙肩不停抽搐。短頭髮的女生不停輕拍長髮女生的背部，把嘴貼在對方耳畔，窸窸窣窣說著一些可能是安慰的話語。

葉育安不必詢問，就知道誰是這班列車的司機員，誰是這座車站的站務。在看到那兩個女生的同一瞬間，他也嘆了口氣。他最不希望撞死跳軌者的司機員是女性，但今天這種情況又發生了。

他不想用「女人」稱呼公司年輕的女性同事，因為和他比起來她們的年紀都太小了，尤其是此時坐在月台長椅上的這兩個女生。葉育安自認對女性沒有成見，他自己就有一個十九歲的女兒，儘管最近父女兩人鬧得有點僵，不過那跟性別歧視或瞭不瞭解女性完全沒有關係。他同意女性的就業權應與男性相同，但公司過去大量錄取了一堆女司機員，讓他非常感冒。他不敢公開反對，因為那非常政治不正確。的確，男性司機員能做的事情女司機員都能做，而且有時她們更加細心，只是有件事她們永遠沒辦法和男司機員相比——撞死人後心理復原的速度。雖說司機員通常不需負任何責任，但眼見尋死者在自己面前躍下，再目睹車輪下那殘破模糊的血肉，不留下陰影是不可能的。不管男女，通常都無法再繼續開車，必須停駛一段時間接受專人心理輔導。每當發生跳軌自殺事件，葉育安最不願意見到出事的列車是由女司機員駕駛，因為接下來可能整整一年，甚至更長時間她們都無法回到駕駛室。這對日常司機員的調度增添不少困擾。

「司機員不是應該離開現場，帶去辦公室平撫情緒嗎？你怎麼放她坐在那裡？」葉育安說。他注意到許多旅客正拿著手機對著哭泣中的司機員拍照，而且人數比拍攝出事列車的人還多。

劉士超雙手一攤。「我試過了，但剛才她嚇到兩隻腳都軟了，整個人癱在地上拉不起來，我們費了好大力氣才把她弄到那張椅子上。」

葉育安嘆了口氣。搬走遺體清洗軌道恢復正常通車，都不是最要緊的事了，眼下當務之急是不能再讓旅客拍下司機員哭泣的樣子。萬一有人把相片貼上網路，難保不會成為明天報紙的頭條焦點。

他走向那兩個女生所在的長椅。短頭髮女生安慰的話語雖沒停過，眼睛卻滴溜溜四處張望，葉育安才往她這裡走了幾步，她便立刻驚慌站起，彷彿現場的混亂狀況都是她造成的一樣。葉育安擺擺手，示意她坐下，但她誤會了，以為是要她走開的意思。於是她在長髮司機員耳畔又說了幾句話示意主任來了，才轉身離開。在那一瞬間，葉育安看見短髮女生撇起下唇吁出一口氣，睜大了一下眼睛，露出解脫的表情。這樣的表情，他十幾年前也曾經看過，那時他的妻子，現在的前妻，在簽完離婚協議書後也和這位女站務員一樣，在律師辦公室門外露出相似的表情。雖只是短短閃現，但葉育安都注意到了。

他來到長髮女生面前，意識到自己又把手插進口袋裡了。「這件事其實不算什麼。」他在心中對自己這麼說，也想對眼前這位把臉埋在手掌裡的女生說，但他知道這種話沒有什麼安撫的效果，不管對他或對這個女生都一樣。身為運務管理課主任，他期望自己能流利地說出一些具有慰藉作用的話語，完全發自情感，而不是虛假修辭或空洞官腔，可是他一時竟然說不出半句話。

「對不起，主任，我沒事了。」

這個女司機員先開口了，彷彿葉育安才是需要被安慰的人。她抬起頭，眼睛紅腫腫的，濛著一層淚光。

「妳不需要道歉，責任不在妳。」葉育安說。他聞到一股淡淡的、還滿好聞的香氣，應該是從女孩的頭髮或身上飄出的。不知道那是肥皂、乳液還是香水的味道。

「我不是故意要撞他的，他一跳下來我就看到了，我有馬上按緊急煞車，可……可是……」

「妳先別哭，這件事真的不是妳的錯。這個月我們已經有兩位司機員撞到人了，事後調查他們都完全沒有責任。」

「我真的有看到他，是他突然跳下月台，我沒辦法把車子停下來。」

「妳已經把車子停下來了，做得非常好。妳剛才可能沒聽清楚我說的話，」葉育安說：「不只這個月那兩位司機員，今年到現在我們已經有十幾個人遇到這種事了，他們一樣全都不需要負責，不用寫報告，不用上法院，就連跟死者家屬致歉都不必。如果妳擔心的是這個問題，那妳絕對可以放心。」

雖是以安慰人為目的，葉育安說的倒也都是實話，只不過隱匿了部分事實。遇到跳軌事件把人撞死的司機，固然沒有法律責任，但按公司規定，葉育安還是會把這些司機員暫時調離駕駛工作，並聯絡人力處的心理諮商師，安排一對一的心理諮商課程。

「我不知道為什麼會這樣，」長髮女司機員哭著說：「為什麼是在今天？為什麼是我？」

「不是只有妳而已，我知道妳現在一定很難過，但妳並不孤單。我們這條線從開始營運到現在，平均每六個司機員就會有一人遇到這種事，甚至有人還撞過兩、三次。」葉育安本來想接著說「遇多了，就會麻木了」，但這句話來到嘴邊硬是被他收了回去。這算什麼安慰人的話？連他自己都不相信。

「可是，今天是我的生日。」

葉育安的心糾了一下。

「幾歲生日？」

「三十二。」

「過三十了，不能像小女生一樣，要學會堅強了。」葉育安從來沒這麼厭惡自己說出來的話，包括接下來這句：「我瞭解妳的感受，妳需要平靜一下，但這裡不是適當地點。妳可以站起來嗎？」

「應該可以。」

「試看看。」

女司機員聽話站了起來，雙腳還有點發抖，像一頭剛出生的小鹿。葉育安跨出半步想攙扶她，又覺得不妥。他轉頭看向月台。剛才那位短髮女生不知道溜到什麼地方去了，附近唯一的女性，只剩一位穿綠背心負責車站清潔的歐巴桑。

「阿桑，妳可以幫忙扶這位小姐去休息室嗎？」

「不用扶，我可以自己走。」

「阿桑，麻煩妳了。」葉育安說。

第一件事情算是處理完了，他心中卻有些焦躁。劉士超豎著大拇指朝他走過來，佩服他才用幾句話就讓女司機員離開現場。葉育安看了一下手錶，心想要是替代司機員再不趕來，他們一定會有別的麻煩。他沒說出口，只逕自走到月台邊。跳軌者當場死亡，消防局救護人員已撤離，檢察官勘驗過遺體，替代司機員和車輛處的工程師正趕來現場。他們會和葬儀社的人討論如何以最妥善的方式，在不破壞遺體和車體的情況下把死者移出。他可以想像接下來的場面，列車後退，再次輾壓過屍體。葬儀社的人或蹲或趴在已斷電的軌道上，試著把可分離的完整肢體先拉出，或把屍體主要部位往軌道間的空隙推，盡量不讓遺體再度被列車破壞。這樣的畫面不會出現在電視報紙上，就算出現，也會被打上馬賽克。但葉育安他們看的是高畫質無碼直播版，在第一排VIP的位置，而且這個月已經一連看了三場。

2

回到辦公室，葉育安拿出降血壓藥，配著已冷掉的茶水吞下一顆。他瞄了一眼辦公室。今天下午管理課的人只到了一半，副主任劉士超還留在跳軌現場，專員老陳和老吳一個請年假，一個出差考察。其他三位事務員都坐在位置上，大家的眼睛都盯著螢幕或桌上文件，沒人注意主任的動作。

對於四十五歲便患有高血壓這毛病，葉育安一直耿耿於懷。他不菸少酒，體重符合正常範圍，雖說父親當年是因為心臟血管問題過世，但他一直不相信那次數越來越頻繁的暈眩是高血壓造成的。是公司的員工健康檢查讓一切現了形，他不只高血壓，膽固醇也超標，中老年人最害怕的「三高」問題，他才年過四十就奪下了其中二高。聽說一吃高血壓藥，就得一輩子與這種藥物為伍，葉育安不想被同事看到他整天吃藥，只想靠自己的力量找回健康。運動，飲食，作息……多管齊下，只可惜成效不彰。醫生安慰他，建議他把高血壓當成老婆看待，只要多關心，定時噓寒問暖，一輩子都會乖乖的，反之要是不理不睬，沒幾個月就鬧翻給你看。葉育安說他早就離婚了，沒老婆已經十四年了。醫生說，那你現在有新老婆了，請放心，這個老婆永遠都不會離開你。

葉育安摘下眼鏡用拇指揉壓太陽穴，把腦門的痛楚揉進了記憶深處，想起二十年前和妻子初交往的那段情景。那年大學畢業剛退伍的他，頭髮還半長不短，服役期間被烈日烤成巧克力色的皮膚尚未褪淡，就直接換上白襯衫到地鐵公司上班。地鐵公司是民營機構不是公家單位，市政府只是最大的股東，但很多人不知道這點，包括葉育安的母親在內。那陣子她和親朋好友講電話，總有意無意把話題往葉育安的工作帶，並在適當時機宣布自己的兒子捧到公家飯碗。「對，就是這樣，這孩子真的很聽話，很乖巧。」他不止一次聽見母親在電話中這麼說，對象可能是他的表姨，可能是紡織廠裡的姐妹淘：「他從小到大念的都是公立學校，現在出了社會也吃公家飯，都不會讓人煩惱。」講這些話時的母親臉上總掩不住笑容，彷彿自己的人生因為兒子找到這份工作就圓滿了，足以讓她忘記過去那些苦痛和艱辛的歲月，例如她第二次懷孕難產丟失的孩子和子宮，例如才剛踏入中年便猝死的丈夫，還有為了扛起家計在附近的家庭紡織廠一待就是二十年的女工生涯。這一切都因育安這孩子到地鐵公司工作而得到了慰藉。

「我覺得你很聰明耶，不像我，都不會念書。」他的妻子曾怡慧也這麼說。第一次約會的時候，葉育安選擇在迴轉壽司店晚餐，以化解首次獨處目光不知落在何處的尷尬。他不是健談的人，也沒把握自己的笑話好不好笑，但他很努力不讓笨拙的那一面跑出來。葉育安知道自己的平庸，求學道路上他看過太多比他聰明百倍的人，過去學業之所以能維持得不錯，靠的全是反覆的準備與練習。

「妳錯了，其實我沒妳想的聰明。」

「少來了，你高中念前三志願，又是前段班國立大學畢業，還說自己不聰明？」

「我相信每個人的天分各有高低，不管做什麼事，天分都很重要，不過和能不能成功不一定有關係。」那時葉育安看著一盤盤壽司和生魚片從面前滑過，邊構思接下來要說的話，邊盤算下一碟要吃什麼食物。「只要努力，每個人都可以完成他想做的事……當然不是每件事，我是指在個人專業和能力範圍之內的事。就像賽跑，每個人最後都會抵達終點，只是花的時間不一樣而已。」

「你講的話好深奧喔，還說你不聰明。」

「一點都不深奧，我舉個例子好了，妳可以把天分看成是這些在檯面上排隊移動的壽司。」

「天分有那麼好吃嗎？」

「我沒吃過天分，不知道它好不好吃，但它會決定你完成一件事需要的時間。迴轉壽司店有尖峰和離峰時刻，客人多的時候，轉檯上的壽司排得密密麻麻的，種類和數量都多。客人少的時候，壽司就稀稀疏疏的，轉檯上甚至會出現空洞。聰明的人就像尖峰時間來用餐的客人，隨手都能從轉檯上拿到他們想吃的東西，很快就可以吃飽離開。天資不好的人呢，就像在離峰時間來用餐，面對空蕩蕩的迴轉檯，等半天才會出現一道自己想吃的東西。」

「我的聯想力沒你好，這些迴轉壽司在我面前轉來轉去，只讓我想到機場的行李轉盤。」

「妳不喜歡吃迴轉壽司嗎？」

「不，我只是不喜歡我的工作。」

如果葉育安夠聰明，他就會發現怡慧早就想換話題了。但二十五歲的他還沒辦法從女生臉上解讀出太多訊息，還很老實地相信一切說出的話語都是可靠的資訊。怡慧小他四歲，和他一樣是社會新鮮人，大專畢業後考進航空公司擔任機場地勤。兩人的工作都和交通相關，這可能是他們唯一的交集。

葉育安揉著太陽穴，想起那段維持不到五年的婚姻。他們在吃完迴轉壽司後的第三年結婚，從戀愛進展到婚姻一切都意外的順利。多年後回想，他才發覺婚姻與一條新地鐵路線的相似——明明通車前各種測試都沒問題，初勘履勘都一次過關，可就是有各種奇奇怪怪狀況在正式營運後才一個個冒出來。「為什麼這個問題在試營運的時候都不會出現？」每次檢討會議，總有人拋出這樣的感嘆。但葉育安現在並不想檢討自己失敗的婚姻，該檢討的問題早在離婚第一年就檢討完了，況且這段婚姻也不算完全失敗，至少留下了敏萱這孩子，讓他在失婚的這十幾年不至太過孤單。他不明白自己為什麼想起這段往事，近來他似乎有這種毛病，總會在不舒服的時刻想起一些自己想要忘記的事。他閉上眼睛，加重拇指力道，似乎想把暈眩連同一些不愉快的畫面、譬如剛剛掉落在軌道上的那隻運動鞋，一起壓出腦袋。

這並不容易成功，惱人的記憶像缺了司機員的列車，卡在軌道上動彈不得。他的指尖多用了一點力道，像要壓死什麼似的，大腦同時奮力搜索想導入新的畫面，任何賞心悅目的，足以轉移情緒的東西……忽然他眼前浮現那位坐在月台上哭泣的女司機員的影像，鼻腔似乎又聞到那股淡淡的不知是肥皂、乳液還是香水的香氣。那個女生長得好像滿好看的。剛才在事故現場沒心情，現在他才想到這點，是那種即使哭泣也不會變醜的女生。不過這時他腦海中的女司機員已經停止哭泣了，他看見她柔柔弱弱站起來，纖細身形微微搖晃，似有些站不住。車站的清潔阿桑沒有進入他的幻想。沒人扶持她，女司機員就要跌倒了。她無助地看著葉育安，幽幽對著他喊了一聲。

「主任。」

甜甜軟軟的女聲傳進他耳裡，舒服極了。他決定再聽她喊一聲主任，就衝過去扶她，摟住她的細腰。

「主任，」女生的聲音變得有點畏怯。「剛才處長來找過你。」

葉育安睜開眼睛，看見的是自己的藥袋以及站在辦公桌前的小琪——運務管理課最年輕的事務員，去年才從研究所畢業的小女生。

「什麼時候來的？」

「半小時……還是一小時前吧？我沒看手錶。」

「妳確定他是來找我？處長有說什麼嗎？」

「他突然跑來，看你不在位置上就走掉了，表情滿嚴肅的。」

葉育安感覺剛吞下的那顆藥丸似乎還哽在喉嚨裡，他不待暈眩感消失，便急急往處長室走。處長辦公室沒關門，但他還是在門口站了一下，輕敲房門幾聲才走進去。

「學長，你找我？」

「育安，你先坐。」魏紹達說。他沒抬頭，目光黏著電腦螢幕。

葉育安拉開處長辦公桌前的皮椅，不鏽鋼椅腳刮擦磁磚地板，發出一聲尖細噪音。他懊惱地坐下，默怪自己又忘了這張椅子的橡皮腳墊早已脫落，拉動時得稍微抬高才不會發出聲音。

沒有人喜歡被叫進處長室，但葉育安應該是整個行車處最不怕處長的人。大家都知道他和處長魏紹達的關係，沒人敢在他面前講處長壞話，就連剛進公司的小琪也被好幾個老鳥提醒：處長是主任的大學學長。

葉育安比魏紹達低兩屆，從大一新生訓練就認識這位學長，一年級下學期還成為同棟公寓的樓友，一直到魏紹達考上研究所搬去和女友同居為止。他們的友誼從學校延續到入社會，魏紹達老婆生了兒子，第一位打了金牌趕到醫院探望的人是葉育安。葉育安結婚，擔任總招待的是魏紹達，結婚證書上的證人欄（以及後來的離婚證書）寫的也都是魏紹達的名字。若在古代，他們就是會指腹為婚的那種交情。敏萱出生的時候，葉育安也動過讓魏紹達當乾爹的念頭，是怡慧堅決反對才作罷。他怪怡慧不肯接納自己的哥們，從交往開始她就不太願意和他的朋友見面。兩人不知為此冷熱交戰過多少次。怡慧始終堅守原則不肯退讓，她的陣地只刻著一句話：「我是跟你結婚，不是跟你的兄弟結婚。」

這份友誼跨過四分之一個世紀，但職場上兩人的距離卻一直拉開。他們進地鐵公司服務的時間相差不到兩年，升遷的速度卻有如龜兔。葉育安花了二十年才從站務員、站長、行控中心組長爬到今天這個主任位置。魏紹達只用一半的時間就歷練過這些職務，升處長時還打破公司最年輕處長的紀錄。沒有人懷疑，包括葉育安自己在內，他之所以能當上主任，全是魏紹達拉拔的結果。但如果他夠聰明，或是在地鐵公司裡有其他知心朋友的話，應當會多考慮不要貿然接下運務管理課——光是那些殘破的屍體就夠受的了。不過現在說這些都太遲了。

「你臉色看起來不太好。」魏紹達瀏覽完螢幕資料，又拿起話筒講了兩通電話，讓葉育安枯坐了十幾分鐘才說：「怎麼，老毛病又犯了？」

「大概血壓又高了吧。剛吃過藥，現在好多了。」

「你還是不肯按時吃藥。何必跟自己過不去？」魏紹達說。他是個塊頭高大的男人，方形臉，高額頭，一副精明能幹樣。他戴著金邊眼鏡，儘管已配最貴的超薄鏡片，鏡片邊緣還是出現明顯白邊。高度近視讓他的眼球微凸，加上喜歡把眼睛瞪大成金魚眼，給人一種咄咄逼人的感覺。不熟的人可能會被魏紹達說話的樣子嚇到，但葉育安早就習慣了，知道綽號叫阿達的學長就是這副模樣，從大學到現在一直都沒改變。

「你的毛病就是太鐵齒，不夠靈活。」魏紹達說。

「我哪裡鐵齒？醫生說的話我都聽進去了。醫生說不是所有人得了高血壓就必須天天吃藥，只要我少吃點鹽、多做運動，不要太焦慮緊張，就可以把血壓控制住……」

「我指的不是這件事。你知道你進來之前，剛才我和誰通了電話嗎？」

葉育安愣了一下。他是很習慣魏紹達說話的方式，但越來越分不清魏紹達的身分。不在公司的時候還好，不管是下班到熱炒店小酌，或假日一起參加河濱路跑活動，葉育安都可以很自在把魏紹達當成學長，愛怎麼吐槽互虧都沒關係。可是在這間辦公室裡，學長魏紹達是他的處長，一句話說出來可能有兩種不同身分，使得他很難決定自己要站在學弟的位置，還是主任的位置答話。

「不知道，學……處長請說。」

「我在和你媽媽講電話。」

「我媽？她怎麼會打給你？」

「是我打給她的……騙你的，是總經理打來的電話。」魏紹達哈哈笑了幾聲。「看你那副緊張樣子。對了，你媽最近還好嗎？沒又鬧出什麼事來吧？」

「還是老樣子。」葉育安苦笑一下。母親的情況是不可能好起來的，這點他們都很清楚，魏紹達對他的一切無所不知。

「當你說老樣子的時候，就表示狀況持續在惡化中。」

「大概吧。」

「今天又有人跳了，車站那裡的情況怎樣？」

「老樣子。」

葉育安知道魏紹達只是隨口問問而已，他回想今天這場事故的處理經過，自認沒有哪個環節會引起長官關切。跳軌者選擇離峰時間輕生，雖當場死亡，但遺體還算完整，至少大部分皮肉都還相連，沒被列車鐵輪切成沙西米。替代司機員抵達的時間是有點晚，這點可以檢討，但檢察官卻意外來得特別早，抵銷了不少司機員遲到的時間。這場人身事故只延誤四十五班列車，受影響旅客人數約兩萬五千人。這只是一個普通的跳軌事件，和這個月發生過的兩次跳軌事件一樣。葉育安胸有成竹地報告現場處理經過。

「就這樣嗎？今天現場是不是還有什麼狀況你沒注意到？」

「沒什麼特殊狀況啊。」

「真的嗎？你是現場指揮官，現場的狀況你全盤掌握了？」

「你是指今天的駕駛……是女司機員？」

若說今日狀況真有和過去不同之處，大概只有出事的列車駕駛是個長髮美女吧？葉育安不知道她是從哪冒出來的，不記得在司機員檔案中見過這個女生。前兩年公司挑選兩位外型亮麗的女司機員協助拍形象宣傳廣告，那時她就應該被挑出來才對。

「女司機員有什麼特別？你單位裡撞死人的女司機員也不少了吧？」

「是的……」葉育安鬆了口氣。顯然學長指的不是那個女司機員在月台哭到沒辦法離開現場的事。「那麼你說的特殊狀況是？」

「今天現場有記者嗎？」

「好像沒有。」

「你不覺得奇怪嗎？平常他們很快就會跑來，今天卻都沒出現。」

「是有點怪。他們該不會集體休假吧？」

「我也希望如此。所有人都會罷工，就只有記者不會。你知道為什麼今天記者都沒去現場？」

「不知道。」

「你沒想過這問題？看來你的敏感度還不夠。要不要猜一下？」

「會不會是他們對跳軌事件不感興趣了？」

「那些嗜血的傢伙會對這種事不感興趣？你接運務管理課也快一年了，難道不知道記者最喜歡報導我們地鐵公司出事的新聞嗎？」習慣大聲說話的魏紹達此時嗓門全開，彷彿和葉育安之間隔了一座開闊的山谷。「這陣子你工作量很大，辛苦了。」他指著桌上厚厚一疊文件。「這些都是你交上來的跳軌自殺處理報告。每跳一個人，你們就要寫一份報告，真的很辛苦。」

「謝謝學長體諒。」

「我是滿體諒你的，但你有沒有想過，要怎樣才能不讓民眾跑到地鐵站跳軌？」

「最好的辦法就是全面加裝月台閘門。」

「這還用你說？將來我們一定會替每個站都裝安全閘門，可是以目前的工程進度，還有我們得到的預算，只能從幾個重點車站先做。等所有車站都把安全閘門裝好，我看你和我都已經退休了。」魏紹達拿起一份報告，隨手翻了幾頁，然後往葉育安面前一放。「這些報告你都拿回去，我不想看了。你裡面寫的全是民眾跳軌自殺後的處理過程，卻沒有寫到任何關於防範自殺的建議。」

「學長的意思是，以後報告要附上如何防範自殺的檢討？」

「育安，你我都在地鐵公司待這麼久了，該怎麼做你應該知道吧？」

「是的。」

「你要主動一點，拿出作為來，讓我、讓總經理、讓你帶的人看到你的企圖心。千萬別想說今天當到主任這個職位就滿足了。我們都還可以幹個十幾二十年，都還可以更上一層樓。」

「我懂。」

「你要對這份工作有熱情，我們是民營事業，不是公家機關，別把自己當成公務員。」

「學長放心，我當然有熱情。」

「運務管理課那些小朋友頭腦都很好，該怎麼做，我想你應該知道。拿出一點作為來，不要等別人把月台閘門裝好。時間不會等人的。」

「我不會這麼想的。」

「最好如此。」魏紹達說：「今天總經理去了市議會，聽說有議員把記者全都找去了。明天報上會怎麼寫，我們就等著看吧。」

3

在自家公寓巷口前，葉育安停下腳步，猶豫要不要轉去附近麵攤帶碗麵。已經八點了，他還沒吃晚餐，但也不覺得餓。以前只要下班時間稍晚，母親就會打電話問他會不會回來吃飯，要不要替他留點菜什麼的。這兩年他的手機已經很少在這個時間響起，母親也很久沒有煮飯菜了。自從一連兩次不小心燒乾鍋裡的湯，焦味引起鄰居恐慌讓里長廣播要大家注意自家瓦斯爐上的東西後，他就不放心母親一個人進廚房。「敏萱夠大了，以前都是妳煮飯給她吃，現在換她來煮給妳吃。」他小心不在母親面前說穿她的失智，還得趕緊安撫在母親身後擺臭臉的女兒。「我們也沒必要天天開伙，現在外食很方便，搞不好比自己煮還省錢呢。」

葉母剛過七十，症狀卻已出現快兩年了。先是記憶力減退，出門不是忘了鑰匙就是忘了錢包，管區警員登門查訪忘記戶口名簿放在哪裡，忘記冰箱有一打雞蛋又買了一打，然後又忘了冰箱裡有兩打雞蛋而再買了第三打。葉育安和女兒敏萱一開始還覺得老人家糊塗得有趣，但當他們一個發現母親半夜不睡覺說要去紡織廠上班，一個發現阿嬤把吃剩的食物放進衣櫥裡時，兩人就笑不出來了。

葉育安決定放棄晚餐，逕自走向公寓大門。裝在巷底燈柱上的自動感應ＬＥＤ燈亮了，乍然加倍的光亮凸顯了它的多餘，不過一樓的鄰居阿婆卻為此得意了好久，說巷裡有這盞神奇的電燈全是她的功勞。她幾乎對每個鄰居都說了，里長伯有一筆錢裝這種燈，那天早上過來問她要不要在這裡裝一盞？她想不裝白不裝，就說好，想不到里長當天下午就叫人來裝上了。你看，有夠亮吧？

一樓的燈光確實夠亮，但葉育安抬頭往二樓看，自己家裡卻是一片漆黑，心情頓時暗澹下來。他懊惱自己剛才在辦公室只顧著發群組訊息，通知課裡成員明早要開的重要會議，忘記問一下女兒家裡的狀況。他以為母親和女兒都不在，拉開陽台落地窗，才發現母親在沙發上睡著了，電視正無聲播放沒完沒了的鄉土劇。他愣在客廳，不知該替母親打開聲音，或是把電視關掉。

「柏森，你回來了？」母親說。

客廳唯一的光源來自電視。在時明時暗的光影中，葉育安不確定母親眼睛是否睜開，但他確定聽見母親喊了父親的名字。這一聲呼喚從他記憶深處勾出一個和此刻相似的情景——在學校當老師的父親傍晚回家，唰一聲拉開落地窗門，用一聲中氣十足的「我回來了」和滿身的菸味，喚醒在沙發上睡著的葉育安。那已是非常遙遠的事了，遠到讓葉育安自己都不確定那是真實經驗，還是自己的想像或做過的夢。他父親在他念國一的時候就離開了，心肌梗塞，走得非常突然。根據學校其他老師說，那天葉老師和往常一樣準時到校，朝會結束回到辦公室準備坐下，整個人卻倒在地上。大家以為他椅子沒拉好或重心一時不穩，有人還掛著笑容趕過來打算開幾句玩笑再將他扶起，但是看到他一臉扭曲動也不動躺在地上，大家才知道事情不對了。

「柏森，是你嗎？」

母親的聲音微細，帶著一絲剛睡醒的鼻音，以拉長節奏呼喊這個已經三十多年不曾回來的男人名字。這聲音聽起來相當陌生，一點也不像他熟悉的母親說話腔調，甚至不像從一名七十歲老婦人身上發出的。那是少女的聲音，葉育安驚訝地如此認為。他看著沙發上的母親，儘管屋內昏暗，他還是能清楚看見她稀疏蓬亂的頭髮、醒目的皺紋和眼袋，以及身上那套已褪色洗出破洞的棉麻家居服。斜靠在沙發上的女人無論身體和靈魂都早已遠離年輕，但葉育安從不知道，像這樣一個老邁的軀體竟能發出少女的聲音，而且很像是戀愛中的少女才會發出來的聲音。短短幾個被拉長的字詞，蘊含淡淡依賴、撒嬌、期待和悲傷的情緒。

「回來了又不講話，是在生誰的氣？」

少女的聲音消失，變成粗糲嗓音，彷彿有沙粒在說話者的喉嚨流動。母親的聲音回來了，平板、單調，幾十年生活的摧殘殺伐，讓她的聲帶磨出了繭，發出和附近街坊上了年紀的女人相似的腔調。

「媽，是我啦。」葉育安連忙回答：「妳睡醒了？」

葉母身體顫動了一下，好像被葉育安嚇著了。她睜開眼睛，往葉育安所在的地方看了好一會兒，才又低下頭去。

「吃過晚餐了嗎？敏萱有煮東西給妳吃嗎？」葉育安繼續說，同時打開客廳吊燈。空間霎時亮了起來，突如其來的光亮讓屋裡所有物品都有種不安定的感覺，彷彿它們在黑暗中飄浮了很長時間，在燈亮的剎那才趕緊定住不動。時序尚未邁入盛夏，但屋裡到夜間已涼不下來，積聚了一整日的悶熱無處宣洩。他知道母親不喜歡吹冷氣，便順手也把吊扇打開。母親似乎被這突降的風勢驚擾了，她再次抬頭，有點白濁的眼珠中帶著清楚的忿怨，接著一語不發起身，走進自己的房間。

葉育安知道母親又不高興了，這陣子經常如此，次數越來越頻繁。是錯把他當成死去的丈夫而惱羞成怒？有此可能。他無法確定母親看到的是幻影，還是真的在矇矓中把他當成他的父親。這麼多年過去，他相信母親和自己一樣，不免還是會思念父親。他不知道母親如何化解這種思念，他自己近來倒是有個習慣，每當這份思念強烈到在他心頭敲打的時候，他便躲進浴室去照鏡子，想從鏡中看見父親的形象——畢竟自己已來到父親當年過世的年紀，相貌上應有不少相似之處。

母親應該也是如此才會在黑暗中喊出父親的名字吧？葉育安只能如此猜想。他聽見母親房間傳來卡嗒一聲上鎖的聲音，明確傳達她此刻不想與任何人溝通交流。按這幾個月來的經驗，葉育安知道母親這一關門沒到半夜不會把門打開。他勸過幾次，要母親別把房門鎖上，免得萬一跌倒或身體不適，在外頭的人無法即時援助，但母親完全不理會，連一聲「好」或「不好」都不回。

葉育安走回陽台，把剛才脫鞋時隨手放在板凳上的公事包拿進來，打算回房間準備明日開會資料，但客廳的雜亂景象讓他無法不理。母親坐過的沙發仍微微凹陷，茶几和地上散落各種已開封的蝦餅、洋芋片、花生、夾心餅乾、魷魚絲、綜合堅果……他猜母親整天大概就只吃這些東西。他想動手收拾，又覺得沒有力氣。他決定先進臥房洗個澡，晚點再煮個三人份的消夜——如果女兒到時候回來，母親也願意離開房間的話。

經過女兒房間時，他知道女兒不在，但還是敲了敲門，然後把房門推開。房裡凌亂的情況與客廳不遑多讓。桌上的書籍紙張掉在床上，床上的枕頭掉在地上，不知有沒有穿過的衣服連同購物紙袋四處丟棄。電腦沒關，鍵盤邊擺著吃了半碗的泡麵。此時正是期末考試期間，女兒卻看似提早放了暑假。他有點不高興，氣的不是女兒不用功。對女兒的課業他早就不抱指望了。兔年出生的敏萱，去年只考上年年招生不足額的私立大學。要她重考，她卻不想進補習班，寧可住在家裡天天搭車往返郊區的學校。葉育安氣的是女兒不負責任，放任阿嬤一個人在家啃食電視和零食，自己卻不知跑去哪裡鬼混了。

他拿起手機撥電話給女兒，足足聽了一分鐘的饒舌歌，才有電腦語音告訴他撥的電話現在無人接聽。他立刻改用即時通訊軟體。

——妳去哪裡了？

——今天有買便當給阿嬤吃嗎？

螢幕上沒出現「已讀」訊息，但葉育安的食指還是飛快在手機上滑動。他站在女兒房門口，對著空無一人的房間，用手寫輸入不斷傳送訊息。

——要妳照顧老人家，妳卻跑出去玩，什麼時候才學會負起責任？

——等我老了不會麻煩妳照料，我會自己去住養老院。現在妳阿嬤病了，得的還是老人家最麻煩的失智症，可以請妳幫忙我看護她嗎？

——就算妳不想幫忙我，也該想想，妳從四歲開始就是阿嬤親手帶大，這份恩情讓妳今天償還一下不算太過分吧？

他越寫越火，指頭在螢幕上越畫越急。手機的辨識系統雖以慢了半拍的速度賣力跟上，卻也出現了好幾個錯字，把「阿嬤」辨識成「阿婩」，把「照顧」辨識成「照頏」。他在送出訊息後才發現這些錯字，可是這個通訊程式沒有文字修改功能，傳送出去的話語像被瞬間護貝，只能眼睜睜任由「婩」、「頏」這類怪字留存。但就算可以修改，也來不及了，葉育安看見螢幕連續冒出好幾個「已讀」。女兒看到訊息了，他不知道敏萱此刻在什麼地方，但「已讀」兩字表示他們聯繫上了，代表當下、即時、超越空間的溝通正在進行。螢幕上的「已讀」，讓他產生女兒就出現在面前的錯覺。

他的態度頓時軟化了，就像本來在背後批評人，卻發現那個人突然出現在面前那樣尷尬。剛剛還在氣頭上，現在他卻檢討起自己的行為。他一直想避免成為那種父親——那種刻板的、負面的、和青春期女兒的關係冰冷到令人戰慄的那種父親。電視廣告不是經常這麼演嗎？用連續快速切換的畫面，把二、三十年的父女關係剪輯在短短半分鐘內：產房出生的女兒、切生日蛋糕吹蠟燭的女兒、幼稚園門口不捨分離的父女、才藝表演會的錄影和瘋狂鼓掌的父親、小學畢業典禮開心合照的父女、只盯手機螢幕正眼不瞧父親的女兒、哭泣的女兒、客廳裡爭吵的父女、衝進房間把門甩上的女兒、再一次哭泣的女兒、提著行李離家在大門口回首最後一瞥的女兒、戴老花眼鏡獨坐昏黃燈光下的父親……最後是一個大和解，往往會發生在女兒婚禮上，白紗下的女兒淚光閃閃的特寫，在背景音樂終了聲中出現的商品圖片或標語。葉育安一直想避免成為那種父親，或避免讓敏萱變成那種女兒，可是他們還在這個過程裡，在最後的大和解出現以前，還是會不爭氣地重複幾個廣告中的畫面。

葉育安看著手機螢幕上的「已讀」，想換個語氣，寫幾句和緩的話語平撫情緒，但手指頭還沒觸到螢幕，就看見一大串文字跳了出來。

——我在廚房泡麵，她說那包調味料是毒藥粉，說我想在麵裡下藥毒死她。我說麵是我自己要吃的，她不聽，說我是賤女人，想搶走她的兒子。我把麵端回房間吃，她跟在我後面碎碎唸說想殺她直接拿菜刀來砍就好，不要偷偷摸摸把她當成老鼠下藥。我把房間門關上，她又踢又踹撞了半小時房門，說那是她兒子的房間，要我馬上搬走。阿嬤不是以前的阿嬤了，她現在是惡魔，我受夠了。暑假過完我想要搬去學校宿舍。不要說我無情，是你當初離婚才會把我交給阿嬤帶，那不是我自己要的選擇。

女兒手機打字速度飛快到讓葉育安難以想像，換成是他，就算先把這段文字提前打好儲存再複製貼上，說不定也沒女兒快。他愣在女兒房間門口，不是被女兒的打字速度嚇到，而是這段文字明確表露的訊息。猜疑、偏執、不愛乾淨、情緒失控暴怒，典型的失智症患者行為。這些在母親被診斷出失智症之初，他便從網路查尋蒐集到的種種令人驚心的症狀，母親在最近這幾個月像按表操課似的一個接著一個上演。醫生搖頭嘆息說失智症無良藥可治，而且也不會好轉，就像傳送出去的訊息，不管有無錯字都沒有回收的可能，家人只能以愛心和耐心陪伴。

母親已經變成惡魔了嗎？他無法想像白天家裡到底發生了什麼事，只覺得有點慶幸，慶幸自己白天不在家，而且是正當合理的不在家。他是這個家唯一會拿錢回來的人，三代同堂的家雖只有三個人，但每個人都依賴這份工作。他必須把大部分的心思和氣力花在工作上，尤其最近公司有太多事情要忙，譬如今天處長就下達了新的工作重點，要他加強防範旅客跳軌自殺，他有光明正大的理由可以加班到晚上才回來。但這個慶幸的念頭只是一閃而過，緊接而來的是令他心驚的罪惡感——我怎麼會有這種想法？那是我的母親，不是陌生人，我怎麼可以想要逃避？敏萱是我的女兒，要她一個人承擔責任太殘忍，也太一廂情願了，畢竟她才十九歲而已。

強大的無力感席捲而來，讓拿著手機站在女兒房門口的他一時不知該如何是好。他不喜歡這種感覺，整顆心像被某個沉甸甸的東西勾住，似要向地面墜去。他不知道直接關掉軟體，女兒的手機上是否還是會顯示「已讀」，但他已打定主意不回了。

4

會議室響起一片窸窸窣窣翻動報紙的聲音，運務管理課的同事全到齊了，大夥都在昨天晚上接到開會通知，就連昨天請假的老陳和出差剛回來的老吳也準時出現。

報紙是副主任劉士超請小琪一早去買的。小琪捧了一大疊報紙回來，順便還替所有人買了咖啡。今天各大報都刊登了昨天議會發生的事。地鐵公司總經理被議員以「無能」兩字辱罵，市長也跟著遭殃。反對黨議員質詢指出，近八年來地鐵已發生二百七十八起跳軌事件，去年一整年更發生了四十三次，打破過去紀錄創下新高。目前僅有十八座車站完成月台閘門設置，而所有車站月台閘門完工時間是在六年後。「地鐵公司不積極檢討車站設計及安全作為，放任民眾跳軌自殺，市長你不用負責嗎？」議員拍桌亮出準備好的道具——印有「草菅人命」四字的錦旗，走向官員席想獻給市長。市長變臉拒收，執政黨議員起身護駕，登時板凳清空。混亂中有人挨了巴掌，有人被掐傷了脖子，現場鎂光燈閃亮如跨年煙火。事後兩黨議員各自開記者會譴責暴力並要求對方道歉。執政黨議員說地鐵公司已在月台裝設「軌道侵入偵測預警系統」，並非毫無作為，反對黨議員說地鐵公司花一億五千萬裝預警系統卻沒有效果，歐美各大城市的地鐵並不是每個月台都有安全閘門，但旅客跳軌被撞死的人數卻遠低於我國，地鐵公司應該好好研究各國城市的做法。

「胡說八道！」剛結束國外考察行程的老吳說：「去年我們是跳了四十三個沒錯，可是才死了二十個。紐約一年跳軌被撞死的有五十五人，巴黎一年六十一人，倫敦更誇張，一年超過百人。什麼叫各國被撞死人數遠低於我們？」

「現在的記者都懶得查證，議員怎麼說就怎麼寫，民眾也照單全收。」

「這下可好了，現在大家都以為我們地鐵是最不安全的了。」

「我不相信議員這麼關心人民安全問題。」

「八成是自己插股的公司沒標到案子。」

眾人發言熱烈，葉育安卻有點心不在焉，沒注意這些話語分別出自誰的口中。報紙上刊登的事他早上在家裡就看過了，見到新聞才明白為什麼昨天會被學長找去談話，看來總經理從議會回來第一件事就是先把處長叫去。葉育安的心思沒全放在這件事上，否則他應該會多想，為何魏紹達不明講總經理被議員修理，非要等他隔天自己看報。一早起來的他感覺心思懸浮，像塵織在陽光中翻沉浮游。他坐在餐桌前，用這則議會新聞佐熱水沖燕麥片當早餐，目光卻不時抬起瞥向家中那兩扇緊閉的臥房門。昨晚母親進房間後便再也沒出來。敏萱過了十二點才回來，葉育安在房裡聽見聲響，開了門想問女兒話，卻只來得及看見女兒把房門甩上。今早這兩扇房門像賭了氣誰也不肯先開，讓一匙匙舀起降膽固醇燕麥片的葉育安，覺得今天的麥片一口比一口難吃。上班時間到，他站在這兩扇房門中間高喊「我上班去了」，一如預料無回應後，才不放心地出門。

說不放心，其實也不是完全無法放下。有敏萱在家，葉育安的心再怎麼不踏實，仍敢踏出家門。敏萱是個乖孩子，即使被阿嬤氣到跑出去，十二點一到還是像灰姑娘一樣回家，換成叛逆一點的孩子早離家出走了。葉育安知道這孩子的個性，儘管嘴裡抱怨，還是會把該做的事做好，她很小的時候就是這樣了。葉育安隨手翻動面前的幾份報紙，這則新聞篇幅不大，也沒占據頭版位置，他翻了幾頁沒找到，心中卻浮現敏萱小時候哭紅眼睛鼻子癟著嘴的模樣——好可愛，也好讓人心疼。那時他剛和怡慧離婚，母親還沒從紡織廠退休，白天得讓四歲的敏萱在幼稚園待足十個小時。敏萱鬧了好幾天，說不想上學，但娃娃車來了她還是背起書包，吸著鼻子，揉著眼睛，乖乖上車還不忘跟隨車老師說早安。想到這裡，葉育安不禁又心疼了起來。今天又是漫長的一天，家中這一老一少會怎麼過？

「主任，你認為我們是不是該請公關室發個新聞稿，列出各國跳軌自殺數字，替自己澄清一下？」

葉育安發現劉士超正在看著他。不只是副主任，會議室裡所有人，總共七雙眼睛都在看著他。他回過神，苦笑了一下，強迫自己把心思專注在這場特別會議。

「你剛剛說什麼新聞？」

「新聞稿，」劉士超說：「老吳說我們有充足資料，能證明我們的跳軌自殺率不是全球最高的，要不要發新聞稿澄清？」

「我覺得沒這個必要，這樣等於是給議員難看，處長應該不希望我們這樣做。」

「處長希望我們怎麼做？」專員老陳說。

「他倒是沒說，他只說希望我們都要有熱情一點，在月台閘門全部裝完之前。」

「月台閘門和熱情有什麼關係？」

「我猜處長是要我們想辦法降低跳軌自殺人數。昨天總經理在議會被羞辱，這陣子我們得把眼睛擦亮一點。月台閘門安裝進度是工務處的事，我們管不了，但旅客安全的部分就是我們的責任。」葉育安說，努力回想昨天和魏紹達會談的內容。「大家看過報紙了，你們知道為什麼昨天現場沒有記者來採訪？那是因為記者都到議會去了。」

「記者沒來跟議會無關吧？」管理師小姜立刻回應：「一條是社會線，一條是政治線，怎麼會搞在一起？」

「昨天記者沒來是真的，」劉士超也說：「按理說，議員昨天才因為旅客自殺問題飆了總經理一頓，下午剛好又有人跳軌，應該更會來採訪借題發揮才對。可是我在現場一直待到狀況排除，都沒見到半個記者出現，滿奇怪的。」

「是有點奇怪。」葉育安說，心想他們說的都有道理，怎麼我昨天在學長面前沒馬上反應過來呢？他看著會議室裡的這些部屬，每個人的眼神都閃現著活力和自信，感覺他們的頭腦都能像陀螺一樣飛快運轉，可以針對各種狀況快速提出精確判斷。副主任劉士超和專員老吳老陳能力強經驗夠，這不用多說。工程師范耀輝雖因名字中帶了兩個「光」字而被取了「兩光」的綽號，但他可是非常上進，兩年前考上研究所在職專班，目前正在寫論文，碩士學位指日可待。管理師小姜和事務員阿凱都未滿三十歲，兩個人都靈活負責得很，這一年來他交辦的事沒半件疏漏。他們還有工作場域之外的專才，小姜從學生時代就玩音樂，組過樂團擔任吉他手兼主唱，還發行過一張ＥＰ。阿凱常上健身房鍛鍊身體，也喜歡戶外活動，熟悉各種自然生態環境知識。他們都是優秀的人材，葉育安看著會議室裡這群侃侃而談的年輕人，不禁有些喪氣。和這些年輕人比起來，他感覺自己好像沒半點長處，除資歷以外沒有任何事情值得一提。

「我猜是因為這半個月來連續跳了三個，同樣的事一直重複出現，就不叫新聞了。」兩光說。

「可是昨天議會的衝突和地鐵跳軌有關，」阿凱說：「我的想法跟副主任一樣，如果我是記者，一定會覺得昨天下午那個人跳得剛剛好，豈有不來採訪的道理。」

「你以後去當記者一定要注意，如果你一天跑這兩個現場，可能就踩了別人的線了。」小姜說。

「我又沒有要當記者。」

「昨天議會衝突上了今天的報紙，但讓這個事件具有新聞性的是政黨對抗，是打架本身。」兩光繼續發表他對新聞價值的意見：「至於究竟是什麼理由讓他們打架，就不是最重要的了，讀者說不定也懶得知道。我認為最近跳軌自殺的人已多到讓記者覺得沒新聞價值了。」

他們說的都有道理，葉育安心想。他對自己的口才一直很沒信心，向來特別佩服那些口若懸河能把平凡事物講出道理的人。學長說的沒錯，運務管理課這些人頭腦都很好，再怎麼棘手的問題丟出來大家一起想辦法，說不定都能迎刃而解。魏紹達說，一個好主管最重要的是統合能力，不一定要事必躬親，棒球隊隊長不一定都是第四棒呀。葉育安看著會議室裡眼睛炯炯發亮的這些人，頓時覺得很有安全感，有這樣一個團隊，要辦好處長交代的事一定不成問題。

「記者的問題我們先停止討論，」葉育安說：「我相信昨天……不只是昨天，這幾個月來的情況大家都很清楚了。處長的意思很明確，他要我們拿出熱情解決旅客跳軌自殺的問題。所以現在大家就一起來想辦法，看看我們能做什麼。」

「熱情能讓人不自殺嗎？不如加強防範自殺宣導。」老吳說。

「沒錯，只有加強宣傳。」老陳也說。

「我附議。」劉士超說：「我們可以多貼海報，多宣傳，這樣也比較容易讓上級和外面的人看見。」

「宣傳活動是企畫部的工作，我們把別人的事搶來做，會不會太雞婆了？」兩光說。

「這點不必擔心，」葉育安說：「我們運務管理課是前線單位，直接接觸旅客，最瞭解他們的狀況，所以只要是我們提出的構想，我認為其他部門都會全力配合。」

會議繼續進行，加強自殺防治宣導並非難事。地鐵大廳和月台都設有大型廣告燈箱，按月計費租給企業主和廣告代理商。雖然那是屬於業務部管轄的範圍，但自己人好說話，請他們每站挪出一、兩個廣告燈箱應不成問題。這項工作涉及跨部門連繫，葉育安直覺想交給副主任劉士超處理，就在要把話說出口時，他瞥見在會議桌角落低頭做筆記的小琪，這才注意到她從剛剛到現在都還沒開口說話。

「我看，小琪，這件事就由妳來負責統籌規畫好了。」

小琪立刻從椅背彈起，臉上出現驚嚇反應，但她畢竟是念過管理碩士的人，馬上擠出微笑恢復鎮定。倒是葉育安，他也被自己脫口而出的這句話嚇著了——從資深的劉士超到新人小琪，這個彎也轉得太極端了。

眾人眼光一致轉向小琪，看得她面頰緋紅，但那也可能是她今早撲上的粉餅顏色。「好的……那麼，請問主任，」小琪說：「自殺防治宣導廣告要用在月台什麼地方呢？」

葉育安被這句話中的「用」字給刺了一下，忽然覺得有點不安。他最近對這個字非常敏感，因為太常聽到有人以這個字取代其他動詞。「這件事你幫忙用一下」、「他去美容院用頭髮」、「我的報告用不出來」，就連他女兒敏萱前不久也對他說：「阿嬤已經三天不肯去浴室用身體了」。他注意到這麼說話的大都是年輕人，他雖然尊重他們，不願像處長一樣稱呼他們為小朋友，可他就是受不了這個字被濫用，他覺得「用」這個字就像黑洞，在年輕人的世界裡正逐漸把其他動詞一個個吞噬。小琪是部門裡年紀最小的年輕人，只比女兒敏萱大五、六歲。他想糾正小琪，要她把被「用」字吞掉的「設」、「放」、「貼」、「掛」隨便選一個吐出來，但小琪提出的問題已引起眾人熱烈討論。

「既然要宣導，就應該擺在車站入口處，這樣每個人進來都能看見。」

「一個站有好幾個出入口，總不能每個地方都貼吧？」

「我覺得應該放在車站的月台層比較好。」

「我贊成，應該掛在旅客候車的地方，這樣大家在等車時才會去看。」

「現在的人等車都在低頭滑手機，誰會注意面前的廣告？」

眾人七嘴八舌，讓葉育安有點懊惱自己剛剛一時衝動做的決定。自殺防治宣導是個簡單的差事，該怎麼進行應由小琪自己決定就行了，在會議中提問只顯露她經驗和信心的不足。「那就放在月台層中央樓梯下來的地方好了，那個位置最顯眼。」他做出裁示，不想浪費太多會議時間。

「主任，我認為應該把宣導廣告設置在月台最後一節車廂停靠的位置。」劉士超說話了，剛才他可能也有提出意見，但葉育安沒特別注意。「廣告是給想自殺的人看的，我們若想減少跳軌人數，就應該把宣導廣告設置在那裡的燈箱。」

說。

「可是自殺者不一定都從那個地方跳軌。月台這麼長，他們高興在哪跳就在哪跳。」兩光說。

「你說的沒錯，但我想大家一定知道，如果自殺者選擇從月台的第一節車廂位置跳軌，通常是死不了的，列車開到那個位置速度已經非常慢了，很容易煞住。如果自殺者落軌的位置在月台中段，存活的機會也很大，因為進站的司機員從很遠的地方就能看到。最難防範的，就是選擇在月台尾端靠近端牆那裡跳軌的人。列車開到那裡的車速還很快，司機員的視線也才剛離開隧道接觸月台，根本來不及反應。」

「非常有道理。」葉育安有點慚愧，自己處理過的跳軌事件也不少了，竟然沒想到這些細節。「那就把宣導廣告設在副主任說的地方。」

「好的……」小琪說，在筆記本上註記下來。「那麼，我們的宣導廣告上面要不要用什麼死漏根呢？」

「死漏根？」

「哎呀主任，就是口號標語的意思啦。你看外面貼的那些宣導廣告，不是都會有一句正面積極的標語，叫人不要吸毒，喝酒不要開車，做愛要用保險套之類的嗎？」小琪說。

「不是所有標語都是正面的喔，譬如菸盒上就會寫『吸菸導致陽痿』。」阿凱說。

「幸好我不抽菸，這點妳可以放心。」小姜說。

「討厭，你有沒有陽痿……啊不，你有沒有抽菸幹嘛跟我說？到底要用什麼死漏根比較好啦。」

會議的氣氛變輕鬆了。葉育安有些驚訝，剛開始一語不發的小琪，在被賦予主事者職務後，竟在短短時間變成另一個樣子。從少女時期帶過來的矜持和靦腆消失無蹤，取而代之的是豪爽與嬌嗔，像一瞬間裹上了二十年的風塵，自信滿滿完全主導會議的進行。女人真是個神祕的動物，葉育安心想。

「我們的死漏根應該提醒那些想自殺的人，請他們在跳下月台前再多想一想。」老陳說。

「要他們想什麼？可以具體一點嗎？」小琪說。

「想想你的年終獎金如何？年終獎金還沒花就去死，太可惜了。」小姜說。

「現在才六月，想年終獎金未免太早了吧？」

「想想你的年假如何？像我年假一年有十七天，沒放完我是不會去死的。」兩光說。

「你的意思是，像我這樣年假只有三天的人，就該去死一死了？」

「想想你最愛的人？」阿凱說。

「要是剛好跟最愛的人吵架出來尋死呢？」

「想想你跳軌自殺後的樣子如何？」小姜說。

「噁心！」

葉育安發現，這場會議好像越開越歡樂了，小琪越看越像是老經驗的餐廳服務員，接受客制化點餐，巧妙應付客人各種古怪要求。原本不安的心稍稍放下了，此時他在心中打轉的念頭是該不該放任這種氣氛繼續下去，或是發個聲讓大家嚴肅一點討論這個問題。他遲遲下不了決定，而一大堆的「想想」就在這時候被一連串拋出。

「想想你的父母。」

「想想你的家人。」

「想想你的朋友。」

「想想……」

5

「我上班去了。」

父親的聲音從門外傳來，驚擾了躺在床上的葉敏萱。她早就醒了，只是還不想起床，昨天晚歸的她並沒有睡好，感覺整張床變成了海洋，自己好像睡在波浪上面，被興奮、愧疚、不安和悲傷的情緒搖晃得有點頭暈。阿海……她記得昨天認識的那個男生好像喜歡別人這麼喊他。

她在床上賴著，沒回應門外的父親，一方面是賭氣，一方面是不知道爸爸這句話是對阿嬤還是對她說的。父親好像沒有馬上離開，敏萱等了約十秒，才聽見拖鞋聲從門外遠去。她豎起耳朵，用力聽著，直到大門傳來鐵門開關聲，才掀開涼被走出房間。

房門打開，幾乎在同時，敏萱斜對面的房門也拉開了，門後走出的是另一個顯然聽見剛剛的叫喚聲卻沒有應答的女人。

「阿……阿嬤。」

「妳在家喔，怎麼沒去上學？」

「快放暑假了，今天不用去學校。」

敏萱搶先一步閃進浴室，逃避這不期而遇的尷尬，門一關才發覺好像不太對。也許阿嬤走出房間是為了上廁所，自己趕在前面占了衛浴設備，也不知道她老人家的膀胱能不能排隊。她一時不敢動作，直到聽見廚房傳來幾次冰箱門打開又關上的聲音，才放心扭開水龍頭，幾撥冷水打濕臉龐後，她突然想到阿嬤今早感覺滿正常的，和昨天的情況簡直是兩個人。

阿嬤生病了。去年她考完大學，爸爸走進房間悄悄對她說。可能是失智，也可能是老年憂鬱，醫生也說不準，只說這種病很需要有人照料。爸爸選擇在這個時機點宣布這件事，並不是先前刻意隱瞞以免影響考生情緒，而是明顯希望敏萱大學別選得離家太遠。她當然知道阿嬤生病了，不需要醫生診斷就能確定，而且早在爸爸決定相信阿嬤生病的前半年，她就已告訴爸爸阿嬤日常出現的種種奇怪轉變。畢竟她是阿嬤一手帶大的，從四歲開始，她就和阿嬤同睡一張床，直到國中二年級才獨自一個人睡。比起爸爸，她更熟悉阿嬤生活的一切。阿嬤確實生病了，而且最近這半年越來越嚴重。本來一家三口的家庭，敏萱感覺家裡像多了一個人。以前的阿嬤喜歡笑，話很多，個性開朗，不愛和人計較，有時甚至還會有點三八；新的阿嬤臉色陰沉，脾氣暴躁，看誰都不順眼，而且大部分時間都不說話。她可以接受新的阿嬤成為這個家庭的一員，只是一直無法適應阿嬤隨時會變身。像昨天下午，原本還好好地和阿嬤一起看連續劇。她想吃碗杯麵配電視看，也問了阿嬤要不要也來一碗。阿嬤微笑說她不餓，還客氣說了謝謝。沒想到她進了廚房，才剛把泡麵拆開，轉頭便看見另一個阿嬤扠著腰站在廚房門口。

敏萱無法理解為什麼阿嬤總是對她發作，而到了晚上爸爸下班回來，她就變得安安靜靜或把自己關進房間。她幾次控訴阿嬤白天的誇張行徑，爸爸卻面露懷疑，似乎不相信自己沒親眼見到的事。敏萱也不明白阿嬤為什麼老是要對她講她的母親。她對媽媽的印象不多，記憶中的母親只是一團模糊的影子。小時候偶爾問起，阿嬤總是把話題支開，或拿「妳媽媽是個很漂亮的女人，可惜她到很遠很遠的地方工作了」之類的話語搪塞。其實敏萱大概從國小三年級開始就不想知道母親的事了，她在這個三代同堂的單親家庭中成長得非常好，她不需要母愛，甚至痛恨旁人總以憐憫目光認為她一定渴慕母愛。和敏萱母親有關的一切在這個家中就這麼被封存著，直到有天阿嬤忽然開口告訴她母親是個水性楊花的女人，敏萱在震撼之餘，還以為是因為自己年紀夠大阿嬤才願意講那些往事。但阿嬤把話說得越來越惡毒難聽，敏萱才發現原來阿嬤恨透了這個女人，雖然她只在這個家待過短短數年時間。

敏萱不願回想昨天不愉快的事，免得今天無法和正常的阿嬤好好相處。她用了足夠的冷水讓自己打起精神才離開浴室。她看見餐桌上有個插了根湯匙的馬克杯，杯子內緣沾滿穀類顆粒，杯底還留有一些殘餘的牛奶。她在心中叨唸爸爸吃完麥片又忘了拿杯子去泡水，正想動手處理，卻被阿嬤擋下。

「我來，這我來就好。」阿嬤走出廚房說：「妳先吃早餐吧，難得不用一早去學校。」

桌上的馬克杯被收走了，取而代之的是一個青花圓盤，盤中食物冒出的香氣直往敏萱鼻子鑽。

「阿嬤！妳從哪變出來的蛋餅？」

「冰箱剛好有冷凍蔥油餅，又有好多雞蛋。我稍微煎一下，打個蛋就弄好了。」

「爸不是叫妳別開瓦斯？」敏萱脫口而出，旋即覺得不妥，趕緊用另一句話掩蓋。「阿嬤，妳動作好快喔。」

「是妳在廁所待太久了。妳是怎樣？越來越愛美？一早關起門來照鏡子，自己的臉看不膩？還是臉太大才洗這麼久？」

「蛋餅怎麼只有一個？妳自己不吃嗎？」

「我沒妳那麼愛啦，妳趁熱快吃吧。」阿嬤說完，拿了掃把到客廳去了。

這絕對是正常的阿嬤，敏萱很篤定。都說阿嬤失智，她卻還記得孫女從小就愛吃早餐店的原味蛋餅。敏萱的心軟化了，責怪自己昨天不該受了氣就奪門而出，放任一個失智老人在家裡面對危險。敏萱旋即替自己辯護，昨天她是真的無法再忍受了，阿嬤偶爾發作一次還好，但昨天、前天和大前天，幾乎整個期末考週，阿嬤都會在她面前變身，像仇人一樣跟前跟後貼著敏萱，用惡毒字眼和粗暴態度數落敏萱和她印象模糊的母親，罵到後來甚至把她們當成同一個人。

昨天就是這樣敏萱才會衝出家門。她不想和阿嬤吵架，但已氣到連牙齒都在顫抖，雙手抓下好幾撮頭髮。阿嬤是生病了沒錯，可是如果她再不逃跑，恐怕連她都會跟著發瘋。甩上鐵門離家的敏萱一時不知該去什麼地方，她站在巷口，撥了好友蔡心萍的電話。心萍是敏萱國中死黨，儘管敏萱高中讀的是私立女中，大學念的又是女生占多數的中文系，但她最好的朋友仍是國中三年都在一起的心萍。她們兩人個性差異極大，心萍擁有敏萱想要卻不敢做的一切，大聲地笑，大聲說髒話，髮尾剪到耳根，自己騎腳踏車上學，和男生一起打籃球。人人都說（她們自己也這麼認為），兩個人是因為互補才能發展出如此堅實的友誼，兩人都在對方那裡找到自己缺少的那一角，但她們也有相似的地方。例如她們在小學高年級迅速抽長的身高，到國中都剛好停止在一百五十五公分。她們的成績都不太好，但還不至於敬陪末座。她們都痛恨理化老師，討厭數學老師上課喝水發出的怪聲。她們都超愛未婚的國文老師，喜歡在下課後找幾個莫名其妙的問題和國文老師說話。高中她們不同校，後來心萍大學念的是新潮的「文創傳媒設計系」，兩人差異就更大了。心萍抹上鮮紅色唇膏，戴起超大圓框但沒鏡片的眼鏡，經常和一些看起來像藝術家的怪人混在一起。敏萱知道心萍的生活過得熱鬧忙碌，但在這個時候她也只能打電話給她。「哇靠，妳阿嬤也太誇張了吧！」心萍在電話那端大喊。「妳別站在街上哭，快過來布貓找我，這裡有很多肩膀可以讓妳靠。」

心萍說的「布貓」是一家鬧區小巷中的咖啡廳，敏萱聽心萍提過好幾次，可是一直沒機會去。地址不難找，但店招只寫著BOOK CAT兩字，讓敏萱在門外遲疑，直到心萍出來把她拖進去。這家咖啡廳改裝自舊公寓，有室內室外兩區，一進門便能聞到濃郁的咖啡豆烘焙香氣。敏萱沒機會進到室內，因為心萍和她那些怪人朋友全霸占在戶外區。咖啡館主人把這個原本是公寓院子的空間裝上透明採光罩，擺上幾張古董沙發和原木長椅，用抱枕和南洋海島的雕塑布置成一副慵懶情調。心萍牽著敏萱的手進來，對眾人拋出一句「我國中死黨」，又轉頭對敏萱說「這群人沒有介紹的價值」，便在眾人笑鬧抗議聲中拉著敏萱坐下，隨手抓起一隻虎斑米克斯放在敏萱腿上。敏萱這才發現這家咖啡廳的貓還真不少，有躺著靜止半天不動像假貓的真貓，也有做工精細栩栩如真貓的假貓。敏萱腿上這隻真貓和假貓一樣，被心萍從坐墊上抱起後，就動也不動任由敏萱雙手擺布。敏萱也和這隻貓一樣，被心萍壓著坐下後就不敢起身，也不敢隨便開口，只努力保持微笑聽著眾人說話。

心萍好像完全不在乎形象，她踢掉鞋子，雙腿盤在椅墊上，以放鬆姿勢接續剛才話題。這些人似乎發生了一場爭辯，敏萱的加入只稍稍打斷了一下，銳利的攻防隨即開始。座中一位男生說：「我同意你剛才說的，神片和爛片只有一線之隔，問題是，這條界線該由誰定義？」另一位男生說：「當然是觀眾，話語的詮釋權力永遠在接受者這端，這早就成為定論了。」心萍這時切入說：「別跟我說是由觀眾，我不認為觀眾懂得欣賞，他們只知道起鬨。」後說話的男生回答：「妳現在的身分也是觀眾，所以妳也不懂欣賞？」心萍抓起抱枕摔了過去，笑罵道：「幹！你是想找碴還是要跟我玩邏輯遊戲？」

在場的人除了她和心萍，其他都是男生，其中有兩、三個看起來有點老，顯然已超過當學生的年齡。一個男生在室內還戴著鴨舌帽，一個男生從頭到尾都抱著吉他，當別人講話時，他的手就無聲地在琴頸上練習爬格子。第三個男生更怪異，他的鬍子比頭髮長，身上穿得有點像西藏僧侶的那種紅色長袍。這些人一開始談的是電影，但絕不是敏萱平常愛看的好萊塢或韓國的喪屍片。她還沒聽出他們談的是哪一部片子，話題就轉變了，從電影轉到劇場再轉到視覺藝術，爭辯的重點從新批評理論到接受美學，再轉到現代性的前衛與頹廢。敏萱微笑了半天，棲在她腿上的貓都不耐煩逃走了，仍聽不懂這些人在說什麼。她不覺得自卑，只感到有些失落。心萍從來沒和她談過這些東西，卻能在這些怪怪的人面前侃侃而談。她不懂心萍為什麼要叫她來這個她插不上半句話的地方，她原本期待像過去一樣，兩人找間便利商店窩在座位區角落，傾吐和聆聽彼此愉快和不愉快的心事。

敏萱保持禮貌聽心萍和這些人口中吐出的深奧話語，好奇他們是否每天都在此用這種亢奮的方式聊天。她本想找機會說幾句不會讓人覺得膚淺的話，但她觀察到在座的人並不是每個人都搶著說話，例如坐在她對面角落裡的一個男生就不常發聲，久久才開口簡單講一、兩句話。敏萱不知道這些人還要過多久才會停止用這種方式打發時間，她維持微笑的嘴型打了個呵欠，偷瞄了一下左右確定沒人注意。她發現自己的心情好多了，幾小時前在家被阿嬤逼出來的委屈感，已在幾個完美的呵欠中被遺忘了。若不是手機這時連續顯示好幾則爸爸傳來的訊息，敏萱還真打算找個空檔謝謝心萍然後告辭回家。

「妳還好吧？」心萍問。

敏萓抬起頭，她太認真打字回應父親，沒注意到眾人不知何時已停止說話，視線全投在她身上。

「不好意思。」敏萓慌忙道歉，伸手拭去臉上的淚。

「我有過類似的經驗，」抱吉他的男生說：「交往三個月的女友寫簡訊跟我分手，我很有骨氣回訊說分手就分手，可是簡訊一發出去，我的眼淚就流下來了。」

「你少亂猜，才不是這麼回事。」心萍說：「你以為我們家敏萓行情跟你一樣差？動不動就被分手？」

「我沒事，你們繼續聊，不要管我。」敏萓說。

「有女生心情不好，怎麼可以丟著不管？」鴨舌帽男生說：「來，大家說說，有什麼方法可以治療心情不好？」

「唱KTV。」

「去PUB喝酒。」

「情緒低落的時候不適合到人多的地方。」坐在角落的男生說。今晚他開口的次數不多，這句話是敏萓唯一聽清楚且記得的一句。「如果妳有時間，可以跟我一起去山上看看夜景。」

敏萱吃了蛋餅，阿嬤掃了地板，還不到上午九點，她們有一整天的時間要打發。不只今天，敏萱還有個漫長的暑假，沒打工，沒暑修，沒社團活動，沒才藝課程，沒旅遊計畫。想到自己這兩個月都得和阿嬤綁在一起，而這種日子才剛開始，敏萱便感到喉嚨有種被掐住的感覺。

阿嬤今天倒是神采奕奕，她把水槽裡的碗盤全洗了，拿抹布把能擦的地方全擦了，又收出好幾袋垃圾。她裡裡外外忙著，像家中有客人要來，嘴裡不停哼著歌。

「阿嬤妳看起來很開心耶，中樂透了嗎？」

「透什麼透？我又沒買那種東西。」

「妳明明心情就很好，幹嘛一直唱『可憐啊、可憐啊』的歌？」

「有嗎？妳不要黑白講。」

阿嬤抱著換洗衣服進浴室去了。敏萱滑開手機，社群程式顯示一則要求加好友的訊息，上頭的名字很陌生，只有一個共同朋友，大頭貼是一張藍色海洋的相片。是假名吧，敏萱準備動手刪除，一句話突然從腦海中跑過：「妳可以叫我『阿海』，或像他們一樣叫我『海怪』，總之，不要喊我的姓就行了。」那是昨晚載敏萱上山看夜景的男生說的話，敏萱想起來他姓雲，是羅曼史小說中常見的男主角姓氏，現實生活中她還是第一次遇到。昨晚發生的事也像偶像劇的情節，上一幕一群人還在咖啡館裡，下一幕就變成她和阿海坐在郊區山上的涼亭，看著腳下萬家燈火。她當然不可能接受一個認識不到兩小時的男人邀約，是心萍起鬨，嚷著自己好久沒看夜景了，一群人就這麼從布貓移駕到郊山上的咖啡廳。基本上他們只是換個地方聊天而已，但這讓敏萱對這群人更熟了一些，尤其是提議看夜景的阿海：他二十七歲，來自鄉下一個偏遠村落，父親在他六歲的某一天說要去鎮上買米，從此再也沒回來過。他讀過兩次大學，第一次志趣不合成績太差退學，當完兵後重考進心萍那所學校的建築設計系，因為年齡差距，在學校裡沒什麼朋友。他組過樂團，自費發行過一張EP，為此花掉退伍後幾次打工的積蓄。他們連續兩次參加音樂祭徵選都沒被選上，樂團就解散了。為了紀念樂團的失敗，他去找了紋身師，在脖子上刺了一大塊曲折纏繞的圖案。敏萱以為是青色的海浪，像日本浮世繪那種，細看才發現那是火舌狀的草葉圖騰。阿海已放棄音樂，新的夢想是當船舶設計師——不是航空母艦也不是鐵達尼號那種大型船舶，他想設計的是有流線型外觀和高級內裝的那種小遊艇。這是他建築系念到第三年的最大領悟，但再重考轉校重讀已不可行，只得等畢業後看能不能混進船公司從學徒幹起。

敏萱沒有立刻按確認加阿海為朋友，而是先點開自己的個人檔案，檢查過去的相片和心情文章。她的隱私設定為只有朋友能看到她的相簿和動態消息，因此阿海現在應該無法看到她以前寫過的內容。吃完蛋餅的她仍坐在餐桌前，食指不停在螢幕上滑動。往日時光開始倒流，但她無暇品味重溫，只忙著刪除太破壞形象的相片和文字，譬如在情人節留下的「我的巧克力在哪裡？為什麼都沒人送我？」或「睡到中午才起床上課的感覺真好」這樣的廢文。

敏萱忙著打掃網上個人空間，阿嬤抱了髒衣服從浴室走去後陽台。「敏萱啊，洗衣機的水要怎麼放？」阿嬤大喊。

「放什麼水？開關按一下就好了。」

「我開關按了，它就是不動。」

「不會沒插電吧？阿嬤，妳自己看看插頭有沒有掉啦。」

「我看不懂啦，妳過來幫我看看。」

敏萱放下手機匆匆趕去後陽台，阿嬤正在研究洗衣機上的按鈕，彷彿這台機器剛買回來一樣。她剛剛顯然洗了澡，身上有沐浴乳的氣味，整齊梳到腦後的灰髮還濕漉漉的，那套至少一個月沒洗的家居服連同其他髒衣物被丟進了洗衣機裡，換上了乾淨的紅絲綢碎花短衫和黑色長褲，還繫上一條蝴蝶結領巾。敏萱覺得有點奇怪，阿嬤先前一連幾天不肯洗澡，衣服有汗餿味也不願意換，今天的阿嬤實在正常到太不正常了，似乎完全回到發病之前的模樣——愛漂亮愛妝扮，喜歡熱鬧，經常逛去附近的成衣工廠找老同事聊天，從不錯過里長辦的一日遊覽車觀光活動。可是這樣正常的阿嬤，卻不會使用這台她用了至少十年的機器。

「阿嬤，妳開關按了，還要再按『啟動』，洗衣機才會動啦。」敏萱替阿嬤壓下按鍵。「還有，這個蓋子一定要蓋上，不然它還是不會放水。」

「這麼簡單？這上面還有五六個按鈕，我怎麼知道要按哪一個？」

「不用管那些，反正都設定好了。」

「誰設定的？」

「電腦設定的啊。」

「洗衣機裡面有電腦？我怎麼沒看到。」

「反正妳按中間最大這顆就對了，其他講了妳也不懂。」敏萱不想浪費唇舌，「阿嬤妳穿得這麼水噹噹，是想要去哪裡？」

「對啦，好久沒出去了，我想去公園走走。」

「妳很好笑耶，去公園不用打扮得這麼正式，又不是去參加婚禮。」

「怕會遇到熟人啦。」阿嬤說：「還有，公園走完我想彎去市場一下。」她拎起空洗衣籃，閃過敏萱走回屋內。

「去市場做什麼？妳有朋友在那裡嗎？」敏萱急急跟了進去。在關上陽台紗門時，她抬頭看了一下天空。陽光盛烈，沒見到半朵雲，今天又是個毒辣的大熱天。

「去市場是買菜，又不是去交朋友。」

「爸爸前幾天才去大賣場買了一堆東西，冰箱現在還滿滿的，妳幹嘛去買菜？」

「我買菜是為了……哎喲，問這麼多做什麼？想陪我去嗎？」

「我能不陪妳去嗎？妳上次只是去外面的便利商店，就不知道怎麼回家。」

「胡說八道，」阿嬤拿起皮包，走向大門，抓起她沒下雨時用來當枴杖的長柄雨傘。「便利商店就在巷口而已，我會不知道怎麼回來？」

「妳忘記了啦。」敏萱說：「等我一下，妳頭髮都還沒吹乾，不要一個人就這樣跑出去。」

公寓巷弄飄散著早餐店油煙、壓扁的狗屎、以及米酒灑進紙錢灰燼的氣味，讓敏萱不時得屏住呼吸。阿嬤倒是十分自在，準確往公園方向走，進入了敏萱最不願踏進的區域。那是阿嬤以前工作的成衣針車廠，最早只是一家利用自家客廳當工廠的家庭代工，僅有一台針車機，除了老闆沒有半個員工。隨著生意越做越好，他買下二樓的公寓，讓家人搬上去，清出一樓所有空間以擺下更多針車機。搭上經濟成長熱潮，這家成衣廠的規模也漸漸擴大。他們先買下左邊公寓一樓，一半當成衣和布料倉庫，另一半再擺入更多的紡織機。沒兩年又買下右邊和更右邊的公寓一樓，擴大了作業區和倉儲的空間。再兩年過去，老闆開始自己接外國訂單，他把正對面一樓的房子也買下了，作為辦公室之用。經過四十年蠶食，整條巷子兩側公寓一樓都變成了這家成衣公司的倉庫和廠房，從早到晚都可見貨車出入，工人在交通堵死的巷道從容不迫卸貨裝貨。

說要去公園的阿嬤來到這排公寓成衣工廠其中一戶門前，舉起雨傘撥開透明塑膠門簾鑽了進去，熟門熟路像回到家鄉故居。阿嬤從三十九歲開始在這裡車了十八年的衣服，要不是兒子離婚無人替他照顧敏萱，她可能會像同事阿梅一樣車到六十五歲甚至更老。敏萱知道阿嬤是來找阿梅姨聊天，也許會待上一點時間，但她不願跟著進去，寧可站在屋簷下等。她受不了裡面的噪音和震動，幾台針車機一起發出綿密、尖銳、無間斷的聲響，有如無數台微型破碎機持續在耳膜鑽洞——這正是這家公司得以買下整條巷子房子的原因，最早住進來的那批住戶全搬走了。

敏萱重新滑開手機，覺得剛才猛刪文的行為有點神經質。不就是一個剛認識的男生要求加朋友而已，而且這個人還不是讓人一見鍾情怦然動心的那種。何必搞得這麼正經？敏萱不想清掃自己的網路社群內容了，改成去看阿海以前寫的文章。阿海在網路上的表現和昨天在布貓的樣子很像，動態寫得有一搭沒一搭的，有時連續一、兩個月都沒半篇貼文。敏萱點開相簿，裡面只有十來張相片，都是一些枯樹、重型機車、星空、海洋和舊建築物的風格化相片，沒有阿海本人的相片，連團體照都沒有。敏萱記得他說過自己朋友不多，但他網上朋友卻超過上千位，簡直可以直接開粉絲團。喜歡看夜景的阿海昨晚在山上說了許多過去經歷和未來抱負，但他的網站卻看不到相關內容，沒有任何與樂團或遊艇相關的圖片文字。敏萱越看越覺得無趣，很想留言虧他說，既然這麼不喜歡寫文，乾脆關閉帳號算了。

阿嬤笑咪咪走出針車廠，她的手被阿梅姨挽著，一路送到門口。阿梅姨比阿嬤年輕幾歲，是阿嬤最好的朋友。以前成衣廠逐漸擴大調整過好幾次作業區位置，但她們兩人的針車機永遠一前一後朝同方向排在一起，關係好得像座位相鄰的高中女生。在阿梅姨面前，阿嬤似乎很有安全感，顯得非常放鬆，和平日悶著臉在家那副容易受刺激的模樣截然不同。她們親密的關係讓敏萱想到了心萍，她還無法想像自己年老的樣子，但她希望自己和心萍老了以後也能像她們一樣。

「我先走了喲，妳回去做事吧，別給頭家娘碎碎唸。」阿嬤對阿梅姨說完，便一個人往公園方向走去，忘記了敏萱還站在屋簷下看手機。倒是阿梅姨眼利，對敏萱招手要她過來。

「最近妳一定要多注意一下妳阿嬤。」

「她怎麼了？今天的情況看起來很不錯呀？」

「妳知道妳阿嬤剛才跟我說什麼嗎？」阿梅姨說：「她說昨天晚上她一個人在家，她先生突然回來了。好久沒見，他的樣子一點都沒變，還是和以前一樣英俊。可能是太久沒回家不好意思，她一喊他名字，妳阿公就跑掉了。她還說，沒關係，等他害羞過去，應該很快就會再回來了。」

「妳別理她，昨天她病得超嚴重。」敏萱想起昨天的事就還有氣。「我阿公都死了幾十年了，她不是做夢就是看到鬼。」

「我也是這樣想，」阿梅姨一臉憂心，「可是看妳阿嬤剛剛的樣子，她腦袋很清楚呀，而且把昨天的事情看得很認真喔。」

敏萱追上阿嬤，聽見阿嬤還在邊走邊愉快地哼歌，她不想破壞阿嬤的好心情，默默跟在後頭走著。阿嬤過馬路知道要先按下行人穿越號誌按鈕，可是走到公園門口卻過門不入，讓敏萱搞不懂阿嬤今天的頭腦究竟是清楚還是糊塗。「阿嬤，公園到了啦！」她忍不住打斷阿嬤的歌聲。

阿嬤回頭驚訝地看著敏萱。「妳叫我做什麼？我又不是閉著眼睛走路，怎麼會不知道公園到了？」

「妳不是說要去公園走走，怎麼不進去？」

「時間不夠，我不去公園了。」阿嬤繼續往前走。

「什麼時間不夠？妳別走那麼快，去公園找個涼快的地方坐下來休息一下，我都快被太陽曬死了。」

「不行，不行，還得再快點，不然就來不及了。」

阿嬤直接往菜市場走，這個市場是個早市，位在公園旁邊，來買東西的多是一早到公園運動的老人。阿嬤沒有晨間運動的習慣，偶爾早起到公園也只是找人聊天讓嘴皮子動一動，但她以前常帶敏萱來這個市場。「妳小時候一聽到我說要去市場，就會開心地耍寶，像個猴子一樣。不讓妳跟就大哭大鬧，麻煩死了。」阿嬤對長大後的敏萱不知道說了多少遍類似的話，可是敏萱全無印象，她對這個傳統市場只有不好的記憶：踩爛的菜葉、死雞羽毛死魚血水、吵架式叫賣、不時碰撞上的黏膩身體，身上有各種怪味道的大人湊近她的臉說：「哎喲，長這麼高了啊？妳幾歲了？上學了沒有？喜不喜歡老師？」比起成衣工廠，敏萱更不喜歡來這個地方，可是她無法在外頭等，菜市場四通八達，阿嬤不見得會從同一個地方出來。

「阿嬤，這裡人那麼多，我們還是回去啦。」

「妳怕什麼？又不是做壞事情，擔心給人家看到？」

「我是怕人太多找不到妳。」

「找我做什麼？妳自己不要不見就好了。」阿嬤一步都不停，逕往人潮裡鑽。

「妳來菜市場到底想買什麼？」敏萱不放棄，緊跟在後頭說：「就跟妳講過了，家裡還有很多東西，什麼都不缺，妳買了菜冰箱也放不下。」

「我不會買太多，買兩樣東西就好。」

「妳說妳要買什麼，也許家裡都還有。妳該不會又想買雞蛋吧？」

「我買雞蛋做什麼？冰箱我看過了，沒那兩樣東西啦。」

「哪兩樣？」

「妳實在話很多耶。」阿嬤說：「我買一下苦瓜和絞肉就好，不會花太久時間。」

「買苦瓜幹嘛？爸爸和我都不吃苦瓜，妳自己不是也不太愛吃？」

「我不是要買給自己吃啦。好了，妳別再問了。」

「妳到底要買給誰吃啦？」

「給妳阿公吃啦！他最喜歡吃我煮的苦瓜蒸肉，這妳知道嗎？」阿嬤不高興了，但沒時間對敏萱生氣，她身邊的菜攤剛好有人買完東西離開。「小小年紀問東問西，誰教妳這麼囉嗦！」阿嬤立刻切入填補起這空出來的位子。

敏萱愣在那兒，想起剛才阿梅姨的提醒，整個人徹底迷糊了。別說阿公喜歡吃的食物，她連阿公叫什麼名字、哪一年死的都不知道。她從來沒見過阿公，只知道阿公以前好像是國小老師。

敏萱對阿公沒有任何感覺，她對那些曾經存在但後來離開這個家的人都沒什麼感覺。在她的認知中，這個家庭完整的成員就只有三個，阿嬤、爸爸和她，從小到大都是如此，沒有改變的可能……不對，現在是四個人了，阿嬤已經變成了兩個：正常阿嬤和生病阿嬤。

敏萱望著阿嬤的背影，搞不清楚自己究竟陪哪一個阿嬤來買菜。手機傳來震動，是心萍傳來的訊息。

——昨天是怎樣？說好一起下山，怎麼妳和海怪就不見了？

——妳自己先喝醉，被人送回去，還好意思問我？

——是這樣嗎？我忘記了。

螢幕出現心萍貼上的認錯下跪貼圖。

——妳昨晚沒失身吧？海怪有沒有對妳怎樣？

——沒有啊。

敏萱緊張地送出下面的句子。

——妳怎麼這樣問？難道阿海有前科？他是色狼嗎？

——鬧妳的啦，我交的朋友才不會有那樣壞的人。

敏萱鬆了口氣，在線上和心萍一來一往聊了起來。她和心萍本來就有講不完的話，要是話題中出現了某個對她們有意思或她們有意思的男生，就更加沒完沒了，充滿大膽的探問和保留的回答。過去她們不乏這樣的對談，但敏萱總扮演詢問者的角色，從高中開始就是如此，如今她發現自己成為了主角，接受心萍帶有醉意的窺問。敏萱從來沒有這樣的經驗，不自覺多說了幾句，她好不容易才結束通訊，意猶未盡將目光抬起——菜攤前哪裡還有阿嬤的影子？

敏萱的心霎時慌了，立刻往市場底處追去，她走過賣西瓜、黑豬肉、蔥油餅、水蜜桃和放山雞的攤子，沒見到半個和阿嬤一樣穿紅碎花短衫和黑色長褲的老婦人。市場在此分成左右兩路，她踮起腳尖左右張望，胡亂選了右邊去找，經過金紙、蘿蔔糕、養生地瓜、一百元男女裝和鮮肉包的攤子，直到市場出口才急急回頭往另一邊。她跑起來了，但市場人多，只能小跑步，而且時時得閃躲摩托車、貨攤、雙輪菜籃、平台推車築成的各式活動障礙物。她奔過肉鬆、油飯、手工饅頭、十元百貨和鮮花的攤子，差點踢翻花販盛裝含苞玫瑰的水桶，直抵市場左邊出口仍不見阿嬤身影。她想高喊阿嬤，但知道在這種嘈雜的傳統市場喊了也沒用。她來來回回找了幾趟，又在最初和阿嬤失散的菜攤那裡等了幾分鐘，阿嬤卻一直沒有出現。敏萱決定往回家的路上找，經過公園門口時她猶豫了片刻，考慮進去找人，但想到公園腹地太大，阿嬤又沒有固定去的地方，只得放棄。她沒按行人穿越號誌按鈕便越過公園前的馬路，差點被一輛右轉的機車撞上。機車騎士撂下的三字經找不到空間闖進敏萱的大腦，她掛念阿嬤安危，此刻裝進腦海的全是種種不祥、恐怖、驚悚、在電視新聞上看過的畫面：阿嬤可能被車撞飛，可能中暑昏倒，可能掉進水裡淹死（她來不及想到這附近根本沒河流），可能永遠找不到回家的路變成遊民流浪街頭。經過成衣工廠時，敏萱鑽進去看了一下，阿梅姨驚訝的表情告訴她阿嬤沒有再來過這裡。她拚命往家裡跑，但速度越來越慢，呼吸越來越急，終點尚未抵達，她卻不得不停下來喘氣，雙手撐住膝蓋，弓著身體，似乎被一股沉重的力量壓住無法站直。她低頭看著一顆顆汗水流過臉頰滴落地面，孤單的感覺像暑氣一樣緊緊圍裹住她。她想找人幫忙，打電話給爸爸，打電話給警察，打電話給任何人都行。她知道自己終究會這麼做，可是現在還不是時候。再拐個彎就到家了，她心裡這麼想：也許奇蹟就在家門口等著。她也只能這麼想了。

敏萱握著手機虛弱地往前走，一轉進家門前那條巷子就看見她想要的奇蹟——阿嬤背對大門站在公寓門口，兩手空空，帶出門的那柄黑傘不見了，也沒有從市場買任何東西回來。

「阿嬤，妳怎麼一個人跑回來啦，講都不講一下。」敏萱掏出鑰匙快步上前，她還搞不清楚這是怎麼一回事，也沒注意到阿嬤已經停止哼歌了。

「他死了，不會來找我了。他死了，不會再來找我了……」阿嬤不斷輕聲說，彷彿在提醒自己不要忘記。

「誰要來找妳？」敏萱打開公寓大門。「妳先上樓啦，我們回家再說。」

「回什麼家？妳為什麼有我家的鑰匙？這個家是妳能來的嗎？」阿嬤搶先一步擠進大門，轉身擋住敏萱。「我丈夫死了，妳又來想搶走我的兒子。不要臉！妓女！妳想要兩腳開開就去站壁，別跑來這裡給人看妳的臭雞掰！呸！有夠難看！我兒子很乖巧，妳想把他拐走，沒那麼簡單！妳自己亂七八糟還想來我家帶壞我兒子，妳實在有夠賤妳自己知道嗎？妳為什麼這樣看我？妳瞧不起我對不對？我告訴妳，我兒子給妳騙一次不會再被騙第二次。賤貨、婊子、臭雞掰……」

敏萱睜大眼睛看著阿嬤，驚訝的是自己竟然不覺得生氣。她應該要生氣的，氣阿嬤一個人從菜市場跑回來，氣阿嬤髒著嘴咒罵她的親生母親，可是她完全沒有生氣的感覺。她突然很想大笑，不是開心的笑，而是情緒緊張過後的那種笑，就像雲霄飛車剛停妥解開安全帶走下來的那群人。她想要大笑，卻發不出聲音，就這麼雙眼盯著阿嬤，嘴唇緊閉，以這樣的姿勢固定著。她真的很想笑，想著想著，眼淚竟然搶先笑聲一步，汩汩流了下來。

最完美的拋物線

她坐在長椅上，把制服裙子往前拉，裹住膝蓋。拉撐的蘇格蘭格紋百褶裙像張桌布，只是高度還不夠，她得把厚厚的書包放在腿上才適合攤開筆記本當成畫冊。當妳覺得心情沮喪的時候，可以試著畫畫，那是一種藝術治療。她記得以前老師這麼說過。她喜歡畫畫，畫的是日系少女漫畫，每個人物頭部和眼睛的比例都超大，每根睫毛都筆直往上長的那種。但那是小學時候的事。上國中就別浪費時間做那些幼稚的事情了。媽媽說。

她十四歲，暑假開始就算國三學生。學校規定暑期輔導七點半到校，現在九點了，她還坐在地鐵站月台長椅上。不是故意蹺課，只是很想畫畫。暑輔課表沒有美術課，想畫畫只能在學校以外的地方。畫什麼好呢？她拉開鉛筆盒拉鍊，檢視自己現有的工具。鉛筆盒裡有兩枝2B自動鉛筆，一枝紅色中性筆、一瓶蓋子不見的修正液、一根十五公分透明直尺、半塊橡皮擦、以及三枝黑色原子筆。注意！學測數學非選擇題和作文一定要用黑色原子筆書寫，絕對不能違規。級任導師一再強調。她好想畫畫，即使手邊的工具畫不出鮮豔色彩也無所謂。

只是，畫什麼好呢？

如果沒發生那件事，她畫的一定是那個男生的肖像。隔壁班的男孩，籃球隊長，數學資優生，像從漫畫走出的人物。她喜歡他的側臉，尤其是當他不經意回首凝望的時候。他和她一樣跨區就讀，晚她兩個地鐵站上車。她暗暗喜歡他總計六個月又十三天，直到前天晚上為止。

她拿起一枝2B鉛筆，豎直筆桿推向前方，瞇眼觀察地鐵站內的景象。上一輛列車剛走，她面前沒有旅客，月台上空空的什麼都沒有，軌道牆壁上的一排廣告燈箱像停格的電視螢幕，以亮麗圖像和醒目字體傳遞著簡單的訊息。「人生沒有解決不了的事——拒絕自殺。」離她最近的廣告燈箱寫著。圖片上的當紅綜藝節目主持人笑出一口白牙望著她。

她今天本來不想上學，連起床都不想，是媽媽用尖叫聲把她推出家門，彷彿家裡窩藏了逃犯。地鐵站裡的人群如潮水，一下子漲滿，一下子流光，見不到和她一樣穿制服的遲到學生。畫什麼好呢？她左右張望。右前方的廣告燈箱底圖是一大片花海，一朵朵紅色的、黃色的、紫色的和粉紅色的鬱金香開滿大地，湛藍色的天空沒有雲朵，只寫著一行大字：「花可以重開，但人的生命無法重來，珍惜唯一的一次。」

三天前，她寫了一封信給那個男生。生平第一次告白，她萬分珍惜，無法重來的一次。她突然不想畫畫了。她把鉛筆放回筆盒，換出黑色原子筆，在筆記本上寫下那個男生的名字。你真的很過分，把我的信貼在網路上。她飛快地在紙上書寫。字有點潦草有點醜，那是因為她握筆的手微微在顫抖。其實我不奢望你答應和我交往，只是想坦白說出自己的心情。你可以拒絕，但請不要用這種方式嘲笑我，這樣真的很幼稚。

幼稚。原子筆像猛然通了電，她感覺握筆的手起了一陣痙攣，立即用力把筆往前甩開。原子筆在地上彈跳了兩次，滑過月台，掉到軌道上去了。那個男生把她的告白信拍照貼上網路，標題是「信件退回招領」，立刻引來留言灌爆網頁。真幼稚。她沒有在信上署名，也沒想過要留下自己的名字，她原本就不抱告白成功的希望，但若按自己編好的劇本發展，接下來男孩應該在隔天同一時間同一地點把答覆紙條交給她，而她會忍住把紙條帶到學校，躲到廁所再以顫抖的雙手攤開。她會看見上頭寫著「謝謝妳的坦白，但我想只能當朋友」。這樣就夠了，只要他知道她喜歡他，交往不成並沒有關係。但不必等到隔天，那天晚上她便以顫抖的手轉動滑鼠滾輪，一條條看著熱鬧的留言和男生以電台主持人之姿的答覆。人帥真好／還好啦／是正妹嗎？／是正妹我會招領信件？／同校的嗎？／看她制服是喔／字很醜耶／字跟人長得差不多喔。前十五則留言她還勉強可以撐住，慶幸自己沒有在信上署名，是在第十六則留言的出現，讓她哭著把剩下的七十六則留言看完。

我知道這封信是誰寫的，三年愛班37號。

她拿出第二枝黑色原子筆，把筆記本翻過一頁，在紙上寫下班上一個女生的名字。妳知道嗎？妳把我害慘了。一直以為妳是我最好的朋友，從國一到國三，我們都是一國的，現在才發現我錯了。她用力在紙上寫道，握筆的手越握越緊。她整張臉都脹紅了，感覺喉嚨好像有東西卡在那兒，下不去也上不來。妳叫我向他告白，又跑去他的網站告訴大家信是我寫的。我做了什麼對不起妳的事？讓妳這樣陷害我。妳這麼討厭我，一定很希望我消失吧？

她握起拳頭，在筆記本上連續搥了好幾下。裹在掌心的筆桿被高高舉起，然後拋射而出，擦過月台邊緣閃爍的圓燈，掉到軌道下面去了。列車正要進站，月台上有人回頭看她，人數不多，五、六個而已。他們沒看清楚飛到軌道下的是什麼東西，但不約而同往左橫移了一個車廂的位置。列車離站了，人潮再次退去，月台又只剩她與牆上的廣告燈箱獨處。她左前方的海報是一根在黑暗中燃燒的蠟燭相片，反白的字體在黑色底圖上特別亮眼：「活著的每一分鐘都是寶貴的，讓綻放的每一個微笑都是甜美的。」

學校裡每個人都帶著微笑看著她，在告白信被貼上網後的第二天。全校大概都知道信是她寫的，大門口的警衛伯伯微笑看著她，走廊上曬太陽的校狗小花微笑看著她，教室牆壁相框裡的元首玉照也微笑看著她。每個綻放的微笑都出自嘲諷，讓她明白自己的人緣究竟有多差。她形影不離最要好的朋友以不自然的態度閃躲她，那幾位常跟她說話的同學，也以同樣拙劣的方式迴避她。倒是班上坐在教室最後面那幾個從沒正眼瞧過她的男生，一逮著機會便主動靠近她。喂！妳要不要對我說出坦率的心情？他們站在她的課桌旁說，用的全是她寫在告白信上的句子。這是我人生中第一次和不認識的女生講話，其實我超緊張的。他們在樓梯轉角擋住她去路說。每次經過球場都覺得妳很認真，所以想跟妳說聲加油。他們趴在二樓欄杆上，對走過一樓庭園的她說。這些在國文課上背不成半篇文章的人，倒是記熟了這封信的內容。

她拿出第三枝原子筆，在筆記本上寫下那些人的名字。一個，兩個，三個……第六個名字寫完，她暫停想了一下。還有誰呢？絕對不止這些，但她一時想不起來了。她自認不是小心眼愛記仇的人，可是她現在一個都不想放過。她在第六個名字後面加上「還有我親愛的全班同學」。你們笑夠了吧！嘲笑一個人會讓你們覺得優越嗎？我不知道我做錯了什麼，是因為你們不是我告白的對象嗎？你們覺得這樣很好玩嗎？你們知不知道我心裡的傷害有多大。謝謝你們讓我知道，原來我不是被一個人拒絕，而是被所有人拒絕……

她手上的原子筆又飛出去了。這回不是手部觸電，也不是恨到拿筆發洩，只是覺得這些人很噁心，跟他們說話，連筆都會被弄髒。她看著原子筆在空中旋轉，畫出一道完美的拋物線，直接落到軌道上，忽然感覺心裡一陣輕鬆。此刻月台右側的隧道吹出一陣微風，帶著水泥的氣味。風有點熱度，味道卻是陰涼的。進站的列車在月台停下，六節車廂遮住了軌道牆壁，所有廣告燈箱海報都看不見了。

她再度拉開鉛筆盒，少了幾枝筆，鉛筆盒像甩開不少煩惱，變得輕盈多了。她拿出2B鉛筆，想寫幾句話給媽媽。上國中就別浪費時間做那些幼稚的事情了，媽媽說。那就別浪費吧，她想。她考慮要不要寫幾句話給導師。作文一定要用黑色原子筆寫，絕對不能違規。老師說。可是她的鉛筆盒裡已經沒有黑色原子筆了。那就別違規吧，她決定聽老師的話。

她闔上筆記本，把2B鉛筆收進鉛筆盒，輕柔地把鉛筆盒和筆記本放進書包，彷彿她的文具是剛睡著的嬰孩，動作太重就會把它們吵醒。她覺得時間移動的速度好像變慢了，四周也安靜了下來。列車進站聲和月台廣播聲彷彿從很遠的地方傳來，非常微小，柔和，像隔了一層玻璃。她捧起書包，輕輕放至右邊的空椅上。剛拉撐的蘇格蘭格紋裙有點皺了，她站了起來，輕輕把百褶裙往下拉，蓋過膝蓋的位置。月台上的人潮又漸漸漲起，等待下一班列車的到來。她讓書包繼續坐在長椅上，自己跟著人群往月台邊緣移動。她已經很久沒畫畫了，但這一次，她要試著讓自己變成線條，像黑色原子筆畫出的拋物線，最完美的那種。

6

暑假的第一個月過去了。對葉育安來說，用暑假作為時間的度量方式其實不太恰當。暑假是誰的暑假？中小學的暑假六月底才開始，而大學生六月中旬考完期末考就開始放假了。暑假是學生和老師專屬的東西，葉育安大學畢業已經二十三年了。儘管他和魏紹達每回聊起校園往事總沒完沒了，最後也免不了互擲「時間過得真快」的感嘆給對方，但二十三年畢竟是段漫長的時間。二十三個暑假，足以把他和魏紹達的髮線後移，小腹激凸，成為兩個正港的中年男人。

他之所以和暑假還扯得上一點關係，全是因為他的女兒。過去這十幾年每回快到暑假，他就得煩惱敏萱的去處。才藝中心、夏令營、補習班，經營者口碑需要探聽，地點要配合上班動線，還得顧及女兒興趣，一切都得提早進行才行。暑假是誰的暑假？對敏萱來說只是換個地方繼續上課而已。令他欣慰的是敏萱夠聽話，印象中只出現過一次質疑。

「為什麼暑假我不能留在家裡？」

「因為爸爸要上班，白天沒辦法照顧妳呀。」

「家裡不是有阿嬤在？阿嬤又不用上班，她可以照顧我。」

「阿嬤年紀大了，如果我把妳丟給她一整天，而且連續兩個月都這樣，我覺得不管對妳或對她都是虐待。」

「什麼是虐待？是被人欺負的意思嗎？阿嬤又不會欺負我。」

「意思就是妳們兩個人都會受不了啦。快進去上課吧。」

那是敏萱小學三年級暑假的事，他一直記得那時她走進安親班的樣子。背著迪士尼卡通圖案大書包，兩根髮辮像兩條小手帕在腦後晃呀晃的，毅然決然的腳步有些僵硬。他凝視女兒的背影，覺得像極了自己每日踏入公司大門時的姿態，頓時像做了什麼虧心事全身都熱了起來。暑假是誰的暑假？是虧欠和愧疚的暑假。

這一個月來，他母親的失智症狀時好時壞，像是綁在拔河繩索上的那條紅線，被兩股強大的力量拉扯著，在意識與無意識、理智和瘋狂、清醒和夢遊之間來回擺蕩。幸好家裡有敏萱在，自從上次衝出家門，在手機上撂下要搬出去的氣話後，她好像忽然懂事了，再也不曾把阿嬤一個人丟在家。葉育安既感到安慰，又十分心疼。敏萱還是和小時候上暑期安親班一樣，剛開始有些抗拒，但知道那是無可奈何的安排後，她就順從了。敏萱上大學之後的暑假，仍是虧欠和愧疚的暑假，因此即使敏萱晚上經常出門，一到假日就整天不在，他也不以為意，沒多問敏萱去哪裡，跟誰去，什麼時候回來。讓她出去透透氣也好，否則長期和失智老人一起在家憋著，難保不會生出病來。

暑假第一個月平靜地過去了，沒有應付不了的突發狀況，沒有來自上級的特別指示。例行的文書工作和定時舉行的安全演練，像列車的兩排輪子在平行軌道上正常地運轉。如果此刻要葉育安發表感謝宣言的話，他會感謝兩個女人，除了女兒敏萱，他也想感謝部門裡的新人小琪。小琪在這段期間做了不少事，展現出過人的協調能力，讓葉育安大感意外。小琪進公司才剛過試用期，對公司組織和事務應該還不很熟稔，卻能把他交付的工作辦得遠超過期待。才十天左右功夫，各地鐵站便掛上各式各樣自殺防治海報和文宣。葉育安挑了幾處車站巡視，走進車站便看見大廳的多媒體顯示系統要他「熱愛生命，生命也會熱愛你」。走下月台，電扶梯旁的圓柱海報告訴他「生命不能重來，你可以在此轉彎」。搭上列車到下一站視察，車廂內的廣告在他下車前叮嚀「踏出去之前，請再想一想」。他發現車站到處都布滿了標語，像回到小學的校園，至於月台每位候車旅客都會面對的廣告燈箱就更不用說了，小琪把月台前端連續三個燈箱都換上了醒目的自殺防治廣告，只差沒把地鐵列車彩繪上勸告標語和生命線的電話。葉育安巡視過幾個地鐵站，找不到可挑剔改進的地方。他很滿意小琪的表現，這鋪天蓋地的宣傳，讓旅客一個都跑不掉，不可能不注意到這些宣導文字。

可是，還是一樣有人跳軌。

這個月來又發生了三次跳軌自殺事件，而且無一例外全部成功。他們都準確選擇在月台尾端跳軌，讓葉育安不禁有點懷疑，是不是自殺防治燈箱廣告替這些輕生者標示了最適當的起跳位置。他不敢對任何人說出這個懷疑，因為這會褻瀆到社會的一種共同光明信念。讓我們用宣導標語來解決事情吧。怕吸菸和吸二手菸得肺癌，用宣導海報讓他們戒菸；酒駕者開車撞死人事故頻傳，用宣導廣告讓喝醉的人把車鑰匙交給代駕業者。不菸不酒的人看見滿街都是此類文宣，會覺得有安全感而露出微笑，我們是受到保護的，一切都在他們的掌握之中。但報紙依然刊出新的酒駕肇事新聞，新的被害者家屬和新的癌症病患家屬分別在醫院的不同角落哭泣。宣傳一定會有效果，一切都在掌握中。但跳軌事件並沒有減少，幸好這個月只有一次上了新聞。國中女生跳軌那次雖來了不少記者，但當他們發現死者不是資優班學生後，很快便離開了，隔天竟沒有幾家報紙刊登這個不幸的事件。記者不報壞消息就是好消息，葉育安其實並不太在意地鐵公司在媒體上的表現，他已請劉士超協助小琪拍下各車站的宣導狀況，寫成厚厚一本報告書交到處長桌上去了，就算是文盲光憑相片也知道他們運務管理課做了不少事——當然錢也花了不少，幸好那是財務部要想辦法解決的問題。

這個月確實平靜地過去了，儘管如此，葉育安仍會感到微微不安，總覺得好像有事情該做而還沒做，好像有什麼事情即將發生。這種不安的感覺時常出現，其中有幾次還伴隨血壓上升，腹脹胸悶，讓他坐立難安幾乎喘不過氣。他仔細思考這種感覺產生的原因。不是頻繁處理的跳軌事件，雖說他還是有點抗拒去現場，完全不像魏紹達說的看多就會習慣，但恐懼的感覺好像有稍稍減輕了一些——他猜或許和母親失智惡化，他的心思有一大半牽掛在那上面有關。不安的感覺好像也不是來自司機員排班調度的問題，儘管因撞死人被停駛的司機員越來越多，不過司機員人數眾多，前幾個月招考進來的新司機員也即將結訓上線駕駛，人力調度不成問題。他想不出這種不安感來自何方，也阻止不了這種不安的感覺的出現。他只能要求自己盡量不要加班——現在他也有準時下班的理由了。他可不想再發生一次因為自己太晚回家，而讓敏萱受不了逃出家門的事件。

這天他還是一樣準時下班了，比要去健身房的阿凱和要去接小孩的老陳都還早離開辦公室，走出地鐵公司辦公大樓時，時間不到六點。天色仍亮，陽光透過對面玻璃帷幕大樓反射下來，讓街上每個人都瞇起眼睛。他轉身往公車站方向才走了幾步，就聽見有人從背後喊他。

「主任、主任，請等一等！」

叫喚聲細細柔柔的，他以為是還沒下班的小琪有什麼公文忘了找他簽字。他轉頭一看，是公司同事沒錯，但喊他的人不是小琪，而是一位穿地鐵公司制服的短髮女生。

「不好意思主任，擔誤你下班時間。」女生氣喘吁吁跑來。七月暑氣正熾，午後破三十六度的高溫到黃昏仍冷卻不下來。她不知跑了多長距離，額頭上髮根邊竄出細碎汗珠，一粒粒在陽光下映耀出亮澄澄光澤，讓剛從冷氣房出來的葉育安看得心底也微微發燙。

「妳有事找我？」

「我找你好幾次了，每次來你都下班了，今天終於趕上了。」

「抱歉，剛好這陣子比較早走。請問妳是……？」

「主任不記得我了嗎？我是車班的司機員。」

「司機員？妳的名字是？」他有點尷尬。車班的司機員太多了，雖然都由運務管理課管轄，但他就像一位有太多學生的老師，不可能記住所有司機員的面孔。

「喏，這是我的識別證，請主任多多指教。」她捏起垂掛在胸前的名牌，高舉至葉育安臉前，笑容開朗熱情，像對待熟識的朋友。

他一時想不出過去在哪見過她，倒是這個遞上識別證的俏皮態度，他並不陌生。那是小女孩才有的動作，他在女兒敏萱身上時常見到，但這個女人的年紀看起來應該有三十，讓這個動作變得不自然，有點刻意裝出的興奮。她可能為了掩飾緊張，也可能天生就是這種個性，這很難分辨，尤其在兩人才剛認識的時候。不過，這態度倒是很有效地替葉育安化解不少和陌生人說話的尷尬。「姚……雅綾。」他唸出識別證上的名字，看著上面的大頭相片。證件上的女人長髮過肩，臉上硬僵僵不帶半點笑容，彷彿攝影前一刻才遇上什麼倒楣的事。「妳的頭髮……妳把頭髮剪短了。」他對面前的短髮女子說。活生生站在面前的人讓他感覺陌生，反倒是靜態的相片喚起了上個月的記憶——那位生日當天撞死跳軌者的長髮女司機員。

「主任記得我了？」

「當然記得，」他想起當時她坐在月台長椅哭泣的樣子。「妳給人的印象還滿深刻的。」

「哎呀，真丟臉死了，我從來沒有在大庭廣眾下哭得那麼慘過。」

「啊，我不是這個意思。」他忙說：「妳的情緒反應很正常，換成是我，大概也一樣會當場哭出來吧。」

「你也會嗎？你是男人耶。」姚雅綾睜大眼睛，旋即噗嗤笑出聲來。「主任你人真好，不用這樣安慰我啦。我知道自己那時候真的很失態，但那件事已經過去一個月了，我現在完全沒事了。」

「我說的是真的，如果是我撞死……如果是我遇到那種突發事件，恐怕一輩子都不敢再踏進駕駛室。」

「你太小看自己了。」姚雅綾說：「其實我正是為這件事來找你。」

雖沒有明文規定，但按運務管理課過去慣例，司機員碰上跳軌事件，若不幸把人撞死，都會立刻把他從線上拉下來，取消他的班表，讓他放幾天假平撫情緒。他們放假回來還是一樣可以開車，不過只能在機廠調度開沒有乘客的列車。至於什麼時候可以重新回到線上正常排班，每個人狀況不同，即使有公司的心理諮商師協助，有人還是一直無法擺脫事故陰影，而選擇調單位或乾脆辭職。當然也有心理素質堅強的人能夠很快回到工作崗位，但據葉育安所知，目前最快回來的人，也是在四個月之後。

「妳說妳想要復駛？」葉育安說：「太快了吧？公司過去好像沒有這麼快復駛的紀錄。」

「所以我才來找你呀。我查過公司員工手冊，並沒有特別規定撞過人的司機員要隔多久才能回到線上開車。」

「沒錯，但公司有規定司機員能否回到線上駕駛，得聽從心理諮商師的建議，這件事妳來找我也沒用。」

「心理諮商師的意見只是參考性的，我們能不能復駛最後還是得看主任的決定。」

「諮商師說妳可以復駛了嗎？」

「他們說我的心理素質很強，再回去開車絕對沒有問題。」

「諮商師真的這麼講？可是，妳那時候……」葉育安看著姚雅綾微仰的臉，還是無法把眼前這位短髮女子和月台上的那個長髮女生重疊在一起。「等等，這件事有點奇怪。妳為什麼這麼急著回去開車？」

「我知道你心裡在想什麼，我就是因為這樣才來找你。」姚雅綾笑得像夕陽一樣燦爛，臉上沒有一絲陰霾。「我們可以找個地方多聊一下嗎？我會告訴你我為什麼想要快點復駛，你也可以順便評估一下我的身心狀態。」

7

姚雅綾發現自己越來越可以忘記一些事了。不是真的忘記，只是不去想而已。當然這些不願去想的都不是什麼好事。那些愉快的、甜美的、像蘋果一樣浮耀一層閃亮光采的幸福時刻，在過去之後好像總是不容易記住。反倒是那些心痛的、難堪的、羞辱的、驚駭的、黑暗突然降臨世界瞬間崩塌的災難經驗，想忘也忘不了。例如，三年前那段失敗的愛情。

不要去想，試著遺忘——好個不切實際、說來簡單做起來難的建議。偏偏姚雅綾是個記憶力特別好的人。一年半前她考上地鐵司機員，在三個月受訓期間要記住大量的設備名稱、軌道號誌、操作守則、無線電用語和行車規章。同期的男性司機員個個背得叫苦連天，只有她似乎毫不費力記住那些繁複名詞順利通過結訓測驗，因而在同期司機員中贏得了「記憶女王」的稱號。她的上一份工作是百貨公司客服人員，看似光鮮亮麗有如地面空中小姐，卻一樣得考驗記憶力。她得在短短十天訓練期間熟記厚厚一本工作手冊，背起所有品牌專櫃名稱和位置所在，更不能搞錯時常更新的週年慶或各節日促銷優惠活動的規定。

這對姚雅綾來說當然不是問題，她早在童年時代就已展露記憶天分。在她成長的鄉下海邊，其實沒有太多需要記憶的東西，靠幾畝貧瘠旱地和幾塘魚塭維生的父母，只憑農會贈送的月曆就足已記下所有該記住的事情。姚雅綾在懂字之後便喜歡拖來板凳站在神明桌旁牆前翻看月曆上阿爸歪七扭八的字跡，那是他們家的記憶中樞，各路神明的生日，魚塭虱目魚的收穫數量，向鄰村大伯借貸的金額利息和歸還日期。她認識的字還不夠多，但她阿爸知道的也沒多到哪去，她可以記住阿爸寫在月曆上的所有事情，包括阿爸酒後留下的三字經和問候對象。她很快就對月曆失去了興趣，因為發現那只不過是不斷的重複，但外面的世界似乎更加無聊。爬上她家門前的茄冬樹，她可以一眼望見遠方的海面，而在海與樹之間的，是一大片的鹽田和濕地。她雖然沒見過沙漠，但總有一種身處在潮濕沙漠中的感覺。不過她那兩個哥哥可不這麼想，家裡的魚塭，休耕的旱地，都是他們進行野外生存遊戲的戰場。放學好幾次把書包丟在魚塭的工寮旁，玩到天黑回家發覺忘了帶回來才又倒回頭去撿。「給你們兩個去讀書不如把錢倒進魚塭，飼料倒進去魚還會長大。」阿爸總這麼教訓他的兩個兒子，這句話雖沒寫在月曆上，姚雅綾一樣熟到會背。那時她還沒上小學，阿爸還沒把學問的飼料往她身上倒，不過她卻在哥哥書包的課本中發現了許多可以記憶的東西。唐詩、弟子規、九九乘法、成語故事、太陽系的九大行星、中外名人傳記……她不是很懂課文上這些東西的意義，但她全都記下來了，並很刻意地挑選在爸媽責罵兩位哥哥考試又不及格的時候展現自己的記憶能力。「妳腦袋裡的東西要是能分一點給妳兩個沒路用的哥哥就好了。」爸爸經常這麼說，姚雅綾知道這句話是對她的稱讚，是很重要的一句話，雖然也沒寫在月曆上。

記憶力過人的缺點，就是不容易忘記那些該忘的事，不過她慢慢可以做到了。就像現在，她和葉育安面對面坐在地鐵公司大樓附近的一家咖啡廳內，藉由薩克斯風混合鋼琴爵士樂的緩和，她可以完全不去想面前這個人上個月在事故現場請她離開月台時的嚴肅表情。

「妳說想要快點復駛，我覺得很不……很不尋常，以前從來沒人提過這樣的要求。」

「從來沒有嗎？」

「沒有。」

在百貨公司工作的那五年，姚雅綾沒學到什麼太專業的本領，倒是形形色色的人見多了，練成一套看人的功夫。她注意到葉育安進咖啡廳坐下後便頻頻轉頭看向窗外，有點不太自在，像在趕時間，又像有什麼東西在後頭盯著他。咖啡一端上桌，葉育安開口就直指主題，姚雅綾猜他大概是想急著解決這個擔誤他下班時間的突發事件，但人既然已經被她拉進來了，她決定用自己的速度控制這場談話。

「主任在公司做幾年了？啊，對不起，我這樣問會不會很冒昧？」

「沒關係。我一退伍就進公司，一路幹到現在……超過二十年了吧。」

「這二十年來都沒人這樣嗎？」

「哪樣？」

「就是……在事情發生後很快復原，然後回來開車呀。」

「我只看過有人想盡辦法拖延回來開車的時間，像妳這樣剛過一個月就想回駕駛室，公司好像還沒有這樣的案例。」

「所以我是第一個囉？」

姚雅綾笑了，像是聽見對她的讚美，她也想把這句話當成讚美，好掩蓋和上級談話必然會有的緊張。她想故作輕鬆，事實上也做到了，只是雙腳似乎還殘留了事故當天的記憶，像那天在月台上面對這位長官時一樣在微微發抖。她記得那時報考地鐵司機員，葉育安正是面試的主考官，儘管那天她從頭到尾都保持在百貨公司練出來的露齒八顆微笑，但雙腿就和今天與上個月一樣，不爭氣地從一進考場就開始顫抖，尤其是在聽到葉育安問「為什麼想報考地鐵司機員」的時候。

「因為我很喜歡鐵道，我在海邊長大，小時候常看到鹽廠的小火車從家門前駛過，所以大概從那時起就很想自己開看看吧。」那時姚雅綾說了謊，鹽廠鐵路在她一歲的時候就停駛，兩年後完全拆除，就算她記憶力再好，也不可能對鹽廠的小火車留下任何印象。「為什麼想當地鐵司機員」是面試必問的考古題，這是她準備好的答案，至於真正的理由——因為她需要工作，她已經一年半沒工作了，沒工作意謂存款快速流失，她即將花光積蓄繳不起下個月的房租，繳不起房租就得搬回鄉下老家，回到鄉下就會讓自己和已被拆除鐵軌的鹽場鐵道一樣，徒然占據這世界一處空間，卻沒有任何功能價值。她不想讓自己變成這個樣子，所以她需要工作，她花了一年半的時間修補男友在她心中造成的傷害，現在她可以出來上班了——她有太多報考司機員的理由，但這些都不適合在面試場合上說。

「妳的理由非常特別，」她記得葉育安那時說：「我們看了妳的履歷，妳有五年百貨公司客服經驗，非常適合擔任車站站務工作，妳要不要考慮一下改考站務？」姚雅綾立刻以暫時沒這考量婉拒了，她以為面試官已經識破她的謊言，接著就會拉下臉逼問她：妳喜歡交通事業？妳喜歡當司機？怎麼會有人喜歡這種東西？但葉育安那時並沒有這麼做，他只點點頭笑了一下，旋即提筆在紙上寫下註記。

「妳的確是第一位主動要求回來開車的司機員，」葉育安說：「至少，就我所知道的。雖然我接運務管理課主任還不到一年，但過去還真不曾聽說有這種例子……妳為什麼這麼想回來開車？」

「因為我很喜歡這個工作。」

「妳真的很喜歡當司機員？」

姚雅綾感覺自己好像又回到一年半前的面試考場。她伸手到桌面下假裝調整褲管，縮回來的時候用力捏了自己大腿一下，好止住雙腳不聽話的顫抖。和上次面試不同，這回她和這位面試官只隔著圓圓一小張咖啡桌，近得像坐在電影院第一排看銀幕上的人臉特寫。當葉育安說到「真的」這兩字時，姚雅綾看見他眉毛微微抬了起來，在前額上推擠出幾道淺淺的皺紋，微瞇的眼睛也被眼角魚尾紋加長了寬度。她這時才注意到他的眉毛有點倒八，眼神有些疲憊，不是那種精明有決斷力的相貌。憑過去的職場經驗，她判斷葉育安不是個很有自信很有主見的人，想說服他應該不難，但他以前畢竟聽過太多這種為什麼想當司機員的鬼話，把面試說過的那套再搬出來一次，只怕他不會相信。

「我一定要說『我真的很喜歡當司機員』，才能回線上開車嗎？」

「不，我沒有這個意思。」

「如果我說我不喜歡當司機員，是不是就永遠沒辦法回去開車了？」

「那也不至於，我們沒辦法要求每位司機員都喜歡這份工作。當然，如果工作能結合興趣，那是最理想的狀態，但有些人是因為這工作穩定，有人是因為工作環境單純，有人是因為要養家活口，才會一直做下去。」

「那主任呢？主任你喜歡現在的工作嗎？」

「我們現在是在談妳的事吧？怎麼講到我這邊來了。」

「對不起，我只是好奇而已。」姚雅綾說：「因為你剛才說，你在公司已經超過二十年了，我就忍不住想，當初主任你也是被人面試進來的吧？說不定你也說過對這工作很有興趣的話。我很想知道一個有興趣的工作在做了二十年之後，會不會還有一樣的興趣？」

「我不是一直做同樣的工作，這些年來我被調動了好幾次職務，每一次的工作內容都不太一樣。」葉育安說：「還是談談妳吧，妳到底有多喜歡這份工作？」

到底有多喜歡？該從哪講起呢？姚雅綾覺得自己根本就是屬於葉育安剛才說的那種貪圖穩定單純工作環境的人。在考上司機員之前，她對這份工作一無所知，只在搭地鐵的時候看到司機員是一個人待在駕駛室的——這才是吸引她想從事這個工作的主因。她受夠了人群，過去五年接待顧客的經驗讓她對人類倒盡了胃口，而在家閉關一年下來，她又覺得還是得出來吸一點人氣。還有哪份工作比地鐵司機員更符合她的需求？既能置身在人來人往的人群中，又能保有自己的空間。

「我喜歡在軌道上開車的感覺，一個人待在駕駛室裡，一站一站往前開，可以什麼事都不想。」

「開車怎麼可能什麼都不想？妳得隨時隨地注意號誌、軌道和車輛狀況，還得和行控中心連繫和監看車廂旅客動態。這可不是開玩笑的。」

「你誤會我的意思了。我不是放空，就是因為駕駛室有太多事情要處理，我才可以不去想那些有的沒的。」姚雅綾說。她發現雙腳不再顫抖，覺得自己放鬆多了。「我知道現在司機員人手不足，如果我可以回去值班，大家的班表也會比較好排吧？」

「調度方面的事妳用不著操心，目前最重要的事就是好好調適心情，等妳完全平靜了，再回來線上開車。」

「我已經完全恢復了。你看，我一點問題也沒有。我食慾很好，睡得也很好，沒有失眠，也不會做噩夢……」

「我相信妳現在的狀況很好，只是……妳知道嗎？妳那天的反應……我處理過那麼多事故現場，見過這麼多遇上這種事的司機員，妳的反應是最強烈的。」

「我知道我那天哭得很慘，但心理諮商師說，大哭一場是非常好的宣洩情感壓力方法，有助身心健康。其實那天我回到家還一直哭喲，可是說也奇怪，第二天我覺得就好多了。」

「我記得妳說那天是妳的生日……幾歲生日？」

「三十二歲。」

「對對，三十二歲。在生日當天遇上這種不好的事，大哭一場是很正常的，妳不必自責，也不必覺得不好意思。」

「其實，我那天會哭得那麼慘，不是因為自責，也不是因為自己那天生日。當然這些念頭一開始都出現過，但我馬上告訴自己，我不需要承擔這些負面情緒，因為根本不是我的錯。」

「可是妳那天在現場卻……」

「那天當我緊急煞車，把列車停下來後，我跑出駕駛室，看見車頭下面露出一隻腳，還有掉在軌道上的運動鞋時，我就知道這個人已經不可能活了。我不認識他，他也不認識我，可是他就這樣被我撞死了。就在那時候，我心中忽然閃過一個想法，才會忍不住哭成那副醜樣。」

「什麼想法？」

「我那個時候想，為什麼這個跳到我車前的人不是他。」

「誰？」

「前男友，三年前分的。」姚雅綾說。這個月來她和心理諮商師談了幾次，諮商師一直引導鼓勵她說出想說的任何話，可她總覺得自己的嘴像蚌殼，越刺激它就越抗拒張開。或許是因為葉育安相貌很無害，配上咖啡廳裡柔和燈光及鬆軟音樂影響，姚雅綾忽然發現自己有好多話想說，那些她鎖在心裡的，被封印在「不去想」結界中的心事。「我和他是在百貨公司認識的，他大我兩歲，在公司擔任樓層管理員。」

剛進客服部的姚雅綾什麼都不懂，裡面的幾位前輩對她態度冷淡，她們不是討厭她，只是覺得這個小女生初入職場，一定做不久這種必須整天面對奧客的工作。前輩們愛理不理的態度給了這位年輕的男樓管接近她的機會，後來她才知道他會利用職務之便接近每一個新來的專櫃小姐。姚雅綾承認自己是因為缺乏安全感才讓他搬來和自己一起居住，畢竟她一個人離鄉在大都市生活，這座城市對她來說還太大、太新、太多幽祕之境尚未探勘。她是在感情關係確立後才慢慢喜歡上他的，或說她愛上的是一種有人可以依賴、可以放心的感覺，而且發現自己越來越習慣，日子一天天長出了根，深扎進兩人的情感關係裡。

「我們在一起五年，差點就結婚了，最後他背叛了我。」姚雅綾說。她越來越可以忘記那些難受的事了。不是真的忘記，只是不去想。這需要練習，或被另一件新的需要不去想的事掩蓋。但發生過的事情還是在那兒，例如她前男友的劈腿事件。她目擊男友在公司樓梯間擁吻一樓那位剛入行的化妝品專櫃小姐，他從背後環抱那個女人，嘴黏在對方的耳根，雙手像兩條蛇一樣緊緊纏繞在那個女人胸前。姚雅綾感覺自己的胸口也被緊緊勒著，像有把刀插進她的心臟。「我當場尖叫，驚動了賣場的保全人員。」姚雅綾說，她低著頭，不敢正視葉育安的臉，害怕看見不耐煩的表情。她知道自己的愛情故事一點吸引力也沒有，太平凡，屢見不鮮，從初識到相戀到劈腿到分手，八點檔連續劇天天上演這種起承轉結愛情公式，只是沒想到這種事也會發生在自己身上。「他一句道歉的話都沒說，把東西收一收就走了。就這樣，我被甩了。」

分手那天晚上她躺在床上看著天花板，直到天亮。男友把自己的東西都帶走了，只留下一個Rimowa行李箱，房間空出的位置被失眠占據，使她不得不靠安眠藥才得以入睡。她哭了一個星期，沒辦法上班，害怕一到公司就會看見他和那個專櫃小姐。她用力恨他，但恨意最後全作用在自己身上，恨自己太大意，恨自己沒照顧好這段感情。她失去了自信，覺得自己很沒用，一切都失敗了。她不想接朋友電話，也不想回應常用的幾個即時通訊軟體。她變得不愛講話，畏懼與人群接觸，只好把自己關在家裡，足足一整年時間，一想到那天樓梯間的畫面就掉淚。「失戀第一年，我瘦了十公斤，這是當然的，吃不下又睡不好，不瘦才奇怪，那時候的我醜到連鏡子都不敢照。」

「很難想像妳當時的樣子。我看妳現在還滿健談的，很開朗啊。」

「因為我已經度過那段撞牆期了。」

「怎麼辦到的？」

「我練習失憶。」

「失憶可以練習？我第一次聽說。」

「不是真的失憶，是強迫自己忘記那些不愉快的事情。其實也不是真的忘記，只是不去想而已。記憶這種東西，只要不去想，就可以當作不存在吧。」

「這是心理諮商師告訴妳的？」

「並不是，好像只要多受傷幾次，自然就會這麼做了。」姚雅綾說：「你玩過打地鼠遊戲嗎？方法其實很像，只要一發現有討厭的念頭跑出來，就拿起大鎚子用力把它敲回去，免得在心裡拉扯出太多負面情緒。」

「這樣算不算是一種逃避？」

「算是吧，可是如果我想恢復正常生活，就不得不這麼做。」

「感覺好像不太容易。」

「真的很不容易。剛開始那些地鼠竄出的速度和數量簡直多到打不完，而且同一隻壞地鼠，你把它打下去，它又冒上來；壓下去，又鑽出來。每回鑽出來都像在嘲笑你，笑你拿它沒辦法，讓人氣到眼淚都流出來。」姚雅綾抬頭偷偷瞄了葉育安一眼，發現自己正被一雙溫和的眼神注視著。她剛才的擔心多餘了，這位主任雖然不太精明又缺乏自信和主見，但他顯然具有願意聽人傾吐心事的個性。於是她繼續說下去。「但我越練越厲害，現在你可以叫我打地鼠高手了。不管是打腦子裡的地鼠，或到遊樂場打真正的機台，我都很厲害喔。」

「我不太會打地鼠，我的反應力不好。」葉育安說：「這樣真的有用嗎？」

「非常有用，至少可以讓我成功脫離自閉，回到職場考上司機員的工作。你剛才不是問我為什麼喜歡開車嗎？現在我可以回答了。那是因為，我喜歡待在駕駛室裡的自己，可以不被自己打擾，全心投入一件事。當我在開車的時候，我覺得自己是有重量的，是被人需要的。不再像過去那樣輕飄飄腳不沾地地活著。我在這份工作中找到了自信心和價值感，所以才希望能快點回到線上駕駛，因為這種覺得自己好像很重要的感覺真的很好。」

「不是『好像』，而是真的很重要。」葉育安說：「不管我們的設備系統再怎麼先進，再怎麼自動化，少了司機員，列車還真的動不起來。」

「所以主任答應我的請求了？」姚雅綾的眼睛亮了起來。

「不，我可沒這麼說。這件事還得再謹慎評估。」

「那要花多久時間呢？我真的沒受到那次意外影響，如果你覺得今天我們談得還不夠，歡迎你隨時來找我評估。」

葉育安臉上的肌肉抽動了一下，相當輕微，可能連他自己都沒有發現，但被姚雅綾捕捉到了。她知道他是受到剛才說出的那些話刺激，可是一時難以判斷是哪一個成分。她急忙解釋：「當然，要說在撞到人的當下沒被嚇到是騙人的，可是我復原的速度非常快，你不必擔心那件事會在我心中留下什麼陰影。」

「目睹那種場面，怎麼可能不留下陰影，怎麼可能就這樣把它忘記……我是說，不去想它。」葉育安說：「抱歉，我不是不相信，只是因為我自己做不到，所以很難想像。」

「我真的可以啊，要怎麼說你才相信呢？」

「我相信妳說的，只是我很難忘記一件事。」

「什麼事？」

「那天我趕到事故現場，第一眼看妳坐在月台長椅上的樣子。」

姚雅綾愣了一下，她以為自己剛剛已經解釋得很清楚了，甚至主動挑開那不願碰觸、也沒對心理諮商師提過的傷疤，但她發現葉育安還停留在同一個點上，還在想著她那天哭得丟人現眼的事。外頭天色已暗，怪的是剛進咖啡廳時還顯得有點焦慮不安的這個人，此時卻好像不用趕時間了，正以溫和眼神、善意笑容和難以說服的態度等待她接下來要說的話語。她有點急了。「你可能不相信我不是因為撞到人而哭，但我真的是如此。我被前男友傷得非常重，我恨他，恨到想殺死他，出現過種種恐怖的報復念頭。我無法原諒他，但我後來決定遺忘。遺忘不是寬恕或釋懷，我沒那種慈悲心腸，我是用遺忘來羞辱他——還有什麼比遺忘更可以輕蔑一個人呢？而且我發現遺忘比鎮靜劑更能讓我平靜，所以我拚命練習。我本來以為我可以不再想他了，而且我真的很久沒想了，至少有一年了吧，我真的沒再想過這個人。可是那天撞到人的時候，他又突然跳進我腦海，我才知道這件事還沒有完全過去。我是因為這樣才哭的。」她感覺自己說得有點激動，便連忙拿出以前在百貨公司客服部長期面對奧客磨練出來的情緒管理能力，讓自己的語調恢復穩定。「不過，沒關係，那只是受刺激不小心跑出來的情緒怪獸。我已經用別的法寶收伏牠了。」

「用什麼收伏？」

「用這個東西。」

姚雅綾打開肩包，拿出一個拳頭大小圓滾滾的絨毛玩偶，輕輕在掌中捏了幾下，又用指尖輕按玩偶上的眼睛鼻子和耳朵。像剛才在夕陽下高高舉起識別證那樣，她把這個玩偶捧至葉育安面前，露出皓白潔淨牙齒，燦爛展現開朗的笑容。

8

原本只是一坨棕色的羊毛，蓬鬆柔軟，稍一拉扯就支離破碎化成細絲萬縷。在經過捏緊、施壓，用細針從各個角度反覆戳刺，就變成一團緊實的毛球。再裝上塑膠黑眼睛，倒三角形鼻子，扎上一截向上彎曲的黑線，就成為此時擺在葉育安辦公桌上的羊毛氈玩偶——那天姚雅綾送給他的，一隻拳頭大小，無手無腳只有尾巴，看起來像貓像狗又像老鼠的可愛動物。

「別小看我的情緒管理能力喔，」她這麼說：「如果遺忘是逃避，我還有別的方式可以轉移。譬如羊毛氈，就是很好的紓壓工具。」

這隻羊毛氈確實轉移掉不少葉育安的壓力。和姚雅綾喝過咖啡後，之後一連幾天，儘管辦公室例行工作沒有減輕，該開的會，該處理的事故現場一樣沒少過，但那種惱人的感覺消失了，他踏進公司聞到的是嶄新的氣味，從打卡鐘走去辦公桌的步伐也輕快多了，時光像倒流回二十年前，有種剛到地鐵公司上班的錯覺。他忘記自己有高血壓的毛病，一星期中有兩次直到下班回家才發現忘了帶藥袋。他甚至遺忘了——不，不是遺忘，只是暫時不想而已——母親的失智症狀，不像過去這半年在上班時間時時緊綳，手機鈴聲響起一次就驚懼一次，擔心接到母親又惹出麻煩的電話。

他覺得自己的工作幹勁變高了，他努力清除桌上的文件，把可以馬上辦理的、還沒想到怎麼辦理的、需要請示處長才能決定怎麼辦理的文件分成三堆。小琪送來的追加車站宣導海報預算和新的底稿可以馬上簽字通過，副主任劉士超提出的下年度司機及站務人員招募計畫得加上處長的印章才能送到人事室。本月發生的三次跳軌事件，他平均分給小姜、兩光和阿凱去寫報告。最快交來的是阿凱，寫的也最詳細，沒有因為多寫這份報告而擔誤自己上健身房的時間。兩光的報告還沒交來，但葉育安已能想見他的報告最後一定也會出現同樣的結論——加強自殺防治宣導以減少此類事件再度發生。

良好的工作效率為他掙出了時間，離下班時間還有兩小時，他有充足時間做一些需要研究的事。他打開電腦，進入地鐵公司人事資料庫，調出司機員姚雅綾的檔案。

這份人事資料是她到職時填寫的，上頭只有基本的個人資料、學經歷說明，以及一份簡短的自傳，內容制式化，和那天姚雅綾的自我介紹也大致相符：在鄉下海邊長大、成績品行良好、一人離開家鄉進入茫茫繁華城市生活的單身女子。這篇自傳和葉育安這些年看過的數千篇自傳一樣沒有特色，姚雅綾並未在自傳中強調過去五年的百貨公司客服經歷，也沒說明喜歡和想要當地鐵司機員的理由，但葉育安還是很仔細地再看了一遍。這不是他第一次這麼做，在和姚雅綾談過話隔天，他一早到公司就調出這份資料了，可是當他滾動滑鼠，把姚雅綾的相片放大移至螢幕中央時，他還是一樣小心地抬起頭，觀看辦公室裡其他人的動靜——我是司機員的直屬上級，當然有必要關心他們的工作表現與個人動態——他已想好正當理由，以防有人這時走來，看見他電腦螢幕上的檔案。他並不心虛，因為這是姚雅綾自己要求的。她那天怎麼說來著？「我們可以找個地方多聊一下嗎？」不，不是這句。「歡迎你隨時來找我評估。」對了，那天姚雅綾就是這麼說的。她明明知道心理評估不是運務管理課的工作，所以這句話應該藏有其他意涵吧？這算是邀請嗎？這個女生會如此主動嗎？如果是的話……他對著螢幕上長髮女子的相片沉思，沒發覺已有人站在他的桌邊。

「主任，上星期跳軌事件的報告寫好了。抱歉前兩天請了事假，報告延誤了幾天。」

說話的人是范耀輝，綽號「兩光」的工程師。他有張四方臉，是這個辦公室最討喜的人物。不過葉育安這時並不想和他多說話。

「放在那疊文件上面吧。」葉育安指著桌上那堆需要請示處長辦理的公文。他想切換電腦螢幕畫面，又怕這麼做反而引人注目，只好隨便拿起一份文件，裝作專心批閱的樣子。

「上次跳軌的國中女生，是因為遭到同學霸凌才不想活的。」兩光一時還不想走開。「現在的小孩不知道怎麼了，只不過因為告白失敗被同學嘲笑，就跑來地鐵站尋死。」

「抗壓性不足吧？」葉育安說。他雖然沒抬頭，卻感覺到兩光好像在看他桌上的螢幕，不由得緊張了一下。

「主任也玩這東西？」兩光說。原來引起他好奇的不是螢幕上的相片，而是葉育安擺在電腦螢幕旁的玩偶。「這是羊毛氈吧？最近好像很流行，我老婆也迷上了，整天在家裡做這種東西。」

「這不是我做的，是……是我女兒做的。」

「她剛學不久吧？」兩光說，逕自從桌上拿起這隻像貓像狗又像老鼠的玩偶。「你這隻造型很簡單，算是最基本款，我老婆做的複雜多了。」兩光開始談起他家庭狀況，買不起房子的他與老婆一起和父母同住，沒有搬出去的打算。他平日的笑話來源有一大部分是嘲笑自己的生活。葉育安趁機把螢幕切換回桌面布景，而且在下一秒就慶幸自己這麼做，因為副主任劉士超此時也走了過來。

「你們在談羊毛氈啊，主任你滿跟得上時代嘛。」

「你也知道這東西？」葉育安說：「你又沒老婆小孩，怎麼一聽就知道我們在說羊毛氈？你該不會也在玩吧？」

「我對羊毛氈完全沒興趣。」劉士超說，把帶來的卷宗交給葉育安。「是我念小學的姪女，她們班上女生全都在玩，我才知道有這種東西。」

葉育安翻開卷宗瞄了一眼，這是剛規畫好的重大活動和節慶人潮疏運計畫，得呈給處長批示才能決定能否實施。「有這麼多人在做羊毛氈嗎？真不知道它好玩在什麼地方？」他說，隨手把這份卷宗放在兩光剛交來的報告上面。

「聽我老婆說，做這種東西很療癒，很有紓壓效果。」

「現代人壓力真的太大了，」劉士超說：「這年頭好像只要和療癒紓壓扯上邊的東西，都很容易流行。有陣子不是很流行圖畫著色書嗎？主打的就是紓解壓力和減緩焦慮的效果。」

「那種東西不就是成年人用的小孩塗鴉畫本嗎？我不懂它為什麼能讓人覺得紓壓，是因為讓人想起童年時光嗎？」葉育安說。

「可能是一直持續做同一件單調的事吧？」兩光說：「羊毛氈也一樣，我看我老婆整天坐在那裡，拿著一根針對一團羊毛球不停戳戳扎扎，根本是一種機械式的重複。」

「我怎麼看都覺得做羊毛氈跟扎小人很像，只差沒在玩偶身上寫上仇人的名字。」劉士超說：「說不定這才是讓人紓壓的原因，把手上這團毛球想成最痛恨的人，反覆扎刺它，應該很有宣洩怨恨的效果。」

「你想太多了，心中有怨念怎能扎出這麼可愛的玩偶？」兩光說。

「扎出的玩偶之所以可愛，是因為怨念已經宣洩光了，像你手上這隻……這是主任做的嗎？」劉士超說，看見兩光和葉育安一起搖頭，才又說下去：「像這隻很可能就是怨念還沒完全化解的成果。」

兩人在葉育安桌邊抬起槓來，若是以往，他會搬出處長當藉口，要他們小心處長來巡查辦公室，好打發他們回自己座位去，但此刻他沒這麼做。他陷入了沉思，眼前浮現一個想像的畫面——姚雅綾一個人關在房裡，披散著長髮，臉上掛著淚痕，在昏黃燈光下拿著細針一遍又一遍戳刺手中的羊毛團，嘴裡喃喃唸著：不要想、不要想、不要想。

＊　＊　＊

「妳知道羊毛氈嗎？」

晚餐過後，葉育安把碗盤拿進廚房，本想自己洗乾淨，但看見水槽前的位置已被女兒敏萱占據了，便把餐具放在一旁。

「不知道。」

「不是很流行嗎？妳怎麼不知道？」

「我整天都待在家裡，哪知道外面流行什麼。」敏萱說。水龍頭的水嘩嘩流著，她拿著鐵刷用力刷洗不鏽鋼鍋，鍋子內壁一片焦黑。

「我辦公室的人說，最近好多人喜歡做羊毛氈，聽說很有療癒效果。」葉育安說。「阿嬤今天又把東西燒焦了？不是說別再讓她進廚房了？」

「是我不小心燒焦的，本來想滷一鍋肉，滷太久就忘記了。」

「怎麼連妳也……我今天才知道，原來失智症是會傳染的。」

他被敏萱瞪了一眼，笑著走進客廳拿起電視遙控器，這才意識到自己很久沒這麼放鬆了。他胡亂轉了幾個頻道，試著笑了幾聲，但忽然有種罪惡的感覺讓他覺得不太舒服。

他關掉電視走回廚房，經過母親房間透過門縫偷瞄一眼裡面的動靜。母親房裡只點了一盞小燈，整個房間像相片沖洗室一樣陰暗。他看見母親背靠床板坐在床上，雙手抱胸，微仰著頭，似乎在凝視天花板上的某個定點。她一動也不動保持這個姿勢已經很久了。大約一小時前，葉育安下班一進家門就來探視過母親，那時她的動作和現在一模一樣。

「阿嬤今天好嗎？」他站在廚房門邊說。

「沒什麼好，也沒什麼不好。」

「整天都待在房裡？」

「你回來前半小時才進去的，之前都在客廳看電視。」

「白天有吃東西嗎？」

「早上吃了一個蛋餅。上午十一點我打了一杯蔬菜汁給她，她不喝。中午的飯菜她一直擺到下午三點才吃。晚上如果她出來找東西吃，冰箱還有一碗海鮮粥，你就熱給她吃吧。」

「她食慾看起來不是很好，最近都這樣嗎？」

「整個月都一樣。」敏萱說，把洗好的鍋子擱在流理臺上，她顯然費了很大的力氣刷洗，葉育安看見她兩隻衣袖靠近手腕的部位都濕掉了。「天氣這麼熱，家裡又沒開冷氣，妳怎麼還穿長袖衣服？」敏萱沒回答，低頭繼續清洗水槽裡的髒碗盤。「穿長袖沒關係，但洗東西的時候至少該把袖子捲起來。」他伸出手，想替女兒挽起袖子。

「不要碰我！」

葉育安嚇了一跳，連忙把手縮回。女兒反應劇烈，顯然心情不好，或許是整天待在家裡照顧失智老人吧？他覺得相當心疼，這個暑假一樣是虧欠和愧疚的暑假。他不知道該如何補償敏萱，十年前他還可以在女兒走進安親班大門前替她拉整衣服、翻正衣領。但不知何時這個可以表現父愛的動作已經被關閉了。他並未因為女兒過度反應而生氣，但心裡還是被刮出了一道傷痕。

不想它，不要想就行了。

「剛才說的羊毛氈，我上網研究了一下，做法很簡單，就是拿一根針不停刺呀刺的，然後形狀就出來了……妳是不是感冒了？」

「沒。」

「我看妳好像有點發抖，會不會是快發燒了才怕冷？」

「跟你說沒就是沒。你出去看電視啦，別一直站在這裡。」

「妳阿嬤以前不是在針車廠工作嗎？羊毛氈跟車衣服很像，一樣是針和布料，差別只在於它是手動的。我在想，也許我們可以讓阿嬤做做這種手工藝，對她的失智症或許有點幫助。」

「很不錯的點子，我給你八十七分。」

「妳也覺得不錯嗎？」

「八十七分就是白痴啦，連這都不懂。」敏萱說：「阿嬤的手抖成那樣，你叫她怎麼做手工藝？還不如請個外籍看護，幫的忙可能會更大一點。」

「說到分數我才想到，妳這學期的成績公布了吧？學分都拿到了嗎？」

「你總是這樣，小時候想跟你要個玩具，你就會提到功課方面的事。」

「外傭可不是玩具。」

「我有說外傭是玩具嗎？還有，我說的是看護，不是傭人，你不要分不清楚。」

葉育安有點後悔走進廚房，和敏萱說不到幾句話，剛才輕鬆愉快的心情就像敏萱手中的鍋碗，被沮喪的感覺沖得清潔溜溜。他怪自己粗心，沒想到母親手腳顫抖的毛病，也沒想到敏萱會提出要求請看護。暑假才過一個月，她已經撐不下去了嗎？

他打開冰箱，給自己倒了杯冰水。冰箱裡沒有啤酒，這時他很希望能有一瓶。「外傭的事需要從長計議。」他清清喉嚨。「我們到客廳去談好嗎？」

「不用了，我待會就要出去了。」

「去哪？」

「一定要跟你講嗎？」

「通常妳不想講的，一定不是好事。我太瞭解妳了。」

「你根本不瞭解我。等一下我要和蔡心萍去逛夜市，這不算壞事吧？」敏萱走進臥房。「我要換衣服，你別站在這裡。」她轉身把門關上。

葉育安覺得自己現在需要的是威士忌，而不是啤酒了。十年不就是昨天嗎？昨天女兒還嚷著爸爸幫我找衣服幫我穿，怎麼今天就長大了？「萱萱，聽我說，」他對著女兒房間門板說：「我知道妳照顧阿嬤很累，所以我下班後妳想出門我才都沒有管妳。妳出去沒關係，可是最近妳也太晚回來了吧？以前妳很少超過十一點回家，上星期妳居然有兩次過了一點才回來。」

「你幹嘛不睡覺偷記我回來時間？」

「一個小女生這麼晚還在外頭遊蕩，家長怎麼睡得著？」

「我不是小女生，我十九歲，已經是成年人了。」

「我覺得妳心情不太好，是不是今天阿嬤又罵妳了？她是不是又動手動腳踢妳的房門？」

「阿嬤今天沒罵人，你別冤枉她。就算她開罵了，大部分也是罵我媽，很少罵我。還有，我沒有心情不好，你想太多了。」

房門打開了，敏萱已換好外出服裝。她沒換下袖口濕掉的長袖T恤，只把剛才洗碗時穿的那條鬆垮運動短褲脫了，換上一條更短的牛仔熱褲，短到僅勉強蓋住臀部，大腿以下完全是赤裸的。

葉育安倒吸一口氣。「妳的褲子……」

「好看嗎？」

「不好看。」他心中翻攪著一種奇怪的感覺，若在外頭街上遇見穿成這樣的陌生女子，他免不了多看兩眼，有種撿到便宜的小小興奮，可是現在他卻本能地把目光移開。他想起自己以前也喜歡看妻子怡慧穿短裙，儘管她因地勤工作久站出小腿靜脈的曲張，他還是覺得好看極了。敏萱的腿顯然得到母親遺傳，但全天下的女人都可以穿著暴露，就只有自己的女兒不行。他霸道地想著，突然起了疑心。「妳和蔡心萍出去，有必要穿成這樣子？」

「大家都這樣穿呀，你知道最近流行羊毛氈，怎麼不知道現在流行短褲？」

「妳剛才不是說妳整天都待在家裡，不知道外面流行什麼。」

「所以我現在要出去了。」敏萱說，抓起手機和背包。

「妳要出門可以，」葉育安說：「但我希望妳今天早點回來。」

「為什麼？」

「沒為什麼，一個女孩子晚上出門會幹什麼事，我都知道。妳別以為我一出生就這麼老，沒有年輕過。」

「你連八十七分都不懂，還自以為瞭解年輕人的世界？」

「年輕人」這三個字，加上敏萱說這句話時流露的厭惡語氣，讓葉育安挨了一記重擊。「妳的口氣很糟糕，」他開始還擊：「妳今天的態度非常差，說的每一句話都帶刺，到底是誰惹到妳了？」

「我哪有？」

「妳有。」

「你太無聊了。」敏萱往陽台大門走去。

「妳看，這句話口氣就很差。我覺得妳越來越任性了，以前不會這個樣子。」葉育安說：「我知道要妳照顧阿嬤是委屈妳了，但妳也別以為自己照顧了阿嬤就可以這麼任性，變得越來越霸道，脾氣越來越壞。」

「你在說什麼啦？」

「妳這麼急著走做什麼？紗門也不關好。」葉育安說，跟著走到陽台，叫住打開鞋櫥找鞋穿的敏萱。

「我沒時間了，回來再說。」敏萱穿好鞋，站了起來。

「等一下，我話還沒說完。」

他伸手抓住敏萱的左手。這只是一個平常的動作，一點都不粗魯，輕柔得就像昨天過去的那十年，在小學或安親班門口見到女兒蹦蹦跳跳出來時，他輕輕柔柔牽起女兒的小手那般自然。但敏萱這時卻像觸了電，手一縮把葉育安的手甩開。就在這一剎那，她的左手腕露出了袖口，葉育安看見敏萱的左手腕背上有一塊藍色的、五十元錢幣大小、形狀不規則的圖案。

他來不及看清那個圖案，第一時間以為是瘀傷，但下一秒他就明白了那是什麼。

「妳的手怎麼了？」

「不關你的事。」敏萱打開大門下樓去了。

葉育安還沒從驚愕中平復，便聽見樓下有人發動機車，催油門發出幾聲響亮的排氣管噪音。他在陽台踮腳向下張望，看見敏萱坐上一個男人的機車，那雙幾乎赤裸的腿夾著機車後座，像流星一樣遠離而去。

他扶著欄杆，感覺腳步有點不穩，眼前的東西好像都飄浮了起來。他在陽台待了一點時間，才拉開紗門走進客廳。

「柏森，你終於回來了。」

母親不知何時已從房裡出來了。

9

自從兩年前妻子玉珍帶兩個兒子到美國當小留學生，魏紹達就開始對光線敏感了。六十坪大的房子一個人住不免空蕩，他晚上仍得把燈全關掉才能睡著，而黎明天光一亮就會自動醒來。純粹是時間上的巧合，他不認為這個改變和老婆小孩離家有關。照理說，害怕孤單的人也會畏懼黑暗，而他既不怕黑也不覺得寂寞，所以這應該只是人到中年生理出現的自然轉變，就像皮膚變得容易敏感一碰到灰塵就發癢，就像小便頻率增加排尿時間也拉長一樣。

他並不會因為畏光而困擾，甚至覺得這個改變頗有好處，譬如可以省下電費和撥鬧鐘的麻煩。就像現在，儘管昨夜和玉珍講完視訊電話後喝掉三分之一瓶威士忌才上床，今早一樣可以在街上自動感光路燈熄滅的時刻睜開眼睛。他的適應力極強，從小就是如此，在夜市賣牛肉麵的父親總愛說他這個大兒子沒別的長處，就是到哪都能活，就算是敵人打來了或原子彈爆炸了，這傢伙也一定會是活到最後的那個人。魏紹達慶幸父親今年已高齡八十六仍風風虎虎地活著，而他自己的這點長處也沒隨中年生理變化而衰弱，否則昨夜妻子的那通越洋電話可不會那麼快就掛上。

不過玉珍捎來的那個消息，還是讓他喝掉了那瓶樂加維林二十五年純麥威士忌。酒是岳父去年來訪留下的，據說價值不菲，每口都像喝黃金湯。但酒精就是酒精，一樣讓醒酒能力隨年紀退化的魏紹達此刻昏昏沉沉，喉嚨乾得像黏在了一塊。

他忍住渴意走到落地窗前，想拉上窗簾再睡，卻被亮晃晃天光和突然躍入腦海今日要開的重要會議驅走了睡意。他瞇眼向外看，腳下那座位居都市精華地段的森林公園，已有不少民眾在公園裡快走慢跑做晨操，一成不變上演他早已看膩的景象。他在這裡已經住了二十幾年了，覺得這輩子應該不會再搬家。不是缺乏孟母三遷的決心毅力，而是人生第一棟房子就攻了頂。那年他二十七歲，剛來M市加入地鐵公司團隊，在準岳父大人資助下，用不到四分之一的價格就買到目前市值已突破六千萬的豪宅——市中心文教特區，萬坪公園第一排，雙B車位，一層一戶電梯獨享。他從來沒出現過換房子的念頭，但昨晚玉珍打來的這通電話，讓他開始動搖了。

「C市的地鐵快蓋好了，總經理的位置卻還空著。」魏紹達走進浴室，想用冷水讓自己清醒，玉珍的臉卻浮現在鏡中對他這麼說。那是昨夜出現在螢幕上的臉，大到幾乎占滿整個螢幕，讓網路攝影機清楚把玉珍的黑眼袋、魚尾紋和陰慘的膚色越過太平洋傳到魏紹達的平板電腦上。剛把小孩送上校車的她還來不及妝扮自己，其實大可不必開啟視訊，但她習慣看著對方的眼睛說話，那是她從小的家教，而且要求別人也這麼做，尤其是小自己一歲的老公和兩個兒子，彷彿少了視線的交流，訊息就無法完整傳遞。「魏紹達你沒看我！我在跟你說話耶！我爸說他跟市長很熟，你知道他的意思吧？」

他當然知道岳父的意思，這正是昨夜他把那瓶威士忌喝個精光的原因。他和玉珍剛交往，就知道她的家境不容小覷，她家在C市有好幾筆祖傳的土地，爸爸開的又是建設公司，黑白兩道關係良好。連續幾期市區重劃，把她家土地變成商業區中心，也把他的岳父變成每個政界人士都想拉攏的金主。他知道岳父行事向來低調，沒把握的事絕不會說出口，相對的，意志堅強的他一旦看準了什麼，不管別人如何勸說都動搖不了他執行到底的決心。譬如這棟房子，就是他逆於局勢堅持要他們買下的。那年玉珍研究所還沒畢業，就跟著魏紹達一起來到M市，在某家管理顧問公司找到了一份薪水高他兩倍的工作。還沒結婚的他們不想買房，玉珍她爸爸卻不知哪來的信心，在房價大跌、有錢人急急移民國外、新落成的森林公園禿得像沙漠的時間點，拿出八百萬現金給他們當頭期。說是借，其實就是給了，如今公園的樹木已長得比魏紹達的頭頂茂密，也不見他們還過這筆錢。

魏紹達把臉潑濕，雖不經意吞進幾口冷水，卻讓渴意更加劇烈。他走進廚房打開冰箱，抓起礦泉水瓶想直接往嘴裡灌，又怕冰水傷身而忍住。他把冰水倒進馬克杯，兌了一半熱水端到落地窗前，看著腳下早起運動養生的民眾，慢慢一口口把溫水澆進喉嚨裡。

C市地鐵公司總經理職位一直空著的事他早聽說了，畢竟他處長已當了七年，只要和高層人事相關的消息，不分公司內外，他多少都有所耳聞。他知道不少人對C市地鐵公司的這個位子很感興趣，過去不乏M市地鐵的人跳槽到其他城市地鐵公司擔任要職的例子，他卻從來沒動過這個念頭。如今機會來了，但也不是完全不帶條件。「你上回不是說過你們公司有個副總經理打算退休嗎？如果你今年先升到副總經理，我爸爸明年就一定可以讓你當上C市地鐵公司總經理。」昨晚螢幕中的玉珍看著他的眼睛說。魏紹達睡了一覺起來，心裡還是有點不舒服，倒不是因為玉珍用教訓小孩的口氣和他說話，也不是因為自家公司十七個處長搶一個副總經理職位難度太高，而是岳父沒有直接告訴他這個和工作有關的消息。

他知道岳父瞧不起他，他在婚姻生活中經常為這點苦惱。魏紹達永遠記得第一次見到岳父的情景，那是在建設公司的董事長辦公室，玉珍帶他去的，他活到那麼大還沒見過像這樣牆壁地板和所有家具都會發亮的地方。玉珍爸爸的頭頂也發著亮光，那時就已禿了大半，少掉的頭髮似乎都長到眉毛，把眼睛壓扁成兩條細縫。魏紹達總覺得岳父是故意瞇著眼睛看世界，像是在盤算著什麼，嘴角永遠呈現對任何事都不滿意的形狀。「身家清白最重要，有錢沒錢都好，我不會因為你的出身背景就不把女兒嫁給你。」這位成功的建築商人在女兒出嫁前夕對他這麼說，隔天魏紹達卻在女方主導席開百桌的婚宴上，發現自己的親戚全被安排在遠離主桌的位置。婚後岳父也沒再問過他父母的狀況，不曾打過電話或登門探訪，彷彿視他為孤兒。

他再次走進浴室，扭開蓮蓬頭熱水。早晨洗澡是老婆去美國後才有的特權，以前不管忙到多晚多累，玉珍都一定要他洗完澡才能上床。他喜歡邊洗澡邊唱歌，但這時他忘了這麼做，腦子想的仍是昨晚的那個消息。玉珍明白要求他再往高處爬，職務升得越高越好。

他沒把身體完全擦乾便走出浴室，一路滴著水走到衣櫃前。要是被玉珍看到，免不了又會惹來幾句叨唸，如今房子卻安靜得讓他恣意享受這邋遢的自由。他打開衣櫃，換上公司制服，身為處長的他其實不必天天穿制服，但想到今天要和總經理開會，還是安分一點比較好。他原本不在意年底副總經理出缺，但看著鏡中穿著深藍西裝褲和白條紋襯衫掛著識別證的自己，他得承認總經理職位確實滿誘人的。就算是副總經理，也可以不用和地鐵數千名員工穿同樣的衣服，光是這點就夠讓人興奮的了。只是，想升副總經理談何容易，雖然在所有處長中他的資歷最深，但他掌管的行車處目前正面臨好幾個難題，新的路線即將履勘，再兩個月就要上線正式營運，而層出不窮的跳軌事件，迄今還想不出妥善的解決方法。想到這裡，魏紹達忽然有些心驚——今天總經理和他開會，該不會問到旅客跳軌的事吧？

他匆匆走進電梯，按鈕前往B2停車場開車。上個月總經理在市議會被修理，回來第一件事就是找他商談。總經理沒有責怪他，只是要他把這件事放在心上，但魏紹達知道沒責怪不代表不責怪，有時候陰著來的算計比直接開罵更教人難以招架。這個月來跳軌的人數並未減少，總經理或許又是為了這件事找他，但他旋即想到，現在是議會休會期間，議員想拿跳軌事件做文章最快也是兩個月後議會開議之後的事，總經理今天應該不會特別關注這件事才對。

他走到自己的停車位，發現隔壁的車位前橫著停了一輛陌生的紅色跑車。跑車屁股很短，但還是超過來了一點，擋住了他的出路。他上車發動引擎，把方向盤原地向右打死，想繞過那輛跑車，但前後進退幾次就放棄了。他熄火下車，上樓找大門警衛。

「我的車出不去了。」

「出不去？被什麼東西擋住了？」警衛連忙從櫃檯後站起。

「有一輛車子橫著停在我隔壁車位前，屁股突出來擋到我了。」

「紅色跑車對不對？我就知道。那是六樓王董外甥的車，就跟他說了這樣停不行，他硬是不聽。」警衛拿起電話。「我馬上叫他下來移車。」

魏紹達看著在櫃檯後講電話的警衛，他的歲數比自己年輕一些，頂上掉髮的程度卻有過之無不及。他注意到這家保全公司的制服也是藍長褲白上衣，和自己身上的地鐵公司制服十分近似。他左右張望了一下，幸好沒人，不然被人看到了恐怕以為他們是同一個保全公司準備交班的同事。

「那小子馬上下來，」警衛說：「擋魏先生的路？叫他移開就對了。」

今天的第一個小障礙算是解決了。平常若發生這種事，魏紹達一定會奔下樓等在車前，準備教訓那位沒規矩的年輕人幾句，但今天他的心思被C市地鐵公司總經理的職務占滿了。

「好久沒看見魏太太和您的兩位公子了，他們什麼時候回來呀？」

一層一戶的大樓雖不常有鄰居寒暄，但有個多話的警衛一樣干擾了魏紹達的思緒。「不知道，要看我老婆怎麼安排。」他一邊回答警衛問題，一邊繼續琢磨心事。

「現在是暑假期間，美國應該也有暑假吧？我看很多去留學的人都是利用這段時間回來探親，他們也快了吧？」

若當上C市地鐵公司總經理，除了讓岳父有面子，對自己又有什麼好處呢？「他們忙得很，我老婆讓他們去參加Day Camp了，她覺得把錢花在夏令營比買機票划算。」魏紹達在心中盤算。玉珍帶小孩去美國讀書，接下來這三、五年應該都不會回來，他若當上C市地鐵總經理，就可以……

「也對，與其讓他們三個回來看你，不如你過去看他們，還可以省下兩張機票錢。」

「是可以省錢沒錯，可是我得要有時間才行。」就可以搬回家鄉，可以陪伴自己高齡的父親——他的牛肉麵攤早就收掉了。他總愛說這個兒子到哪都能活，其實自己也是如此，都高齡八十六了，還硬硬朗朗地活著。魏紹達的弟弟妹妹都住在老家附近，可以輪流探視照顧，倒是他這個長子，和父親的緣分似乎最淺。「但公司太忙了，沒辦法讓我請這麼長的假。」上台北工作後每年回家不超過兩次，每回都是吃過午飯天還沒黑就走，因為玉珍不喜歡在他老家過夜。想到這裡，魏紹達發現這個職務對自己的好處了。

「你是個好丈夫、好爸爸，很會替他們想。」

「還好啦。」

「不，是真的。社區的人都這麼說，你老婆很信任你，才敢把兩個小孩帶出國留你一個人在家。換作是我，有這種大好機會，我早就胡搞瞎搞了。」

「我也想呀。」他現在確定自己非常想要C市地鐵公司總經理的職務了，接下來要想的是該如何得到自家公司的副總經理一職。雖然只是跳板，但競爭也太激烈了——十七個處長，一個副總經理缺。資歷最深的他，這段期間若沒有亮眼表現或業務出了差錯，恐怕就只能眼睜睜看著這個位置讓人插進去了。「只是年紀大了，身體不行囉。」

「魏先生真愛開玩笑，你還不到五十歲，肯定還是一尾活龍。我老婆如果放我一個人在家，就算我真的不行，靠威而鋼犀利士我也要好好大搞幾回。」

「我膽子小，吃藥怕傷身體，買女人怕染病，找個小老婆又怕尾大不掉。」他飛快把競爭對手想了一輪，除去資歷太淺和職責重要性不足的幾位處長，比較可能與他競爭的只剩車輛處和站務處的兩位處長。他想到即將到來的履勘，一條新路線的通車，需要各處室一起合作完成。說是合作，也是競爭。總經理今天開會，應該就是為了提醒大家通車的事情別搞砸吧？

「你不是膽子小，是思想周到。」警衛說：「像我們這種人，事情總是想一半就去做了，才會變成今天這個樣子。」

「別說這種話。你家庭和樂，身體健康，工作穩穩當當的，有什麼不好？」看來，兩個月後的通車肯定會是這幾位處長的重要測驗。總經理沒有明說，但魏紹達相信其他處長一定心知肚明。他飛快把行車處負責的通車相關業務想了一遍，目前各方面大致沒問題，只剩司機員人力還有些不足。問題不大，比起車輛處要搞定十幾輛嶄新列車，站務處要啟動十幾個全新的車站，他的問題好解決多了。他決定從其他路線調老司機來應急，當然舊路線也鬧司機荒，但在這個節骨眼上，他得縱容自己運用處長的權力——反正只要新路線營運順暢，舊有路線的司機缺額問題就交給運務管理課自己想辦法。

「那小子下來了，我看他進電梯了。」警衛盯著監視器說：「報告長官！障礙預計在三分鐘之後排除！」

「我不是長官啦，你以為這裡是部隊喔？」他想到了學弟葉育安，那傢伙真的能自己想出辦法嗎？

「我以前是海軍陸戰隊的。一日海陸，終身海陸。魏先生研究所畢業，當的是預官，自然是我們這些小兵的長官囉。」

「我身體有毛病，不必當兵。」不待警衛追問，魏紹達自己招了。「高度近視，丙等體位。所以我才說你身體健康非常好。」想到葉育安，他心裡忽然有股沉重的感覺。自己只比葉育安早一年進地鐵公司，可是他憑能力和努力一步步爬上處長位置。葉育安呢？這些年來他明著暗著拉拔他，都二十年了，他只當到自己十年前就幹過的主任位置。

「近視不是病啦，外表根本看不出來。不過你說的對，什麼都是假的，只有健康才是真的。」

在學校的時候看不出來，一到職場，什麼缺點就都跑出來了。葉育安不是不認真，而是性格上有點問題。魏紹達老早發現他做事情不夠謹慎、缺乏決斷力，而且有點怕事，遇到重要狀況經常會自亂陣腳。更糟的是，他似乎頗安於現狀，往好處講是樂天知命，往壞處說是他對工作不夠熱情，看不出上進心。要他想辦法解決跳軌自殺問題，一個月過去了，除了張貼幾張海報，沒有其他積極作為……想到這裡，魏紹達心一驚。自殺防治不是車輛處的職責，和站務處雖有點關係，但主要還是算在他的行車處頭上。上回總經理被議會修理回來，只找了他去談而沒找其他兩位處長就是最好的證明。他越想越慌，要是接下來兩個月自殺人數還是居高不下，再碰上議會開議，到時副總經理的職務，恐怕就會被車輛處那個資歷比他低的處長撿去了吧？

「問題解決了，」警衛看了手錶說：「那小子把車開走了，剛剛好三分鐘。」

「我們樓下沒有臨停車位，他開去哪裡停？」

「管他去哪？他自己會想辦法，我才管不了這麼多，別礙著我們就好。」

看來，地鐵跳軌自殺問題，會是他和副總經理職務之間的障礙。這個障礙該如何排除？他有點著急了，飛快盤算各種可能的方法。他懊悔自己反應太慢，沒在上個月問題出現之時就著手解決。問題是，腿長在跳軌自殺者的腳上，要他們不跳談何容易。

「運氣好的話，也許出門就有停車位了，而且還是免收費的那種。」警衛說：「運氣差的話，嘿嘿，我看他繞到晚上也找不到地方停車。」

「所以停車還要看人品。」

「這社會，做什麼事不都一樣？」

魏紹達站在櫃檯前，和警衛一起看著桌上的監視器。那輛紅色跑車，同時出現在切分成九宮格的螢幕的好幾個格子裡。他看著跑車緩緩爬坡駛出車道，在路口猶豫不決了快一分鐘，才決定往左轉開走。他看著監視器的螢幕，突然覺得開車的這個人長得有點像葉育安。

他揉揉眼睛，紅色跑車已經從螢幕中消失了。

魏紹達剛剛原本沉重的心，這時莫名變得輕快起來。他忽然覺得自己這時才真正醒來，昨夜那三分之一瓶威士忌留下的昏沉乾渴感覺，現在全都不見了。他感覺自己混身充滿了鬥志和力量，眼前彷彿出現一片礁石和海洋，巨浪拍岸盛綻的水花晶亮燦爛地撲滿他一身希望。

10

「總經理要你全權負責？沒道理，真是太奇怪了。」劉士超停止用吸管撥動咖啡杯裡的冰塊，抬起頭對葉育安說：「要我們運務管理課解決跳軌自殺問題我可以理解，可是要主任你完全負責？那處長呢？」

他們在公司附近的咖啡廳各點了一杯咖啡，坐的正好是上星期葉育安和姚雅綾待過的那張桌子。葉育安開始後悔跟劉士超提起自己昨天被總經理召見的事，時間和地點都不對，兩個同公司的男人上班時間跑來咖啡廳談事情，感覺有點奇怪，不管公事私事，似乎都該在下班後找個熱炒店或居酒屋來談比較自然。夜長話多，適合把酒言歡或言不歡。但葉育安沒有夜晚，他一下班就得立刻趕回家——自從上週發現女兒手上多了個刺青之後。那好像是個船錨形狀的圖案，他不確定，敏萱一直有意遮掩，他也還沒想好該怎麼和敏萱談這件事。那天的另一個發現是敏萱交了男友。刺青和男友，他無法分辨哪個比較震撼，因為這兩件事幾乎同時發現。他當下沒有發怒，也不覺得哀傷。不是沒感覺，而是像剛被燙到時會覺得冰冷那樣，情緒在第一時間完全抽空。

葉育安近來最苦惱的事就在於此，他發現自己無法專心思考或應付某件事情，腦子裡總會輪番跑進不同的麻煩事讓他分心。就像現在，明明找劉士超出來談總經理召見他的事，明明自己的腦袋被這突如其來的命令搞得一團混亂，心思卻飄向了女兒的問題。敏萱坐上陌生男子機車離家，隔天就向葉育安攤牌。不是道歉，也沒有吵架，而是宣告。對，我是交了男朋友了，但我白天還是一樣會照顧阿嬤，直到你下班回來，你只能限制我一半的生活。葉育安懊悔那天對敏萱說話的口氣太糟，才惹來女兒冷靜又現實的宣告。他的母親變成了人質，敏萱用這點跟他談條件，而他只能完全投降。就像昨天總經理宣告的事情一樣。是宣告，不是討論。無論欣不欣然，他都只能接受。

「雖然少了處長那關，我們會比較好做事，可是我還是不懂，」劉士超說：「這樣處長不就沒責任了？本來是整個行車處的事情，為什麼單獨要我們運務管理課負責？」

「其他單位不是不幫忙，只是由我們主導，總經理說完全由我們來發想創意。」葉育安說。時間地點不對，但他別無選擇。他需要有人提供清醒的頭腦，這正是他今天找劉士超出來喝咖啡的原因。「方法由我們來想，其他部門會無條件配合執行，先前我們不就是這樣做了？」

「不，不一樣，現在你是繞過處長，直接對總經理負責。」劉士超遲疑了一下，才又說：「主任，我知道你和處長的關係，我沒有挑撥離間的意思，只是這件事實在太奇怪了，真不知道是誰的主意。」

「誰的主意不重要，長官有長官的考量。」葉育安當然知道是誰的主意，總經理召見他之前，魏紹達就先找他去談過了。昨天一早他看見魏紹達神采奕奕走進總經理辦公室，一臉容光煥發模樣。印象中，他只見過學長這麼亢奮過一次，那是在大學時代的宿舍，魏紹達衝進來大聲宣布他成功把到女朋友，沒多久就搬出去和女友同居。這回學長的決定一樣驚人。「別說我當你學長都沒罩你，年底可能有個處長缺，這事你一個人知道就好。」魏紹達和總經理開完會便找他去談話，「你年資夠，但主任才當一年，需要特別表現才有機會。我向總經理大力推薦你，如果你把這件事辦好，處長的位置就是你的了。」學長完全是為了他好，劉士超太多疑了，葉育安心想，士超知道處長和自己的關係，卻不知道這關係遠超過他的想像。「現在的重點是，我們必須想辦法讓旅客不再跳軌，總經理要求我們在三個月以內達到零跳軌目標。」葉育安說。

「怎麼可能？上個月我們費了這麼大的力氣做海報宣傳，結果還不是一樣，這個月蹦蹦蹦又跳了三個。」劉士超說：「天要下雨，娘要嫁人，旅客要跳軌，坦白說，我們一點辦法也沒有。」

「總經理說，一定會有辦法的。」

「要說辦法，鐵道最發達的日本人想得還不夠多嗎？減少站內死角，把月台地板漆成明亮的顏色，把燈光改成藍色的ＬＥＤ燈。結果呢？日本的跳軌事件還不是高居不下。」

「至少人家想了許多點子，而且都拿出來實行了。」葉育安說。他的想法本來和劉士超一樣，也知道課裡每個人都如此認為。但昨天魏紹達找他去辦公室做了一番長談，加上蒙獲總經理召見，葉育安現在相信一定會有辦法的。「處長說，只用海報宣傳太消極、太被動了，他建議我們多動點腦，想一些比較直接又有效的方法防範民眾在地鐵站跳軌。」葉育安說，覺得自己好像不應該抬出處長兩字。一定會有辦法，也一定要有辦法。不是為了處長的位置，而是不能被學長看扁。「我也覺得，我們先前掛出去的海報好像太嚴肅太呆板了，光用口號和標語並不容易打動人。」

「既然處長這麼說，」劉士超說：「那我們改掛美女海報如何？」

「美女相片？」

「也不一定是女性，俊男帥哥的相片也可以。」

「這和預防自殺有什麼關係？」

「你不知道嗎？有醫學研究報告說，如果你每天凝視漂亮女性的相片，血壓會變得比較低，脈搏跳得也比較慢，可以減低心血管疾病的風險。」

「看這種相片不是會讓人血脈賁張嗎？」

「不是那種清涼裸露的辣妹照啦，單純只是臉部相片。報告上還說，如果經常凝視俊男美女，可讓大腦中的迴路控制機制產生良好的情緒記憶，讓情緒中樞保持穩定狀態，有益身心健康。」

「有這種事？」

「這是科學研究，不是我亂掰的。」劉士超說：「如果我們在車站裡到處貼上美女俊男相片，說不定能打消跳軌者的輕生念頭。」

「太好了！」葉育安拍了一下大腿。「那你快去跟小琪說，請她換一下海報圖片。」

「沒問題，我會精選一些美女圖給她，而且不准她放自己的自拍照。」劉士超哈哈笑了幾聲，才發現葉育安表情一臉認真。「喲？你當真了？我的天啊，你該不會真的想在車站裡掛正妹相片吧？」

「有何不可？這不是科學研究的結果嗎？」

「別開我玩笑，主任，現在工作不好找，我還想多幹幾年。」

「你放心，總經理要我全權負責這件事，從今天開始，我會擔起所有成敗責任，絕對不會讓課裡任何一個人背黑鍋。你回去可以跟大家講，請他們放心大膽想點子，任何主意都行。」

「既然如此，為什麼不等課裡開會時說？」

為什麼不？葉育安一時語塞。其實他找劉士超出來喝咖啡除了討論總經理昨日下達的命令，另一個重要原因是想和他商量姚雅綾的事。上星期他們在此喝過咖啡後，不到兩天，葉育安就收到了姚雅綾請求恢復正式駕駛的申請書。申請書是她自己打的，公司內部沒有這種表格，那也是葉育安第一次接到這樣的申請。他猶豫了幾天，申請書一直放在抽屜裡，直到昨天才逮到機會呈交給處長。「能不能讓她復駛你就自己決定吧，學著獨當一面，有個準處長的樣子。」魏紹達只這麼說，就把申請書還給他了。

「我會宣布的，只是怕大家一聽就起鬨，所以才找你出來先讓你知道這件事。」葉育安說，其實他很想把話題往姚雅綾那裡帶，只是一直找不到機會。「麻煩你先提醒大家，從現在開始要把自殺防治問題當成我們課裡最重要的工作。」說也奇怪，一想到姚雅綾，剛剛還被家事公事壓得悶悶癟癟的心，此時竟有點放鬆了。他發現自己的確無法專心思考或應付某件事，但輪番跑進腦袋裡讓他分心的也不見得全是麻煩東西。這時他想到了還擺在辦公室桌上的那個羊毛氈，頓時覺得劉士超剛才的提議——雖然是開玩笑的——似乎還真有可行之處。每個人都需要良好的情緒記憶，有助身心健康。他發現，想著姚雅綾或她的羊毛氈，頗有劉士超說的凝視俊男美女相片的效果。不過，這些想法只能在自己心裡轉，不好說出口。

「好吧，雖然我還是覺得這件事不太對勁。」劉士超說，他叼著吸管深入杯底，發出咕嚕咕嚕的聲音。

「你放心吧，處長不是你想的那樣，公司沒人比我清楚他的為人。」

窗外的街道鋪滿陽光，午後無雲，每個經過的女人都打著傘。咖啡廳裡人聲嘈雜，聽不清擴音器播放的音樂，但葉育安還是覺得坐在咖啡廳裡舒服極了。他看著劉士超抽出吸管，仰頭一口將剩餘咖啡連同殘冰吞下，似乎以為事情已經講完了。他猜劉士超可能迫不及待想回公司對同事宣布這個消息，但他還想在這裡多坐一會兒。兩個男人在咖啡廳坐太久很奇怪，他想，要是對面這個位置像上次一樣坐的是女人就沒問題了。沒錯，如果是個女人，他的感覺可能會更自在更舒服一點，如果是姚雅綾的話就更……

陽光燦爛，加上咖啡廳殘留上次聊天的記憶，讓葉育安忽然產生了一個念頭。

「你覺得姚雅綾這個人怎麼樣？」他們一起走出咖啡廳，葉育安故意不經意說。

「誰？」

「沒事，算了。」葉育安轉頭看向公司的方向。「你剛才的建議，我們回去就開始進行吧。」

「主任，你真的要掛美女相片？這我可不敢……」

「就當作是我的主意吧，既然現在我全權負責了，就一定要拿出辦法。」葉育安握起拳頭。

「我們趕快回公司，叫小琪……不，所有人都要動起來，用最短時間找一些可以刺激良好情緒反應的美女相片放在車站裡。」

11

十幾列嶄新的電聯車，整齊停在機廠車棚外，車身全新的塗裝在陽光照耀下像鍍上了一層膜，閃亮得讓站在天橋上的葉育安瞇起了眼睛。那是剛運到機廠正在整備中的新列車，不久就要投入新路線營運。列車一字排開呈現出壯盛氣勢，讓葉育安看得竟莫名覺得有些感動——儘管他在地鐵公司工作這麼多年，像這樣的陣仗也沒見過幾次。

氣勢同樣凌人的陽光把整座天橋燒得像烤肉架，讓他無法駐足太久，只能快步往機廠的訓練大樓走去。這裡除了是新舊電聯車的保養維修中心，也是新進司機員的訓練基地，他們會在此接受兩個月的基礎和進階訓練，才能到各段路線實習。那些在上線後適應情況不佳、出過嚴重差錯或發生各種不適合再開車狀況的司機員，也會暫時回到這裡擔任機廠內調度車輛的工作。他們不會和旅客接觸，也不會把列車開到太遠的地方，他們就只駕駛列車從這個機棚到那個機棚，從這條軌道換到那條軌道，如此反覆無聊的動作而已。

葉育安進入訓練中心大樓，逕自往司機員休息室的方向走，沿途一連遇到幾位認識的同事，每個人都以問句打招呼——喲？你怎麼跑來機廠了？葉育安被問得有些心虛，但很快為自己找了正當性十足的理由。新路線快通車了，許多司機員會被調去支援，舊路線鬧司機荒，他來關心停駛中司機員的復駛情況，這是天經地義的事。

當然，他真正的目的是來找姚雅綾。問題是，找她做什麼？葉育安發現自己太晚想到這個問題。魏紹達要他獨當一面，全權負責，但一個星期都過去了，姚雅綾的復駛申請書和那個羊毛氈玩偶一樣，一直擺在葉育安的辦公桌上。「如果你覺得今天我們談得還不夠，歡迎你隨時來找我評估。」姚雅綾上次在咖啡廳確實這麼說，可是上班時間跑來機廠訓練中心，好像得有個更適當的理由才行。

他越接近司機員休息室，脈搏就跳得越快，彷彿比去處理跳軌現場還緊張。他想起這陣子血壓一直滿穩定的，有幾天忘了吃藥血壓也沒飆高。劉士超上次說看美女相片可以降低心血管疾病風險好像是真的，這陣子他經常在上班時偷看姚雅綾人事資料上的那張大頭照，不知是不是這個原因讓他血壓穩定。那天劉士超在咖啡廳提出的點子，讓整個運務管理課的人都嚇了一跳，但在葉育安堅持下，他們還是以驚人的效率在極短時間內讓好幾座地鐵站掛滿了美女相片。只是，這星期還是發生了一次跳軌事件，美女相片防治自殺的效果似乎沒有強過降血壓。

「好久不見，葉主任，你怎麼跑來這裡了？」

又一聲重複的問候，這次是個女性的聲音。葉育安回頭，發現自己見到了救星。她是人力處發展課的心理諮商師，負責公司職員團體心理衛生教育，也提供個人心理協談和情緒檢測，尤其是那些遇上跳軌事件的司機員。每次有類似事故發生，公司的心理師都會馬上趕到現場安撫司機員情緒，事後也會追蹤輔導，經過一連串協談審慎評估後才能結案。

「這麼巧？我正想找機會去找妳聊聊。」

「主任也想心理諮商嗎？那得先預約喔。」女人笑說：「女兒還好嗎？記得上回看到她是在公司運動會上，現在幾歲啦？」

「讀大學嘍。」葉育安嘆了一口氣。「長大了，和以前妳看到的樣子完全不同了。」

「這麼快？也是啦，我的小孩也要進高中了……你說想找我，有什麼事情要談嗎？不會是為了女兒的事吧？這年齡的女生很麻煩，當父母的得多費點心才行。」

心理師的話讓葉育安的心思又岔開了，眼前浮現女兒手腕上那枚青色的船錨刺青，以及黑暗中像一顆流星遠去的機車尾燈。他甩甩頭，決定把女兒的事先擱在一邊。「我想找妳談談姚雅綾，我知道她的案子是妳負責的。」

「姚雅綾？她的狀況很不錯呀。」

「妳知道她已經提出復駛申請了嗎？事情發生還不到兩個月，妳會不會覺得她心理復原的速度太快了？」

「我知道。我和她談過了幾次，她是個很堅強的女人。」

「堅強嗎？如何判斷一個人到底堅不堅強？」

「其實堅強是比較籠統的講法，應該說，她的心理素質非常高。」心理師說：「姚雅綾的適應力非常好，也很瞭解自己，知道自己生活的目標。她懂得如何經營人際關係，明白如何在不違背團體利益或公司規範的前提下，發揮個性，滿足個人的基本需求……」

「所以她急著想回線上開車，是因為要滿足個人的需求？」葉育安摘出心理師話中重點。

「我記得她說過，她喜歡待在駕駛室裡的自己。」

「喔，她找你談過了？什麼時候的事？」

「兩個星期前吧？」葉育安說，感覺耳根微熱。其實是十二天前，但他不想講出精確數字，也不想提太多和姚雅綾下班去喝咖啡的事。「不是都有創傷後遺症嗎？不管心理素質再怎麼堅強，也難免受到影響吧，畢竟那種景象非常恐怖。」

「正確的說法是ＰＴＳＤ，創傷後壓力症候群。」心理師回答：「但不是每個人都會出現這種現象，即使面對的是相同打擊，而且多數人不會發展成ＰＴＳＤ。以比例來說，男性大約只有百分之五可能出現這種狀況，女性則是百分之八到十左右。」

「喔？女性發生的機會果然比男性高很多。」

「除了性別，創傷事件類別也會有影響。一些比較屬於個人的事件，較容易引起ＰＴＳＤ，因為當事人很容易將矛頭指向自己，讓問題惡化。相反的，若事件發生在大眾身上，例如天然災害，因為大家都認為災害是不可避免的，引發PTSD的機率便大幅減低。」

「妳覺得遇到跳軌自殺是天然災害還是個人事件？」葉育安問。他早就查過創傷後壓力症候群的症狀：意識屢屢重返創傷現場，不敢接觸與創傷有關事物，過度警覺反而讓注意力不集中。身體也可能出現焦慮性疾病症狀，不安、緊張、心悸、胸悶、冒冷汗。他不是為了出事的司機員而查，而是懷疑自己可能也有這種症狀而不自知。公司只關心出事司機員的心理復健，似乎沒注意到事故現場處理人員所承受的創傷壓力。

「要看當事人怎麼想，當然我們會盡量安慰他們，說這與個人無關。」心理師說：「無論如何，事件發生後一個月內是很重要的時間，如果沒有好好處理而發展成PTSD，以後復健之路就非常漫長了。」

「所以姚雅綾並沒有出現這個問題。」

「目前看起來是沒有，我剛說過，她的心理素質非常堅強。」

「可是在事故發生那天……妳那天好像也很晚才到現場？」

「哎呀，真不好意思，我很少遲到的。那天我忘了是怎麼回事，好像是路上遇到遊行大塞車吧？」

「沒關係，我也比我的副主任晚到，而且替換的司機員也隔了很久才來。」葉育安說。他想起那天坐在月台長椅哭泣的姚雅綾，想起她已剪去的長髮，想起她埋在雙掌的臉和不停抽搐的雙肩。「那天妳沒看到，事件剛發生的時候姚雅綾在月台哭得非常慘。我從沒見過任何一位司機員像她那樣失態，即使是女司機員也一樣。如果她真的像妳說的那麼堅強，怎麼會哭到完全站不起來？」

「再怎麼堅強的人，難免也會有崩潰的時刻。」心理師說：「我知道這很難想像，但每個人都會有心理上的弱點，我把它稱為『阿基里斯的腳踝』——那是希臘羅馬神話典故。不管你的心理防線再怎麼刀槍不入，一旦被人戳中這個要害，就會完全崩潰，而且崩潰的程度和平日的堅強成正比。」

「所以姚雅綾的崩潰屬於這種類型？」

「有可能，但還需要多一點時間評估。」

「妳們應該談過好幾次了吧？她有告訴妳是什麼東西戳中她的要害嗎？」

「當然，她說了很多，雖然剛開始有點抗拒，不太願意坦白。」心理師對葉育安眨了兩下眼睛。

「她說了什麼嗎？」葉育安問，以為心理師想透露什麼重要訊息。

「基於隱私，這部分內容不方便和你分享。」她又眨了兩下眼睛，這次更急了，明顯在暗示什麼。「你不是也和她談過了，她沒跟妳說嗎？」

「沒有。」葉育安說了謊。「那妳評估的結果如何？妳覺得我們可以讓她回去開車嗎？」

「這點我比較保守。」心理師說，她沒看著葉育安，視線移到他身後遠方，同時把話越說越快。「雖然她的心理素質堅強，但我認為還需要一點時間才能正確評估她恢復的狀況是否達到標準。至少，我們得讓她通過兩次以上的上車測試。」心理師忽然閉上嘴巴，把話語轉成笑容向葉育安身後投去。

葉育安隨著她的視線轉身。就在他身後幾步之遙，姚雅綾正抱了一疊書籍和文件走來，一見到葉育安便驚喜地叫了起來。

「主任！見到你真好！」

12

這是葉育安第一次仔細看姚雅綾的臉，面對面，距離不到一百公分。他發現眼前這個女生有種迷人風韻，那是履歷表上那張相片顯現不出的。他注意到姚雅綾別了一條絲巾，淡紫色的，材質像她的臉一樣光滑柔細。她把絲巾打成蝴蝶結垂在胸口，讓葉育安感到一種軟弱、曲折、立體、多層次的複雜神祕感覺。

「你說無法批准我的復駁申請，意思是這樣吧？」機廠的員工餐廳沒什麼人，不像地鐵辦公大樓對面的咖啡廳人聲嘈雜，但姚雅綾還是重複了一遍葉育安說過的話。

「是的，真的很抱歉。」

「我明白了……所以，你是專程來告訴我這件事？」

「對……啊，不、不是的……」葉育安慌忙擺手。「我是來機廠洽公的，是剛才恰巧在訓練中心遇到妳，才想到要告訴妳一聲。」

「原來是這樣，」姚雅綾說：「沒關係的。」

葉育安攪動面前的咖啡，看著眼前出現的失望表情，心思也跟著旋轉了起來。她的失望是當然的，重返線上開車的期待落空，這樣的情緒表現完全合理。可是，她失望的表情好像慢了半拍才出現，有沒有可能……他心思越轉越覺得懊悔，如果剛剛不要說謊，坦白說自己是專程為她而來，她還是會那麼失望嗎？

「可是我不懂，我以為新路線馬上就要通車，現在正是需要司機員的時候。」

「謝謝妳這麼體諒公司，但我們還是希望妳能多調適一段時間，再回線上開車。」

「這是處長的決定嗎？」

「不，這是我的決定。最近公司高層做了指示，要求我負責執行一些計畫。」

如果葉育安的靈魂能飄移出來，完全抽離在一旁觀看，他肯定會驚訝發現自己正在滔滔不絕對著紫色絲巾女人高談工作上的事——總經理親自召見，關起門一對一會談，他要我全權負責，一部分處長該管的事都交給我，不只是自殺防治，還有司機員的調度管理，全都是由我負責，幹得好的話年底或許有機會升處長——完全旁觀的他，一定會覺得這個八字眉中年男人和剛出社會的毛頭小子一樣幼稚，只顧著在女性面前炫耀工作成就，無視兩人還不太熟絡，也不管自己喜不喜歡人家或人家喜不喜歡自己。但他終究無法離開自己的身體，看不到自己口沫橫飛的模樣，而且，出乎意料的，這樣的展示似乎出現了效果。在不知道自己講到哪裡的時候，葉育安看見姚雅綾的眼睛亮了起來，失望的表情竟轉成了笑容。

他發現自己說的話好像能引起聽者興趣，便決定加強表演，努力展現風趣的一面。總經理是何等人物，可不是每個人都有見到他的機會，更別說被邀請進入他的辦公室——總經理辦公室在公司樓層最高的地方，有一整面牆都是玻璃，站在落地窗前你可以扠著腰俯瞰整座城市。總經理人還不壞，待人客氣，只是樣子有點像我高中訓導主任——他對姚雅綾描述總經理的模樣，描述總經理辦公室的裝潢擺設——那間辦公室裡的家具都是紅棕色的，應該是最高檔的胡桃木而非普通的紅橡木，比運務管理課用的系統辦公家具不知高上多少個等級。總經理的辦公桌大得像航空母艦，可是上面乾乾淨淨，只有一大張透明玻璃墊倒映著辦公室裡的風景——他把握住亮點，對姚雅綾吹噓那天不凡的經歷，彷彿自己是剛從亞馬遜叢林歸來的探險者。只不過，他也隱瞞了好些事情沒說。

上次總經理找他開會，除了交付任務要他獨撐大局，也順道批評了他的運務管理課一個月來的努力。辦公室裡也有沙發，但葉育安說不出坐起來是什麼感覺，因為總經理並沒有請他坐下。當時他站在總經理那張大辦公桌前，玻璃桌墊上不是一無所有，而是擺滿一頁頁A4紙張，那是葉育安先前呈給處長魏紹達的資料，現在都拿到總經理這邊來了。這些紙張上的文字不多，每頁有半版以上是圖，那是他請副主任劉士超拿相機一個車站一個車站跑，拍回各月台防治自殺宣導海報實掛的現場相片。他還特別交代劉士超，一定要把各張海報內容拍得清楚一點，好呈現他們運務管理課腦力激盪的成果。總經理指著離他最近的一張海報，上頭的宣傳文字寫著：生命不能重來，你可以在此轉彎；踏出去之前，請再想一想。「想一想有什麼用？越想就會越想死。」總經理說。他陰沉著臉，眉頭糾結，語氣流露威嚴。「不是我挑剔你們的文宣內容，但事實在眼前，這些海報死氣沉沉，貼出去完全沒效果。」葉育安想起總經理的批評，這正是他採用劉士超美女海報建議的原因，但這部分他只對姚雅綾輕描淡寫帶過，沒講出總經理在工作上帶來的壓力。不是刻意隱瞞，而是沒有這個習慣，他總覺得講出心事煩惱是件難為情的事，即使對自己的哥們學長魏紹達也一樣。

「你一定很煩惱，沒想到主任要忙的事這麼多，真的好辛苦。」

「還好，習慣了。不過目前最重要就是得解決跳軌自殺問題。」這句話一出口他就後悔了，怪自己話說得太快，忘了姚雅綾上個月才遇到這種事。他觀察姚雅綾的表情。還好，號誌正常，軌道正常，無任何異狀。

「有想到什麼好辦法嗎？」

「還沒有。目前我們主要還是用平面廣告宣導，只稍稍改變了一下宣傳的內容。」葉育安不想說太多美女海報的事。「但效果好像還沒出來，前天又有人跳了。」

「一定會有辦法的。」姚雅綾體貼地說。她低頭調整了一下領口絲巾，把絲巾解開，重新打了個結。

只是一句平凡的話，葉育安卻覺得心裡暖暖的。他看著姚雅綾的動作，感覺她是個善解人意的女人，能感受到他的工作壓力。畢竟是同公司的人，比較容易理解外人不知道的事，像他在航空公司擔任地勤的前妻就永遠搞不懂他的工作。一時之間，葉育安忽然有股衝動，想一股腦傾吐心事，把母親和女兒的狀況都告訴她，讓她知道自己不管公司家庭全都有一堆煩人難解的事。

但這些當然不適合現在說。他們從公事出發，開始聊起天來，無論談話時間長度或內容品質，都好得超過葉育安的期望。姚雅綾果然如心理諮商師說的，是個心理素質很堅強的女人，她的情緒雖一度受不能復駛的消息影響，但很快就恢復了，臉上再也見不著半點陰霾。倒是葉育安，他努力要自己放鬆，卻仍免不了有點緊繃。

「妳還在做羊毛氈嗎？」

「羊毛氈？」

「上次妳不是說會做羊毛氈來轉移煩惱，那是妳收伏情緒怪獸的法寶。」葉育安努力打開話題。「還有打地鼠，我沒記錯吧？」

「不是真的打地鼠啦，」姚雅綾笑說：「而且我不止羊毛氈一種法寶而已。」

「妳居然還有別的方法？是圖畫著色書嗎？」

「不，是音樂。」

「音樂？什麼音樂？」

「什麼音樂都行，只要是喜歡的。你聽過音樂治療嗎？」

「好像知道，就是用音樂來消除壓力，讓人放鬆。」

「不只是聽喔，任何與音樂有關的活動都可以，像自己玩樂器啦，或是跟著音樂跳舞。」

「聽起來很不錯。」

「你的表情好像不太相信。你知道嗎，音樂可以引起很複雜的生理反應。」姚雅綾像推銷員一樣熱情說起音樂的好處。調節血液循環，加強新陳代謝，降低疼痛，消除疲勞。音樂可以刺激大腦皮層和中樞神經系統，讓人體各器官和內分泌系統運作正常。「聽音樂可以放鬆心情，讓血流更順暢，也可能影響交感神經作用，有助於控制血壓和脈搏，對預防心臟血管疾病有很大好處。」

「預防心血管疾病？」葉育安想起劉士超說過的話。「這豈不是和看美女相片的效果一樣？」

「什麼？」

「我是說，看來常聽音樂好像對健康還滿不錯的。」

「那當然。不只是生理上的，音樂對心理也有很大幫助。音樂的節奏和旋律能促使大腦產生一種叫做『腦內啡』的物質，可以改變人的情緒，有對抗抑鬱焦慮的功效。」

「真的那麼有效？看來我也得試看看。」葉育安說：「有特別推薦聽誰的音樂嗎？」

「什麼都行，只要你喜歡、覺得好聽的都可以。」

「我不知道我喜歡什麼。妳呢?都聽什麼音樂?」

「我聽古典樂，我放了好多曲子在手機裡，最近常聽柴可夫斯基的『悲愴』，一有空就會戴上耳機聽一下，就算幾分鐘也好。」

「悲愴?我不知道有沒有聽過。妳確定不會越聽越難過?」

「不會啦……也不能這麼說……這首曲子其實滿沉重的，一開始好像可以聽見有人在嘆息，悲哀到了極點。可是你繼續聽下去，很奇怪，心情就會開始跟著旋律上下起伏，像坐雲霄飛車……我不太會形容，你自己聽看看。」姚雅綾從袋子裡拿出耳機，連上手機，把耳機遞給葉育安，示意他戴上。

葉育安接過來，那是一副白色的耳塞式耳機，潔白的矽膠套在他手中像兩顆來自海裡的珍珠。他的手微微顫抖，試了幾下都沒能把耳機塞好，連掉了幾次。

「你戴反了，耳機有分左右邊。」姚雅綾說，她俯身向前，雙手越過桌面伸向葉育安，替他把耳機拿下來，左右交換後戴上。葉育安憋住呼吸，不敢把氣吐到她的臉上。「可以了，要開始嘍。」

一開始葉育安什麼也沒聽見，慢慢才好像有個低沉的聲音從遠方傳來。他對古典樂的知識是零，不知道那是什麼樂器。他很想專心聆聽，打算至少分辨幾種樂器以便能和姚雅綾聊下去，但眾多樂器聲很快加了進來，旋律逐漸變快，加上面前的姚雅綾正微笑看著他——她雙手托著臉頰，模樣有點可愛——讓葉育安完全不知道聽進耳裡的是什麼。

「怎樣？好聽嗎？」

「好像不錯，感覺滿好的。」他看著姚雅綾的臉說。

「你有聽到旋律慢下來的那一段嗎？是不是感覺好像有人在洗你的靈魂？」

「哪一段？」

「就是……哎，很難解釋啦。」姚雅綾站了起來，走到葉育安身邊。「借我一隻耳機。」她彎下腰，輕輕取下葉育安右耳的耳機，戴進自己的左耳。「快來了，好，你聽這一段音樂，每次我聽到這裡，眼前就會出現風吹過草原的畫面。」耳機線不長，姚雅綾的左臉頰離他的右臉頰很近。他沒有聽見風聲，倒是聞到姚雅綾身上的香味，感覺到她的體溫。不知道是不是音樂的效用，他覺得自己呼吸慢下來了，可是心跳卻很快。他的脖子變得有點僵硬，不敢稍稍轉頭偷看姚雅綾的臉。「這段變得有點安靜，然後是黑管的聲音，大概到第九分鐘半的時候就要大爆發了，你要有心理準備喔。」姚雅綾靠得更近了，她一手扶著葉育安的椅背，一手點開擱在桌上的手機螢幕，調整音量。「快到了，快到了……對，就是這裡……啊，來了！」

音樂聲越來越小，葉育安耳裡全是姚雅綾的聲音。

他緩緩閉上眼睛，感覺自己好像被催眠了。

突然轟地一聲，耳機爆出巨大聲響，他抖了一下，眼皮立刻彈開。什麼事也沒發生，餐廳裡的客人還是好端端喝著飲料談天，沒人注意他們這邊。姚雅綾仍貼身站在他旁邊，他一樣可以感受到她的香味和體溫。如果他夠大膽的話，甚至還可以感受一下她身上衣服的質感，只要把手肘稍稍往外張開點便行了。但他被爆發出來的音樂聲嚇到了，像一聲驚雷響起後伴隨而至的大雨，他聽見好多樂器同時奏出聲音，來得又快又急，滿滿塞進他的耳裡，讓他的心也跟著鼓脹起來。他偷偷瞄了姚雅綾一眼，發現一樣只戴著一邊耳機的她，不知何時也把眼睛閉起來了。她的嘴角彎成一個漂亮的弧度，正帶著微笑聆聽這首名為《悲愴》的樂曲，神情專注得不容任何人侵犯。於是葉育安再度閉上眼睛，注意到在雜沓樂聲中，有個短而急促的旋律不斷重複，像一隻孤鷹闖入群飛的雀鳥，在驚出一陣慌亂後爬高飛升，不停往上再往上。驚爆聲再度響起，這回他聽出來了，不像打雷只單純一聲巨響，這令人震撼的聲音是由數不清的樂器組成，好複雜的聲響，就像姚雅綾胸前的絲巾一樣糾結纏繞。爆音稍歇，他聽見整齊乾淨的銅管喇叭齊鳴，有種雄雄渾渾充滿力量的感覺油然而生。他驚訝發現從不聽古典樂的自己，腦海不只出現孤鷹和雀鳥，此時竟還浮現戰士出征的景象。他心中翻攪著雄壯又淒涼的感覺，感覺自己就是那位英雄，眼前只見旌旗、戰馬和一座高聳的城堡，城牆垛口有個女人含淚揮手為他送行。視角自動拉近，他看見城牆上的女人左耳戴著一只耳機，胸前的紫色絲巾在他眼前微微飄動。

「如何，好聽嗎？有沒有覺得被撫慰了？」姚雅綾替他摘下耳機，笑吟吟說。

下班前一刻，葉育安回到運務管理課，一進辦公室便高聲大喊：

「音樂！就是音樂！」

所有人都暫停動作，包括下班前進來收垃圾的阿桑，全轉頭看著他。

「你們都還在，太好了。士超呢？」他興奮地揮舞雙手，快步走向副主任的辦公桌。「士超，我們怎麼沒有早點想到，大家都喜歡音樂，我們可以利用音樂讓那些想去車站自殺的人改變主意。」他大力搖晃劉士超肩膀幾下，一伸手又拉住從影印機回座位的管理師小姜。「你不是玩過音樂嗎？音樂你最懂了。來來來，我們一起來開個會吧。」他轉身面向課裡所有人。「老吳、兩光，還有小琪，你們都來會議室，快點，快點。老陳你晚點再去接小孩，阿凱你也先別去健身房了。大家都到會議室來，我們要馬上開個會，激盪一下腦力。」葉育安完全沒注意眾人的表情和反應，不等大家動作，他率先奔向會議室，急得像衝進產房探望新生兒的父親。

向右看

今天的地鐵站好像有點不太對勁。

他一走進驗票閘門便感覺到了，不過和志工的熱心無關。剛剛在車站大廳，志工遠遠見他一手拄著枴杖，一手提著藥袋緩緩走來，便替他開了無障礙閘門，還想攙扶他到月台。他拒絕了，這是他長年軍旅生涯養成的習慣——獨立作戰、自力更生。他的腳是痛得厲害，但只要稍停休息一下就可以繼續走，不需要別人幫忙。

他左看右看，車站還是以前的樣子，感覺就是有點不對。這些年來他每隔一段時間就會搭地鐵去醫院拿藥，最近次數變得越來越頻繁了。糖尿病有惡化趨勢，年輕時被結核弄損的肺如今也開始讓他呼吸不順。七十八歲的他還有白內障、重聽、胸悶、筋骨痠痛和關節問題，為了省事，他乾脆一次掛兩個科。新陳代謝科、胸腔科、眼科、耳鼻喉科、心臟內科、復健科。每個醫生都開了一堆藥給他，說：「伯伯，要按時吃藥喔，吃完再回來找我。」

說車站還是以前的樣子，倒也不盡然。他發現這兩個月車站的海報廣告好像變多了，尤其最近這兩次搭地鐵，不管走到哪都能看到漂亮的小姑娘小夥子相片。都是現在的影視明星吧？他這麼想，但這些人他半個也不認得。他站上電扶梯往月台層下滑，看見連電扶梯兩側也貼滿了明星相片，左邊是美女圖，右邊是俊男照，每個人都燦爛笑著向他炫耀青春，讓他有種走進舊日舞廳和夜總會的感覺。

但這些都是他早已發現的事，和今天的不對勁無關。今天車站裡的空氣好像會震動，他隱約感覺到，一種間歇性的震盪，每隔一小段時間就會出現。早上來的時候沒注意，可能是因為急著去門診報到的關係。胸腔科的醫生和他約好看肺部電腦斷層報告，他不喜歡過號，守時是他戎馬一生養成的另一個習慣。「紀律是成功的關鍵，守時是紀律的根基。」他如此要求自己、要求部屬，也如此要求——甚至更加嚴格——自己的兩個女兒。她們從三歲開始就要準時起床、就寢時間一到就要熄燈睡覺。即使自己長年隨部隊移防不常在家，也要求妻子按此標準執行，儘管他知道心軟的妻子總是當不成好值星官。

——沒有家人陪你來嗎？上次不是說，今天最好有家人一起來看報告？

在答案揭曉前，他花了點時間向醫生解釋。我太太十年前走了。走去哪？上天國了。兩個女兒，一個嫁到美國，一個嫁到馬來西亞。住美國的兩年回來一次，住馬來西亞的一年回來兩次。只是看個報告，瞭解一下最近咳不停是怎麼回事，要家人來幹什麼？

他下到月台層，一輛列車剛關上車門啟動離站。他的右腳又痛了，喉嚨一陣悶癢。趁月台暫時無人，他用力痛快地咳了幾下，咳到流出眼淚，卡在喉嚨深處的那口痰卻依然文風不動。他感覺四周空氣又震動起來了，幾個穿破洞牛仔褲衣衫不整怪模怪樣的少年從樓梯下來，詫異地一起抬頭往天上看，旋即咧出笑容，做著怪異動作一路往月台底端蹦跳而去。他這才想起，剛才在醫院時，為了想讓自己安靜一下，已經把助聽器摘掉了。

他把枴杖靠在一旁，從上衣口袋掏出助聽器戴上。

一聲巨響灌進耳裡，嚇得他連忙把助聽器音量調低。原來空氣震動是因為鼓聲造成的。綿密、快速、節奏一致的鼓聲，伴隨電音樂器和人聲嘶吼，讓整座車站更像迪斯可舞廳了。地鐵站內竟然會播放這種少年人的鬼歌，這正是今天車站讓人覺得不太對勁的原因。

他搖搖頭，把助聽器拔下。

噪音突然隔絕，他的耳朵頓時有種真空感，眼前景物好像也跟著停滯，時間彷彿慢了下來。這種感覺他並不陌生，年輕時當砲兵中尉，一顆敵人的砲彈落在他的碉堡上頭，炸死兩位坐在碉堡上乘涼的弟兄，震倒碉堡裡所有砲兵。他從地上爬起，耳朵足足有一分鐘被真空包圍，世界上的聲音彷彿瞬間被吸光了。不知誰說過，當你死掉的時候，時間也會停止在你死亡的那一刻。他記得那時第一件事是先看手錶還有沒有走動，以確定自己還活著。

他抬頭看了一下月台上的螢幕，訊息顯示下班列車將在四分三十秒後進站。他知道他們說幾分進站就幾分進站，這是他喜歡搭地鐵的原因。雖然不知道他們是怎麼辦到的，但他非常欣賞這種充滿紀律的準時表現。

四分三十秒，他還有充足時間可以歇息一會，緩和一下右腳的疼痛。他是個好病人，把醫生指示當成長官命令遵守。每次拿藥回家，他會把藥包全撕開放進格狀塑膠藥盒裡，嚴格規定自己間隔六小時服用。他覺得藥丸很像子彈，他把一顆顆藥丸放進小方格，像把子彈按進彈匣，準備給予病症持續攻擊。然而，他的健康狀況卻節節敗退，讓他不免有點憤憤不平。人老了，全身上下器官齊步退化，痛覺神經卻好像變得更加敏銳，每日凌遲他的身心。他的腳也痛，腰也痛，小便也痛，胸口喉嚨都痛。每個部位的疼痛都有一位不同科別的醫生負責對抗，每個醫生都開了一堆藥給他，說：「伯伯要按時吃藥喔，吃完再回來找我。」

唯獨胸腔科醫生不敢輕忽，他看著診療桌旁的直式螢幕，宣布敵軍來犯的消息。

——從你的電腦斷層看來，現在的情況不太妙，癌細胞已擴散至氣管壁上的淋巴組織，胸壁及橫膈膜。你看，這裡、這裡，還有這裡都是，得趕快動手術把壞東西拿掉才成。伯伯以前開過刀嗎？

醫生向他解釋病情和接下來的安排，但他偷偷把助聽器拿掉了。他沒開過刀，但他知道這過程是怎麼回事。入院、開刀、病房療養、出院、化療、滿枕頭的頭髮，一陣短暫平靜，然後是門診、檢驗、入院、再開刀……十年前他陪妻子完完整整經歷過了一遍，他完全明白這是怎麼回事。

列車進站中，他站在柱子邊，不打算搭這班車，得再休息一下才行。他忍不住又咳了，這回衝動來得太急太快，來不及摀嘴。一位從柱子後面走來的年輕女人轉頭看了他一眼，他覺得十分難堪。

「抱歉，真的很抱歉。」他連忙說。

女人停下腳步看著他，嘴巴開開闔闔說了些話。她的嘴唇動得很快，判讀不出她說的是什麼。應該是在指責他吧？他這麼想，但還是把助聽器戴上。

「你的藥袋掉了。」

女人指著他腳邊說，旋即轉身快步走進車廂。

他緩緩蹲下拾起藥袋。列車帶著嘈雜聲開走了，但月台沒有恢復寧靜，他又清楚聽見擴音器傳出來的樂音。不是剛才那種讓年輕人鬼吼鬼叫的歌曲，似乎有人切換了頻道，空氣不再震動，月台上輕輕飄送著一名女歌手主唱的樂曲。嗓音沙啞低沉，有點黏性。他沒聽過這首曲子，覺得比剛才那首好聽多了，腳好像也沒那麼痛了。

下班列車六分鐘後進站，時間還很多。他打算走到月台底端等車，列車最末節車廂空位較多，不必勞駕那些年輕人讓座，他不喜歡成為別人的負累。他拄著枴杖慢慢在月台上走著，邊盤算接下來的事情。新陳代謝科醫生建議他轉外科開刀，徹底解決腳痛的問題，所以他有兩個手術排隊在等著了。醫療費不是問題，他的經濟狀況還過得去，麻煩在於住院開刀得有人照顧。糖尿病患傷口不容易復原，需要更多時間住院，癌症開完刀也可能需要長期化療。兩個女兒都在國外，不好讓她們拋下家庭事業回來照顧他這個老頭子。所以他得請個看護。最好是女性。如果接受醫生建議開刀的話，勢必要有家屬簽名，不可能不通知她們。不成，不能太早告訴她們……

腳又痛了。

這回疼痛感更銳利了，刺痛如電流由腳底往心頭直竄，接著肌肉瞬間失去力量，像踩空一樣，幸好有枴杖撐住才不致向前仆倒。

列車又進站了。

他嚇了一跳，明明六分鐘後才進站的列車，他才走沒幾步，月台竟然又有列車進站。地鐵肯定準時，所以是自己的時間感不對。是老化的關係嗎？

他年紀雖然大了，但自認一樣可以獨立作戰，自力更生。只是，抵抗下去的結果是什麼？他想起十年前妻子的最後一場戰役。積極治療失敗，全軍從醫院撤退回家。最後一個月臥病在床，靠止痛藥停止哀嚎，提前休眠，進入活著的安息狀態，整個房間瀰漫著腐爛的氣味。他一個人照顧妻子，完全扛起看護責任，而且他自豪自己做得很好，直到最後一刻才通知美國和馬來西亞的女兒回來。妻子也感謝他，要是沒有你，兩個女兒就累了。

他忍著痛，繼續往前走，耳邊仍是那女歌手溫柔的嗓音。

這樣的經歷，要重複一次嗎？

他抬頭看向螢幕。下班列車應該是六分鐘後進站……只剩兩分三十秒了。

這怪異的時間感是怎麼回事？時間快轉了嗎？不，時間沒有快轉，他可以感覺到時間正慢慢地，緩緩地，一點一點地啃嚙他。最嚴重的疾病不是他的肺癌，不是糖尿病，不是關節炎……最大的病症是時間，像嗜肉的異形生物，正在把他體內的血肉一點一點地吸乾，把器官各部位功能像燭火一樣，一柱接著一柱吹熄。

溫柔歌聲持續。似有溫度，有顏色。眼前似乎出現暖暖的橘黃色彩。

他突然覺得好累。

他的氣喘病發作了，耳朵嗡嗡作響，呼吸變得像走路一樣費力。夠了，這一切。他摘下助聽器。

他又陷入了無聲的真空狀態中。有時候，他還真喜歡這種感覺。眼前旅客熙來攘往的月台景象是一片騷亂，車站裡的音響聲浪應有七十分貝，可是他全都聽不見，有種自我封閉在透明膠囊裡的感覺。

可是他不能封閉太久。要趕下一班列車，就必須早點往月台邊移動。

他思量著，稍微加快腳步，應該可趕上。如果趕上的話，就可以不必麻煩太多人。如果動作夠快，說不定可以比列車早一步抵達月台邊緣，以標準的向右看動作，注視隧道盡頭出現的亮光。

如果夠快的話，他還要看一下自己的手錶。
也許時間就會停住不動了。

13

荷蘭的阿姆斯特丹和海牙的地鐵站，播放嘉年華音樂。美國紐約地鐵除了以塗鴉藝術出名，車廂內播放古典音樂也是特色。加拿大多倫多地鐵站播放巴哈、舒曼的作品，英國的地鐵站播放帕華洛蒂的歌聲，降低了犯罪率，也減少了跳軌自殺案件。韓國首爾地鐵站選了四十五首歌曲輪播，播放巴哈、貝多芬和孟德爾頌的樂曲。日本的地鐵站播放的音樂各有特色，大致走的是優雅溫柔能讓氛圍輕鬆的路線。

各國做法歷歷在目，似乎也都有良好效果。

葉育安從姚雅綾那裡獲得靈感，提出音樂防治計畫，要求課裡所有人一起開會討論播什麼音樂比較好。大家一致贊同播放西洋古典樂，卻擔心地鐵站太吵，現有的擴音設備不夠好，無法發揮預期作用。腦筋靈活的小琪想出辦法，她找上一家專業音響公司，以免費廣告和現場商品展示為誘因，讓他們提供發燒友等級的高級喇叭安置在地鐵S線車站各個角落。

這些數萬元的喇叭果然不同凡響，大大優化了地鐵站體的播音環境。葉育安親至現場感受效果，試播柴可夫斯基《悲愴》，音響一開，整個地鐵站頓時變成國家音樂廳，只差沒有紅地毯和一排排階梯座椅。當音樂進行至姚雅綾說的爆發處，站內空氣開始震動，天花板和地板也跟著震動，音樂聲鋪天蓋地壓過站內所有聲響，震撼效果強大到應該可以打消所有想跳軌者的自殺念頭。

但葉育安就是想不通，音樂都播放成這樣了，怎麼還是有人跳軌？

他們繼續加班開會商討。

「車站播放音樂才半個月，時間不夠久，還看不出效果。」

「我們又不是開音樂教室，而且旅客來來去去，不可能潛移默化他們。如果音樂有效的話，應該會立即反應出來。」

「也許古典樂太小眾了，愛好者有限，對大部分的人來說效果沒那麼好。」

「那為什麼在國外放古典樂就很有效？」

「外國人從小就著重美學教育，哪像我們只有填鴨升學考試。」

「也對，我國中的音樂課都被借去上數學了。」

大家一致同意，老外的藝術修養比較好，國人普遍欠缺美學訓練，聽見古典樂就像鴨子聽雷，平撫情緒提供慰藉的效果自然有限。

即然如此，到底該播放什麼音樂才好？葉育安要大家提出意見。兩光說地鐵乘客多半是通勤族，應播放具有旅行感的音樂，好讓他們在月台上能感受到溫暖。小姜說搭車的人很多是年輕人，應該播放搖滾舞曲，好讓他們宣洩旺盛精力同時釋放負面情緒。老吳說應針對上班族，播放能紓壓的爵士樂小品。小琪說車站的氣氛太嚴肅了，應該播放比較輕盈可愛一點像童話般的音樂，用歡樂氣息沖淡他們的自殺念頭。

大家各有看法，且固執己見。葉育安最後裁示：「你們說的都有道理，這樣吧，我們統統播放。每隔一段時間切換不同曲風，這樣所有族群所有年齡層就都照顧到了。」

但是，還是有旅客在月台跳軌。

地鐵S線開始播放音樂後，又發生了五次跳軌事件。三個人受傷，兩個人讓葉育安聯絡檢察官過來勘驗遺體，協談室的心理師也火速趕到現場。兩位司機員停駛，讓人力調度更加吃緊。唯一有正向發展的是提供地鐵站音響設備的公司，他們這個月的業績成長了三倍，賣光倉庫存貨，太晚下訂的人得排隊到明年才能取貨。

＊　＊　＊

八月下旬某天傍晚，葉育安下班走進巷內，遠遠看見自家公寓門前有個陌生男子坐在摩托車上。

他不以為意，心裡還想著公司的事。他對音樂防治自殺計畫抱持很大期望，以為只要音響一開，旅客跳軌問題就會應聲消失，年底處長位置唾手而得。可是三個星期下來，不管播放哪種音樂都看不出效果，跳軌事件還是一樣發生，頻率甚至還高出了月平均值。他的熱情和興奮快速冷卻了，整個運務管理課的人也是如此，他們不再開會討論，音樂一樣繼續播放，大家一樣準時下班，老陳接小孩，阿凱上健身房，小琪找人約會。六點一過辦公室只剩收垃圾的歐巴桑還在工作。

今天葉育安也準時下班，雖然總經理這段期間又把他叫進頂樓辦公室兩次，提醒他地鐵旅客自殺率仍高居不下，但葉育安只能安慰自己——我本來就不是個有野心的人，還是好好把主任本分工作幹好就行了。

他掏出鑰匙，走向公寓大門。摩托車上的男子見他走近，便跳下車往旁邊走了幾步。葉育安看了他一眼。這個人個子不高，脖子上有一大團刺青，看起來已超過當學生的年齡。陌生男子發覺葉育安在打量他，忙把臉別開。

他走進客廳，母親躺在沙發上睡著了，敏萱坐在餐桌前滑手機，身上還穿著那條鬆垮垮的運動短褲。

「樓下有個男生，是在等妳嗎？」

「沒關係，讓他等好了。」敏萱沒有抬頭。

「你們吵架了？」

「沒吵架，是他太早來了。」

所以樓下那個醜八怪真的就是敏萱的男朋友了。他提著公事包走進房裡，心中翻攪著複雜情緒。公司的事一忙亂，葉育安就無心顧及家事。都過一個月了，他還沒問敏萱交男朋友和手上刺青的事。這不太正常，他想，要是魏紹達知道了一定會這麼說，天底下哪有這種父母？你怎麼能沉得住氣？葉育安不是不想談，而是想用比較不會破壞局面的方法談這個話題，只是一直找不到。

他脫掉制服，換上家居服裝，感覺今天家裡的氣氛好像有點不同。平常他下班走進家門，總會看見客廳電視機開著，母親像尊蠟像坐在沙發上，眼睛有時盯著螢幕，有時根本沒在看。他會小聲問敏萱「阿嬤今天還好嗎」，得到的答案總是一聲「嗯」或乾脆不回答。接著他會向母親請安，隔著茶几對母親大聲說「我回來了」或「妳吃飯了嗎」，但母親多半沒有回應，他得再喊第二次、第三次，才勉強換來母親一個不明顯的點頭或搖頭。如果他坐在客廳，母親就會起身走回房間，換一個地方繼續呆坐。前陣子他費了好大工夫，總算才讓母親明白他不是她死去的老公，但母親從此變得更封閉了，她不再哼唱歌曲，呆坐不動的時間也變得更長。

雖然有三個人，這個家的夜晚卻是安靜的，葉育安可能一整晚說不到兩句話，家人的關係似乎已淡到透明的程度，相處的情況還不如同事熱烈。公司不管再怎麼忙，他也能和同事保持一定的連繫。前陣子工作繁重，除了音樂計畫，還有例行文書工作，定期的演練、固定召開課務會議，但中午一到，他還是會和劉士超或老陳老吳一起出去吃飯，偶爾在辦公室走廊上遇到處長魏紹達，也會因為學長熱情的問候而停下來閒聊兩句。就連姚雅綾，這個月他們也已見了五次面。前兩次都是他為了請教音樂相關問題找她談話，另一次是在公司災害演練中相遇，後兩次則是姚雅綾自己來運務管理課找他。一次重新呈上復駛申請書，一次帶來音樂廳的節目表。「這個月有一個很棒的外國樂團來演出，是柏林愛樂喔，你猜他們演奏什麼曲目？」姚雅綾說。當她出現在運務管理課時，葉育安以為她又來詢問復駛的事。「是柴可夫斯基的《悲愴》！很巧吧？要不要去聽？」

當然要。葉育安想都沒想就答應了。

音樂會的時間是下星期五，那將是他和姚雅綾第一次約在下班後見面，時間肯定拖到很晚。他走進浴室，打濕毛巾擦臉，思考該怎麼和女兒說這件事。這事不早說不行，但是他已經拖兩天了。

「怎麼有油飯？」他走到餐桌旁，瞄了一眼桌上的飯菜。「還有雞腿紅蛋？誰拿來的？」

「阿梅婆來找阿嬤，她兒子生小孩了。她們聊了一整個下午。」

「難怪阿嬤睡著了，應該是累了吧。」葉育安拿起筷子，挖了一坨油飯塞進嘴裡。「好久沒看到阿梅姨了，其實她就在附近，妳白天可以帶阿嬤出去找人家聊聊。」

「阿嬤不想出門，連醫院都不肯去。」

「沒去醫院？上星期不是應該回診了，妳怎麼沒跟我說？」

「你太忙了，而且講了也沒用，反正阿嬤不肯吃失智症的藥，去醫院也只是浪費時間。」敏萱放下手機，走進房間。

他知道敏萱說的沒錯。每次只要提醒母親吃藥，把藥拿到她面前，她就會發脾氣，不管用哄用勸用騙用強硬方式都不行。醫生說藥物無法治癒失智，只能延緩退化速度，但如何讓家中長輩願意按時服藥是個難題。母親的問題他當然知道，也很清楚敏萱雖然交了男友又在手上刺青，卻還是把阿嬤照顧得很好。

他懊惱自己才幾句話就惹得敏萱不高興，不過敏萱換好衣服好像還不急著走，又回到餐廳坐下。這不太尋常，過去一個多月他一回家敏萱就馬上出門，像衛兵交接一樣毫不拖泥帶水。現在男友還在樓下等著，她竟然還坐在那兒看手機。葉育安決定把握這個機會。

「有件事想和妳商量一下，」他裝出一副輕鬆的樣子，邊吃油飯邊說：「下星期五晚上公司有個重要的演練，我可能會比較晚回來。嗯，這油飯還真不錯。妳那天晚上可以不要出門留在家裡陪阿嬤嗎？我知道可能會很累，從早到晚，但阿嬤最近情況還不錯，已經好一陣子沒把我當成是妳阿公了，晚上也不需要怎麼特別照顧她，就只要看著別讓她跑出去或開瓦斯就行了。」他邊說邊注意敏萱的反應，她仍低著頭看手機螢幕，但他知道她有在聽。「我知道這樣會影響到妳約會，樓下那個男生就是妳男朋友吧？交交朋友沒關係，試試個性合不合，但千萬別太快陷進去。成熟的男人懂得體諒，所以一天不見面，改個約會時間，他應該可以諒解的。」他發現自己的話好像越講越糟，偏離主題，便趕緊拉回。「下星期五晚上我會盡量早點趕回來，只要公司的事情一結束，不會擔誤妳太多時間。等我回到家妳還是可以出去，如果妳朋友等不及，請他上來坐坐也可以……」

「可以。」

「什麼？」

「那天你去加班吧，我晚上會留在家裡。」

「真的可以嗎？是下星期五，別記錯喲。」

「我說可以就可以。」敏萱放下手機說：「反正你以前也時常加班，是調到新單位當主任才能正常上下班，我想以後應該還會常有這種情況。」

「是啊，妳說的沒錯，妳真的長大了，懂事了。」葉育安沒想到敏萱答應得這麼乾脆，心中又升起感激和愧疚的情緒。他很想摸摸敏萱的頭，或像小時候一樣把她高高舉起，但隔了張餐桌，他什麼也不能做，只能以充滿慈愛的口吻說：「妳朋友還在樓下等，如果要出門，就早點去吧。」

「先別急著趕我走，我已經答應你的要求了，現在換你答應我了。」敏萱說。

隔著餐桌，敏萱宣布了她的計畫，語調平靜。她早在暑假剛開始就預告過開學要搬去學校宿舍，這兩個月待在家裡，面對兩位個性不同的阿嬤，以及和心萍與阿海討論過後，她更加篤定必須這麼做。「住到學校宿舍，我可以有時間參加社團，也可以多修點學分。每天通車太花時間了，我不想把人生中最精華的時光都浪費在公車上。」聽敏萱一條條分析住校的好處，葉育安才發現她早就想和他談這件事了，只是和他一樣找不到適當時機。今天她不急著出門，刻意營造父女談話的機會，顯然和樓下那個男生有關係，否則那傢伙不可能乖乖在下面等著。他剛剛的喜悅連同感激和愧疚一起消失了，嘴裡的油飯也變得毫無滋味。他耐著性子讓敏萱說完。

「我不反對妳搬出去，只是有個問題。阿嬤怎麼辦？」

「阿嬤的問題我也想好了。我早說過，我們可以請一個外籍看護。我知道你很忙，沒時間想這件事，所以我都查清楚了。你的臉別那麼臭，好好聽我說。你知道現在請外傭有多簡單嗎？」敏萱上網找了不少資料，比做學校報告還認真，在短時間內變成失智和長照的專家。阿嬤還不到七十五歲，家裡又沒有六歲以下小孩，申請外籍幫傭的資格點數是零分。阿嬤能吃能喝，行動無礙，失智症落在輕中度之間，這樣的條件不管用「巴氏量表」或「臨床失智評估量表」都達不到合法申請外籍看護的標準。但外頭也有一堆黑市外傭，他們有看護經驗，也會說中文，不像通過合法管道申請來的外傭一開始會有語言溝通問題。而且聘請黑市外勞不必排隊，人力仲介公司很快就能安排適合人選，絕對可以趕上開學。敏萱強調，現在滿街都是外傭，我們居然沒有早點想到。「外傭可以二十四小時盯著阿嬤，這樣我就可以搬去學校住，你也可以有時間做你想做的事，譬如去交個女朋友什麼的。」

交女朋友？葉育安又低頭吃了幾口油飯，掩飾心中尷尬，但旋即想到敏萱分明是自己交了男朋友才想搬出去。

「我不反對妳去住校，但還是有幾個問題。首先，外傭來的話要住哪？我們家只有三個房間，難不成妳要外傭跟阿嬤睡？」

「這問題我早想過了，我的房間可以讓給外傭住，我可以把東西搬到宿舍。」

「妳放假總會回來吧？回家妳睡哪裡？」

「我可以睡客廳，或是陪阿嬤睡。如果她不喜歡，我也可以跟你或外傭擠一下。」

「妳想得太天真了，那可不是一天兩天的事。還有，錢呢？我們家只有一份收入，妳讀私立大學的學費並不便宜，現在還要多加一筆住宿費。我們哪來的錢請外傭？」

「這點你不必擔心，我可以去打工負擔自己的學費和房租，順便學習一些社會經驗，不會讓你多花太多錢。」

「我知道妳把一切都想像得很美好，但妳年紀還小，工作沒妳想的那麼簡單。妳知道職場壓力有多大，外面的環境有多險惡嗎？那可不是妳小時候玩的職業體驗遊戲，老闆和客戶不是帶活動的大哥哥大姐姐，更別說各種騙人的陷阱無所不在……」

「你剛才說我長大懂事了，現在我又變成小孩子了。」敏萱說：「我覺得你只是找藉口，心裡根本只想逃避。」

「我逃避什麼了？」

「你逃避這個家裡發生的所有事情。」

「妳怎麼會有這種想法？」

「不是的話，你怎麼會把我跟阿嬤丟在家裡，然後就不聞不問，什麼事都不管？」

「還能有更好的做法嗎？她是我媽媽，如果我不用上班，當然就由我一個人照顧，不會麻煩到妳。可是別忘了，她也是妳的阿嬤，從小把妳帶大的。妳有沒有想過，家裡突然來一個陌生人，阿嬤會適應嗎？萬一刺激太大，說不定失智的情況會變得更嚴重。」

「我跟阿嬤已經是陌生人了，她每天都問我：妳是誰？」敏萱說。她站了起來。「你知道她白天都在找誰嗎？她在找葉敏萱，但不是找我，是七歲還在念小學的葉敏萱。她把我當成你老婆曾怡慧了，把我當成她最討厭的女人。」她抓起手機。「如果你覺得我對現實的看法幼稚，那我只能說你用逃避拖延的方式也成熟不到哪裡去。就算不請外傭，阿嬤的失智也只會越來越糟，我不相信你不懂。這個家已經變得讓人難以忍受了，以後的情況會更讓人絕望。」她拿起背包。「你說我還沒長大，但我有想要的東西，我也有勇氣爭取。但你呢？我不知道你的生命中有沒有值得追求的事，我只看到你什麼辦法都不想，然後大家一起等死。」她把手機丟進背包。「不管你接不接受，至少我提出了一個辦法可以讓大家還有一點自由，還有呼吸的空間。」

敏萱出門了，不給葉育安辯解的機會。他不確定她是不是生氣了，因為她剛才語氣冷靜，離去時也輕輕帶上大門，沒吵醒睡在沙發上的阿嬤。

他自己的心情倒是不太平靜，想到幾次和敏萱談話，好像都是以不愉快收場。他不喜歡衝突，所以保持沉默，卻被女兒視為逃避和漠不關心。他蓋上油飯盒蓋，蓋子上鮮紅的燙金商標讓他想起以前也曾買過這家油飯，在敏萱剛出生的時候。大家都說生女兒送蛋糕，生兒子送油飯，但那時他沒搞清楚就買了油飯分送親友，害得到現在都還有人以為他家裡有個兒子。從油飯開始，強大的懷念感讓他在心中快轉起女兒成長的影像。三歲的敏萱第一次到牧場看牛，她嚇得緊緊抱著他的大腿，躲在他身後探出一顆頭，又怕又想看。他喜歡大腿被女兒抱住的感覺，自己的腳好像變成了石柱，在牧場上他故意站著不動，好讓這種感覺能持續得久一點。那時候的敏萱身高還不到他的一半，整天不是笑就是哭，不會有剛才那種不哭不笑看不出情緒的表情。

14

「喲，我們的灰姑娘來了。」葉敏萱和阿海一走進「布貓」，坐在戶外區的幾個男生便開始起鬨。

「幹嘛叫我灰姑娘啦？」

「妳不是每天都得在十二點以前回家？只差沒有玻璃鞋和南瓜車而已。」帶頭的是穿紅長袍的光頭男，敏萱已知道他叫阿奇，是個服裝設計師——還沒有名氣的那種。從第一次被蔡心萍拖進布貓到現在已兩個月，敏萱和這群人已熟到可以互嗆互虧，也熟悉他們平常都在幹些什麼事。

「誰說她沒有南瓜車，不就停在外面嗎？」鴨舌帽男生說。他綽號「杯麵」，身分是導演，但只拍過幾部微電影，一天到晚說他只要中樂透就能拍出自己想要的作品。

「別胡說八道，」阿海說：「我的車是我打工買來的，可不是仙女變的。」

敏萱看了阿海一眼，才轉頭問大家：「心萍呢？」

「在裡面吧台和外國人聊天呢，」光頭設計師說：「那個台妹。」

「我聽到嘍。」蔡心萍從室內區出來，拍了光頭腦袋一下。「晚點再跟你算帳。」她跳到敏萱面前，邊拉她坐下邊問：「怎麼樣？跟妳爸談過了吧？他生氣了嗎？你們有沒有吵架？快說快說，結果如何？」

儘管相處時間只有晚上，布貓這群人也都清楚敏萱家裡的情況，知道她白天得在家裡陪阿嬤，並且對此表現出同仇敵愾的態度。每個人都認為，如果這種事情發生在自己頭上，他們非起來抗爭不可。

兩個月前，敏萱想都不敢想反抗的事，是布貓這群人改變了她。心萍說他們都是社會殘渣，沒有介紹的價值，但敏萱慢慢發現這些人都很勇敢，他們擁有明確的目標，而且都為追尋夢想付出相當大的代價。光頭男為了學縫製婚紗到針車工廠當學徒，結果被當成生產機器縫了半年的蕾絲和手工花。鴨舌帽導演到處籌錢拍電影，搞到親友避之如瘟神，最後只剩布貓這群窮鬼朋友和諧音「悲man」的綽號。彈吉他的男生叫小健，他念的是醫學院，但喜歡寫歌遠勝過寫病歷，為此他休學投入詞曲創作，也休掉了自己的家庭關係。剛拉近一步夢想距離的是想當魔術師的阿樺，他剛通過證照考試，取得街頭表演賺取打賞金的資格。布貓這些不得志的人很適合用「相濡以沫」來形容，但敏萱覺得與其說他們是快乾死的小魚，不如說他們更像貝殼——在每個堅硬、粗糙、奇形怪狀的外表下，都藏有一塊柔軟的夢想。

「到底怎樣了，怎麼都不講啦？」

「還能怎樣？」敏萱說：「我爸超被動的，遇到問題也不會積極解決，我只能把我想講的話都說出來，就這麼簡單。」

「一點都不簡單，」小健說：「對父母說出自己心中和他們不一樣的想法，真的需要很大勇氣，尤其是在過去妳的所做所為完全符合他們期待的情況下。」

「你的意思是，我以前太乖太聽話了嗎？」

「妳現在還是很乖啊，」杯麵說：「不然阿寄怎麼會叫妳灰姑娘。」

「我不是因為聽話才趕在十二點以前回家，是因為再晚就沒公車坐了，而且白天得看顧我阿嬤，不能太晚睡。」敏萱急忙辯解，好像「乖」這個字在布貓這群人中是個髒話。「我覺得我自己這陣子變很多耶，都是被你們帶壞的啦。」

「帶壞妳的是阿海，跟我們一點關係都沒有。」心萍說。

「別牽拖到我這裡。」阿海說。

笑鬧過後，眾人熱烈討論了一陣子敏萱的家務事，他們都認為敏萱受了委屈，進而批判起政府的福利政策、長照制度、外籍勞工和日益嚴重的高齡化問題，最後一致把問題的根源指向敏萱的父親——親情固然重要，阿嬤也的確需要有人看顧，但這種事情應該交給專業的來做，不應該用鴕鳥心態讓一位女孩的青春年華跟著陪葬。

敏萱始終保持微笑，彷彿他們談的是別人的事。她對這件事沒抱太大期望，她太瞭解父親的個性，也明白自己性格上的缺點，軟弱似乎是他們父女的共同毛病。她雖然看似強勢下了通牒，但她知道爸爸一定會繼續拖下去，而她也不可能在無人替代的情況下拋下阿嬤。因此今天的這場宣告，某種程度上可說是為了順應布貓這些人的期待而生的，純粹只有發洩情緒的效果而已。

她很在乎布貓這群人眼中的自己，當然，更重要的是這群人之中的阿海。在阿嬤去市場走丟又奇蹟似自己回來那天，敏萱接受了阿海的交友邀請。白天看顧阿嬤的時間又長又悶，幸好可以透過網路隨時和阿海聊天，她不敢想像要是沒有阿海，這兩個月該怎麼撐過。他們單獨出去玩了幾次，看了幾場電影，去過一、兩家風格獨具的小酒館，後來多半阿海接了她便往布貓跑，好像兩個人還是得待在群體裡才比較自在。

阿海是個溫柔的人，敏萱很快就發現這點。用手機打字聊天很花時間，但他樂意陪她說話，經常一聊就是四、五個小時。他也會答應她一切合理或無理的要求。上個月她說想刺青，阿海不問理由就帶她去熟識的刺青店，把她嚇了一大跳。其實那天她只是被阿嬤惹得特別煩悶，總覺得體內被什麼東西塞得滿滿的宣洩不掉，加上布貓這群人身上或多或少都有這種東西——心萍的後背肩胛骨上刺了四排細字的藏文；阿寄左大臂上刺的是一個外國人的肖像，聽說是某個已故的知名導演；阿樺在小腿肚上紋了一條鯉魚，說這可以招財帶來人氣——她想和大家一樣，隨口對阿海說自己也想刺青，沒想到下一秒就真的來到了刺青店。她一踏進刺青店就開始緊張，讓阿海和那位全身上下已找不到空間刺青的刺青師都帶著笑容看她。「妳真的想要刺青？想刺什麼圖案？

刺在哪裡？想清楚了沒？」

刺青師花了點時間和葉敏萱溝通，說明會先繪製草圖轉印到手腕上才開始下針。刺什麼好呢？她沒想過這個問題，情急中腦海靈光閃現出船錨圖案，像大力水手卡通卜派手上的那種。她覺得這間刺青店和美容院有點像，一樣的窗明几淨，架上瓶瓶罐罐擺滿各種色彩顏料，刺青椅也像洗髮椅，只差沒有水槽和蓮蓬頭，和她過去想像的黑社會私刑檯截然不同。但刺青師還是看出她內心的怯懦，說：「也好，我們就先刺細一點簡單一點的圖案，以後如果後悔也比較好用雷射去除。」

她迫不及待把刺青展示在蔡心萍眼前，兩個女生一起興奮大叫。「妳真的很了不起耶，就這樣二話不說做了我想了好幾年才敢做的事。」心萍說：「好漂亮的刺青，跟妳的人很搭耶……等一下！」她瞇起眼睛看著敏萱。「妳刺這個船錨圖案是什麼意思？該不會……」

大海和船錨，蔡心萍看懂了敏萱在刺青店乍現的心意。大海遼闊無垠，浪遊久了，總需要一個下錨的地方。相處不到三十天，敏萱已願意讓自己成為阿海的停錨港，可是阿海呢？這個刺青都已在她手上住了一個多月了，他除了說一句「好看」就沒有其他反應，好像以為敏萱真的喜歡大力水手。敏萱一直搞不清楚阿海的心思，儘管在父親面前已大方承認阿海是自己的男友，可是阿海到目前為止還沒向她告白，她不免懷疑是自己一廂情願。他們每天都用手機打字聊好幾小時，傍晚只要阿海沒打工，就會接她出去玩。但這究竟是什麼關係？友達以上，戀人未滿？敏萱越想越迷惑。

離開布貓的時候，阿海也跟了出來，但敏萱搖頭說不必送她回家了。

「怎麼了？」

「你不是說你的重機不是南瓜車。」

「小心眼。」阿海說，拿起安全帽替她戴上。

葉敏萱抓著椅後扶把，一路無語看著街上霓虹。

「妳心情不太好喔？還在想和妳爸爸吵架的事？」

「我們沒有吵架。你怎麼知道我心情不好？」

「妳的手沒扶著我的腰，是握著後扶手吧？妳心情不好的時候就會這樣，即使坐上我的車，身體也不想碰到我。」

「不是心情不好，是生你的氣才會這樣啦。」

「氣我？氣我什麼？」

敏萱沒有回答，阿海的臉被安全帽蓋著，她不知道他是裝笨還是真的不懂。兩個月了，他們剛開始熟得很快，之後好像就一直保持停滯。她不喜歡這種狀態，白天她和阿嬤的相處也類似如此，一種僵持不下的窒息感。她不知道這樣的關係還要持續多久，倒是傍晚跟父親攤牌的勇氣還有一點剩餘，她突然想要大膽一點。

「你放我下來，我還不想回家。」

前方紅燈剛好亮起，阿海轉頭說：「妳可以不回去嗎？快十二點了。妳不是說白天要照顧阿嬤不能太晚睡？」

「反正我就是還不想回家。你明天也不必打工吧？帶我去山上看夜景。」

「太晚了，而且今天天氣不太穩，山上怕會下雨。」

「那去唱歌吧。」

「要唱歌剛才在布貓就該約了，現在人都散了。」

「那去你家吧，我只知道你自己一個人住，還沒去過，讓我去參觀一下吧。」

於是敏萱來到了阿海住的地方。

市中心住宅區一棟嶄新大樓，阿海載著她滑進地下室停車場專屬機車格，兩人鑽進明亮電梯，一路升至最高樓層的套房。阿海打開房門，站在門邊像飯店服務生微笑鞠躬，左手划出一個歡迎光臨的手勢。葉敏萱脫了鞋，踏進阿海的城堡。空氣中有淡淡菸草和好聞的古龍水味道，進門先是個小吧台，兩張高腳椅，基本廚具設備齊全。再往內有一張雙人座沙發，隔著小咖啡桌與牆上五十吋液晶電視相望。房間書架擺滿各式設計書籍，都是和船艦歷史遊艇設計有關的原文書，牆上掛的也是郵輪和軍艦的海報。套房沒隔間，再往內看是阿海的雙人床，床單被褥都是湛藍色，像一片熱情的汪洋，讓她面紅耳赤不敢再……

但這只是敏萱的幻想。

敏萱來到了阿海的住處，實際的情況是，一棟位在都市邊陲老舊社區巷弄中的舊公寓。阿海怕引擎聲吵到鄰居，機車到巷口就熄了火，像船一樣滑進巷底。敏萱跟著他走上扶欄膠條脫落牆面布滿壁癌的樓梯，一連爬了五層樓，才抵達頂樓加蓋的租屋處。薄薄的鋁門在她身後乒乓一聲關上，敏萱這才意識到自己已闖入了阿海的地界。空氣意外沒有菸味，只有一種乾燥的、類似棉絮烘烤過的味道。房間裡的書不多，一張矮桌居中擱在地板上，上頭有泡麵空碗、咖啡杯、沒闔上的筆電和一堆雜物。「頂樓加上西曬，有點悶，所以租金便宜。」阿海說，他從矮桌雜物中翻出遙控器打開冷氣。「地方很亂，沒想到妳要來，都沒整理，妳隨便坐。」阿海在房裡走來走去，彎腰收拾散落各處的衣物，丟進塑膠布衣櫥裡。房間沒有椅子，地板沒坐墊，如果不想坐在硬邦邦的地上，就只能坐在靠牆擺放在地上的床墊。敏萱在地板上坐下，隔著矮桌，與阿海的床墊遠遠相對。

「現在知道我為什麼常去布貓了吧？那裡有沙發，不像我這裡連張椅子都沒有。」

「至少這是你的空間，能夠自己一個人住真好。」

「一點都不好，要繳房租。這空間也不是我的，是房東的。妳沒見過我的房東太太，不准在牆上敲釘子，不准貼海報，不准使用瓦斯爐，房間附的冰箱舊到連冰塊都製不了。」

「所以你才不讓我來你住的地方？」

「不是不讓妳來，是妳從來沒要求過，而且晚上又不能太晚回去。」阿海說：「我這裡什麼都沒有，沒什麼好玩的，叫妳來做什麼？」

阿海說的是事實，但如果是男女朋友關係，都會迫不及待邀請對方到自己的住處吧？畢竟那才是這世界上屬於兩個人的私密空間。不管阿海的住處和敏萱的幻想有多少差距，他們現在總算獨處了。敏萱看著阿海走來走去的身影，猜想他接下來可能的舉動，覺得自己的臉熱了起來。

「忍耐點，再一下下就涼了。房東這台冷氣也老了，搞不好和她的年紀一樣大。」阿海坐了下來，和敏萱隔著矮桌。「其實還是住家裡好，要不是我老家不在這座城市，我才不願意花錢住這種鬼地方。」

「如果你家有個阿嬤像我阿嬤一樣，你就會想搬出來了。」敏萱的幻想和期待徹底消失了，剛才離開布貓時的情緒又捲了回來。「你今天講的話都很不中聽，心萍和布貓的人都支持我擺牌，只有你不贊成。我知道了，你是怕我搬出來會一整天纏著你，沒錯吧？所以才不敢帶我來你住的地方。」

「我哪有？我只是不想看到妳和妳爸爸處不好。我自己就是和家人吵架才不回家的，不希望妳也和我一樣。」

「這算什麼心態？只有你可以反抗家庭，我卻不行。因為我是女生嗎？」

「不，我只是覺得妳爸爸有點可憐。」阿海說：「傍晚我看到他了，在樓下等妳的時候。他瞄了我一眼，雖然眼神充滿敵意和防衛，但整個人樣子看起來好累，好像有很重的心事。」

敏萱不想聽阿海解釋，但阿海的話讓她想到傍晚和父親的對話。她忘了自己的口氣是不是很凶，只記得沒給爸爸回答的機會就出門了。她想起父親坐在餐廳燈光下的身影，還真的像阿海說的那樣有點讓人同情。可是她必須狠心，必須逃走，否則她自己一定會跟著阿嬤一起瘋掉，但這些阿海都不懂。

敏萱哭了起來。

「這算什麼嘛，我都跟我爸攤牌了你才這麼說。」

「我不反對妳搬出來，我只是要妳好好跟妳爸爸說，給他一點時間，別把關係弄壞。」

「你騙人。你根本是怕我搬出來，要不是我開口，你也不會帶我來你家，這就是證明。」

「妳把我想成什麼了？」

「我不知道你是什麼，我倒是想知道我們之間的關係到底是什麼？」

敏萱越哭越覺得委屈，阿海不懂她，她也不懂阿海在想什麼。兩個月的交往，什麼都不是。沒有牽手，沒有摟腰，沒有禮物和告白。阿海像隻小狗一樣跟在她身邊，叫來就來，叫去就去。比工具人還工具人。但她要的不是這種關係。

她激動地哭著，臉雖埋在雙膝上，但可以感覺到阿海在房裡不停踱步，還有深呼吸的聲音。好一會兒後，才有隻手溫柔地落在她的肩膀上。

「對不起，我沒注意到妳的心情。」阿海蹲下來，在她耳邊輕聲說：「下星期五是我生日，我會把房間布置一下，準備一些吃的。我可以正式邀請妳來我家幫我慶生嗎？不需要準備禮物，沒有布貓那些人，就我們兩個……」

15

星期一上午，葉育安一踏進辦公室，小琪便嘟著嘴走來。

「主任，我要抗議。」小琪說：「這麼多文件，大家都丟給我，我一個人實在弄不完。」

「怎麼回事？」葉育安叫來劉士超。「都是站務處害的，」劉士超說：「他們說最近旅客投訴案件暴增，投訴內容多半和我們運務管理課的政策有關，他們處理不了，也不知道該怎麼回覆，便把這些投訴案件丟過來要我們幫忙解決。」

「豈有此理，處理旅客投訴是客服部門的業務，是誰說可以丟給我們運務管理課處理的？」

「是處長說的。上星期我看到站務處處長來找我們處長，後來魏紹達處長就過來說要我們協助站務處客服回覆旅客投訴，說什麼因為我們比較清楚狀況。」

「就算這樣，也不可以全都丟給小琪一個人做呀，」葉育安本來不太高興，但魏紹達這三個字讓他不想抱怨。「你們把檔案拿來，我看看是怎麼回事。」

旅客投訴案件數量讓葉育安心驚，這個月地鐵站開始張貼美女海報，接著用高級音響播放音樂後，旅客的投訴意見就兵分兩路由書面和電子而來。有人不滿他們的海報政策，認為貼美女相片是物化消費女性，是公開宣揚以貌取人的劣質男性沙文思想。有人批評這些相片擠掉了過去美術畫作的展示空間，是文化退步抹殺藝文空間的媚俗行為。有人形容地鐵站變得像選美會場，有人感覺走進地鐵站像走進髮廊。有人挑剔張貼出來的美女相片不夠美，有人覺得相片更新速度不夠快，應開放民眾自拍投稿。關於音樂的抗議意見更是五花八門，有人嫌音量太大必須摀著耳朵等車，有人怪音樂聲蓋過車站列車資訊廣播害他們坐錯車，有人受不了西洋古典樂要求播放傳統樂曲。有人投訴在地鐵站這種代表都市高度文明的地方，不該播放低俗的流行歌曲。有人指控一些年輕人占據地鐵公共空間，利用車站播放的舞曲大跳街舞。更多人直接寫意見要求播放某某歌手的某首曲子，彷彿把地鐵客服人員當成電台DJ。有人恐嚇說這是官商勾結置入性行銷圖利某牌音響公司，若不限期改善，他要打電話到市政府要求政風單位查辦。

「主任，這些旅客投訴意見要怎麼回答呀？」小琪哭喪著臉說。

葉育安快速瀏覽這些投訴內容，每個投訴意見都讓他坐立難安，像當面被人指責。這種感覺他並不陌生，這陣子他經常被人抗議，敏萱向他抗議要搬出去住，母親向他抗議誣告敏萱白天都不給她吃飯，旅客向他抗議事故現場處理太慢時間被耽擱。生活和工作上有太多令他不安的事，但奇怪的事情發生了，他一則一則看著這些投訴意見，難受的感覺居然漸漸褪去了。可能是旅客的批評一個比一個辛辣，他的感官很快麻木，越看越平靜。他發現自己承受能力好像變強了，而且還樂觀了起來，覺得說不定在這些充滿惡意情緒、不通順修辭、錯字與注音交替出現的文章中，會出現不一樣的意見，譬如：「謝謝你們在地鐵月台張貼明星相片，在生命的最黑暗時刻看到我最喜歡的偶像，讓我又有了活下去的勇氣。」或是「你們播放的音樂超好聽，讓站在月台上的我忘記了列車進站時要往下跳。」他渴望能看到一些來自人性光明面的東西，帶有感恩知足心意的投書，以便在總經理面前提出來作為政策有效的證據。只是，直到劉士超提醒他該去開會了，葉育安都沒找到半篇類似的留言。

他準備前往會議室參加主管工作月會，離開辦公室前，他指示小琪，對於不知道怎麼回應的投訴案件，就乾脆別回應。

「全部都不理嗎？」小琪問。

「妳也可以給每位客訴者回一句話，」葉育安說：「就說本公司會盡快回覆您的意見，處理時間為六至十個工作天，扣除例假日，敬請耐心等候。」

「那等十個工作天過去了呢？」

「等到那時候，大部分的人就忘了自己曾投訴的事了。」

「你在開玩笑吧？」

葉育安沒聽到小琪最後一句話，就算聽到，也沒時間回應。主管會報是由總經理主持，各處各課主管全部都得到齊的會議，算算有五、六十人參與，要是遲到就得在眾目睽睽下入場，還沒報告就先黑了一半，那可不能開玩笑。葉育安自認不是個被動消極的人，但該做的工作畢竟和無端生出的抗議不同，工作有固定的程序，有完成的時刻，但抱怨和訴苦大都是無解的，泰半來自情緒而非出於理性，就像敏萱上週吵著開學要搬出去，他認為那只是敏萱一時情緒低落，那是在家悶了一星期後出現的星期五症候群反應，甚至可能是被愛情沖昏頭，不需要太認真看待。

果然，總經理在月會上完全沒提到旅客投訴的事，站務處處長和客服中心主任也沒有說。葉育安看見魏紹達偷偷對站務處處長豎起大拇指，猜想應該是學長替他擋了下來。剛才進會議室時，他看到魏紹達忙著和幾位副總經理及各處處長寒暄，像婚禮主婚人或議員參選人般忙碌。葉育安只和同處的幾位主任點頭示意，便縮坐在自己的位置剝下手錶放在桌上等待時間過去。會議冗冗長長進行，各處處長輪番報告，檢討一些不痛不癢不新鮮的事。他分了神，心思飄向星期五的音樂會。上回姚雅綾只說了日期，兩人還沒講好該在什麼時間地點碰面，連票有沒有買到都不知道。他想，或許得再去機廠找姚雅綾一次——不，還是傳簡訊好了，免得沒事把人家嚇到。

忽然會議室響起一片掌聲，他看見魏紹達站起來向所有人舉手致意，原來是總經理公開讚揚行車處處長在新通車路段的表現。褒揚完本月優秀員工，接下來是檢討與批評時間，總經理提出來的缺失不多，只講了幾件事，其中一件是提到目前旅客跳軌的情況仍未改善。他看見總經理的目光向他這裡掃來，頓時心頭一凜，但總經理沒點名他，只說各單位一定要全力配合運務管理課的措施，不惜一切代價，絕對要杜絕旅客跑來地鐵站自殺的歪風。

會議結束，葉育安想趕快回辦公室和姚雅綾敲定星期五的事，卻被魏紹達一把拉住。

「你怎麼搞的？」

「怎麼？」

「剛剛有那麼好的機會，總經理提到跳軌的事，你怎麼不站起來說話？」

「他又沒點名我。」

「沒點你也可以主動起來報告呀？你可以講一下這兩個月來你做了什麼，有沒有成效不重要，重要的是要讓總經理知道你有把這件事放在心上，而且很積極的想了一些辦法出來。你不是把車站月台做了一點改變？你的宣傳標語，你的美女海報，還有用頂級音響播放的音樂，這些都可以講啊？」

「旅客跳軌案件又沒有減少，說這些有什麼用？」

「你這個人還是死腦筋，都這麼多年了，怎麼還跟大學時候一樣，連個彎都不會轉？雖然案件沒有減少，但你可以用一些數字來製造一些對自己有利的局面呀，譬如說，你可以做一點績效比較分析，用其他地方的跳軌案件發生率來和我們比較，當然得挑那些狀況比我們差的城市。你也可以在事故死亡發生率上作文章，就算你的計畫沒達到預期效果，也可以說至少已降低事故死亡機率，這個月不是有五個人跳軌嗎？總共才死掉兩個，你的事故死亡機率低於百分之五十，比起前期百分之八十的死亡率，豈不是大幅降低了？」

在走回行車處辦公室途中，魏紹達講了一堆用統計資料和分析數字掩蓋實情阻斷批判的方法。葉育安專注地聽著，雖然一時無法全記下來，也不知道是不是真的能用在自己的業務上，卻有種熟悉的感覺在心裡升起。學長果然就是學長，他想起學生時代，魏紹達在宿舍也曾以過來人身分教他如何應付系上當人最凶的教授。

「我們出去吃個午飯吧，我請客。」魏紹達說，拉著葉育安往外走，領他到一間星級飯店的餐廳。穿緊身套裝高跟鞋的女領檯帶他們入座，沿途至少有三個西裝筆挺的服務生對他們鞠躬說歡迎光臨。葉育安有點不自在，以前他們下班最常去的是半露天的百元熱炒店，從沒到過這麼高級的地方。他喝了一口冰水鎮定自己，環顧四周，發現這間餐廳空間挑高，環境優雅潔淨，用餐時段有現場鋼琴演奏，是個聊天說話的好地方。葉育安心想，幾天後他或許可以帶姚雅綾來這裡用餐，到時他可以這麼說：「我知道一間還不錯的餐廳，音樂會開始前一起吃個晚餐吧。」

「不過剛才講的都是騙外行人的辦法。」魏紹達不等葉育安決定要吃什麼，便替他點了一份套餐。「總經理也是交通背景出身，萬一他要是認真看報表，就知道你玩的都是數字遊戲。不過沒關係，這時候你就得換一個方式應付，例如可以談『預期改善目標』，用一些漂亮的文字和同樣複雜的數據把餅畫大到未來去……」

星級餐廳令他不自在，但葉育安慶幸現在他們不是待在處長辦公室，拿著刀叉切割食物的魏紹達看起來比較沒有處長的架勢，他也不必擔心自己坐的椅子會發出尖銳的刮地聲。

「還記得大學修的運輸安全課嗎？」魏紹達問，他已把盤裡的肉吃光了，青菜全被他推到一邊。「很難修過的一門課，老師是搞交通安全人因分析的專家，我記得他的綽號是……」

「你是說申老師吧？他綽號叫死神，因為太會當人了。」

「對對對，死神最常講交通安全都是人的問題，工程設施反而是其次。他可以從一件交通安全事故分析出多種面向，光是人的部分就可以探討族群、家庭、年齡、性別、教育程度、居住地點、婚姻感情狀態所造成的影響。」

「申老師超龜毛的，要求又多又細。他的課有一半是重修生，但你一次就過了。」葉育安咀嚼食物，也咀嚼起自己的大學時光。「畢業後就沒見過以前的老師了，不知道老申現在過得好不好？」

「老申不重要，我們別管他，都這麼多年了，說不定現在他真的去當死神了。」魏紹達拿起餐巾指嘴，在純白的布匹上擦出一道咖啡色的油漬。「要過死神的課不難，他喜歡我們活用知識仔細分析案例，我只是在考試和報告的時候盡量投其所好而已。坦白說，死神教過的東西我全忘記了，他的課只讓我學會一件事，那就是，當你對某件事沒有答案和解決方法的時候，可以用詳細的案件特性分析充做報告內容。」他放下餐巾，兩手按在桌面，瞪大眼睛說：「我要講的是，應付總經理的方法其實很簡單，你就把他當成老師，當你沒有成果可說的時候，就用事故特性分析來充當報告內容，譬如你可以分析跳軌者的年齡層分布、自殺時間分布、統計不同車站的跳軌次數。有沒有答案並不重要，重要的是你必須證明你有用心在做事情。」

葉育安看著魏紹達，認真聆聽，但他發現越來越無法集中精神。餐廳的現場鋼琴演奏干擾他——音樂真好聽，不知是誰的曲子，也許姚雅綾會知道吧？隔壁桌那幾位午間帶嬰孩出來聚餐的少婦談笑聲干擾他——他斜眼瞄見嬰兒車裡的娃娃正睜大眼睛看著他。他發現耳朵填滿了來自餐廳各處的聲音，讓魏紹達的話語有時找不到空隙進入，為此他覺得有點慚愧，又開始不自在起來。學長像老師一樣認真灌輸知識積極教導他辦事竅門，而他這個不專心的學生卻神遊不知到何方了。幸好，魏紹達在講完公司的事情後，開始把話題帶往私領域，抱怨起岳父、老婆、小孩和自己的生活。這讓葉育安稍微鬆了口氣。一個抱怨中的男人比較有親切感，也不需要那麼專注聆聽——對方只是找個對象訴苦而已，不見得是找你商量研究。而且男性在抱怨私事的時候，語氣和目光會變得比較溫和，和隔壁桌那群激動的女性完全相反。說來奇怪，當話題離開了公司，來到魏紹達個人身上，葉育安反而找回了專注力，像反應緩慢的草食性動物反芻起剛才魏紹達說過的話。

「學長你剛才說得太複雜了，我只是在想問題該怎麼解決。」等魏紹達停止抱怨，葉育安找了個空檔說。

「解決什麼？」

「解決旅客跳軌問題，我想讓自殺人數變成零。」

「你怎麼隔了這麼久才有反應？你想出了什麼好方法？」

「沒有，但剛剛在聽你講的時候，我忽然發現自己很想把這個問題解決掉。」葉育安說。他是真的這樣想，而且不假思索說出來了。「如果沒有旅客跳軌，我們就不必想報告該怎麼寫，就不會有司機員停駛，我也不用再去事故現場處理善後。」

「你不是認真的吧？」魏紹達瞪大眼睛。「能完全解決這個問題當然好，但我建議你最好還是多花點心思在開會和報告上面，那才是看得到的東西。」

「但總經理要求的目標是零跳軌。」

「你覺得有可能嗎？自殺是十大死因之一，全世界平均每四十秒就有一個人自殺。地鐵一天有幾百萬人搭乘，一個月跳兩、三個人算客氣了。除非把所有旅客的腳都綁起來，否則怎麼有辦法阻止那些想尋死的人？」

「可是，學長把我推薦給總經理，不就是要我解決這個問題嗎？」

魏紹達愣住了，停了幾秒才回答。「你還真是死腦筋，能不能解決問題不是重點，重要的是，我想讓總經理看到你的努力，你的表現。」

「真的無解嗎？」葉育安若有所思說：「我以前也認為只有用月台閘門才能完全解決，但那時你說頭腦可以解決安全閘門來不及解決的問題，要我想一些點子防止旅客跳軌，我覺得你說的很有道理。」

「我有這樣說嗎？好好好，就算有，那也是用來鼓勵你的話，你居然當真了。」魏紹達大笑說：「這裡不是公司，我們也還沒開始上班，咱倆可以拋開公司那套，你也別當我是你的處長。這種事我們都心知肚明，腳長在旅客身上，他們想跳軌，誰也沒辦法，只有把月台閘門全裝上才能解決。好了，研究討論結束，剩下的是看你的報告要怎麼寫。」他揮手叫來服務生，要求加冰水，不等服務生離開，便把冰水一飲而盡，一手拿起染上油漬的餐巾揩嘴，一手示意服務生再來一杯。「兄弟，這世界上有很多事情都是無法改變的，」他繼續說下去：「像你母親的失智症，有可能好轉嗎？抱歉，我不是故意提起你媽。但我不說你應該也知道，有些事情是根本無解的。這世界就是這樣，有太多太多解決不了的事。你有你的難題，我也有我的難題，問題可能不同，但一樣都是無法解決的。無法解決怎麼辦？只有習慣了。你說，不習慣行嗎？如果非要把每個無解問題都想出辦法，那人生恐怕就過不下去囉。」他清清喉嚨再說：「話說回來，不管你有什麼打算，我都全力支持。你真想要解決這問題，我也不反對，畢竟用拖延法也撐不了太久，確實得再想想其他辦法才成。接下來你有什麼打算嗎？就這樣繼續播音樂下去？那可不行，我覺得你得開始想下一個方案了。從上個月到現在，自殺人數已證明你的方法沒什麼用處。我不是批評你的方法不好，它有創意，國外也這麼用，只是一時無法阻止這種事發生。總之，要讓總經理看到你的表現，我好不容易說服他把責任交給你，你可別又把這工作丟回我身上。不是我想閃避，這是你的機會、你的機會呀，知道嗎？」

「我知道，」葉育安說：「一定會有辦法的。」

他們對公事的討論到此為止，在接下來的附餐時間以及走回辦公室的路上，魏紹達又繼續先前的抱怨。葉育安不習慣訴苦，也不太適應這樣的魏紹達，大學時代的學長什麼都不在乎，像俠客一樣豁達，沒想到上了年紀竟有這麼多計較不完的事。午後街頭燠熱，少了餐廳冷氣吹拂，訴苦者與聽苦者皆出了一身汗。葉育安漸漸不專心，心思又飄向姚雅綾，想起她以前在百貨公司面對客訴是用什麼心態面對。不知道是不是像他一樣，聽多了母親和女兒的抱怨，這陣子再加上來自同事和顧客的抱怨，已快讓他練出充耳不聞的能力。

抱怨可以不理會，工作上的事卻不能放著不管。葉育安聽著魏紹達的各種不滿言論，一邊想著自己剛才在餐廳說出「想解決旅客跳軌問題」這句話。原本他也不相信這個問題有辦法解決，可是在接下這個任務，和課裡同事開過數次會議推出幾套看不出效果只引來旅客抗議的計畫後，他反而開始覺得這問題是可以解決的了。這個想法並非憑空產生，而是慢慢形成的，只是，究竟是什麼原因造成他想法的轉變呢？

他一時想不出來，但這個問題沒有困擾他太久。當他和魏紹達走回地鐵辦公大樓時，遠遠就看見了答案。

在公司大門口，姚雅綾正笑吟吟地向他揮手，手裡握著兩張音樂會的門票。

16

日本國土交通省統計，在地鐵交通最發達的東京都，每年跳軌人數都在三百人以上，其中有超過百分之六十的人自殺成功。也就是說，幾乎每天都有人闖入軌道企圖自殺。

這些人身事故不是平均發生在不同路線和車站，有些車站發生跳軌事故的數字特別高，但這和旅客流量沒有特別關係。譬如每日通勤人次高達兩百萬的新宿車站，乘客跳軌事件卻遠低於運量只有三萬人的西八王子站。

西八王子站位於東京西側，天氣清朗時，站在月台可看見富士山出現在筆直的軌道上端。據說，當夕陽西下，太陽從富士山後投射的橘黃色光芒，會讓人產生想結束生命的期盼，彷彿能在這麼神聖美好的景致中離開人世，死而無憾，脆弱的生命也好像能在瞬間變得永恆光輝。

*　*　*

葉育安摘下眼鏡，緊壓眼角，閉上的眼睛有種微刺的感覺。

他盯著螢幕找了一上午的資料，魏紹達說他最好得想別的方案，試試不同做法，他卻沒有任何新發現，蒐集到各國防範旅客跳軌的做法不外乎宣導活動、改變車站音樂、調整月台燈光顏色。他除了車站燈光顏色沒動，其他兩項都已經做了。宣傳是一開始就加強的，他們已用了廣告燈箱、看板旗幟和多媒體廣告提醒旅客勿在車站尋死。輪流播放各種音樂的決定也很正確，他在網路上看到日本有專門研究聲音的專家說，中央線的發車音樂可能會誘發旅客尋死的念頭。

或許他該搜尋英文網站，不過這時他不想再找下去了。他睜開眼睛，看見的不是螢幕尚未複製儲存的網頁，而是擺在他辦公桌上的三樣東西：姚雅綾送給他的羊毛氈、姚雅綾再度提出的復駛申請書，以及姚雅綾交給他的音樂會門票。

他從透明桌墊下取出這張門票，票面資訊主要由一堆數字構成，底下排滿主辦協辦贊助單位名稱。他一字不漏再次細讀了一遍，彷彿這是天底下最美妙的文章。

昨天姚雅綾在公司門口見到他，不顧旁邊還有魏紹達在，便大聲宣布自己買到了音樂會的票。價位合理的票不好買，網路系統開賣沒幾分鐘就全賣光。她是運氣好，在拍賣網站上看到有人買了票卻臨時有事才忍痛割愛，只加一點點錢賣給渴望聽這場音樂會的人。她利用午休時間約了賣家在公司附近取票，拿完票想找葉育安，就剛好在公司門口遇到他。

星期五的事算是敲定了，昨天開月會葉育安還在煩惱該怎麼約人家，沒想到和魏紹達吃完午餐這件事就自動解決，幾點該在哪裡碰面都講好了。其實不能說自動，應該說是姚雅綾主動才對。她想聽這場音樂會，就像她想趕快恢復線上駕駛員身分一樣積極。

葉育安小心翼翼把門票放回桌墊下，隨手用個卷宗夾蓋住，接著拿起姚雅綾的復駛申請書。

昨天魏紹達請他吃飯時好像有提到司機員的事，但那時他沒留意。為了新路線開通，魏紹達已調走許多老經驗的司機員，讓負責司機調度的老吳抱怨了好幾次。公司招募的司機員不是不夠，只是撞死人被停駛的司機員太多。葉育安上個月就想過可以把一些停駛中的司機員調回線上，姚雅綾也是其中之一。從她第一次找上門要求復駛到現在已過了一個月，已更加遠離了心理諮商師說的創傷後壓力症候群關鍵期，似乎可以重新評估了。他還沒想清楚要不要找劉士超談這件事，眼角餘光就瞄見有人朝他這裡走來，連忙把姚雅綾的復駛申請書收進抽屜。

「主任，這個月的旅客跳軌事件報告都處理好了，請你看一下。」來的人正是劉士超，他把厚厚一疊資料放在葉育安桌上。「更正，這個月還沒過完，應該說這是到目前為止的。」

葉育安很清楚這些報告內容會寫什麼，但還是快速翻閱了一下，重點放在事故造成的延遲時間。其中一份報告上寫，事故後啟動單線雙向運轉，九十三分鐘狀況排除，共三十六列電聯車受影響。

「這件事故處理的時間好像久了點。」

「因為死者卡在車底下被拖行了一段距離，清理起來比較那個……」

「我懂。」葉育安說。他知道不該這麼想，但還是慶幸自己不是這場事故的現場指揮官。乘客被捲進列車底下的景象非常駭人，車底全是血跡，殘破的人體器官噴濺在機械設備上，結合鐵鏽和機電熱度會發出一種獨特的難聞味道。葉育安遇過好幾次這樣悽慘的場面，處理完後他可以試著不讓那景象在腦海盤據太久，可是那氣味似乎排散不掉，鼻腔時常莫名嗅到那種臭味，即使戴上口罩也一樣能聞到。

「你現在看的這份報告，死者是男性，年齡七十八歲。」劉士超說。

「又是老人？暑假期間應該是青少年比較容易跳軌，怎麼連續幾次都是上了年紀的人？」

「也許是巧合吧？我倒是注意到，發生事故的這個車站，今年我已經去處理過三次了。」

「喔？你說的是S9車站？我好像也去處理過兩次。」葉育安想起還停留在電腦螢幕上的網路資訊，搭配一張夕陽西下的日本JR中央線相片，整張相片滿滿的橘黃色調。「S9車站有特別漂亮嗎？還是外面的風景特別好？為什麼這麼多人在這座車站跳軌？」

「哪有什麼風景？車站外面的大樓比山還高，什麼都看不到。附近倒是有三家大型醫院，醫院的接駁車就停在一號出口。」

這天葉育安的工作效率不彰，人雖待在辦公室，心裡想的全是三天後的事。和姚雅綾的約會是定好了，但那天他該開車還是坐公車去？要穿制服赴約，還是像阿凱一樣帶便服來公司換？該先填飽肚子還是等音樂會結束再去吃消夜？他知道自己不是個果決的人，沒想到情況比他所認為得還嚴重，一整天下來，他只胡亂批了幾份公文，聽小琪又來抱怨旅客申訴根本擺脫不掉──有些沒耐心等待回覆的投訴者開始直接打電話來，而客服部乾脆把電話轉到運務管理課。快到下班時間，他發現自己什麼正事也沒做，連該不該讓姚雅綾恢復排班駕駛，都忘了和劉士超討論。

他準時下班回到家裡，一走進客廳就發現今天的狀況有點反常。敏萱和母親都在，餐桌上已擺上三盤菜，祖孫兩人都站在瓦斯爐前，一個拿著湯勺試味道，一個拿著鍋鏟煎蛋。

「不是說別讓阿嬤碰瓦斯爐？」

「我沒讓她碰，她只是在幫我調味。」

葉育安瞄了鍋裡的湯一眼。「香菇雞湯不是只要放鹽巴嗎？不需要調什麼味道吧？」

「你不懂啦。」祖孫兩人同時說，兩人愣了一下，旋即相視而笑。

葉育安跟著敏萱把煎蛋端到餐廳。「阿嬤看起來心情滿好的，白天有發生什麼事嗎？她該不會又想煮飯給妳阿公吃吧？」

「哪有什麼事？阿嬤今天一整天頭腦都很清楚。」

「那為什麼煮那麼多菜？妳不出門嗎？」

「我又不是每天晚上都會出去，想出去玩也要看別人有沒有空。」

葉育安回房間換衣服，剛剛在樓下還有點煩悶的心情，已被滿屋飯菜香氣覆蓋。母親出現失智症狀已一年多了，他諮詢過醫生，自己也做了不少研究，但對母親的狀況還是無法掌握。敏萱說失智症讓家裡出現兩個阿嬤，他倒覺得母親患失智症後變得像貓一樣神祕，有時黏人，有時消失得無影無蹤，難以捉摸。今天母親看起來完全正常，他可以不必把自己繃得太緊，這才真正有了下班的感覺。

敏萱的表現也很乖巧，這是另一個意外。上星期敏萱發表過搬家宣言，葉育安預估他們的父女關係可能會凍上一陣子，沒想到敏萱竟若無其事。非但如此，他注意到敏萱這幾天的神情變得柔和了，時常莫名其妙微笑，偶爾會心不在焉，眼睛盯著手機心裡卻不知道在想什麼事。也許是因為阿嬤狀況正常，敏萱的情緒才跟著放鬆吧？

他自己倒是有點焦慮，星期五的音樂會算是他和姚雅綾第一次正式約會，時間就快到了，他卻還沒想好音樂會開演前該上哪吃晚餐，結束後是否該邀她吃個消夜或喝杯小酒？他疏離這座城市的夜生活已經太久了，對於適合約會的地點一無所知。但這還不是最主要的問題，他真正的麻煩是疏離約會的行為太久，那天約會該和姚雅綾聊什麼呢？一想到這就不由得有點緊張。他雖然已和姚雅綾聊過幾次，但地點都在公司或公司旁邊，講的都是公事或姚雅綾的事，他還沒有對姚雅綾談過自己。初次約會應該要增進彼此的瞭解，看來免不了得講一下他這邊的事。可是，他的事有什麼好說呢？如何才能讓話題有趣的進行下去？

他聽見敲門聲，母親的聲音從門後傳來。「育安，出來吃飯了。」他走出臥房，母親和敏萱已坐在餐桌前了。「怎麼搞的？換個衣服這麼久？」母親說。葉育安拉開椅子坐下，桌上有四道菜和母親女兒一起等著他——蒜泥白肉、芹菜花枝、清炒空心菜和兩顆荷包蛋。湯還在瓦斯爐上滾著，想是要多燉點時間讓雞骨出味。飯已經盛好了，和葉育安的心情一樣熱熱騰騰冒著煙。他想起剛剛母親沒有把他叫成父親的名字，顯見頭腦確實是在清醒的狀態。他們坐在各自習慣的位置上吃飯，儘管花枝醋放多了有點酸，荷包蛋的邊緣也焦了點，但葉育安感覺一切正往好的方向發展，這個家似乎出現久違的希望。他們已經很久沒像這樣坐在一起吃飯了，儘管無人開口說話，但葉育安心想這樣才自然，硬要打破沉默找話題聊天反而顯得生疏。

今天的狀況實在太難得了，一碗白飯下肚，葉育安覺得已經飽了，但又起身添了半碗讓自己留在餐桌上，打算利用這個機會談點事情。他想提醒敏萱別忘了星期五的約定，可是他對敏萱的情緒不太有把握，就像他不懂她為何都坐上餐桌吃飯了，還要邊吃飯邊盯著手機。他怕話說多了被女兒嫌嘮叨，甚至引來她再提要搬出去的事，只好把話題轉到母親身上。

「媽，妳多久沒吃藥了？」

「吃什麼？」

「吃藥。」

「我為什麼要吃藥？」

敏萱抬頭瞄了他一眼，又低頭繼續滑手機。她先前說過阿嬤不肯吃藥，也不肯上醫院回診。葉育安想試看看能不能用溫和的方法解決這個問題。

「其實那也不是藥啦，是補品，給妳補營養用的，只是長得像藥丸而已。」

「我好好的為什麼要補營養，要進補也要看時令。現在中元節還沒過，補什麼補？」

「也不一定是補品，還有給妳好睡覺的藥啦。」

「我睡得很好呀，想睡就睡，不想睡就醒著，吃藥做啥？」

「妳不吃藥沒關係，但妳好久沒去醫院了。下星期幫妳掛個號，看是要我請假還是讓敏萱陪妳去醫院看看。」

「去醫院做什麼？那裡又沒我的朋友。」

「有啦，神經外科的陳醫師不是跟妳聊得很來？他說妳怎麼那麼久沒回去看他。」

「騙肖，你什麼時候遇到他？」

葉育安說不下去了，不知道該怎麼說服母親去看醫生和吃藥。他向來對說話沒信心，但沒想到連頭腦半清楚半迷糊的母親，都可以把他說的每一句話全頂回來。他忽然覺得有點驚慌，憑自己這種口才，音樂會那天該怎麼和姚雅綾聊天呢？聊彼此興趣？有點老套。說人生抱負理想？他再幾年就五十歲了，好像已沒有什麼可以說出口的夢想。談家庭狀況？似乎不太合適，說自己家裡的事恐怕會嚇到人家。講公司的事情呢？這倒是不缺材料，過去他們幾次見面談的也多半和公事有關。只是那天是期五，下班後還提起公司，不知道會不會讓對方覺得他是工作狂？他根本不是這樣的人啊。

他默默把新添的半碗飯扒進嘴裡，咀嚼出滿嘴焦慮。他最近一次約會是上世紀的事，而姚雅綾又小他十來歲，他無法想像新世紀的約會是什麼模樣。想到這裡，他覺得自己已經坐不住了，只想回房間躺著。

「還有雞湯呢。」敏萱說。她雖然低頭滑手機，還是可以偵測到葉育安想起身的動作。

「雞湯是妳要喝的吧？妳小時候愛喝香菇雞湯，長大後還是沒變。」

「我一個人喝不完。我去把湯端來。」

今天的敏萱和母親一樣反常。葉育安心想，他剛剛雖把心思放在母親和姚雅綾身上，仍能注意到邊滑手機邊吃飯的敏萱好像有點心不在焉。他喝了幾口湯，沒嚐出什麼特別滋味，想到敏萱這幾天如此安分，應該稱讚她兩句才對。只是話到了嘴邊，卻自動變成：「妳男朋友都帶妳去哪約會？」

敏萱放下手機，精神頓時集中了。「你問這幹嘛？」

「只是好奇而已，不方便說的話就算了。」

「你這樣講很討厭耶。如果我不說，不就表示我去了什麼不方便說出來的地方？」

「別那麼敏感，只是隨便問問，沒別的意思。」

「敏萱交男朋友了？」葉母突然插口。

「沒啦，阿嬤，妳別聽爸亂說。」

「沒交男朋友為什麼問要去哪約會？」

「是爸爸問的，又不是我。」

「你交女朋友了？」葉母轉問葉育安。「什麼時候的事？我怎麼不知道？」

葉育安心一驚，慌忙說：「我白頭髮和皺紋都開始長出來了，還交什麼女朋友？」他試圖岔開話題。「媽，我看妳今天精神很好嘛，下星期要不要讓敏萱陪妳去醫院拿個藥？」

「醫院？我和你阿公第一次約會就是在醫院。」葉母看著敏萱說，像有什麼重大祕密想和她分享。「我當小姐的時候身體一直很不好，經常什麼都不知道就昏倒了。有次我阿母煮好綠豆湯要我抬去田裡給插秧的人當點心，我提著提著還沒走出村口就……」

「就突然昏倒了，然後醒來的時候就見到了阿公。」

「噓，讓阿嬤說下去。」

葉育安制止敏萱打岔，好讓母親再一次講述這個他和敏萱都聽過不知多少遍的故事。傳統的英雄救美，電視連續劇編劇缺乏靈感時會復刻的橋段。他知道其實那不算約會，而是母親和父親生命中的初遇。地點也不在醫院，那只是鄉下的衛生所，只有護士，連醫生都沒有。但他也聽過有人說讓老人家多說話對失智症有幫助，因為說話可以讓大腦活化，讓神經迴路不容易萎縮。

母親今天的狀況很不錯，不像前陣子整晚鬱鬱悶悶不是睡覺就是把自己關在房間，一副像跟誰在嘔氣的樣子。今晚她顯然很願意說話，葉育安也樂意讓她一直說下去，他保持微笑看著母親，努力維持一位忠實聆聽者的姿態，母親的目光卻始終落在低頭滑手機的敏萱身上，彷彿這是女人家才能懂的事。母親的嘴說個不停，敏萱的兩根拇指也飛快在螢幕上輸入訊息，葉育安自己不一會兒也分了心，他微笑看著這幅充滿現代感的祖孫交流景象，想到這個家一切都正在往好的方向發展，讓他得以安心赴三天後的約會。和姚雅綾的約會內容仍有一大部分還沒想好，不過他這時已不像先前那樣焦慮了。

他的思緒開始漫無目的地亂飄，想到要帶母親去的那家醫院，想到白天劉士超的報告寫的跳軌老人資料，想到網路上看到的那張日本富士山絕美夕照。不知怎的，這些景象忽然在他腦海裡重疊成一個畫面——一群提著藥袋的老人，在西八王子站排成一條橫隊，等待中央線那輛溫暖的橘黃色列車迎面而來。

17

「怎樣？今晚的演奏如何？」音樂會剛結束，他們跟著人群從音樂廳正門走下階梯，姚雅綾等不及人潮稍散便對葉育安說：「很不錯吧？我就說過這場音樂會絕對值回票價。」她把臉轉向右看著葉育安，同時把原本掛在右肩的肩包換到左肩。「真不知道把票賣給我的人有什麼重要的事，搶到這麼難買的票，居然捨得賣掉。」

葉育安沒有馬上接話。姚雅綾雖然提了問，自己卻馬上回答了，讓他不知道該說什麼才好，而且他正專注於腳下的階梯——人群過於擁擠，姚雅綾裸露的臂膀不時碰觸他的左臂，讓他身體緊繃，深怕一個沒走好或不小心被人絆著而跌倒。

「對了，門票錢還沒給妳。」他好不容易擠出一句。

「我不是這個意思。這場音樂會是你陪我來聽的，別再提錢的事。」

葉育安暗罵自己，才第一句就說錯了，她想聊的顯然是和音樂有關的話題，他怎麼會俗氣地談起錢？於是他認真回想剛才音樂廳裡的情景——他們的位置在二樓的最後幾排，與舞台距離遙遠，指揮的背影小得像迷你玩具兵。演奏開始，他聽見樂聲似乎不是來自舞台，而是從天花板反彈下來的，這才注意到他們的座位離音樂廳天花板頗近。當交響樂章來到所有管弦樂器和鼓鈸齊奏的高潮時刻，他感覺音樂廳好像有一輛地鐵列車駛過，整個空間像地下隧道充滿到處衝撞的回音，他腳下的地毯和前方的椅背都跟著巨大樂音聲波一起震顫。原本他以為那是錯覺，但他前方的椅背實在是晃動得太不像話了，他才發現前座那個看似女學生的觀眾居然在哭。她低著頭，肩膀不停顫抖。他本來以為她在笑，但樂曲正進行到姚雅綾說過的那個最悲傷的部分，所以他相信她是在哭，雖然他不知道她悲傷的原因。或許音樂廳裡聽演奏聽到哭出來的人不止一個，但也有人在咳嗽，而且是不摀嘴的那種，惹得前座的人頻頻回頭瞪視……葉育安發覺自己注意到的好像都是音樂會表層的東西，姚雅綾想談的應該不是這些。他努力回想剛剛結束的演奏，但完全想不起來自己聽到了什麼。他只記得坐在旁邊的姚雅綾身上的香水味道，一種混和了花香、熟果和青草的氣味。不很濃，淡淡的，卻牢牢塞滿他的耳朵，讓他無法好好欣賞樂音。應該先做點功課再來參加音樂會才對，他有點懊悔，要是先看過幾篇樂評，這時就可以說些有深度的話了。

「剛才坐在妳前面的那個女生，聽到一半竟然哭了。妳有注意到嗎？她哭得好悽慘。」

「噓！」姚雅綾用手肘撞了他一下。「她就走在我們後面。」

葉育安假裝不經意回頭瞄了一眼，剛才在音樂廳裡哭到全身抽搐的那個女生確實就走在他右後方，中間只隔了兩、三個人。他發現這個女生也有男伴，此時的她正勾著男伴的手，半張臉貼在對方的肩上，歪歪斜斜地走。

「她現在沒哭了。」葉育安小聲說。

「當然，哪有人會哭那麼久？」

「不一定唷，我要是哭的話，恐怕就會一發不可收拾。」

「哦？你也常哭嗎？」姚雅綾的眼睛放出光采，讓葉育安感覺自己好像被螫了一下。「我以為只有女生才愛哭，沒想到一個大男人也會。」

「不、不，妳誤會了。我很久沒哭了，都快忘記哭是什麼感覺了。就是因為太久沒哭，我才會覺得要是哪天我哭的話，鐵會一發不可收拾。」

「一定會哭得像水庫洩洪一樣。」

「對，很可能。」

葉育安覺得放鬆多了，他從前幾天開始一直到音樂會結束，都因不知道要和姚雅綾聊什麼而焦慮，沒想到話題一落到別人身上就輕鬆解決了這個問題。他從沒想過和別人討論哭泣這件事，但這話題來得如此自然，讓他得以接續下去，同時也想起第一次見到姚雅綾的情景。那天她坐在月台長椅上哭到全身顫抖，脆弱無助像個小女孩讓人心疼。那時他因職責所在做了無情的處置，硬要她馬上離開現場到沒人看見的地方，為此他一直覺得很不好意思，打算以後有機會一定要為這件事向她道歉。

但現在並不是道歉的好時機，因為此刻姚雅綾的樣子比當時在月台上更引人注意——她應該是先回家換過衣服才來的，今晚穿了一件米色V領無袖上衣，配上長度不到膝蓋的小黑裙。葉育安的目光像尖峰時間進站的列車，在姚雅綾未被衣物遮住的地方多停留了一點時間，發現她的手臂、小腿和頸子都一樣潔白無瑕。有這樣的一位女子伴隨在身邊，感覺像做夢，他不想太快離開這個夢境。接下來該邀她去哪裡呢？剛剛他們聊得如此自然，不管提議去哪都能成功吧？只是，上哪兒好呢？咖啡廳？這時間喝咖啡怕會睡不著。去酒吧喝兩杯？酒吧太吵太亂，而且他多年沒有夜生活，不知道哪裡有適合的店。進公園乘涼聊天？月黑風高怕危險，何況第一次約會就帶進公園好像也滿怪的……到底要去哪？葉育安開始急了，暗罵自己不但會說錯話，還沒有半點決斷力。這問題都想那麼多天了，現在居然還拿不定主意。

「時間有點晚了……」姚雅綾停下腳步。「我想，我應該要回去了。」

葉育安的心瞬間下沉，知道自己的猶豫不決終究壞了事。「喔，好。」他說，努力不讓臉上出現失望表情。他知道自己維持不了多久，但姚雅綾的下一句話拯救了他。

「你可以陪我走路回家嗎？今晚天氣不錯，我想散步回去。」

事情的發展超出預期，姚雅綾果然是個訓練有素的司機員，對前進的方向瞭然於心，並未受到停駛處分的影響。葉育安覺得她似乎把一切都安排好了，但他樂於接受這樣的安排。為何不呢？

他們走在寬闊的人行道上，剛開始姚雅綾十分活潑，不停地說話，包括自己租屋地點、居家環境、平常上班的方式、閒暇時愛逛的個性小店。遠離音樂廳，人潮慢慢由擁擠變為疏稀。才過兩個路口，葉育安就感覺四周安靜下來了。不是完全無聲，夜晚十點的夏日大街，仍有汽機車引擎、便利商店門鈴和不肯停歇的蟬叫聲。附近人少了，兩人反而隔得比較遠，像有個隱形人夾在他們之間，話語中的空檔也變多變長——這正是葉安育覺得安靜的原因。他猛然發現，過去和姚雅綾說話好像都是在人多的地方。他低頭看著兩人被街燈拉長重疊的身影，就這麼僵硬地走著，直到想到可以說的話才把頭抬起。

「謝謝妳的音樂。妳說的沒錯，聽完我真的感覺被安慰了。我不是隨便說說，是真的有那種感覺。」

「那不是我的音樂啦。」

「我知道，我是說剛才聽的貝多芬的《悲愴》。」

「是《悲愴》不是《悲慘》，而且今晚演奏的是柴可夫斯基的曲子。」姚雅綾忍不住笑了。

「哎呀，我對古典樂一竅不通，那些外國人我老是分不清。」葉育安知道自己出糗了，只能努力保持鎮定。「所以我才要謝謝妳，是妳讓我想到可以在車站播放音樂。」

車站播放音樂已經好幾個星期了，這段期間雖仍有人跳軌，葉育安還是誠心感謝姚雅綾，畢竟在月台播放音樂符合各國做法，而且這個措施很容易被注意，不至於讓總經理以為他的運務管理課都沒在想辦法解決問題。葉育安說自己得到安慰也是事實，至少剛剛坐在音樂廳裡他完全沒想過工作和家裡的事。只是這股慰藉力量維持的時間並不長，此時他竟然想起魏紹達前幾天給他的忠告，要他盡快想出新的防治跳軌辦法，葉育安再一次體認到自己不專心的毛病——眼前雖有這樣一位身上散發花果芬芳、像夏夜一樣令人愉悅的女性，他卻無法不想起公事。

「要說謝謝的人應該是我，謝謝你陪我來聽這場音樂會。」姚雅綾說：「不是每個人都對音樂有感覺，像我的前男友，他只願意跟我去看電影，音樂會他根本坐不住。」

「這不能怪他，我想是因為他太年輕的關係。」

「說年輕，我比他還小兩歲。我都可以接受，他為什麼不行？」

「男生好像都會比同年齡的女生幼稚一些，而且音樂這種靜態的東西，尤其是古典樂，可能要上了點年紀才比較容易欣賞感動。」

「還是要看人吧，如果音樂對上了年紀的人有用，那麼這個月就應該不會有老人跳軌了。啊……對不起，我好像不該提這種事。」

「沒關係。」葉育安說：「所以妳也知道S9車站的事了。」

「這個月又有兩位司機員停駛，都是在S9車站碰上的。」姚雅綾說，態度相當自然，彷彿已忘記自己兩個多月前曾碰上相同的事。「主任你人很好耶，明明播放音樂的效果不怎麼樣，還這麼客氣感謝我。」

「我相信音樂一定有效果，只是不知道為什麼S9車站跳軌的人特別多，而且又都是老人。」

「的確滿奇怪的，你們應該有開會研究這個問題吧？」

「研究過了，根本找不到原因。」他們走到了一個十字路口，被紅燈擋下腳步。在等待秒數消退的時候，他和姚雅綾都微微轉了個角度面向對方，不像剛剛一路過來兩人大都看著前面說話。葉育安看著姚雅綾的臉，覺得她的眼睛清透極了，晶晶瑩瑩反映著街燈橘黃色的光亮。他期盼紅燈的秒數能再延長些，好讓他和她可以在這裡多站一會兒，最好綠燈壞掉不要變換，他願意和她永遠站在這個地方——葉育安心裡產生的是美好幻想，嘴巴說出的卻全是那天和劉士超討論過的事。S9車站就像日本的西八王子站，他們調出過去資料，算出這座車站的跳軌自殺事件是平均值的三倍。這個發現讓運務管理課所有人都興奮了起來，認為只要能降低這座車站的跳軌率，其他車站就不成問題。他們仔細分析計算這座車站的所有軟硬體設施，列車進站角度、燈光亮度、旅客流量……甚至幾次去現場實地考察，但一無所獲。「只能說那座車站就是有這樣的運氣，隨機跳軌的機率才會高出平均值那麼多。」

他們走到下一個街區，路上接連有兩家店鋪嘩啦啦拉下鐵門打烊。姚雅綾沉默許久沒說話，葉育安以為她對公司的事不感興趣，正想換個話題，姚雅綾卻先開口了。

「你說S9站附近有三家醫院？」

「是呀，都是病患很多的大型醫院。」

「有沒有可能……我只是說可能喔，有些老人去醫院看了病，也許從醫生那裡聽到了什麼不好的消息，然後在回家搭車途中一時想不開就……」

「有道理！」葉育安瞪大眼睛。「事實這麼明顯，我怎麼沒想到？」

「也不見得是事實啦，我只是懷疑而已。」

「不、不，妳的懷疑非常合理。我現在想起來了，最近一次跳軌的老人就有藥袋遺留在現場，顯然剛從醫院出來。事實擺在眼前，我居然沒看到。」葉育安敲了自己腦門一下，已下班的大腦重新開機運轉，但思緒迴路才跑了幾圈，整個人就又洩了氣。「只可惜，我們不能阻止老人去看病，又不能叫醫院搬走。」

「一定會有辦法的。」

「妳也這麼認為？」葉育安想起自己前兩天才對魏紹達說過一樣的話。「我也是這麼想，但我課裡的人不知道是工作量太大還是太消極，開了好幾次會都孵不出什麼點子。真應該把妳調進我們運務管理課，我猜妳一定有很多想法。」

「好啊，如果我進運務管理課，第一件事就是請人來看S9車站的風水，看看要在哪邊放個盆栽，或在哪裡掛個鏡子，把氣場改變一下，說不定就不會有人跳軌了。」

「看風水？改變什麼氣場？」

「你可能覺得那是迷信，但我認為那是古人留傳下來的經驗智慧。」姚雅綾一本正經說：「風水其實是一種環境研究，調節的是無形的氣氛，弄得好可以讓人與自然的關係和諧。不是都說房子要坐北朝南、不要位在路衝上嗎？其實那是考量過陽光、風向和交通狀況的結果。風水不好，人的運勢也會變差，說不定連健康都會受到影響……」

夜晚漫步的話題轉到了風水上面，姚雅綾像做簡報一樣講個不停，似乎對這個玄學領域的東西充滿興趣。葉育安過去一聽到有人講風水就覺得討厭，他住的公寓位在巷底，按風水說法，那是一條無尾巷，對住戶財運或健康都有不良影響。葉育安覺得這半封閉的巷弄像自家院子，很容易掌握自己領地上的動靜。不過他的上下樓鄰居可不這麼想，各自在陽台鐵窗裝上鏡子、羅盤和八卦面對巷口。這種簡單的風水人人會看，以前阿梅姨就不止一次勸他母親換間房子，說他盛年的父親會在學校的辦公室倒下，可能就是積累死巷過多煞氣所致。面對這樣的忠告，母親總是一笑置之，葉育安則是每回聽見都忍不住臉色發臭。他喜歡這間房子，那是他父親買下的新公寓，那年葉育安才十歲，他有了自己的房間，父母有了自己的主臥室，還多出一個房間給父親當書房。兒時搬家的記憶已有點模糊，葉育安卻仍能記得這間屋子年輕時的味道。如今房子舊了，母親失智了，敏萱想搬出去了，但他還是討厭聽到和風水有關的事。奇怪的是，姚雅綾今晚說的風水，竟讓他覺得相當中聽。

「我住的地方快到了，再過一個路口，前面那棟白色的大樓就是了。」

「妳家到了？怎麼這麼快？」葉育安脫口而出。他抬頭看向前方，花了好幾秒才找到姚雅綾說的那棟大樓。「看妳對風水這麼有研究，妳住的地方風水一定很好。」

「在外面租房子看的是租金，不是風水。」姚雅綾笑說：「謝謝你陪我走回來。」

葉育安知道這句話的意思，道謝就是道別，今晚到此為止，什麼事都不會發生。他突然有點想笑，人家只是把你當同事，你卻把什麼都放大了，還白白緊張準備了這麼多天。他想好好嘲笑自己想太多，卻不敢在姚雅綾面前這麼做，怕一笑就控制不住會把眼淚都給笑出來。他努力保持主任該有的風度，但想不出什麼漂亮的話好替今天和未來做個總結。

「主任，你陪我走到這裡就行了，不用送我過馬路。」姚雅綾停在路口說。

「也好。」葉育安瞄了紅綠燈秒數一眼。五十六秒後約會結束。「什麼時候來運務管理課報到呀？」他勉強擠出一句玩笑話。

「拜託，你可別真的調我進運務管理課，我只喜歡開車，不能開車我寧可離職。」

這句話提醒了葉育安，他伸手從公事包取出一個牛皮紙信封，拿出赴約前就準備好的東西。

「對了，這是妳的復駛申請書，處長說現在一切都由我做主，我看妳目前恢復的狀況還滿良好的，所以就批准了。當然，妳還不能馬上開始正常排班，我們會先安排幾次復駛測試，通過之後才能……」

他的話還沒講完，就被一聲尖叫聲打斷了，他還來不及意識到發生了什麼事，只感覺自己被一個帶著花香味的溫軟女體緊緊抱住。

「謝謝你，主任！」姚雅綾緊緊抱住葉育安，頭埋在他胸前說：「我真的好愛你喔！」

* * *

葉育安不知道自己是怎麼回到家的。他整個人輕飄飄的，沒喝酒，卻有微醺的感覺。剛才在姚雅綾家門前的十字路口，他被突然撲上來的姚雅綾緊緊抱住了三十秒——他之所以知道明確的時間，是因為他在被姚雅綾抱住的時候全身僵硬，雙手像秤錘一樣垂在身體兩側，視線只敢看向前方，剛好落在紅綠燈的秒數上。儘管只有三十秒，而且已經過去了快一個小時，甜美柔軟的女體的感覺還是源源不斷滲進他的身體，像酒精一樣歡快著他的心情。

他太久沒有這種感覺了。從離婚到現在，十五年沒碰過任何女人，讓他宛如中年處男，心情像年少時代第一次牽到女生的手時那般興奮。他知道現在的自己可笑極了，但就是無法不把姚雅綾在他懷中輕吐的那句「我好愛你喔」拿出來在耳朵裡反芻。他無法不多想，懷疑自己是不是真的聽見了這句話，街上車聲蟬鳴吵個不停，也許那是幻聽，不像女體的感覺那麼直接真實。此外，「好愛你」是真如字面上表達的意思嗎？他單身已久，但不是沒有感情經驗，不會輕易把「好愛你」解讀成真正的「愛你」。愛情不會那麼輕易來臨的，不是嗎？不過這畢竟是個好的開始。

他在腦海中勾勒出許多浪漫想像，讓他輕輕吹起口哨加快步伐往自家巷口走。眼前正有大好未來等著，他看向前方，似乎見著了許多瑰麗的景象。這些景象如此美好、如此新鮮，是久未戀愛的他從未見過的奇景。不對！在這些陌生的幻景中，好像有個熟悉的人影，正慢慢地走在他的前方……

葉育安推了一下眼鏡。

「敏萱？」

前方的人影突然定住了。凍結了兩秒，才遲疑地把頭轉過來。

「葉敏萱！」

葉育安大叫一聲，把自己和眼前的女兒都嚇了一跳。

18

聽見有人從後頭喊她的名字，葉敏萱立即停下腳步。那一瞬間，她以為是阿海追來了。她沒想到事情會變成這樣。一個小時半前，一切都還好好的，雖然她有點緊張。為了阿海的生日，她已經緊張了好幾天了，從上週阿海正式邀請她到他住處慶生，敏萱就無法不去想今天晚上可能會發生的事。阿海說不要買生日禮物，她也的確沒打算花錢準備那些一成不變的東西——哪個男人沒在生日時收過刮鬍刀、皮夾、領帶和腰帶之類沒什麼心意的東西？她答應阿海不買禮物，但沒說不送他禮物。

她沒等爸爸下班回家就出門，提早半小時坐上阿海的摩托車。他們去了超市，阿海動作迅速抓了一些熟食和小菜，打開冰櫃玻璃門挑選飲料時卻猶豫了一點時間。敏萱站在門的另一側，瞥見開啟的玻璃門上淺淺反映出自己的身影，便趁機檢視了今天的穿著，拉高衣領遮住不小心露出來的肩帶。她的視線接著穿過玻璃，落在舉棋不定的阿海身上。他頸部那團火舌狀的草葉圖案刺青，雖隔了一道結滿微細水滴的玻璃門，也一樣能燒灼敏萱的視線。她注意到阿海和平常一樣穿黑色潮T和鬆垮卡其七分褲，未因今天生日而有改變。

敏萱有點失望，阿海說要準備一些吃的，結果是見了面才買。但來到阿海的住處，敏萱發現阿海倒也不是完全沒準備，至少他明顯把房間收拾過了。矮桌鋪上了桌巾，床墊換上了新床單，垃圾雜物全不見了，冷氣也提早開啟，把這個地方還原成適合人居住的狀態。

接下來的事順理成章地進行。在呢喃聊天、享用超市晚餐、吹熄小蛋糕上的蠟燭，以及酒精的助燃之下——他們喝掉三分之一瓶威士忌，但敏萱只啜了幾小口。她準備的禮物不只是給阿海，也是給自己的，她不想在迷迷糊糊的情況下從女孩變成女人——他們像草葉上的兩顆露珠自然合為一體，滑落到帶有洗衣店清潔劑和烘烤氣味的床單上。敏萱從阿海帶著酒氣的唇間嚐到了緊張的滋味，這是她和阿海的第一次，全新未曾經歷的境地。她像溺水一樣把阿海當成一塊浮木死死攀住，阿海仍有辦法褪下敏萱的衣服，動作合理自然，雖不老練也不是完全沒經驗。「要關燈嗎？」阿海輕輕在她耳邊說。羅曼史小說性經驗豐富的敏萱知道這是一個訊號，她身上僅剩下內衣，同意關燈就等於答應了一切。「不用，」敏萱說，她不想什麼都看不見。「但可以把燈光調暗點。」

敏萱想保持清醒，不想閉上眼睛或完全在黑暗中進行。他們先是側躺著，隨後坐了起來，阿海拉起敏萱讓她跨坐在自己大腿上，雙臂像束帶一樣箍著敏萱的腰，寬厚的手掌在她腰背上滑行，下巴抵在她的肩上親吻她的耳根。敏萱喜歡這樣子被緊緊抱著，她能感受到阿海身體傳遞過來的溫度與力量，可是卻沒有一點一點被融化的感覺——羅曼史不是都這麼寫嗎？阿海也不像小說裡的壞壞男人在這時會用色情的言語配合欲擒故縱的姿態挑逗，他安靜無語，連呼吸聲都不大，在微暗的燈光下進行每一個親密動作。敏萱感覺阿海的激情只有三分，更多的是專注和謹慎，彷彿把她當成構造複雜的機具加以拆解。不過她還是被阿海認真的態度打動了，加上酒精開始作用，她漸漸有了微醺的感覺，也意識到自己從剛剛到現在都像充氣娃娃任由阿海擺布，基於平等互惠立場，她應該表現一點主動才對。

於是她環抱著阿海大膽親吻，從臉頰一路吻到頸後。她發現阿海頸部刺的草葉圖案面積比她過去以為的還要大，草葉根部一直往下延伸，躲進阿海T恤領口底下，這才注意到阿海的衣服都還好端端穿著。「不公平，人家衣服都脫了。」敏萱說，她動手抓住阿海T恤下緣往上掀，邊撩邊親吻阿海一點一點裸現的背部。她聽見阿海的呼吸聲變重了，同時配合把雙手舉高讓她替他脫掉上衣。敏萱覺得有趣極了，她突然有點想笑，就像九歲那年她剛學會騎腳踏車不必靠爸爸攙扶時那樣開懷大笑。「不要得意忘形，小心撞到前面的東西！」爸爸那時在後面邊跑邊喊，她後來好像撞上了籬笆還是衝進了樹叢，她不太確定，只記得自己摔在地上時還是放聲大笑。十年後的這個夜裡，她又再次體驗類似的駕馭感覺，一種可以自己控制方向、擺脫某種無形重力拉扯牽絆的快感。她很想高聲大笑，像九歲的小女孩一樣不顧矜持，但她強忍了下來。只是，這次她沒得意忘形，卻還是和當年一樣在這重要的時刻撞上了東西，讓她像觸了電，整個人從阿海身上彈開。

「怎麼了？」

「你的背……」敏萱笑意全消，不確定自己剛才看到了什麼。「你可以把背轉過來嗎？」

阿海愣了一下，沒馬上按敏萱的要求動作。他看著敏萱的眼睛，發現敏萱也在看著他，兩個人的眼神堅持了幾秒，阿海才慢慢把背部轉過來。

昏暗中，敏萱的視線又撞上剛才那個東西，一張女人的臉，浮現在阿海背部左肩胛骨的位置。那是一張真人的臉孔，刺上去的。師傅的技術非常高超，把刺青槍的針頭當成炭筆，點出極細的青色線條，繪成一張秀麗精緻的臉，像直接把相片翻印上去那樣栩栩如生。敏萱剛剛雖被嚇了一跳，但她不得不承認這是一張好看女人的臉，不是濃俗豔氣的那種，而是單純從素淨中生出的一種不張牙舞爪的美。刺青師不知花了多少時間，將她的長髮一絡絡扎上，營造出隨風飄起的效果。幾絲細髮掠過她的臉頰，其餘長髮末梢漸漸轉化成草葉，一路往上覆蓋住阿海半邊頸子。敏萱這才明白原來阿海頸部的草葉刺青不是一般的草葉，而是這個女人長髮的延伸。在微暗的燈光中，女人的長髮有飄動的感覺，像有風吹動，而那陣風是直接從房間的冷氣孔吹出的。敏萱感到一陣寒意，這才意識到自己身上幾乎什麼也沒穿。

「她是誰？」

「誰？」

「你背上那塊刺青……」

「喔，那不重要，別管它。」

「刺得滿漂亮的嘛，是上次你帶我去的那位老師的作品嗎？」

「不要說這些，太掃興了。」阿海露出微笑，握住敏萓的手。「過來嘛，我們繼續。」

敏萓把手抽回，抓起床上被單裹住身體。「先等一下，我覺得有點不舒服。」

「怎麼了？」

「沒事。」

「要不要我把燈全關上？」

「不用了，這樣很好。」

「是因為我背上那個刺青嗎？如果妳不喜歡，我可以把衣服穿上，這樣就看不到了。」

「就算看不到，可是她還是在那裡。」

「妳生氣了？」

「我沒有，」敏萓說：「所以是真的嘍？」

「什麼意思？」

「她是真人，是你認識的人，而且對你一定相當重要，你才會把她刺在自己背上。」

阿海離開床墊，坐到矮桌前倒了半杯威士忌，仰頭一口喝下。敏萓看著他的動作，知道現在已經沒有保持清醒的必要了，她突然也好想喝酒，但不願和阿海喝同一瓶，即使剛剛他們才一起分享過。她起身一件一件把衣服穿回去，阿海盯著她，沒開口說話，只又替自己倒了一杯酒。

「你沒話想說嗎？」

「妳不舒服嗎？幹嘛穿衣服一副想走的樣子？」

「我很好，只是明白了一些事。」

「妳明白了什麼？我什麼都沒說。」

「有些事不用說就懂了，就像看不到並不表示不存在。」敏萱背起肩包站在門邊說：「我們交往兩個多月，你到今天才願意碰我，是因為心裡一直還有個女人吧？」

阿海坐在桌邊地上，垂著頭，雙手交握。這次他沉默得更久了，在昏暗的燈光中，敏萱看不清他臉上是否有哀傷的表情。

「妳說的沒錯。」阿海終於說，聲音小得幾乎聽不見。「對不起。」

敏萱走在街上，比剛才發現自己可以「駕馭」阿海時還想笑。這是什麼爛劇情？痴情男子把分手女友的臉刺在背上？太可笑、太白爛了，便利商店言情小說的情節，居然被她真的遇上了，該不會下一步就是在街上遇見阿海背上的那個女人吧？她難過極了，原以為透明的阿海，竟有她不知道的過去。她低著頭，噙住眼淚快步在街上走著，原本想往布貓的方向去，心想心萍或許還在那兒，她可以把事情問個清楚。但布貓已快到打烊時間，她又擔心萬一阿海也跑去那裡，會讓她在眾人面前更加尷尬。

於是敏萱決定回家，自己搭計程車回去。在計程車上她暫時忘記了阿海也忘記了哭泣，直到走進家門前那條長巷，想起自己好久沒一個人走回家了，這才又想起阿海，同時也好像聽見阿海的聲音。

「敏萱！」

聽見有人從後頭喊她的名字，葉敏萱立即停下腳步。那一瞬間，她以為是阿海追過來了。

* * *

深夜十一點的巷弄，在距離家門尚有百來公尺的路燈底下，這對父女像一對久別重逢的情人，從各自的心事中驚醒。

「妳怎麼會在這裡？」

「你怎麼會在這裡？」

不用多做解釋，他們立刻明白發生了什麼。父女兩人同時往巷底望了一眼，接著一起快步往家門衝去。

「不是跟妳說過我今天晚上會加班嗎？」

「我忘記了，你昨天又沒提醒我。」

「妳幾點出門的？」

「五點半。」

「阿嬤一個人待在家裡六小時？」

「應該不會怎樣吧？」

他們衝上樓，葉育安掏出鑰匙慌忙開鎖，連戳幾次才對準鎖孔塞進鑰匙。他拉開不鏽鋼外門，卻發現平常從不上鎖的內門竟打不開。他急按長長一聲門鈴，又掄起拳頭砰砰用力搥了鐵門幾下。門後沒有任何反應，門外的敏萱忍不住高喊：「阿嬤！阿嬤！快開門！」葉育安馬上制止她。「別叫，這樣會吵到鄰居。」敏萱反駁：「你敲門就不會吵到鄰居？」葉育安沒時間和女兒抬槓，「阿嬤好像把門栓拉上了。」他說：「妳在這裡看著，我去找鎖匠。」「如果門栓拉上，找鎖匠也沒用吧？」敏萱忽然想到：「你沒用鑰匙開內門，我出門的時候好像把它鎖上了。」葉育安瞪了敏萱一眼，急急再掏出鑰匙圈撥尋內門鎖匙。

內門打開了，幸好陽台落地窗門沒被鎖上。葉育安搶先踢掉鞋子走進客廳，看見母親垂著頭斜坐在沙發上，胸口一鼓一癟吐著鼻息，這才安了心。

「阿嬤睡著了，不知道她晚上有沒有吃東西？」他說。

「她經常愛吃不吃的，也不知道她什麼時候會……」敏萱回答，話沒講完便皺起鼻頭。「好臭，什麼味道？」

葉育安這時候也聞到了。客廳裡有股強烈的腥臭氣，被吸了一整天陽光熱力的水泥牆溫溫熱熱地悶著，像打開育嬰室廢尿布桶蓋時衝出來的味道。他拿起冷氣遙控器，遲疑了一下，還在猶豫該先開窗驅走室內悶熱還是先尋找臭味來源時，敏萱的尖叫聲就先一步從浴室傳來。葉育安立刻奔過去，看見敏萱站在浴室門口，一隻手還停在電燈開關上。「怎麼？漏電了嗎？」他問，但下一秒自己也呆住了。

在這對父女眼前出現的是一幅駭人景象：地上散滿一坨一坨衛生紙，上頭或多或少都染有黃褐色污跡。早上才換上的捲筒衛生紙被拉光了，一長條一長條被撕下的衛生紙像蜘蛛絲一樣從馬桶、臉盆和掛衣架上垂下。抽水馬桶像被轟炸過，污水從浮著排泄物的水面噴濺飛出，在牆壁、洗臉盆和浴鏡上留下密密麻麻斑點和細長條污痕。浴室的毛巾和浴巾都被扯下，馬桶刷倒在地上，牆面磁磚有用毛巾刷子擦拭過的痕跡，但與其說擦拭，不如說是有人以糞便為顏料塗抹在潔白的磁磚花朵圖案上。染沾上糞污的毛巾被丟在浴缸和洗臉盆裡，讓這兩處最髒不得的地方散發出令人作嘔的惡臭。

無須猜測，他們都知道這是誰的傑作，更明顯的證據是犯人留下了片片段段的線索直指她的藏身處——他們駭然發現從浴室門到客廳沿途都有被腳掌拖曳過的黃褐色痕跡，彷彿從浴室走出的這個人腳踝受了傷，而從傷口汩汩流出的不是鮮血，而是稀薄如湯汁的糞便。「妳怎麼把自己搞成這個樣子？」母親被葉育安吵醒，面無表情站了起來，快步往房裡走。葉育安驚見母親坐過的沙發也沾上了乾掉的糞便，急忙伸手拉住母親。「妳別再亂走，我先幫妳換掉衣服。」

「換衣服幹什麼？我又沒要出門。」母親甩掉他的手。

「妳身體髒了，」葉育安搶先一步擋在母親房門口，「浴室和客廳已經夠了，拜託妳別再把大便帶進自己的房間。」

「我哪有，你亂講！」母親大叫：「我肚子餓了，我要吃東西。」

「敏萱，妳去弄東西給阿嬤吃！」葉育安分頭吼道：「媽，我先幫妳把髒衣服脫掉。」

「不要碰我！」

母親尖叫。像回音一樣，尖叫聲從廚房那邊反彈回來傳進葉育安耳裡，只是音調大不相同——是敏萱的尖叫聲。

「又怎麼了？」

葉育安丟下母親，奔進廚房，一進去腳下就踩到一塊東西，發出細碎聲響。他低頭一看，是塊蛋殼破片，登時明白廚房出了什麼事。一個人在家的母親大概是真的餓了，她沒有碰瓦斯爐，卻放了生雞蛋進微波爐加熱，而且顯然不止一顆。微波爐門被炸開了，爐內玻璃圓盤有一半被震到了外面，爐內只剩一個傾覆的磁碗。半熟的蛋白與蛋黃碎塊從爐內噴射而出，飛向正對爐門的所有餐具器物，讓瀝乾架上的碗盤、斜吊著的馬克杯、擦拭過的刀具、清洗好的咖啡機和所有瓶瓶罐罐都沾上或白或黃的細碎蛋渣。黏稠的蛋汁則沿著爐門流下，像透明的血液從流理臺面一路滑向地板。

葉育安站在廚房門口，離上一個事故現場不到兩公尺。他看著廚房的慘狀，又轉頭看向浴室，頓時覺得一陣暈眩，有點喘不過氣，彷彿自己又來到那令人畏懼的跳軌自殺現場。

鏡像誘惑

她已經一個星期沒好好闔上眼睛了。

雖說她從念研究所開始就已把失眠當習慣，但婚後這毛病變得更嚴重了。她老公是那種頭一沾枕就立刻睡著的人，每天晚上她都睜著眼睛躺在丈夫身邊等待睡神臨幸，丈夫規律的鼻息聲會在她耳裡不停放大，終至響如雷鳴。都說失眠是壓力造成的，但她在不少失眠的夜裡認真思考壓力順道檢視目前的人生——她四十五歲，碩士畢業高考及格，在公家機關人事部門擔任六職等科員，有對她和慢跑完全忠誠的丈夫，沒有小孩也不想要小孩。房子是老公家的，不必繳貸款，也不必跟公婆同住。每回與好友聚會總被當成羨慕對象——她在失眠中想到更加失眠，從臥房想到客廳想到天亮還一路想到地鐵站，也一直想不通自己的壓力是什麼。

她低著頭走進車站大廳，沒走幾步差點迎面撞上一堵牆壁。她急停抬頭，才發現那是一面由竹子搭成的格狀屏風，約三公尺寬，上頭插滿大大小小顏色各異用寶特瓶切割製成的風車。是裝置藝術吧？她記得看過這東西，之前好像是擺在車站外面的開放空間，不知什麼時候被搬進車站裡，擋在她平日由大門進來往驗票閘門的動線上。

她繞過屏風繼續前行，習慣的動線被改變了，讓她覺得呼吸也有點不順暢。她對車站的這個新裝置不滿意，讓她聯想到自己家中的擺設。客廳那套沙發茶几她早就想換掉了，那是丈夫和房子一起繼承來的家具，全套的牛皮沙發，價格不菲但顏色過暗體積過大。兩人空間不需要全套三加二加一沙發，她向丈夫提過幾次，但丈夫的回應像極了她看慣的上級公文批示。我們換套沙發吧？——緩發。臥房可以擺一面穿衣鏡嗎？——再議。能不能把廚房的流理臺改成系統家具？——擇期研擬。

她拿出地鐵票卡，刷過閘門的時候，看見每個閘門感應器的鋼桿上，都吊著一個帶中國結的葫蘆。葫蘆不大，就兩顆荔枝疊起來大小，但出現在現代化的閘門口還是很引人注目，有種過年的喜慶感。不過她的感覺卻不太舒服，想到連地鐵公司這種半公家單位都會調整擺設裝飾，自己的家卻由不得她改變。算了。朋友對她說，人生不可能每件事都如自己的意，妳已經夠幸福的了。

夠幸福的她卻時常莫名恐慌。恐慌經常代替睡神在夜半造訪，牽著她的手離開臥房來到客廳，讓她坐在沙發上緊壓著抱枕埋臉痛哭。恐慌什麼？她也說不上來，只恐慌失眠的自己哭聲太大吵醒打著鼾聲的丈夫。

她繼續往前走，從閘門到月台電扶梯的路上，她發現站裡添了好多盆植物，每盆皆有成人一般高。綠色植物沒問題，雖然她不知道這些植物的名字，但綠色是一種安全的顏色，能讓情緒變得溫和、穩定、沉靜。綠色對眼睛有好處，綠色號誌代表通行。可是她走沒幾步，恐慌感又出現了，一種像掉進無底洞不斷墜落的感覺。那些大型盆栽，她越看越不對勁。綠色沒問題，植物沒問題，問題出在盆栽排列的方式。太規矩了，盆栽沿著通道左右排列，每隔兩公尺就擺上一盆，像兩列綠色的衛兵。

她突然很想哭，但找不到地方可以放聲哭泣。

不是沒向丈夫求救過。沒事找事，丈夫說，妳的生活根本沒有不快樂的理由。丈夫說的沒錯，她知道，但她也知道自己已經失去了快樂的能力。

她忍住淚水，卻壓不住越來越強烈的焦慮。地鐵站內這兩排植物盆栽站崗般佇立，讓她冒出冷汗、渾身發抖，感覺自己好像被誰嚴密監視著。她大口呼吸，卻仍有窒息的感覺。她害怕自己再待在這裡就會昏倒，便快步奔向電扶梯，頭重腳輕地下到月台層。

月台上人潮不少，不像上層空曠，她覺得稍稍好過了些。月台層沒有障礙物，也沒以前沒見過的裝置擺設，只有熟悉的陌生人群與熟悉的孤單。列車進站了，她不想跟著人群與孤單一起上車，一個人走向月台上的長椅。列車載走人群離站，下車旅客如煙霧迅速散去，月台騰出的空間尚未被新到的候車者回填。在長椅上休息的她，此時算是真正的孤獨了，時間雖短，卻足以讓她在這一刻才發現，即使所有人都走光，這個月台也不會只有她一個人的身影——月台多了許多鏡子，幾乎每根柱子、每個空間夠大的牆面以及殘障電梯的側牆上，都裝上了又高又寬明淨無比的玻璃鏡，朝各個方向映照出候車的人群。

她看見自己的身影也出現在離她最近的那塊玻璃中，剛開始她沒意識到那是自己，還以為是哪個和她一樣坐在椅子上等車的旅客。她不喜歡鏡子，家裡的不算。外面的鏡子，尤其是像這種大面積的，都會讓她想起小學川堂那塊用紅漆寫上「整肅儀容」和「某某屆畢業生敬贈」的鏡子。那面鏡子總是模糊的，布滿手印、口水斑點、油漬和刮痕，永遠都擦不乾淨。每次她走進校門，都會快跑衝過川堂，因為那時孩童之間有一個傳說——如果你在整容鏡前原地轉三圈，再用右手掌大力拍自己腦門一下，就會看見整容鏡出現一個鬼的臉。如果這個鬼對你微笑，你就可以實現心願，但如果鬼臉沒有笑容，你便得小心了，因為晚上它會去找你，把你抓進鏡子裡的世界。

她現在當然不相信這個傳說，但沒事還是不敢離鏡子太近。不過她此刻想起的不是遙遠的鬼故事，而是剛才只隨便抹了隔離霜和口紅就出門。她站了起來，走向離自己最近的一面鏡子。不必原地轉三圈，她就看到了鬼。她不知道真正的鬼長得如何，但鏡中這個女人應該和鬼沒兩樣——臉色蒼白，眼袋浮腫像變黑的泡芙，雙眼紅得有如見到仇家；嘴邊那圈唇膏雖幸運地沒有塗歪，卻被慘白膚色襯得像沾上了鮮血；幾絡髮絲濕黏倒在額上，還冒著被她從站外帶進來的暑氣。都九月天了，這個世界卻一點也沒有想要冷卻下來的樣子，她感覺到身體裡好像也有一個火爐正在燒著。

鏡子裡出現了一列地鐵車廂，緩緩在鏡中女人身後停下，從車廂出來的旅客有幾位往她這裡瞄了幾眼。藉由鏡面反射，她瞥見這些人的視線並不是對準她。他們不是在看我，他們看的是鏡子裡的那個女人。她這麼想，同時也有了駭人的發現，她看見鏡中女人正以兔紅的眼睛狠狠回瞪那些討厭的旅客，這不是她自己會有的行為。她看著鏡中的女人，越看越覺得那不是自己。

「妳是誰？」她輕聲說。

鏡中女人睜大眼睛，一臉被揭穿的驚訝表情。

「妳不是我，妳到底是誰！」她大聲咆哮。

鏡中女人沒回答，嘴唇緊抿著，以充滿防衛的眼神看著她。地鐵列車已離站，在這個月台再次無人的短暫時刻，她看見鏡中女人說話了。

——我知道妳，我認識妳。妳還年輕，不必擔心皺紋與白髮，無須煩惱金錢，也沒有感情婚姻上的任何問題……可是，我知道妳不快樂。

她的情緒終於爆發了，鏡中女人說出她心中無人知曉的委屈，使剛剛強忍住的淚水滾滾流出。這個人不是我，可是她瞭解我，她感激地這麼想，接下來便發現這個女人不是只停留在瞭解的程度，而是更加投入。她看見鏡中女人的臉上也流下了兩行淚水。

「妳為什麼也哭了？我的事情妳全懂對不對？」

鏡中女人點點頭。

「那麼，妳有沒有方法可以幫我？」

——下去。

「什麼？」

——跳下去。

她看見女人的嘴唇緩緩地開合。

——只要跳下去，就不會再有任何痛苦了。

她轉頭向後望。月台邊緣距離她有好幾公尺，但她只看了一眼就趕緊把頭轉回。

「我不敢。」

——別害怕，慢慢來。先深吸一口氣。

鏡中女人說，自己馬上示範了深吸氣的動作。

——對，就是這樣。接下來往後退一步。

「像這樣嗎？」

——妳做得很好。再往後退一步，對，再一步。

她往後退了幾步，鏡中女人自己也這麼做了，一下子兩人拉開了好幾步的距離。她已看不清鏡中女人的嘴唇有沒有在動，但聲音還是清楚傳進她耳裡。

——退後，再退後，感覺到有風吹過來嗎？

「有，我感覺到了。很微弱的風，吹在我左邊的臉頰上。」

——很好，等這陣風再強一點。等妳感覺到頭髮被風吹起來的時候，就往後再跨一步。記住，要跨很大的一步。

她看著鏡子裡的女人，看見她已經站在月台邊緣。現在她們的距離已經很遠了，但她可以感覺到鏡中的女人正在對她微笑，一種輕鬆自在的笑容。她喜歡女人臉上的這個微笑，只可惜這個笑容很快就被擋住了。鏡中女人的頭髮飄了起來，披在右肩上的髮絲全飛了起來，在女人的臉上亂舞。

——是的，就是現在。

她伸手撥開飄在臉前的亂髮，往後退了一步。

好大好大的一步。

19

葉育安從不知道，向來優柔寡斷的自己，竟也會有反應如此快速行事果決的時候。不只是在工作上，處理自己的家務事更是如此。

在母親用糞便污染半間屋子和微波爐炸蛋事件後，不到三個星期敏萱就搬出去了——葉育安決定提早結束這個虧欠和愧疚的暑假，讓她在開學前一週搬進學校的宿舍。女兒搬走了，家裡的人口卻沒有減少，敏萱的房間暫時讓給阿蒂，印尼來的外籍看護。阿蒂不是合法申請來的，母親的臨床失智評估量表沒達到兩分，屬於輕度以上中度未滿，需要再找另一位精神專科醫生背書才具有申請外籍看護的資格。走合法管道曠日費時，不如請阿梅姨介紹信得過的仲介來得有效率。阿梅姨以母親好友的立場碎唸了葉育安幾句，認為他和敏萱應該多花點時間陪伴病情漸重的母親和阿嬤，而不是用錢來解決問題。不過她還是很熱心地介紹了仲介，畢竟在鄰里間她見多了這種事，非常清楚理想和現實的距離。

不只家中成員變化，葉育安把這個家的風水也改了。阿梅姨介紹的仲介帶資料登門拜訪，花了兩個小時談好一切該注意的事項，在陽台穿鞋準備告辭離開時，他瞄了外頭一眼，嘴邊無意溜出一句：「喔，這是路衝吧？」葉育安立刻回說這不算路衝，前面不是巷子而是這個社區的庭院。仲介笑了一下，不想爭辯，但這個笑容還是讓葉育安心裡起了毛。「就算是路衝也沒差，我們都在這裡住這麼久了。」

「這我是不懂啦，但如果是我的話，可能會請風水老師來看一下。畢竟家裡有老人家在，他們的身體可能對這些東西比較敏感一點。」

如果仲介是在一個月前說這些話，葉育安肯定不理會，但他想起姚雅綾也說過風水的事，於是他和仲介在陽台又多談了二十分鐘。兩天後仲介先帶來的不是他挑選的外傭，而是半頭白髮一身唐裝，道號「阿玄師」的風水先生。仲介說先生看陽宅風水收費兩萬，但因為是他介紹的所以隨緣打六折收費一萬二。要是在一年前，葉育安絕對會認為這兩個人都是騙子，可是現在不管風水師說什麼他都信了。風水先生一來二話不說就要求葉育安在陽台鐵窗掛上八卦鏡（九吋半黃楊木八卦鏡，已開光，結緣價三千），要他在客廳東南方位擺設二尺魚缸養六條金魚以吸收煞氣。這部分沒什麼，連阿梅姨都可以提出類似的建議。但風水先生走進屋內，問清楚家中成員各自睡哪個房間後，便直指讓葉育安心驚的問題——他睡主臥房，比家中長輩的房間大，兩個房門又直接相對，此為大凶之忌，主口角猜疑，葉育安之所以離婚和母親的失智極可能皆肇因於此。幸好阿玄師本領不小，問過母親生肖，端起羅盤按方位調整了母親的床鋪方向，又建議葉育安在主臥房門掛上天珠門簾（百顆西藏三眼天珠串成，原價一萬六，成本價算八千），即可化忌為安，一家和樂，天下太平。臨走前，阿玄師還補了一句作為臨別免費贈禮——要是可能的話，樓下公寓大門那盞人體自動感應LED燈最好能把它拆掉。方位不對，亮度太強，位置又太低，人從底下走過每走一次就被突然開啟的強光驚嚇一次，魂魄不聚，運勢自然也容易飛散。

葉育安本來不信風水，可他現在覺得真的不能不信邪。原本擔心家中這些變動會讓母親難以接受，沒想到仲介和風水師來的時候她從頭到尾笑咪咪，問她是否願意搬動床鋪位置也一口答應。葉育安已做好心理準備，認為那是有外人在場母親才如此正常，人一走母親就會瞬間翻臉，結果她竟然沒有任何不高興的反應。不僅如此，就連仲介帶著阿蒂上門的時候，母親的態度也相當和善，把阿蒂當成遠房親戚一樣接待，不怕生也不扭捏，完全沒有排斥現象。阿蒂這位年過三十的印尼女人也不簡單，她的合法居留時間顯然早已過期，跟過好幾位不同雇主，語言能通，所有家庭電器都會操作，煮出來的菜也都是道地的本土口味。更專業的是，她似乎很懂得討老人家歡心，才來第三天就親暱勾著葉育安母親的手，滿嘴「阿嬤、阿嬤」地叫著，彷彿把她當成自己的親奶奶。從那天糞便慘劇之後母親就再也沒有發作過，不亂發脾氣，不猜疑敏萱在她食物裡下藥，也不再錯認葉育安為自己過世三十年的丈夫。她甚至又開始出門了，帶阿蒂上公園逛市場，有時還會去針車廠找阿梅姨聊天。

這些好的轉變讓葉育安相信都是拜阿玄師所賜，認為八卦鏡、魚缸和天珠門簾買的真是值得。母親狀況良好，阿蒂表現稱職，敏萱搬去學校宿舍過她想要的大學生活，葉育安感覺自己各方面情況也都變佳了。他不再有東西飄浮起來的暈眩感，只覺得神清氣爽，思路清晰，終於可以放心多花點時間在工作上了。

＊　＊　＊

「根據建築風水學原理，馬路和通道就像河一樣，都有東西在上面流動。既然有水流，最好就得曲折點，因為可以聚氣，太筆直的水流留不住任何東西。所以車站入口的裝置藝術可以改變旅客動線，讓人流變得曲折，用一點點阻礙來達到聚氣去煞的效果。」

在運務管理課的會議上，葉育安耐心向大家解釋地鐵S線幾座主要車站改變站內布置的原因。

「以前我們車站裡擺了許多藤蔓類植物，雖然適合室內栽種，但藤類植物在風水上為『騰蛇』，陰氣很重，容易招來麻煩糾紛，所以要把它們全部移除，換成巴西鐵樹和發財樹之類喜氣重的盆栽。葫蘆在古代是用來裝仙丹的，有納福增祥去災解厄的功效，我們把它掛在驗票閘門口，可以把那些不好的東西擋在大廳層，不會下到月台……」

「可是主任，你在這幾座車站裝的東西，都有旅客打電話來投訴。」小琪說：「他們有的被裝置藝術絆倒，有的嫌新盆栽太醜，儘管我用『本公司會盡快回覆您的意見』回答，他們還是一直打電話來講同一件事，根本等不了十天。」

「他們不懂風水，不知道這些東西的效用。」葉育安皺起眉頭說：「這些意見沒有參考價值，我們可以不必理會。」

「那麼鏡子呢，為什麼月台層要裝那麼多鏡子？」阿凱說：「有人反映月台鏡子太多，讓他們以為自己闖進了健身房，而不是來搭車的。」

「最常上健身房的就是你，這該不會是你個人的想法吧？」葉育安心想，沒有說出來。他感覺今天會議的氣氛有點怪，雖然表面有說有笑，但他隱約覺得大家好像不贊成他用風水來解決跳軌問題。「你們別誤會，這些鏡子和風水無關，不是用來放大能量、化解煞氣或鎮壓鬼魂之用的。」他有點心虛地說：「月台放幾面鏡子可以增加空間感，旅客候車時無聊也可以照照鏡子整肅一下儀容，這樣不是很好嗎？我看日本也這麼做。」

「大家別笑，主任說的是真的。」劉士超說：「日本人真的會在某些自殺率高的車站裝上很大面的鏡子，據說想自殺的人在跳軌前從鏡子裡看到自己的臉，就會打消輕生念頭。」

「日本人還想過在軌道上澆大便呢，打算臭到讓再怎麼想自殺的人都不敢跳下去。」兩光說。

「不行！我們絕對不可以這麼做！」小琪驚呼。

課裡最資深的專員老吳從頭到尾都沒笑過，這時他開口了。「前天跳軌事件監視器拍到的錄影畫面各位看了嗎？自殺的那個人是背對著軌道摔下去的，過去從沒出現這樣的案例。」

葉育安轉頭看向副主任，劉士超點頭證實老吳的說法。

「以前好像真的沒有。」葉育安馬上說。

「我在錄影畫面上看到，那個人一邊喃喃自語，一邊不斷倒退，最後掉下月台。」

「有什麼不對嗎？」

「那個人掉下月台的地方，正對面就有一面鏡子。」老吳說。

和裝置藝術、盆栽和葫蘆一樣，在月台層裝設鏡子都是阿玄師的建議。這個月初M市議會開始新會期，第一個審查的法案就是地鐵公司的預算。議會交通委員會找了地鐵公司總經理列席，重演了三個月前的羞辱事件——總經理當眾被議員趕下台，為的仍是解決不了的旅客跳軌事件。

「你真的把地鐵公司總經理當成肥貓職位了，」議員拍桌罵道：「連貓都會捉老鼠，你這隻肥貓會做什麼？」

總經理一從議會回來便把葉育安叫來辦公室，關起房門和他長談了快兩個小時。總經理沒有破口大罵，他的修養比議員好多了，但充斥在話語間的「失望」、「能力不足」、「努力不夠」等字眼還是滿到快溢出了總經理室，隔天葉育安就找來幫他改家中風水的阿玄師。比起加強海報文宣、張貼俊男美女相片和播放各種類型音樂，風水上的改變是最容易被發現的。他接受了魏紹達的忠告，決定用更明顯的方式，讓大家知道他的運務管理課正在努力解決這個問題。這不是迷信，也不是狗急跳牆或表面功夫，葉育安完全是因為見證家中風水改變後產生的奇蹟式變化，才單純以分享心態把阿玄師請來地鐵站。果然，車站裡的改變大家都看到了，這星期爆增的旅客投訴案件就是最好的證明，只是運務管理課的同仁似乎有點不以為然。

「就算改變了車站的風水，還是一樣有人跳軌，不知道主任對這件事怎麼想。」老吳說。

「我們之前想了幾種辦法，文宣、海報和音樂都試過了，但還是有人會跳下去。」葉育安說，再次感覺自己的反應比過去快多了。「風水也是一樣，雖無法完全杜絕跳軌，但阿玄師說，如果他沒來幫我們改風水，跳軌自殺的人恐怕不止此數。」

會議結束，大家默默離開辦公室。葉育安感覺有點不對勁——並非因為他和阿玄師接觸過幾次後耳濡目染，開始對環境中的氣場敏感，而是因為大家離開辦公室的速度。以前宣布散會後大家仍會繼續坐在位置上閒聊談天，小琪有時會拿出團購零食和眾人分享，非得讓葉育安連說幾次「好了回去上班」才能把所有人趕出會議室。今天的情況完全相反，他一說完散會，所有人就唰一聲站起轉身往門口走，離開會議室的速度比做防災疏散演練還快，彷彿會議室裡有什麼難以忍受的東西，而且越是年輕的人，離開的速度就越快。到最後，會議室裡只剩下葉育安和他的副主任劉士超兩人。

「士超，怎麼還不走？會已經開完了。」

「沒事，我文件整理一下就出去。」

葉育安往門口移動兩步，又折回來。「你有什麼話想對我說嗎？」

「沒有、沒有。」劉士超尷尬地笑了一下。「只是主任說到阿玄師我才想到，他來看風水花了十萬元，這筆帳還沒核銷呢。」

「收據上星期不是已經給你了？」

「我報出去了，可是會計部說他們不接受『堪輿費』這個項目，而且還用奇怪的眼神看著我，一副想笑又不敢笑的樣子。」

「有什麼好笑的？少見多怪。」葉育安說：「堪輿其實也算是一種室內設計，難道找室內設計師畫圖提供裝潢意見可以不付費嗎？」

「這我明白，只是一時不知道怎麼解釋。」

「算了，那就把它摻進雜支裡頭，下個月再一起報掉好了。」

「不太妥當，這筆錢太大了，放在雜支裡會很顯眼。除非拆成好幾筆，用別的名目把它核銷掉。」

「那就這麼做吧。」葉育安說：「你不是因為這件事才留下的吧？」

劉士超看了會議室大門一眼，確定沒人才說：「有件事我不知道該不該說……」

「說吧。」

「是車班的事。主任認識一個叫姚雅綾的司機員嗎？」

20

葉育安離開地鐵站，轉了一班公車，來到姚雅綾住的那條街，朝上次她指給他看過的那棟白色大樓走去。他想見姚雅綾，從白天開始就這麼想了。他好不容易捱到下班，先回家吃了阿蒂煮的晚餐，確認母親一整天都沒事，在家等到八點半才洗了澡換上乾淨衣服出門。姚雅綾今天的班表排到九點，葉育安估算她十點左右應該可以到家。他打定主意，今晚無論如何一定要見到她。

白天在會議室，劉士超等所有人散去才向葉育安報告他從車班那裡聽來的事，一些桃色的流言。女主角是剛通過測試重返駕駛室的姚雅綾，而男主角則是——「他們沒指名道姓，但聽得出講的是我們運務管理課的人……」劉士超說得吞吞吐吐，似乎把話語當成纏繞在定時炸彈上的各色電線，必須小心挑選拆解。「我記得主任前兩個月有提過姚雅綾這個人。」

「我有嗎？」

「上次在咖啡廳門口說的……沒關係，也許是我記錯了。」

姚雅綾撞死人只花三個月就回來開車，創下地鐵史上最快紀錄，也引來不少閒言閒語。車班那些男司機員說，姚雅綾身上一定有什麼東西比心理素質更強大，才會把運務管理課的人迷到看不清管制燈號，太快讓姚雅綾這輛公車開進了地鐵的隧道。這些流言十分情色腥羶，儘管劉士超已努力修辭，用最委婉的方式把限制級情節轉為保護級敘事，也不提這些流言早已在運務管理課那些年輕人之間傳得沸沸揚揚的事實，但葉育安還是聽得面紅耳赤，血壓瞬間飆高。

「胡說八道！我才見過姚雅綾幾次，哪來這麼多奇怪謠言？」

他花了一下午時間，喝了三大杯水，吞掉兩顆降血壓藥才讓自己安定下來。憤怒的情緒逐漸褪去，繼之而起的是愧疚感，想到自己已經好一陣子沒見到姚雅綾了。都怪這個月一堆事情全搞在一起。多虧劉士超適時提醒，葉育安這才想到——眼下公司和家裡都暫時無事，現在他可以認真處理一下自己的問題了。

他一隻手插在褲袋裡，來到上回和姚雅綾分手的十字路口，燈號剛好轉綠，一輛打著右轉燈的公車在他面前停下，駕駛隔著車窗朝他揮手要他趕緊過去。這個體貼的舉動稍稍鼓舞了葉育安，但還是無法打消他良心上的不安。他覺得自己像負心漢，上個月兩人明明才一起聽過音樂會，一起漫步在夜晚城市的街道，臨別前姚雅綾還給他一個長達三十秒的熱情擁抱。可是在那天之後，都快一個月了，他居然沒再和她聯絡過，別說是見面，連打電話傳訊息什麼的都沒有。

怎麼會這樣？自己這邊的理由是事情太多太忙，抽不出心思放在姚雅綾身上。但姚雅綾呢？為什麼她也沒再聯絡？前陣子不是還相當主動嗎？葉育安忽然有點心虛，開始懷疑自己今晚這個舉動的正當性。也許姚雅綾之前純粹是為公事才來找他，沒有其他意圖，是他自作多情才覺得辜負了她。他們不就只是單純的長官部屬關係嗎？

事實很可能如此，但葉育安還是忍不住在心中揉捏著那萬分之一的可能性——要是姚雅綾真的對自己有好感呢？她這個月沒主動聯絡，是因為她的心思也全放在復駛的事情上吧？更何況，葉育安到這時才發現，姚雅綾根本沒有留下他的聯絡方式。過去幾次見面，都是姚雅綾來課裡找他，或是他去地鐵機廠的訓練中心。他沒有留下自己的手機號碼或郵件信箱給姚雅綾，也沒有互相把對方加入自己使用的通訊軟體。所以姚雅綾即使有心想聯絡，除了親自前來運務管理課，就沒有其他的辦法了。

葉育安責怪自己，前幾次見面居然沒想到要留下這些訊息。要是姚雅綾真的想再找他呢？也許車班的那些流言不是無事生波，說不定，是姚雅綾對某個人，也許是公司走得近的同事，洩露了她的心思，而剛好這個人口風又不緊，才會在車班引起這些變態的流言？

這麼積極上進的女性，在車班竟被人說得像個淫蕩賤貨，讓葉育安覺得心疼。人性真是壞，見不得別人好，他忿恨地想著。剛剛他搭地鐵過來，就發現掛在驗票閘門上用來消災解厄的葫蘆少了好幾個，想必是被乘客順手拔走了。這些人都一樣，他們不瞭解事物的價值，只因為好玩或一時衝動就毀掉別人努力的成果。要不是阿玄師設計的風水被破壞，前幾天也不會又有人跳軌，那個人還是倒退跳下月台的，真是夠邪門。

葉育安發現自己又想到了公事，而姚雅綾住的大樓就在面前，當下還有更重要的事情得好好盤算。待會見到姚雅綾，他該說什麼話安慰她？他想起第一次見到姚雅綾的情景，那時她坐在月台長椅，臉埋在手掌裡，哭到全身顫抖，當時他也苦惱不知該如何安撫這位心靈受到重創的同事。他實在不擅長此道，偏偏在當上運務管理課主任後，這種需要他安慰人的時機特別多，每回他都覺得自己也需要被安慰。他把手插在褲袋裡走著，還沒想出適當的話語，倒先發現了一個更重要的問題——他已經站在大樓門口了，待會見到姚雅綾，開口第一句話該說什麼呢？他該怎麼解釋自己忽然在夜間登門造訪？

「找人？」一位穿深藍制服的男人問。

葉育安沒注意到這棟大樓的保全人員沒待在大廳櫃檯，而是走出大門站在外面抽菸。他慌忙報出姚雅綾的名字和從人事資料庫查到的樓層號碼。

「來過嗎？」保全把半截菸蒂彈進矮樹叢，轉身往大廳走。

「沒……沒有。」

「再說一次姓名住址。」

保全拿起電話，葉育安感覺自己的心臟好像也開始通電。

「沒人接，應該還沒回來，不然就是睡了。」保全放下話筒，抬頭看著葉育安。「我猜不在的可能性比較高，因為我從下午兩點坐到現在，都沒看到姚小姐經過。」

「我可以坐在那邊等嗎？」

「你喜歡在哪等都可以，不過待會十點一到我得把大廳的燈關掉，這是管委會的規定，你可別介意。」

葉育安在大廳的沙發上坐下，感覺心臟還是跳得很厲害。要是能先請教過魏紹達，也許就不會這麼緊張了。他想到這位能言善道的處長學長，他曾經的戀愛顧問。當年他完全靠魏紹達出主意想台詞，才成功約出在聯誼中認識的那個女生，順利戀愛結婚，然後變成自己的前妻。如果學長知道自己又動了凡心，應該會支持吧？這些年來他不是一直勸自己要再找新對象？葉育安不是沒想過，正常男人誰不會有這種念頭？只是敏萱還小，公司每隔兩三年就派給他新的職務，他不斷適應女兒和工作上的成長，久而久之也適應了自己單身的狀態。這麼多年都過去了，現在居然才開始想談戀愛？學長一定會相當驚訝吧？他突然發覺，自己好像有段時間沒和魏紹達說話了。上個月開完月會他們一起吃了午飯，之後魏紹達就沒再找過他。這有點奇怪，葉育安不免多想，但他馬上找到了合理的解釋。想必是他這陣子工作太忙，就像他自己也忙到差點忘了姚雅綾一樣。

「你要不要打個電話給姚小姐，問她什麼時候回來？」保全走出櫃檯問。

「不用，我再等一下就好。」

「如果你等得很無聊的話，櫃檯那裡有幾本雜誌可以看，要不要我拿來給你？」

「謝謝，我坐在這就好，不無聊的。」

「你大概四十五歲吧？我猜你年齡應該跟我差不多。」

「你怎麼知道？」

「做我們這行沒別的本領，就是會看人。」保全呵呵笑說：「我看你從剛剛到現在都沒在看手機，就想你一定超過四十歲，只有像我們這種年紀的中年人才有可能不被手機纏身，沒養成拿手機打發時間的習慣。你看現在的年輕人，哪一個不低頭滑手機？我兒子就是最好的例子，他已經失去跟無聊相處的能力了。」

「這麼說我應該拿手機出來玩，可以看起來比較年輕。」

「如果你不看雜誌，那我就要關燈了。不會影響到你吧？」

「不會，暗一點好。」

「不是趕你走喔，你想等多久都行。」

大廳的燈關了一半。葉育安的心情也暗沉了一半。他打量回到櫃檯坐下的保全，一頭稀疏灰髮，臉上抬頭紋魚尾紋法令紋縱橫羅生，複雜得像地鐵機廠的軌道。剛才他以為這位保全是屆齡退休之人，沒想到年紀居然和他差不多。我看起來有這麼老嗎？葉育安忽然有點心虛，這名保全應該不會看出他的意圖吧？年紀都一大把了，還想談戀愛，學年輕人到女生宿舍門口站崗？話說回來，現在的年輕人手機一按不管天涯海角都能瞬間聯絡上，誰還像自己一樣在這裡苦苦地等待？

十點已過，姚雅綾還沒回來，那位和他差不多年紀的保全仍在櫃檯後帶著微笑看他，似乎把他當成觀察的對象。葉育安不知道自己還要再等多久，先前並沒想過這個問題。他開始覺得沙發椅墊越來越熱，背部和後頸都濕黏黏的很不舒服，便站了起來做了幾下伸展操。其實他更想做的是找面鏡子，看看自己的臉。中年又怎麼樣？他沒有不承認自己已來到這個階段，連母親都把他錯認為自己死去的丈夫了，還有什麼好說？只是，中年人到底可不可以在晚上十點到一位年輕女子的住處樓下大廳等她呢？

他把手插進褲袋，在大廳來回踱步，思緒也跟著不定向飄移。他想起姚雅綾送給他的羊毛氈，想起她胸前飄動的那條淡紫色絲巾，想起夜色下十字路口那三十秒鐘的擁抱……他決定豁出去了。就放手一搏吧，他插在褲袋裡的手捏成了拳頭。待會姚雅綾回來，他一定要把事情說清楚，讓她知道自己的心意。講話的方式要有技巧一點，他提醒自己，這可不像說笑話或吹噓自己的工作表現那樣容易。他還不知道該怎麼說，只決定要表現得盡量自然，就當成長官關懷部屬的貼心舉動好了，像剛才揮手要他先過馬路的公車駕駛那樣貼心，如此就算失敗，場面也不會搞得太難看。

「她回來了！」保全說，先葉育安一步搶著來到大門口。「姚小姐，今天比較晚下班？有位先生來找你，他已經等很久了。」這位熱心盡責的保全擋在姚雅綾和葉育安之間，像婚友社仲介一樣介紹彼此認識。「瞧，我就說她不是睡著而是不在家，這不是回來了嗎？」

葉育安苦笑著，除了尷尬擠不出半點自然的東西。剛踏進大廳門口的姚雅綾原本一臉迷惑，但就在她轉頭看見葉育安之時，瞬間露出了開朗笑容。儘管大廳的燈已熄滅了一半，葉育安還是清楚看見了這個笑容。剛值完一天勤務、背負滿身流言與疲憊回家的姚雅綾，對葉育安笑得如此大方，就像她第一次出現在他面前那天——如果她坐在月台長椅哭泣那次不算的話——在夕陽下笑得一樣燦爛，臉上沒有一絲陰霾。

21

幸福是一種難以啟齒的感覺，不像身陷悲苦中的人很容易訴說自己的不幸。痛苦會銳化一個人的感知神經，激發潛藏的語言才能，讓他們得以向外輻射自己的悲情，並大方接受來自周遭的共鳴與憐憫。而幸福只會讓人變得幼稚遲鈍，讓人的思考只維持在惰速運轉。正因為幸福難以表達和缺乏敘述的正當性，人們才會用一種失去時間感的方式形容某段幸福或已遺忘痛苦的歲月：

「時間過得真快呀！」

在接下來的那段日子，極度的喜悅幾乎讓葉育安忘記了時間的流逝。等他再次意識到，時間像呼吸就算被忘記也不會停止時，他和姚雅綾已「交往」一個月了。

姚雅綾的心理素質果然像心理諮商師說的堅強，那些在車班散播的惡意流言，每一句都傳進了她耳裡，但她還是每天定時上班，執行交車作業程序，按每日領到的任務卡指示開車。

「別忘了我是打地鼠高手，以前百貨公司的人際關係比地鐵更複雜，這些閒言閒語對我根本不痛不癢。」

葉育安忘了自己是在哪一次約會聽見姚雅綾這麼說。這個月來他們頻繁相約，去過很多地方。姚雅綾多半在平日排休，幸好葉育安有休不完的年假可以配合。他們就像兩節動力分散式的電聯車，從那天晚上葉育安到姚雅綾住處等人，而姚雅綾以無比燦爛笑容回應之後，他們就串成了同一組列車，開始在感情的軌道上一站站進發。看電影、聽音樂會、泡咖啡館、吃高級餐廳、逛公園、郊外踏青……兩人像有默契似的，覺得這班列車一發車就誤了點，所以相互配合加快速度追趕那些老套的進度。

他們約會的地點都在外頭，沒去過彼此的住處。葉育安家裡有失智母親和外傭，儘管近來兩人的狀況都不錯，讓他可以安心出門，姚雅綾也知道他家裡的情況，但那老舊的公寓二樓顯然不是適當的約會處所。姚雅綾住的是市中心精華地段，大樓外觀新穎，內部應該也很不錯，只是姚雅綾還沒邀他去過。別說上樓，就連大廳葉育安也沒再踏進去過。每回送姚雅綾回家，兩人在大樓外人行道上就說再見了。葉育安不會送她進大廳，因為不想遇到那位熱心的大樓管理員。更何況，每回說再見時，姚雅綾都會給他一個符合禮貌的擁抱，時間雖然沒長到三十秒，但他也不想被大樓管理員看到。

他不是害怕被人看見和姚雅綾在一起，兩個人都是單身，沒什麼好遮掩的。雖然兩人同樣在地鐵公司服務，年紀差了十幾歲，但這並不構成批判的理由。而且流言不容易保鮮，一旦真相被揭開，當事人坦然面對了，過去鬧得再怎麼風風火火的流言都會快速失去鮮度，像離開冷凍室的食品一樣迅速被拋棄。只是姚雅綾的態度讓他迷惑——她看起來太開心了，每次約會見到她時都是如此，興奮得就像一條在室內關了太久想要出門散步的小博美狗。他不敢確定姚雅綾這種高昂的興致是發乎自然還是刻意假裝，就像他不知道她究竟看上自己哪一點。以她的條件，或以關於她的流言在車班流傳的速度，她隨隨便便都能找到一個比自己更好更年輕的對象。葉育安不喜歡自己有這種念頭，可他無法不這麼想。

這段時間他們去過許多地方，就是沒逛過百貨公司。他們約會的行程大多由姚雅綾安排，葉育安發現她寧可揮汗逛老街夜市，也不肯踏入任何一家百貨公司吹冷氣，連看電影都不挑百貨公司裡的影城。他們最常去的地方是廟宇，這讓葉育安相當詫異，很難把姚雅綾年輕的形象和宗教信仰結合在一起。姚雅綾逢廟必拜，不管經過荒郊破敗的土地廟或都市巷弄裡的小神壇，她都會停下腳步，雙手合十虔誠地對廟裡神像鞠躬。那些有歷史名聲、環境清幽或應許靈驗的大廟就更不必說了，幾乎每座都成為他們約會的去處。葉育安猜想，姚雅綾說自己不會被流言刺傷的那句話，或許就是在市區某座香火鼎盛的寺廟裡說的。

他隱約感覺，姚雅綾之所以笑得如此燦爛，是因為她總是刻意仰頭迎向陽光，不代表背後沒有半點陰霾。這不是幼稚或虛偽，因為她並沒有否認自己擅長遺忘與逃避，是個打壓負面情緒的高手。葉育安對姚雅綾的過往雖然好奇，卻不是真的關心，他比較關心的是眼前的事，很想知道她為什麼願意跟自己「走在一塊」。他不好意思說出「喜歡」這個字眼，連想到都會覺得害羞，但他還是很想搞清楚，為什麼在他同意姚雅綾的復駛申請後，她就沒再來找過他？

「你還好意思說？從一開始就是我一直來找你，女生主動找男生，你不覺得很奇怪嗎？」在某座郊山上的寺廟裡，他終於忍不住說出心中疑惑，卻立刻引來一頓嗔怪。「這件事我還想反問你呢？」

「我……我太忙了，運務管理課上個月的工作真的太多……」葉育安結巴說：「而且……妳才剛復駛，妳不是說過妳喜歡一個人在駕駛室裡，喜歡在軌道上開車的感覺嗎？所以我才不想打擾妳。」

「你是太老實還是太笨？連謊話都這麼不會講。」姚雅綾笑說：「你說上個月忙，這個月怎麼忽然就有空了？這個月和上個月的事情不是一樣多嗎？」

葉育安明白她的意思。她說的「事情」其實是「事故」，而且不是車輛系統事故，而是跟人有關的。日本用「人身事故」指在鐵道發生的人命傷亡，尤其是跳軌自殺，M市地鐵公司雖然不這麼用，但大家都懂這個意思。儘管葉育安的運務管理課已絞盡腦汁想出好幾種防治措施，但旅客跳軌自殺事故還是不斷發生。他當然不可能突然有空，只是有點疲乏了，儘管兩個月前還在魏紹達面前信誓旦旦說「一定會有辦法」，現在他卻只想暫時放下。比起運務管理課那些煩人的事務，和姚雅綾在一起有意思多了。

那天他們聽著寺外樹林裡的蟬叫，秋天的蟬叫聲已不像盛夏那般猛烈，卻還是像不時在地面拂動的竹影惱人。姚雅綾安排的這間廟宇好像是座情人廟，他們在廟旁的小噴水池旁看見一面掛滿卡片的許願架，姚雅綾像發現了沙灘上的瓶中信，一張張翻看過去來此參拜的人留下的心願。

「妳這樣算是偷看他人祕密吧？有侵犯隱私嫌疑。」

「有什麼關係？掛在許願架上的留言是公開的，又不是只有神明可以看。說不定越多人看到，集氣效果就越強，願望就越能實現。」姚雅綾說：「你看，大家寫的願望都差不多吔，不是順利畢業找到工作，就是想中樂透發大財，不然就是闔家平安健康……我也來寫一張好了。」

她走回廟裡，從籤詩箱旁取了一張空白許願卡，俯身在小桌上書寫。葉育安走過去想看她寫什麼，卻被她一把推開。

「不准偷看。」

「妳不是說許願卡都是公開的？讓我看一下有什麼關係？」

「我這張不一樣，你不能看。」

「既然不敢給我看，就表示妳一定不是寫『世界和平』。妳該不會寫『我想結婚』或『我想要有房子』之類的話吧？」

「不告訴你。」

「給我看一下啦。」

「不然你也寫一張，我們交換看。」

「我不想寫。」

「為什麼？」

「因為許願要很小心呀，萬一寫得不夠清楚，神明會錯意給了不是你想要的東西就麻煩了。妳看童話中有這麼多和許願有關的故事，可是好像大部分許願的人下場都不是很好。」

「那是因為他們太貪心了，我許的願是很正大光明的。」

「妳看許願架上掛了那麼多願望，哪一個不正大光明？可是實現的有幾個？大家不都說有期待就會有傷害？這些人的人生也許已經很悲慘了，現在還要再加上被神明拒絕的打擊。」

「你怎麼可以這樣講？這間廟是很靈的唷，小心你講話不禮貌遭報應。」

「就算願望成真，到時還得來還願，太麻煩了，不還願又怕遭到報應。而且像妳這樣到處許願，妳哪知道對誰許了什麼願，到時又該去哪裡還願？」

「我記得呀，和我同期受訓的同事都叫我記憶女王。」姚雅綾說：「騙你的啦，我都用筆記本記下來了。」

「妳太認真了。」

「認真的人是你吧？」

「沒錯，我是認真的。」

他們在有蟬聲伴奏和竹影揮舞加油棒的廟宇，說著這些暗藏情語的垃圾話。葉育安說自己不許願是騙人的，那時的他其實早已在心中寫下一張又一張隱形的許願卡，這些願望全都和姚雅綾的許願卡有關——他希望姚雅綾這張不給他看的許願卡，上面寫的是「希望和主任長長久久」或「希望主任能照顧我一輩子」這樣的話語。

強大的期望，化成了實際的行動。在姚雅綾面前，他裝作一副不在意的君子模樣，刻意遠離三公尺外，讓她自己把許願卡綁上架。可是，他趁離開情人廟前在化妝室外等姚雅綾的空檔，飛快奔向許願架，翻開姚雅綾寫的許願卡，看了她寫的內容。

有期待就會有傷害，即使像葉育安這樣已做好心理建設的人，也難免失落。姚雅綾的許願卡果然正大光明，她許的願望完全和他無關，上頭只有五個字。

「全線無事故」。

22

葉敏萱覺得這陣子爸爸似乎年輕了許多。

其實爸爸並不老，她記得自己國二那年最後一次送爸爸生日禮物，那時他才四十歲，而班上有半數以上的同學爸爸年紀逼近五十。最慘的是蔡心萍，她爸爸那時候已超過六十歲，滿頭白髮看起來像心萍的爺爺。那時她寧可拉著敏萱一起走路回家，也不願爸爸到學校來接她。

爸爸不算老，只是最近更年輕了。他的外表並沒有改變，沒有換髮型，沒有添購新衣或重新穿上衣櫃裡掛了好幾年的牛仔褲。敏萱覺得他變年輕，一大原因是出在「速度」。就像換新手機，她覺得爸爸的速度變快了，不只是替阿嬤找看護的速度，也包括他考慮事情和說話的速度。

她發現爸爸變得比較好說話，也比較愛說話了。最近他經常很晚回家，不像以前一下班就回來和她換班看顧阿嬤，但只要他趕上晚餐時間，這頓飯從頭到尾就會一直聽到爸爸的說話聲。他會邊挾菜扒飯邊講事情，說話的內容卻不如飯菜營養。「妳早上要把藥吃了再出去運動，不要等回來才吃。天氣轉涼了，出門要帶件外套在身上。」爸爸叮嚀阿嬤，口氣像對小學生說話。至於阿蒂，他則把她當成幼稚園的寶寶，用的都是最簡單的字眼。「阿蒂妳要叫阿嬤吃藥……對，吃藥藥，一天三次，早上，中午，晚上。妳拖地板的髒水不要倒在浴缸，要倒進馬桶裡。馬桶知道嗎？不是臉盆，形狀不一樣，別搞錯了。還有，妳不要一天到晚都開著手機跟外面的人通話，別讓阿嬤買這麼多零食給妳……對，我知道阿嬤自己也要吃，妳們都少吃一點，那些吃的東西不健康……健康意思懂嗎？會生病，吃多了會生病，生病了就要吃藥。早上，中午，晚上，一天三次……」

爸爸的話變多了，但很少講自己的事，也不太過問她的狀況。當爸爸說話的時候，敏萱總是讓視線落在阿蒂面前那碗紅紅白白的小菜上，那是阿蒂的專屬菜肴，光用看的就覺得眼睛有點辣。

她才搬去學校宿舍不到兩個月，對這個家的感覺就有了微妙轉變。以前阿嬤是腳鐐，爸爸是手銬，她只想逃離這個家，一分鐘也不想多待。搬出去之後，她反而想回家了。不完全是宿舍的問題，她很清楚學校宿舍的環境。監獄一樣四人一間房，上床得爬樓梯，洗澡要跟一堆人搶浴室，連屁都得忍住到走廊或廁所才能放。她的室友都是外地人，當她們知道敏萱家在可通勤範圍內還來住校，每個人都露出無法理解的目光。

當初對外宿的想像是過度美好了，敏萱不想承認這點，但回家過夜次數變多卻是事實。只是，她越常回來，就越有疏離的感覺。她不習慣廚房流理臺排油煙機被洗得沒半點油漬，不習慣衣櫥整整齊齊疊滿有陽光味道的乾淨衣服，也不習慣房間獎盃相框上的灰塵連同自己的味道一起消失。她覺得自己越來越像客人，雖然還是坐在同樣的位置吃飯，爸爸和阿嬤卻好像不知道要和她聊什麼，十句話有九句都是對阿蒂說的，彷彿阿蒂才是他們的女兒和孫女。兩個月前這個家還不能沒有她，現在態勢非常明顯，這個家已經不能沒有阿蒂了。她知道自己很不應該，但這頓飯菜還是吃出了酸澀的滋味。

「我吃飽了。」她放下碗筷。

爸爸仍在對阿蒂說話。「阿嬤去找阿梅姨聊天的時候，妳在什麼地方？……對，妳要在旁邊等，不要因為很近就自己先回來。妳不要一直跟妳朋友講電話，我知道通訊軟體不用錢，可是手機會講到沒電，很容易燒壞……」

敏萱走進客廳，打開電視胡亂轉台，最後停在動物頻道。螢幕畫面一片湛藍，穿紅短褲的節目主持人戴著潛水鏡與鯊魚共舞。她覺得心跳忽然加快了，不是鯊魚的緣故，而是想到阿海。

她已經不知道自己跟阿海算是什麼關係了。那天她帶著完好的處女之身離開阿海家，阿海沒有出來把她追回去，之後也沒再騎車到樓下巷口等她，連手機來訊提示聲都沒再響起。一連兩個星期完全沒聯絡，敏萱非常在意，覺得被阿海欺騙了感情。如果真的愛她，即使不是最初和唯一的愛，不是應該主動聯絡登門道歉痛哭要求對方不要走嗎？搬去學校宿舍，她唯一放心不下的就是這件事，擔心到忘了阿海和她一樣擁有各種現代訊息傳遞工具，她怕阿海哪天終於想清楚跑來樓下等她，已搬走的她會讓阿海失去挽回的機會。

她拉不下臉先發訊息，於是又去了布貓咖啡。她告訴自己不是為了見阿海才來的，是因為學校宿舍只有書桌椅和上層床鋪兩個地方可待，她無處可去只好像流浪貓找個舒坦的地方窩一窩。她快一個月沒來了，布貓的戶外區還是被同樣一群人占據，光頭服裝設計師阿寄還是穿著西藏僧侶般的紅色長袍，導演杯麵還是戴著鴨舌帽，醫生歌手小健還是抱著那把泰勒吉他，敏萱覺得這些人簡直就像布景一樣永遠不變被擺在這個地方。改變的只有蔡心萍，她捨棄圓框眼鏡戴起瞳孔放大片，唇膏換成紫色，原本的豔紅跑到新燙染的頭髮上去了。敏萱先前已知道心萍換了造型，這天還是第一次親眼見到。她沒辦法對這樣的造型表示意見，她無法集中精神，因為阿海就坐在對面。她一進來就看到他了，來不及尷尬，只忙著回覆眾人一連串熱情問候。敏萱感謝大家的關心和前陣子支持她搬出家裡，故意大聲說自己現在已住到學校宿舍了。她不敢偷看阿海的反應，裝作若無其事，紋有船錨刺青的那隻手卻不停顫抖。

整個晚上她和阿海沒有互動，兩人關係似乎退到三個月前她第一次踏進布貓時的樣子。敏萱發現，現在的布貓和當初不太一樣了，抽象的感覺不說，明顯改變的是這些固定來打屁聊天的人員組合。立志當街頭魔術師的阿樺並沒有出現，說是拜師學造型氣球去了，倒是阿海旁邊多了一位敏萱沒見過的女子。「不是我帶來的，」心萍在敏萱耳畔私語：「是光頭阿寄的朋友，說是一樣幹設計的。」這個女人嬌嬌小小的，及肩長髮如店裡黑貓毛色一樣烏亮。敏萱一看見她就嚇了一跳，立刻想到阿海背上的那個女人。她發現這個女生和自己剛來布貓時一樣，很少講話，努力保持微笑。她還注意到阿海的話也不多，從自己進來後就顯得有點坐立難安。敏萱知道在眾人面前講話不方便，但還是很訝異阿海除了在一開始說了聲「嗨」後，就再也沒和她說話。更出乎她意料的是，當那個長髮女生說要先走時，阿海竟也跟著拿起安全帽離開。

「不是我帶來的。」心萍說。

動物頻道的蔚藍大海讓敏萱看得心情直往下沉，她又轉了幾個頻道，停在日本旅遊台，主持人正在介紹一座古老的神社，背景是滿山正要轉紅的楓葉。她學到了一個日本詞語「見頃」，意思是「最好的時候」。原來見頃不是所有的楓葉都一致變紅，而是紅橘黃綠各種顏色都有，像敏萱此刻的心情。電視上的日本寺廟看起來滿舒服的，主持人講話也有趣，她覺得可以看下去。

「阿蒂，今天有水果嗎？」她朝餐廳喊。

沒有回答。她趁廣告時間離開沙發，餐桌三人都已不動筷子了，卻還坐在那裡聽阿嬤說話。

「有水果嗎？阿蒂？」

「有，在冰箱。」

「剛叫妳怎麼不回答？」

「啊……我沒有聽見。」

「算了，幫我把水果拿去客廳。」

「妳自己去拿吧，她還在吃飯呢。」阿嬤說。

「阿嬤！妳是不是又搞錯了？我不是阿蒂，是妳孫女敏萱。這個人才是阿蒂，應該是她去拿吧？」

「敏萱，怎麼這樣子說話？」爸爸開口了。「不要一副大小姐樣，把阿蒂當下人使喚。」

「我知道，阿蒂不是下人，是你的女兒和阿嬤的孫女。」

敏萱不想和爸爸講太多，這種不愉快場面她太熟悉了。過去她會抓起手機背包立刻出門，現在雖也想這麼做，只是她不想回擁擠狹小的宿舍，又提不起勁去布貓。在那天重返布貓後她又去過幾次，也跟阿海說過話，但都是在眾人面前。她不知道阿海是不是故意的，說話語調平靜像先前沒發生過任何事情。敏萱發現他們雖然已經面對面了，可是距離並沒有縮短。她不怪阿海，因為這距離是她自己拉開的，只是無法釋懷有次她說要先離開——這是她故意製造的機會，內心上演的戲碼是，如果阿海追出來說要載她回學校，她就要很傲氣地拒絕——但阿海盯著她走出門口，人卻一直黏在椅子上沒有半點表示。敏萱離開布貓沒幾步，又刻意繞回來偷瞄，見到阿海居然起身換了位置，坐到那個新來的長髮女人身邊。

敏萱很想和以前一樣拿了手機背包就出門，現在卻不知道有什麼地方可去，只好回到客廳躲進電視裡的日本神社。

「怎麼了？」爸爸走進客廳。

「沒事，不要管我。」

「妳眼睛都紅了，為什麼氣成這樣？」他在敏萱旁邊坐下，眼睛瞄向電視螢幕。「這是哪裡？風景滿漂亮的。」

「日本的寺廟。你坐過去一點好嗎？很擠耶。」

「是日本啊？難怪和我們的廟不太一樣。是不是阿蒂惹妳不高興了？」

「沒有。」

「那就是在學校受委屈了？妳最近常回家，不習慣宿舍生活？為什麼日本這座廟有這麼多梅花鹿走來走去？」

「連這都不知道？看到這麼多鹿就知道那裡是奈良，這個節目正在介紹京都。」敏萱說：「你看電視就看電視，不要一直問東問西。你自己最近也常很晚回來，我有多嘴問你半句嗎？」

「還不是公司事情太多，我是看妳最近經常回家才敢留下來加班。妳剛才說那地方叫什麼？」

「奈良。問這幹嘛？喜歡小鹿斑比？」敏萱說：「加班就加班，何必說得這麼不自在。下次你晚回來最好先打電話跟阿蒂說一聲，叫她別把陽台的門鎖扣上，我已經幫你開過兩次了。我真搞不懂，明明家裡還有人沒回來，她一定要把大門鎖上才去陪阿嬤睡覺。我不知道她在害怕什麼……」

「妳是怪我還是怪阿蒂？火氣這麼大。我懂了，妳一定是跟男朋友有什麼不愉快，才會看誰都不順眼。」

「我才沒呢。」敏萱低下頭，咬緊嘴唇，眼淚還是一滴滴落在胸口上。

「果然，我就知道。」她聽見爸爸的口氣變得溫柔了。「戀愛就是這麼回事，你本來一個人過得好好的，有很多重要的事想做，可是一有了愛情，所有事情都變得不重要了，眼中除了對方什麼都看不到。這是過程，大家都一樣的，剛開始猜來猜去，不確定對方心意。好不容易確定相愛了，那時最濃情蜜意，再來就難免吵架了。兩人鬧點脾氣沒關係，這代表感情到了另一個階段，要開始面對現實，進入磨合適應期……」

敏萱踢掉拖鞋，雙腿縮上沙發，把膝蓋當成枕頭緊緊抱著。爸爸的話真的變多了，開關一啟動便停不下來，把愛情當成可拆開分解的東西開始發表演說。敏萱想起小六那年，爸爸教她解魔術方塊，那是她要求的，因為班上有人可以在一分鐘內把方塊恢復成出廠的狀態。那時爸爸說的話就像現在一樣多，一樣按部就班教她先排出頂層白色十字，再轉至下層讓各面的邊塊和角塊同色。爸爸一步一步示範，但敏萱總是在最後階段把整個方塊搞混，讓爸爸轉到滿頭大汗也無法復原。後來她才知道爸爸根本不會解魔術方塊，他長篇大論一步步分析講解的方法是他花了三個晚上時間上網惡補來的，而且沒有發現自己搞錯了最後最關鍵的那個步驟。

「妳看電視上這些梅花鹿，妳看，數量還真不少，公園、寺廟到處都是，還跑到大馬路上了。我敢說牠們本來不應該跟人生活在一起，這就是適應的結果。愛情也是一樣，只要適應了，什麼問題都沒了……」

爸爸的口才還是一樣爛，講了半天都沒說出什麼過人的見解，但奇怪的是，敏萱的眼淚居然止住了。她抬頭看著電視上的梅花鹿，有隻公鹿趁人不注意一口吃掉遊客手上的紙扇，這讓她想起了遙遠的一個午後，爸爸帶她去鄉下農場餵羊的情景。她從來沒有餵過鹿，但應該和餵羊餵牛餵馬的感覺差不多。敏萱忘了那時候的她究竟幾歲，可能四歲，也可能是六歲，反正是在媽媽離家不久的時候。敏萱對母親已沒什麼印象，對那次餵羊的經驗倒是一直記得。她記得自己在羊窩柵欄外蹲了很久，記得自己好像有餵不完的牧草，可以一根根伸進柵欄給那群餓得像老虎的山羊吃。她記得那時候有點害怕，但知道爸爸也蹲在旁邊，把長長的牧草一根根撕成小段遞給她。她想起了那種安全的感覺，又覺得想哭了。小時候的她完全相信爸爸，認為爸爸什麼事都懂，像百科全書一樣可以解答她所有莫名其妙的問題。也許爸爸說話的方式從來沒有變過，是她這幾年和爸爸的關係疏遠了，才覺得爸爸的話變少了吧？

「爸，如果我像小時候一樣，問你一些事情，你會認真回答嗎？」

「當然會，要把電視關掉嗎？」

「不用，就開著吧。」敏萱說：「你剛才說的是愛情的過程，但如果愛情根本還沒開始呢？假如人家根本沒對你告白，沒親口說過愛你，你要怎麼確定兩人之間有愛情呢？」

「這……」爸爸愣了一下。「要怎麼確定？嗯，我想想，如果對方沒有親口表示的話……」

「比方說，你們一開始並不是一見鍾情，只因為有機會常見面，相處久了，有時也會約好一起去做某些事，像一起吃飯看電影喝咖啡之類的。你覺得這樣能算愛情嗎？你怎麼知道對方愛不愛你？」

「如果不愛我，怎麼會陪我做這麼多事？兩個人經常一起喝咖啡看電影，那不都是情侶會做的事嗎？這樣當然有愛情啊。」

「誰說一起喝咖啡看電影就是男女朋友？現在時代早就不是這樣了。你聽過『告白』嗎？現在的人喜歡對方一定會告白，那是很重要的儀式，要具體一點大聲把愛情說出來。」

「有沒有說出來很重要嗎？就算妳聽到對方說我愛妳，妳怎麼能確定他是不是發自真心呢？妳要如何確定他是真的愛妳還是騙妳？妳們這些小朋友就只會看表面，不會注意到那些細膩深刻必須用感覺才能體會的東西。」爸爸說得有點激動，敏萱覺得他好像在替阿海辯護。「如果對方沒有告白，我認為一定有理由。也許剛結束一段傷心的戀情，曾經被傷害過，才會小心翼翼，不敢太快宣告新的感情。」

「真的是這樣嗎？」

「一定是這樣的，」爸爸說：「雖然沒直接把愛說出口，但如果對方不喜歡妳，怎會願意陪妳做這麼多事？我覺得人家已經很堅強了。妳知道什麼是ＰＴＳＤ嗎？創傷後壓力症候群，我有很多同事遇過這樣的問題。對曾受過巨大傷害的人，尤其是感情方面，要他們很快接受新對象，我覺得並不容易。想在短時間走出陰影，必須要有很強的心理素質才行。所以，我覺得這點可以多體諒人家。」

敏萱想起那天在阿海的房間，他在昏暗中垂著頭緊扭雙手，一語不發的模樣。阿海沒承認也沒否認背上刺的是不是以前的女友，但敏萱想不到其他可能，只能以此解釋阿海後來為什麼沒試圖復原他們僅差一步就做愛的關係。其實爸爸推敲出來的狀況早就在敏萱心中跑過無數次，如今聽見爸爸也這麼講，讓她更加肯定阿海過去必然受過很大的傷害。她突然心疼起阿海來了。

「既然那邊不開口，這邊是不是該主動說呢？」

「說什麼？」

「說喜歡人家，讓對方知道你的心意呀。」

爸爸露出驚訝表情，被敏萱大膽的提議嚇到了。「也許是吧。」他盯著電視，陷入長考，隔了好一會兒才說：「好像是真的有這個必要。只是……該怎麼做呢？直接說出來實在是太……太那個了，好像得用自然一點的方法比較好。」

「我以為我的方法已經夠自然了，」敏萱低聲說：「差點把自己當成生日禮物送給他。」

「妳說什麼？」

「沒啦，我是說，我以為要讓對方知道心意，可以安排一個特別的事情，很特別的喔，只是沒想到……」

「特別的事情？」爸爸打斷敏萱，眼神突然亮了起來。「妳剛才說妳用了什麼自然的方法？」

「你不要這樣子看我，你把眼睛轉過去看電視好了。」敏萱慌忙說：「特別的事情其實也沒什麼啦，例如……旅行！對，旅行。兩人一起去遠一點的地方玩，找個地方過夜，那不是很特別也很自然嗎？」

「旅行……」

「不說這個了，先別管什麼傷害力量的問題……」

「妳是說創傷壓力吧？」

「對，是創傷壓力，但我們先別管它。」敏萱急說：「爸，你剛才說有必要，所以你贊同主動表示，讓對方知道嘍？」

「應該是吧。」

「那麼，站在女性的立場，我想問你……男生雖然不開口，心裡總會有一些希望女生為他們做的事吧？哎，也不要說特別做什麼啦，改成態度好了。我的意思是，如果你是個害羞又不主動的男人，你希望女生用什麼態度對待你？」

「這還用說，當然是要大膽一點，越主動熱情越好。」

「主動熱情……可是這樣不會讓人覺得這女生沒行情嗎？」

「那是傳統觀念，妳剛才不是說，這個時代早就不是這樣了。」

「真的可以大膽一點？」

「當然，我如果是那個男生，如果能明確知道對方的心意，我一定高興死了。」

阿蒂洗碗去了，阿嬤走進客廳，暫停了這對父女難得的對談。敏萱感覺心中有個東西正慢慢成形，但她還不確定那是什麼。她看向父親，他正盯著電視出神，一副若有所思的樣子，螢幕鏡頭一直跟拍穿和服夾腳拖的女主持人在神社敲鐘投幣拍手祈禱的過程，敏萱覺得無趣極了，回頭才發現阿嬤也在做類似的事。阿嬤點了一枝香，在神桌前深深拜了幾下，插在她從未見過的阿公相片前。她不喜歡看到這張遺照，可能因為黑白相片本身帶有的陰森感覺，也可能因為相片上的人跟爸爸長得好像。她轉頭看阿公相片，又轉頭偷看父親的側臉，覺得他們看起來又不像了。因為黑白遺照看不到側臉，她不知道他們的側臉一不一樣。應該是不一樣的，敏萱心想，所以阿嬤有時會認錯，有時又不會，也許是因為看到爸爸正臉和側臉的關係。

敏萱發現自己的思緒胡亂飄移了，剛剛那個快要成形的想法，有點快抓不住的感覺。幸好爸爸開口拉了她一把。

「日本的神社寺廟也滿多的嘛，秋天應該很適合去日本，說不定還有楓葉可看。」爸爸說：「螢幕上一直出現那兩個字是什麼意思？」

「哪兩個字？」

「妳等等……又來了，妳看，這個『見頃』是什麼意思。」

「日本人不是很喜歡賞櫻花看楓葉嗎？他們知道花期很短，楓葉紅的時間不長，所以會預測出一個最適合欣賞、開得最漂亮的一天。」這個詞語敏萱才剛學到，馬上有機會現賣。她繼續說：「所以『見頃』是指『最好的時候』，意思是告訴大家時間短暫，機會稍縱即逝……」說到這裡，敏萱似乎聽見腦袋發出啪嗒一聲，有個想法在腦海裡生成了，那是剛剛她一直捉摸不著的東西。

「最好的時候？」

如果人生也有見頃之日，那麼快滿二十歲的她，現在應該正是最好的時間吧？機會短暫，稍縱即逝。她要採取主動，無視阿海背上的女人。讓他知道她是愛他的，讓他脫離創傷什麼莫名其妙的症候群。她看著電視上穿和服的女人在還沒有變紅的楓樹下漫步，心中的決心完全成形了。

「沒錯，」敏萱肯定地說：「是最好的時候。」

23

儘管姚雅綾寫下了「全線無事故」的許願卡，但在那天之後，葉育安和他的運務管理課同仁還是處理了幾次跳軌事故。

其中兩次算是有驚無險。一位三十歲女子，跳下軌道時列車還沒進站，站務人員緊急斷電把人拉上來，列車只延誤了六分半鐘。另一位是六十歲男性，跳下月台的時間點和位置都恰到好處，卻奇蹟似剛好落在軌道間的空隙，人雖被列車壓過卡在第三節車廂的位置，但只有頭部輕微擦傷，送醫時意識還很清醒。

沒鬧出人命，報告和處理過程都相對容易，司機員也不必停駛接受心理諮商。比起前幾個月，這個月的麻煩算是少了許多。葉育安相信這是阿玄師的風水奏效，才消災解厄把凶險化小。姚雅綾的許願卡可能也幫上了一點忙，但葉育安覺得她更大的貢獻是化解了不少自己心理的障礙。他發現自己好像沒那麼害怕事故現場了，即使看見噴飛在軌道上的半張人臉，與黏附在那半塊臉皮上的眼珠三目相對，也不至於作嘔想吐，只鎮定叫來葬儀社人員小心拾起屍塊。他不認為這是「麻木」，儘管魏紹達這麼說，副主任劉士超這麼說，葬儀社的人也這麼說。麻木是沒有感覺，但人類怎麼可能對這種景象沒有任何感受？他只能學著讓自己堅強，像姚雅綾一樣。

因為姚雅綾，葉育安覺得自己整個人都變了。前兩個月的他早上不想上班，下班卻又不想回家，如今這種不舒服的感覺都已消失。運務管理課各項業務仍舊繁重，他卻覺得公司的環境變得愉悅了。就連現在，每月例行月會時間，雖然他和過去一樣趕在總經理和各處處長到齊前就坐進會議室，一樣剝下手錶放在桌上等待時間過去，但他不再覺得那麼難熬了。他的心事雖然龐雜，卻像雲朵一樣沒了重量，自在地從公事飄蕩到了家事——再過幾天阿蒂就來滿兩個月了，她和母親相處融洽，兩人簡直像一對感情良好的婆媳。她們一同去公園運動、一同買菜，一同下廚。母親甚至要葉育安把房裡的桌子搬走，挪出一塊位置擺單人床墊，好讓阿蒂和她睡同一個房間。

敏萱最近好像也比較乖了，先前一直鬧著要搬出去，真的讓她住進學校宿舍，晚上反而常待在家裡。葉育安還是搞不懂這年紀女孩的心思，對敏萱手上的刺青也還是很有意見，但至少現在他們說話的機會變多了，不像過去經常得靠通訊軟體傳遞訊息。他對這種只靠文字的溝通方式還是無法接受，堅信唯有直接談話才有助人際情感培養。只要面對面說話，無論長短，都是有益處的。例如那天晚上他和敏萱在客廳邊看電視邊說話，就獲得極大啟發。

——既然那邊不開口，這邊是不是該主動說呢？

他應該沒對女兒提過姚雅綾的事，可是敏萱似乎知道他的狀況才會講這句話，儘管以提問方式表達，卻準確命中問題核心。

這一個月來他和姚雅綾一起去過許多地方，她從不拒絕他的邀請，有時甚至活動還沒結束就已安排好下一次的行程，但兩人還沒有發生進一步的親密關係，連牽手都沒有，唯一的肢體接觸僅止於每次道別時那種蜻蜓點水式的擁抱。他不知道兩人這樣算不算正式交往，姚雅綾只對他說過一次「好愛你」，但那是在她知道自己可以回線上開車的時候。除了那一次，他就再也沒聽過任何類似的、足以明確表達情意的話語。葉育安自己也不曾對姚雅綾說過相關字眼，他不是不想確定兩人的關係，時機看似也已成熟，只是年紀已到中年的他，無法像年輕人一樣說出「我喜歡妳」、「請和我交往吧」之類的話。他的確應該主動一點，可是，該用什麼方法才能讓姚雅綾明白他的心意呢？

總經理正在台上說話，葉育安有一句沒一句地聽著。總經理似乎在勉勵大家一起為地鐵公司的未來打拚，要有遠見，要有遠景，要有遠大的抱負和理想。葉育安一連聽見了好幾個「遠」字，腦子裡好像有個開關被打開了。

——去遠一點的地方……找個地方過夜……

他睜大眼睛，想起敏萱說過的這句話。那天他並沒有想到旅行與告白的關係，此時才想到——如果他找個一天來回不了的地方約姚雅綾去玩，如果她接受邀約，那一切不就都明白了嗎？兩人在外地過夜，各睡一間房有點怪也有點浪費，這點大家心知肚明。所以，像這樣的旅遊提議，其實也就等同告白了吧？敏萱那天是怎麼說的？

——那不是很特別也很自然嗎？

「葉主任……」

他似乎聽見有人喊他，但那聲音既小又遠，像極了幻聽。他奮力不讓思緒被打亂。

「葉主任！」

幻聽變成了現實，總經理的聲音透過擴音器，伴隨會議室裡五、六十人的目光同時傳來。

「請你報告一下貴部門目前工作狀況。」

葉育安發現所有人都看著他，便連忙站起。工作狀況？開會前沒人跟他說他今天要報告呀？

「關於本部門業務狀況……這個月……」他一時反應不過來，但還不至於太過驚慌。既然沒事前通知，沒準備資料投影片之類的東西，自然不必報告太詳細，他猜總經理大概只是想關心一下他的工作情況而已。「這個月運務管理課一切正常，各項業務都在軌道上，一些突發狀況也都在我們控制之下……」仗著對工作的熟稔和多年開會經驗，口才不佳的他臨時在會議中發言幾分鐘並不成問題。只是，他才講了幾句話就被總經理打斷。

「葉主任，請你就重點工作報告就可以了。」

「重點工作？」葉育安愣了一下，旋即開口：「關於新路線通車一事，我們運務管理課……」

「我說的是跳軌自殺防治工作。」

「報告總經理，跳軌一切正常，各項業務都在軌道上，一些突發狀況也都在控制之下。」

「你說正常，是指旅客繼續正常跳軌？還是有什麼新的『正常』構想打算提出？」會議室傳出好幾個笑聲，總經理不等葉育安回答，又繼續說：「剛剛你也聽到了，我請公司各部門全力配合你的業務，你是不是應該把工作狀況說得更具體一點？」

「具體？」葉育安剛剛心不在焉，什麼也沒聽到。他知道眼前狀況容不得他分神，但心思還是又岔開了一下——那天敏萱說要具體，怎麼連總經理也要我更具體一點？

「你的書面資料呢？」總經理低頭翻找堆在他面前的文件：「我不是有交代要你今天做報告？你怎麼一副沒準備的樣子？」

「報告？」

「算了算了，會議時間寶貴，你先請坐吧。」總經理說。

葉育安坐下了，不放心地看向坐在總經理右邊的魏紹達。學長從剛才到現在好像都一直低著頭看資料，應該沒事，葉育安心想，不然學長一定會用眼色提醒他才對。

他稍稍安了心，便繼續想著自己和姚雅綾的事。也許是受到總經理刺激，他的頭腦忽然靈活了起來，剛剛還混混沌沌的思緒，這下子全清楚了。沒錯，應該找個地方邀姚雅綾旅行，作為兩人情感關係的試金石。要在國內旅遊嗎？吸引力好像不太夠，而且要是她臨時反悔不想過夜，隨時都能搭車回家。看來還是去國外玩比較妥當，只是，去哪裡好呢？

他想起了神社和梅花鹿，那天和敏萱一起在電視上看到的。去日本！再也沒有更適合的地方了。這個月來他和姚雅綾逛了不少寺廟，而日本給他的印象就是有很多寺廟神社，金閣寺、淺草寺、清水寺……都是好幾百年歷史的老寺廟。他不懂建築，也不清楚姚雅綾為什麼那麼喜歡逛寺廟，但他敢說日本的寺廟絕對比他們以前去過的那些地方有看頭，說不定姚雅綾會因為這樣而答應去旅行。

他眼前浮現那天電視螢幕上的美景，彷彿看見自己與姚雅綾手牽著手，走在滿山紅葉古剎小徑的模樣。不知為什麼，他想像中的姚雅綾穿的是和服，雖撲了白粉卻掩不住臉上那抹和楓葉一樣的嬌羞紅暈。美，真是太美了！他拍了一下大腿，惹來坐他隔壁的工務管理課主任轉頭看他。葉育安這才注意到工管課主任雙手放在腿上，儘管總經理還在主席台上說話，這傢伙卻拿著手機偷偷把玩。

於是他有樣學樣，也拿出手機輸入「京都」兩字，螢幕立刻出現搶眼的「京都自由行早鳥××××元起」廣告。這數字讓他精神一振，不過他沒有被騙進這個廣告網。他只出過國兩次，一次日本，一次新加坡，都是公司派去考察地鐵，但即使旅遊經驗匱乏的他也知道「起」這個字的不可信意義。他跳過廣告，倒是被接下來一大堆遊記、攻略和行程總整理的網文給吸引了。〈一篇看懂京都交通〉、〈新手京都最強攻略〉、〈不求人京都賞楓自由行〉……這些網文標題聳動，內文也沒馬虎，各種資訊讓葉育安眼花繚亂。不過他很快就找到一篇〈京都賞楓五天四夜行程全規畫〉的文章，作者似乎把去京都旅遊當成登陸月球，把每個環節都寫得像汽車說明書一樣鉅細靡遺。基本的景點行程規畫、機票飯店預訂、交通安排裡面當然都有，就連行李該怎麼打包和該穿什麼衣服都寫得清清楚楚。沒想到出國旅行如此簡單，葉育安心想，就算是小學生也可以按照這份旅遊指南一個人完成京都之旅。過去他以為旅遊一定要跟團免得危險和麻煩，現在看來根本無此必要。

當總經理結束本次月會冗長的總評時，葉育安也差不多計畫好了京都之旅。時間就定在十一月下旬的見頃之日，京都賞楓最好的時機。時段好、價格合理的機票住宿可能都已經客滿，但如果不怕花錢的話還是有機會成行。現在只剩下一個問題——姚雅綾會答應嗎？

散場的會議室亂哄哄，葉育安感覺自己的腦子也一樣吵鬧。他朝主席台長官席望去，看見魏紹達學長還坐在那兒，跟旁邊的人事處長說話，總經理也留在原位和他們一起談事情。葉育安從後門走出會議室，不確定學長等一下會不會找他一起回辦公室，便在走廊上停下。

「該跟學長商量日本旅遊的事嗎？」他猶豫著。儘管敏萱認為兩個人一起過夜旅遊是很自然的事，但她畢竟是小孩子，不像魏紹達無論對出國旅遊或研判女性心理都有豐富經驗，找他討論或許能挑出行程瑕疵，甚至避免莽撞邀約造成的非預期性災難。開完會的同事流水一樣散去，走得比較慢的人經過葉育安身邊，都客氣微笑或點頭致意。葉育安回應得有點累了，索性把頭低下，思緒翻來倒去，想的都是同一件事。

「學長還不知道姚雅綾，該不該趁今天把事情說一說呢？」

他應該早點說的，只是這兩個月一直沒機會和魏紹達說話。新路線通車在即，儘管自己這次置身事外，但他很清楚通車前那段所有人神經緊繃的兵荒馬亂時期。魏紹達沒找他，他也不好意思打擾學長，自己的私事，總不好在這種時刻讓學長操心。

他在走廊上想了好一會兒，不知不覺四周漸漸安靜下來了。會議室裡的燈還亮著，就是不見魏紹達從裡面出來。

學長為了讓他專心處理跳軌問題，自己扛起通車重責大任。要是讓學長知道他這段期間開始和姚雅綾走得比較近，會不會對他失望呢？可是，不知道前陣子的流言有沒有傳到他耳裡？要是學長早有耳聞，而他又一直不說，這樣似乎也滿傷感情的。

葉育安在走廊上來回踱步，最後總算下定決心。「還是得讓學長知道才行。」他握拳對自己說。

他抱著堅定的決心，在會議室外又等了好一會兒。他不知道魏紹達和總經理有什麼話可以講這麼久，他不敢太靠近門邊，怕被人誤會他想偷聽裡面的談話，但左等右等都不見魏紹達出來，這才壯起膽子悄悄走進會議室，探頭向裡面查看。

會議室裡沒有半個人。魏紹達不知何時早就從另一個門離開了。

24

「那麼，妳願意和我一起去嗎？」

聽見葉育安滿懷希望說出這句話，姚雅綾馬上轉頭看向四周。這裡是地鐵機廠的員工咖啡廳，車班和工班同事經常出沒的地方。她和葉育安都穿著公司的制服，不過她今天已經開了六小時車，現在是下班自由之身。倒是葉主任，在她開出今日班表最後一班列車後，就跑來機廠等她收班。

「主任上班時間來找我，就為了講這件事？」姚雅綾說。咖啡廳裡沒其他穿制服的人，讓她安心了些。「還是當主管好，上班想做什麼都行。不像我們只能關在小小的駕駛室，連休息時間都不夠。」

「妳不是喜歡當司機員？」

「再怎麼喜歡也需要休息呀。我們班次之間的休息時間只有十六分鐘，你不覺得太短了嗎？從月台走到休息室需要不少時間，再去個化妝室，真正休息時間剩不到十分鐘，比學生下課時間還短。」

「這問題我知道，但這規定不是我們運務管理課定的。」

「不是嗎？」

「當然不是，我才沒有這種權力。」

「真可惜，我以為只要是司機員的事，跟你講一定有用。」

「妳把我想得太厲害了，別忘了我上面還有處長和總經理……等等，妳是故意的吧？」

「故意什麼？」

「故意不回答呀，剛剛我提的事。」

「你說日本旅遊啊？如果是全家人一起去的話……」

「不是家族旅行……哎，妳應該懂我意思吧？」說起旅遊，葉育安又結巴了起來。

姚雅綾當然懂他的意思。剛才他們進咖啡廳連飲料都還沒點，葉育安就拿出資料介紹起京都吃喝玩樂的景點，彷彿轉行變成旅行社業務。她沒想到主任會冒出這個提議，這才驚覺過去這一個多月來，她和主任見面的次數確實多了些，遠超過普通朋友來往的頻率。難怪葉育安敢在這個時候提出邀約，她怎麼會不懂呢？

她沒有喜悅的感覺，也不覺得被冒犯，第一時間情緒是空白的，但這空白馬上就被愧疚感填上了。本來只是為了復駛的事去找主任，後來不知怎的兩人就經常見面。她怪自己實在太不小心，連聽到有人在背後講閒話，都沒讓她提防兩人的關係走到這一步來。

「怎麼突然找我出國玩？主任什麼時候計畫的？」

「昨天……」葉育安說，又連忙改口。「不對不對，不是昨天，其實早就有這個想法了。我說昨天是指計畫……應該說那些資料，都是昨天開月會的時候用手機找出來的。」

「跟總經理開會還能玩手機？果然還是當主管好。」

「我本來也不敢，是別人先這麼做我才跟進。」

居然是昨天才臨時起意，姚雅綾心想，愧疚感稍稍減輕了些。她看著葉育安，明明是自己的上司，年齡也比她大上一輪，在等待她答覆時竟把餐巾紙捏成團在手中反覆揉捏，緊張得像參加新進人員面試。她有點想笑，這男人是怎麼回事？有話為什麼不直說，何必把事情搞得這麼複雜？

「你們開了幾小時會？怎麼夠你找到這麼多資料？」

「網路資料很好找，隨便點開就有了。」

「這種資料就像罐頭一樣，只要是熱門景點，大家寫得都差不多。」姚雅綾故意刁難：「不過你也太老實了吧？不管再怎麼容易找到，一般人在這種時候不是都會邀功，誇口說這些資料有多難取得嗎？你連這都不會，真不知道你是怎麼當上主任的？」

「對不起。」

「為什麼跟我對不起？你很好笑。」姚雅綾忍不住笑出聲，旋即發現葉育安把手中的紙團捏得更緊了。「別誤會，我不是說你這個人搞笑，而是你緊張起來的時候，就會變得有點好笑……用好笑不太恰當，改成有趣好了。你緊張的樣子很像小學生，而你的臉又明明是一副中年大叔樣，這種反差真的很逗趣。」

「我知道我內心幼稚，外表臭老。」

「我又沒這麼說。好啦，剛剛講的都不算，就當沒發生過。」姚雅綾說。她看見葉育安眉頭皺了起來，猜他可能又多想了。「你怎麼一臉苦相？是昨天開會不專心被總經理罵了？」

「總經理沒罵人，不過昨天不知道是他記錯還是我漏了指示，會議開到一半他居然要我起來報告，我完全沒準備。」

「沒準備居然沒被罵？」

「沒有，不過那是遲早的事，我已經做好心理準備了。」

「所以你還是有準備嘛。」姚雅綾開玩笑說。她很清楚葉育安的煩惱所在，不只聽他親口說，而是所有地鐵車班司機——甚至可能全公司的人，都知道運務管理課必須限期解決旅客跳軌自殺的問題。儘管他們已試了多種方法，卻沒有人認為他們可以解決這件事，大家都幸災樂禍等著看葉育安的好戲。姚雅綾忽然覺得眼前這個男人有點可憐，但這個情緒立刻讓她心生警戒。

「處長呢？他沒怪你嗎？」

「處長是我學長，他怎麼會怪我？要不是他開完會按捺住老總，搞不好我早就被叫進總經理室挨罵了。」

談話持續進行，姚雅綾的心神卻無法安定。剛剛冒出的憐憫情緒引出一堆紛亂思緒，像隧道裡一個個燈號在她心中快速閃現。她知道自己必須馬上處理，否則恐怕會釀成事故。過去她一直對葉育安無感，而這個人似乎也無害，她才會完全不帶戒心和他密切來往了一個多月。她突然發現，儘管自己說過喜歡一個人待在駕駛室的感覺，但好像也不排斥有人陪伴。想到這裡，她覺得自己似乎做錯了，剛退去的愧疚感又再次湧來。

「我就是想不通，為什麼這麼多人想自殺。」葉育安說：「我們什麼辦法都想了，做了防治宣傳，換了車站背景音樂，連月台風水都改了。可是沒用，還是一直有人跳軌……抱歉，突然提到跳軌的事，我換個話題。」

「你怕我想起那件事？」姚雅綾微笑說：「我不是說過我沒事了嗎？你好像不太相信。」

「我當然相信，不然怎麼會讓妳復駛？」葉育安連忙回答。「說到這個才想到，妳後來還有去找心理諮商師嗎？她說妳心理素質很高，可是在比較認識妳以後，我覺得妳好像沒她說的這麼堅強。」

「是嗎？所以她不贊成讓我復駛？」

「她沒說贊成不贊成，我記得她只說妳很清楚自己的目標，但她還需要多一點時間評估，因為妳好像有點……」葉育安猶豫了一下，但還是把話說完。「有點抗拒，不夠坦白，好像不太想讓別人看到自己的傷口。」

姚雅綾的心縮了一下。

「心理諮商師這麼說？那你也有這種感覺嗎？」

「不、不，我剛才說妳沒那麼堅強，意思是妳很好相處，就這樣而已。」

姚雅綾有些心虛，知道葉育安一定發現了什麼。她自己很清楚，比起心理素質，她更厲害的是在人前偽裝。無論對心理諮商師或對葉育安，她都撒了謊。那天跳軌者躍下軌道的畫面像影子一直黏在她心上，就像三年前那場災難式的戀情，造成的傷害也從來沒有癒合過。她現在才知道，原來自己當初並沒有騙過心理諮商師，是葉育安自作主張讓她復駛。所以，看來她那時是成功騙過主任了，只是後來他是如何看出自己不夠堅強？每次見面她不都是從頭到尾笑嘻嘻地嗎？她不知道眼前這個呆板老實像木頭一樣看不出彈性的男人，心思怎麼會如此敏感？她看著葉育安，發現他那張苦瓜臉上流露的全是關懷神情，讓她覺得很不好意思，愧疚的感覺更強烈了。

「主任，對不起。」

「對不起什麼？」

「其實我還是忘不了那件事。」

「哪件事？」

「你知道的。雖然已過四個月了，它還是不時就會跑出來干擾我。有一陣子我連眼睛都不太敢閉，因為只要一閉上眼，就會看到那個人跳下月台的景象。」

「我瞭解妳的感受，要讓這種事情過去真的很不容易。其實我也一樣，那種場面我幾乎每週都在看，我和妳一樣，眼前經常會莫名其妙跳出那些恐怖畫面。」

「真的嗎？主任也跟我一樣？」

「當然呀。妳那時候不是說妳是打地鼠高手，還有用法寶羊毛球來轉移注意力……」

「是羊毛氈。」

「對對，羊毛氈……妳說它是很好的紓壓工具，可以轉移情緒。那時我覺得妳好了不起，誠心想向妳學習，要自己像妳一樣堅強。」

「做羊毛氈對轉移注意力是有幫助啦，只是那時我因為太想回去開車，把它的效果講得太誇張了點，真對不起。」

「可是，如果妳真的忘不了，怎麼有辦法回來開車？那不是很痛苦嗎？妳在車班應該很清楚，妳有好幾位學長比妳早撞到人，他們到現在都還不敢踏進駕駛室，甚至有人乾脆辭職。」

「不瞞你說，我現在主要依靠的是宗教信仰力量。」姚雅綾說，決定對葉育安更新自己的治療方式。

「宗教信仰？」

「你沒發現嗎？休假時我不是常拉你去接近神佛所在的處所？其實我是在替自己做心理療癒。」

「我們只是去寺廟教堂逛逛，有時連香都沒燒，也不見妳參加哪個宗教團體，這樣會有療癒效果？」

「還是會有喔，這是我在一本書上看到的，我們都以為要透過實際參與信仰團體才能獲得宗教的慰藉，但不見得一定如此。那本書說，人類對靈性的需求是與生俱來的，所有疾病、軟弱和憂鬱的主要原因，全是因為人們和那一位我們稱之為神的神聖力量太過疏離。我本來也不是那麼相信宗教，可是說也奇怪，每次只要一踏進那些地方，不管佛寺也好，道觀也罷，就連基督教的教堂或修道院也一樣，我都會有安定放鬆的感覺。好像冥冥中真有哪位神祇把掛在我心上的東西卸下來了。雖然效果只是暫時的，但已足夠讓我一個人待在駕駛室時可以不去想那些事……」

姚雅綾止住話語，覺得自己說得太多了，但葉育安一時沒有反應，整個人似乎出了神。她把手越過桌面，輕輕碰了一下他的手背。

「抱歉。」葉育安慌忙說。

「不說了啦，都是我在講，你好像變成神父在聽我告解，你一定覺得無聊死了。」

「沒這回事，妳講的話很重要，我剛剛是腦子裡忽然閃過什麼東西，一時又捕捉不到，才會想到出神。」葉育安說：「宗教……原來信仰的力量這麼強大。妳剛才說它對妳很有用？」

「效果非常好。」

「很高興妳找到了一個可以療癒自己的方法，看來我也應該試試看才對。妳覺得我也可以感應到那種力量，讓我安定放鬆嗎？」

「當然可以，每個人都行的。」

「每個人……」葉育安沉思了幾秒，猛拍一下大腿。「對！我怎麼沒有想到！」

「想到什麼？」

「工作的事，抱歉，妳已經下班了，我們不說工作。」葉育安語調一轉，有點擔心說：「有信仰是很不錯，可是……可是妳應該不會想出家吧？」

「我才不會呢，」姚雅綾笑著說，伸手打了他手背一下。「出家要剃度，我可不想變成光頭。」

「妳可以帶髮修行呀，很多居士不都這樣？或當修女也可以。不過，妳還是頭髮長一點比較好看。」

「妳看過我留長髮的樣子嗎？」

「有啊，就是第一次見到妳的時候，在月台上……哎呀，我怎麼又提到不該提的事了。」葉育安連忙把話題轉向，翻起桌上資料。「既然宗教聖地對妳有這麼大的好處，那這次旅遊的地點還真是選對了，京都的寺廟超多的。妳看，那裡有座山叫比叡山，是佛門聖地，山上有超過一百五十座佛堂寶塔，讓妳安定身心的能量一定很強大……」

葉育安又說起旅遊的事，姚雅綾沒打斷他，換她扮演聆聽者的角色。只是，剛剛的談話內容讓她有些心不在焉。她雖然承認了自己的脆弱，讓主任知道那個跳軌者對她造成的陰影仍未消解，但其實她只對葉育安開啟一、兩扇心房而已，她心中還有太多上鎖的房間，從未對任何人開放過。她不習慣對人開放自己。可是葉育安的特質，讓她很奇怪地，會自然講出一些心裡的事。例如上次去找主任要求復駛，雖然隱瞞了撞死人的陰影，騙他自己食慾很好，睡得也很好，沒有失眠，也不會做噩夢……卻不小心把被前一個男人傷害的事講出來了。事後懊惱自己大嘴巴，為了達到復駛目的而不小心做出的惡魔交易。

幸好她沒有坦白自己急著想回來開車的原因。說是想找回自信，其實是想用直接面對創傷的方式，來忘記創傷的干擾。如果她遠離駕駛室，那個被撞死的人就會一直跟著她。只有回到駕駛室，每天經過事故的現場，她才有可能會忘記。也只有回到駕駛室，讓自己置身在忙碌的駕駛活動中，她才不會被另一位已死去的男人干擾——她的前男友。當然他還活得好好的，但在她心中，他早已變成了一個鬼魅。她沒有對葉育安坦白的是，其實自己常逛寺廟，藉由宗教療癒上次事件陰影，有一半也是想驅趕這個男人，她最大的希望是不要再被這個男人牽動情緒。她慢慢可以做到了，宗教的力量真的比羊毛氈好，這點她倒是說了實話，或許也是因為時間的關係。總之，在被上一個男人狠狠傷過之後，她曾在神明面前發誓，日後再也不要讓自己的情緒受任何男人牽動，她是如此堅定地把誓言當成情人忠誠地遵守。

看著葉育安熱心講著日本旅遊的事，她當然明白他的心思。出國旅遊只是告白的藉口，把簡單的事搞得曲折複雜。這個人就是這樣，老實，沒脾氣，有時敏感有時遲頓，很容易相信別人。姚雅綾在心裡像翻牌一樣把葉育安的毛病全數落了一遍。這個人沒心眼、沒野心、沒創意，簡單的事總想得複雜，不想做的事就會畏縮……她越想越想笑，但是在笑出來之前，她被一個突如其來的想法給嚇了一跳。等等，我剛才想的不都是主任的個性嗎？我什麼時候這麼瞭解他了？

「那麼，下個月妳願意和我一起去日本看楓葉嗎？」

看著葉育安期待的眼神，她心裡升起了奇怪的感覺。這種感覺很陌生，是她不曾感受過的。她轉頭看向窗外，秋天傍晚的落日降得比機廠裡的小葉欖仁樹還低，在員工咖啡廳外的步道上斜射出一片橙黃。她覺得心中這種陌生的感覺和窗外的景致色調是一致的，有很強的溫度感，不是熾烈灼燙的那種，而是一種溫暖、安全、讓人可以放心無須戒備提防的感覺。她歪頭看著窗外，雙眼被那一大片亮燦燦的橙黃刺得有些痠痛。

「不會去很久的，五天四夜而已，請個三天年假就夠了。」

她沒忘記自己的誓言，她不要再像中學女生一樣傻傻視愛情為生命，再也不要為任何男人傷神。她轉頭回來，視線和葉育安的眼神碰觸了一下，旋即落在面前沾有唇膏的咖啡杯上。不得不說，她面前的這個男人並不具有足以威脅她誓言的魅力，他不夠帥氣，相貌好壞是一回事，主要是歲月讓這個人的彈性變得有些疲乏，像嚼久的口香糖一樣沒什麼強烈的滋味。她不是完全棄絕愛情，只是還沒準備好駛進下一座車站，而這個男人也沒讓她產生進站的感覺。

「說了你別介意，」她聽見自己說：「你突然說要去京都玩，不覺得有點魯莽嗎？」

葉育安愣住了。

「對不起，是我沒想清楚，妳就當我沒說吧。」他回過神，慌忙收起桌上的紙張，像要湮滅證據似的。

「你真的是沒有想清楚。」姚雅綾說。看著面前笨手笨腳收拾著資料，被她一句話就縮回殼裡，連說服都不會的男人，她忽然覺得有點心軟。「你不覺得十一月去京都太衝動嗎？一堆人擠去看楓葉，不管機票和飯店都超難訂。」

「對不起，是我沒想清楚。」

「你不必一直道歉啦，還有那快哭的表情。」

「對不起。」

「你不要一直說對不起啦，我又沒說不跟你去日本。」

「什麼？」

「剛剛都是你說你的計畫，」姚雅綾微笑說：「現在換我說我的計畫了，想不想聽看看？」

我們都生病了

第二班列車離站了，他仍站在月台上，凝視眼前的燈箱海報。

那是一位高僧站在懸崖上的相片，以仰角往上拍攝，人物和場景明顯是合成的，高僧佇立崖頂宛如巨人，配上身後灑下的金色陽光，視覺頗為震撼。海報標語寫著：「你可以不要跳，路不會只有一條。等一會兒，再想一下。」

如果沒看見這張海報，事情可能在第一班列車進站時就結束了。他記得這個廣告燈箱之前掛的是漂亮的女明星寫真，不知何時改成這位師父的相片。他認識這位大師，自己雖非門下弟子，卻很景仰這位師父的言行，不管師父說了什麼話，他都會讓它在腦子裡多打幾轉。

——等一會兒，再想一下。

不只這位師父，只要是經常出現在電視上的高僧高尼，不分宗派門別，他都認為有必要好好聽這些有大智慧的師父說出來的話。就這點而言，他那總是自有主張、強勢霸住家中領導地位半分不讓的妻子，看法倒是與他難得的一致，甚至有過之無不及。她不僅相信所有師父講述的道理，也相信所有香火鼎盛歷史悠久廟宇的籤詩。

「這不是迷信，是心靈諮商。」他的妻子總這麼說。三個月前就是用這個理由強押他到山上的楓亭寺，抽出決定他命運的那根籤。「你看，神都知道你在打什麼算盤，你就繼續好好給我當理專，別想轉到其他行業去。」他的妻子說。面對神明指示，脾氣粗暴的她就像小學女生一樣乖巧聽話。

籤詩的內容浮現眼前，蓋過燈箱廣告的宣導文字。

——暗懷心欲前途去，只怕運道路未通。

明明工作已經撐不下去了，剛好有人想挖他轉去另一個行業，卻因為這兩句話讓他眼睜睜看著救生艇離去。

也不能怪那支籤，他的人生早就被安排好了。他和妻子從小住得近，剛入小學老師把他們的座位排在一起，從此兩人的生活就再也沒有分開過。他們到國中就說好對方是今生的伴侶，其實更像指揮官和侍從的關係。妻子打從一開始就扮演發號施令的角色，要他做這做那，還嚴格要求每天上學都要騎腳踏車去她家接她，放學不許參加社團活動，得留在教室自習等她練完舞蹈再送她回家。他的人生沒有叛逆期，一路聽從妻子的主意念書考試升學直到研究所畢業。退伍後兩人結了婚，他完全接受妻子的控管，買菜買車買房出遊不生小孩，全由妻子做主，沒他參與意見的機會。

他不覺得這樣有什麼不好，自己的個性本來就優柔寡斷，妻子早看準這點，而且出的主意也都是為了他好。例如妻子當初逼他去念商學院，果然讓他獲得銀行金飯碗工作。坐了幾年櫃檯沒調薪也沒升職，妻子要他轉任業務當金融理財專員，果然業績迅速成長收入很快就翻了三倍。

——等一會兒，再想一下。

他退離月台，搭電扶梯上到車站大廳。他還沒打消念頭，是師父的建議加上突如其來的尿意，讓他決定暫時離開一下去廁所。一切都是被安排好的，剛剛他進來時還沒有發現，現在才注意到今天的車站和以前不同。他聽見站廳播放的音樂不是抒情古典或熱門流行樂，而是他熟悉的佛教樂曲，女聲版的〈大悲咒〉。歌曲已經唱到了尾聲，下一首緊接播放的是男聲版的〈綠度母心咒〉。他不懂梵語，也不知道為什麼這種樂曲不分男聲女聲都有一種清淨空靈的感覺，只感到尿意也被這種水晶質感的歌聲給增強了。

他按指標往廁所走，經過大廳側邊走道時，發現地鐵站展出了許多佛像。千手觀音、彌勒佛、藥師佛、地藏菩薩、文殊菩薩、釋迦牟尼和阿彌陀佛，尺寸最小都有兩尺高，材質各異，各自靜謐安坐在聚光燈投射下的強光裡。他沒時間欣賞佛像，只快步走向廁所，一進去便看到每個小便斗上方都掛了一幅十吋大的彩色相片，他視線掃了一遍，見到的是媽祖遶境、初一搶頭香、炸寒單和燒王船的相片。

他猜地鐵站今天大概在舉行宗教特展，才會把整座車站布置得如此肅穆莊嚴，但他很快就意識到，這也是被安排好的一部分。彷彿他們已知道他今天走進車站的意圖，才特別為他做了這樣的準備。

一切都是安排好的，就像他已安排好了自己的事。要交代妻子的話，已寫好放在車上的前置物箱裡。重要的密碼帳號，已用電腦製表列印下來，連同存摺印章和各式證件放在家中安全的地方，妻子只要看了他的信就能找到。他連時間都特別挑選了，上班時間剛過，月台不會有太多人潮，公司的人也還不會急著找他。而且，今天要是成功，他就不必連上五天的班——再也沒有比星期一上午十點更好的時間。

他很少一下子安排這麼多事情，覺得還滿累的，但不得不這麼做。他知道自己生病了，可是他的妻子不准他去看心理醫師，不准他吃西藥。他相信妻子是為他好，所以只能接受。就像三年前妻子硬要他答應另一家國際金融公司挖角，換到現在這家公司當業務主任，讓職務和收入瞬間翻上好幾層樓，也是為了他好。

他走回月台層，抬頭看向月台電視，想知道下班列車還有幾分進站。五十五吋的大螢幕，和列車有關的資訊只有左上角小小一塊，其餘畫面全被一位老和尚占據。他看見懸崖上的那位高僧，現在正在螢幕上講道。鏡頭特寫出法師仙風道骨莊嚴法相，距離拉近後已無站在懸崖上那種駭人的感覺。或許是不想和車站內播放的佛家樂曲打架，月台電視沒有開啟音效，只能藉由字幕得知法師說了什麼佛法。幸好字幕夠大，比列車資訊還要清楚。

——逼惱身心名苦。人生在世，八苦交煎。

煎熬他身心的苦惱，是從三年前跳槽後開始的。這家公司完全以業績掛帥，不在乎賣給客戶的產品體質優劣。他在獲得高收入的同時，加在身上的是比上一家公司多兩倍的業績目標。挖他過來的經理當初說可以慢慢來，但不到兩個月就變了臉，每天找他開會，希望他把那些有問題的商品推銷給客戶。為了達到業績，他接受了經理的主意，鼓吹客戶購買高獲利高風險的商品。好不容易達到業績，經理一樣沒有好臉色，一樣找他天天開業績檢討會，因為他的職務是業務主任，底下還有兩位新進的理專交給他帶領，他們兩人的業績加起來連一個人的標準都達不到。他希望經理給他們一點時間，可是經理說業績數字沒得商量，再無法達標，兩人都得捲鋪蓋滾蛋。這兩個年輕人一個剛結婚，一個得幫家裡還房貸，不忍看他們被經理逼入絕境，他只好把自己客戶群中的一些大戶分給這兩名屬下。

——行利樂時，多諸怨嫉，眾苦逼惱。

大師在螢幕上解說經文，說娑婆世界本是忍苦之境，能忍則忍，不能忍也得忍，能忍受娑婆一切煩惱無明者，都是菩薩。他不敢說自己是菩薩，人生得承受苦難這道理他懂，只是實在無法再忍受下去。工作壓力迅速積聚成他臉上的黑氣，他陷入沮喪，每天都不想上班，總在妻子的吼罵聲中步出家門。不只因為業績無法達標，經理冷言冷語讓他尊嚴掃地徹底失去自信，也不只因為信任他的客戶虧損了一生積蓄，衝到公司對他吼叫要他負責損失否則就要死給他看。不只是因為他為了業績而虧損了良心，把明知道大有風險的投資產品推銷給信任他的客戶。最苦的是，他發現自己根本不喜歡這份工作。

他發現自己嚮往的是完全不一樣的生活。他想到鄉下或山上過日子，收入不多沒有關係，他可以種田開果園自給自足。妻子不想生小孩沒關係，離開城市空間變大，他可以養幾隻大狗。習慣接受他人安排的他，都快四十歲才突然有強烈的渴望，讓他難免因為不習慣而覺得驚慌。但受到更大驚嚇的是他的妻子，她簡直被這個想法嚇壞了，認為丈夫腦子出了問題，便積極尋求糾正的方法，四處找高人算命、找高僧法師開示，甚至認真考慮找人收驚或喝香灰符水。

一切方法都沒用。他渴望脫離現在的環境，這個想法隨著業績壓力一起增長，他在這家公司一分鐘也待不下去。可是回到家裡，他面對的是另一個上級，自己的妻子，逼迫他做這做那。他知道不是只有自己生病，他的妻子也病了，雖然沒有醫學上的診斷，但應該是有強迫症焦躁症的可能。

看著月台電視無聲的畫面，他覺得好像有什麼東西被抽掉的感覺。他想辭職，卻放不下自己的下屬。他想離婚，但害怕老婆承受不住。他不想傷害任何人，可是他再也沒辦法忍耐下去了，他覺得自己像缸裡的魚，而周圍的水正逐漸被抽乾。

列車就要進站了。

他感覺到空氣流動，感覺到地面微微的震動。旅客隱約浮現騷動，車站廣播聲淹沒在水晶質感的佛經樂曲裡。

——等一會兒，再想一下。

眼前的燈箱廣告離他好近，可是那些境界離他好遠。電視上的高僧，海報上的高僧都是遙遠的存在，不會現身度化他。

他忽然好想聽聽法師的聲音。

但那是不可能的。法師只會在螢幕裡，只會出現在燈箱廣告中。

月台地面黃燈閃爍，他向前跨出一步。

列車即將進站，他閉上眼睛，各種聲音開始在他耳裡放大。他聽見了風聲、電車輪磨擦軌道聲、保全人員哨音聲、旅客腳步聲……還有一個奇怪的聲音，不太像屬於這個地鐵站的，由遠而近，越來越大聲，直接來到他的身後。

他轉身過來，看見面前站著一位中年和尚，容貌一派慈祥，像極了燈箱海報和懸崖上的大師。和尚一手捏著佛珠，一手托著銅缽，對著他喃喃唸起佛經。

——觀自在菩薩，行深般若波羅蜜多時，照見五蘊皆空，度一切苦厄。

他先是愣了一下，旋即雙腳一軟，跪倒在和尚跟前，開始大哭起來。

25

「重播一次，小琪，請把剛才那段監視器畫面再放一次，從最早的地方開始。」

「主任，我們已經重放三次了，大家應該都看得很清楚了。」小琪嘟嘴說。她瞄了運務管理課會議室所有人一眼，似乎想求救。

「再一次，再看一次就好。」葉育安說，完全沒注意其他人反應。「不然這次妳前面快轉一下好了，從那個人第二次下到月台層開始。」

會議室投影布幕再度出現地鐵站月台層的景象，畫面呈現的是月台尾端區域，一個穿西裝提公事包的男人從畫面上方入鏡，步伐緩慢得像患關節炎的老人，和他的年齡與穿著毫不搭配。男人走到月台邊緣，雙腳踩在黃色等候線上，一動也不動看著前方出神，隨後被從畫面右下方衝進來的列車嚇了一跳。他稍微後退兩步，抬頭看著月台螢幕資訊，等上下車的人都離開後，他又回到月台邊。這次他更靠近邊緣，轉頭向右往隧道深處瞧了一會兒，又回頭直視前方，恢復剛剛出神的姿態。這時一個戴眼鏡穿紅色袈裟脖子上掛了一大串佛珠的和尚入鏡，他先向畫面左上角的一位女人化緣，被快閃掉後便向月台邊的男人移動，嘴裡唸唸有詞，來到男人身後。

「來了，就是這裡，奇蹟的一刻！」葉育安拍了一下桌面說。

站在月台邊的男人先微微回頭，旋即猛然轉身，像是被和尚嚇了一跳。這個和尚也被男人嚇到了，手上的缽差點沒拿穩。接下來男人猛然跪下，抱著和尚的大腿痛哭起來。

「終於，用了這麼多方法，總算有一個出現效果了。」葉育安說：「大家都看到了吧？那個人本來想跳軌，最後卻跪在師父面前打消了念頭，證明我們這次的計畫是成功的。」

「可是主任，」兩光說：「那個和尚並不屬於這次計畫的一部分，他是自己跑進車站到處找乘客化緣，不是我們安排的人……」

「你不能否認這也是宗教的力量。你們一定不知道，人類對靈性的需求是與生俱來的，大家之所以會覺得軟弱無助，會有心理疾病，都是因為和神的距離太遠的關係……」葉育安說。

「為了防止旅客自殺，把車站布置得像靈堂……不，像佛堂一樣，我覺得好像有點超過了。」阿凱說。以前下班常跑健身房的他，最近被一個又一個自殺防治計畫拖累，忙到讓桌底下的運動鞋都長了灰。

「我是沒辦法接受播放佛經。」學生時代組過樂團的小姜也提出異議：「車站本來好好的播放各種音樂，現在一下子全換成佛經，這下讓原本贊助我們音響的廠商都說要撤掉設備了。」

「那不是佛經，是有宗教風的輕音樂。」

「我覺得都一樣，只有參加宗教團體的人才會聽那種東西。」

「其實不一定要加入宗教團體才能獲得安慰，只要有佛寺或教堂的感覺，一樣能讓旅客感到安定放鬆，說不定心事就被卸下來了，然後……然後就……」

葉育安想把姚雅綾說的那番道理搬出來，可是越講越覺得腦子和舌頭都開始打結。姚雅綾那時候是怎麼說的？他有點忘了。上回他專程去機廠等她下班，大膽提出京都旅遊的邀請，結果得到的是一個工作上的靈感和半個肯定的答覆。姚雅綾對他坦承內心脆弱，說自己其實是依靠宗教信仰支撐才能夠回到駕駛室，這讓葉育安想出這個月開始實施的宗教信仰計畫。如今這個計畫成功了，他想馬上告訴姚雅綾這個好消息，很想到車班找她或約假日再去逛逛寺廟，但他必須忍住這個念頭。姚雅綾雖然答應一起去日本，卻用兩個理由把時間延到十二月底，並且要求兩人出發前這段時間暫時不要見面。一個理由是運務管理課現在正處於非常時期，她不希望葉育安因為她而無心工作。另一個理由，葉育安倒是記得相當清楚姚雅綾怎麼說。

「這兩個月你先別來找我，下次我們再見面就是在機場，這樣才會有全新開始的感覺。」

暫不見面的要求雖讓人為難，但半個多月過去了，葉育安還是遵守承諾，沒見面，沒打電話，連簡訊也不敢發。姚雅綾畢竟還年輕，小自己一輪還不止，他把這個約定當成是小女生的遊戲。或許，姚雅綾是想測試一下他的忠實度。許多童話故事不都有這種劇情？突如其來的漂亮女人願意和凡夫俗子結婚，唯一條件是約好在三年內不能偷看她的身體，而故事中的這些男人沒一個能信守諾言，最後全沒好下場。說好了不見就不見，他不會像那些沒用的男人一樣，而且兩個月很快就會過去——他這麼告訴自己。儘管心裡覺得漫長，也只好認真工作讓時間過得快一點。也許這才是姚雅綾的真正意圖，他不得不感激她的聰慧與體貼。果然專心工作就馬上有了收穫，他自己也見證了宗教力量的強大。只是，她那時候到底是怎麼說的？

是副主任這時開口幫了他。「主任提出這個想法時你們都沒說話，現在才講意見，時間點好像不太對吧？」劉士超說，化解了葉育安話說不下去的尷尬。「剛剛的影片我覺得很重要，我們已經試了這麼多辦法阻止旅客跳軌，但總經理還是覺得我們沒把事情辦好，因為還是一直有人想不開。可是誰敢說這些措拖完全沒用？說不定真的有人看了車站的美女相片，或因為我們改變了風水而打消自殺念頭，只是我們沒有證據，也提不出數字告訴大家我們的做法是對的。現在我們有明確案例了，證明主任這次的構想完全成功。所以我覺得大家應該支持主任，擴大實施宗教信仰計畫。」

「對對對，士超說的很好，我們要擴大實施。」葉育安說：「那接下來就把全線所有車站都改成同樣的設計。」

「前兩個星期我不在公司，沒參與籌備這次計畫，所以現在想提出一點意見。」資深專員老吳說。他和部裡另一位專員老陳經常輪流出差，前兩天才從義大利回來。老吳先看了劉士超一眼，才轉向葉育安。「我不贊成擴大實施宗教計畫，因為我們必須小心宗教界人士和那些信徒，他們都不太好應付。處長雖然放手全權由我們來搞，但我覺得他應該會對這個計畫採取比較保守的態度，可能不會貿然實施。」

「你提處長做什麼？」劉士超說：「處長既然都放手了，就表示他相信我們運務管理課。不管我們的計畫再怎麼大膽，我敢說他都會支持。主任，我說的沒錯吧？」

葉育安忙點了幾個頭。

「我還有個建議，」老吳說：「這段監視器畫面最好不要公開，否則恐怕會引來不必要的麻煩。」

「老吳說的有道理，是得小心點。這段影片就列為機密資料，我們課裡自己人看就好，千萬別洩露出去。」葉育安急忙總結，以免會議氣氛變僵。「不過副主任的意見也沒錯，我們就乘勝追擊，擴大實施這次的宗教信仰防治跳軌計畫。」

＊　＊　＊

「你拉椅子的動作不必這麼輕，這張椅子不是以前那張了。」魏紹達說：「看看你多久沒來找我，育安，總務課換新椅子給我都過兩個月了。」

葉育安把稍稍抬高的椅子放下，試推了一下，果然安靜無聲沒有椅腳刮地板的噪音。他覺得有點尷尬，原來以前自己小心拉抬椅子的動作全被學長看在眼裡。

他和魏紹達的確有一陣子沒好好談天了。自從總經理要他負責解決跳軌問題開始，他和學長的關係好像就變得有點疏遠，這當中只有一次在開完月會後一起吃午飯聊了一些事，之後葉育安就沒機會和魏紹達說話了。兩個人都忙，學長忙新路線通車，他忙著阻止旅客跑來地鐵站尋死。學長不愧是能力很強的人，只用了短短時間就搞定新路線的土木、軌道和機電工程等項目，初勘通過不到一個月就完成交通部的履勘，正式通車日期指日可待。不像他，胡亂攪和了幾個月，好不容易才出現一個成功案例。

他想找魏紹達聊天，不完全為了公事，而是想談姚雅綾，除了想請學長給點意見，研判自己以旅遊作為表白方式是否恰當，另外也是想早點讓魏紹達認識姚雅綾，以免重蹈前妻覆轍。雖然當年他能追到怡慧靠的全是魏紹達當參謀，可是他太晚讓兩人見面，才造成怡慧和學長一直熟不起來。姚雅綾的事他上個月就想說了，可是月會結束學長被總經理拉住談話，他沒機會講這件事。這一耽擱，加上工作和愛情兩頭燃燒心思，一拖就又是好幾個星期。多虧老吳在會議中提到處長，葉育安才想到無論如何今天都應該到處長室走一遭。

「你總算對女人有興趣了，我覺得非常好。」聽葉育安說完他和姚雅綾的事，魏紹達說：「我說了不知多少年要你再找對象，你卻拖到這時候才動凡心，我差點以為你過了四十歲就真的不惑了。」他摘下金邊眼鏡，用手背揉著外凸的眼睛。葉育安差點被這個動作感動，以為學長聽到他有新對象而激動拭淚。可是當魏紹達放下手背戴回眼鏡後，葉育安又看見他那雙快爆出來的金魚眼，顯露咄咄逼人氣勢。「不過，這件事我覺得不太合理。我說，你會不會太老實了點？人家說兩個月不要見面，你就真答應不去找她。難道不懷疑對方也許是糊弄你，隨便找個理由拖延時間，其實是想躲你從此避不見面？」

「你覺得會這樣嗎？」葉育安揚起八字眉：「雅綾雖然年輕，但其實滿成熟的，她應該不會要這種把戲。」

「兩個月後直接在機場見面？浪漫是浪漫，但這種事只會出現在八點檔連續劇。你想看看，這段時間不聯絡，那你們要怎麼安排日本旅遊的事？」

「她說全部都交給我處理。」葉育安苦笑說：「她和總經理一樣，只用一句話我就必須全權負責了。」

「訂房間和排行程沒問題，那機票呢？總要用護照預訂吧？兩人不聯絡你要怎麼拿到她的證件資料？」

「這點學長可以放心，在我們約定那天，雅綾就把她的證件號碼都告訴我了。」

「問題就出在這裡。」魏紹達說，雙臂交叉胸前，整個人往後靠在椅背上。葉育安這才注意到學長坐的辦公椅好像也換新了。他忽然有點好奇，想看看處長室裡還有沒有其他改變，但他不方便把頭轉開，因為魏紹達正以嚴肅又謹慎的表情看著他。「你難道不覺得，這個女人一切都是計畫好的嗎？」

葉育安看著他，專注聆聽。雖然處長室裡只有他們兩人，魏紹達還是壓低了聲音，外凸的眼睛好像也縮回去了一點，恢復成過去那位親切的學長，而不是管理十三個部門的地鐵公司行車處處長。但他接下來說的話還是讓葉育安坐立難安，感覺屁股下的椅子似乎又發出刺耳的聲音。他覺得耳朵快塞住了，視線也漸漸模糊，彷彿墜入一片迷霧之中。原本他還打算好好觀察，現在只看得到正前方的東西──魏紹達不斷開合的嘴巴。學長說，他知道這時候說的話你不一定聽得進去，但基於多年的交情，他這個學長必須給學弟一點忠告。他不看好這段戀情，不是出於直覺，也不是因為兩人年齡差距太多，而是姚雅綾這個女人不太對勁。難道你從沒想過嗎？她可能是為了工作上的利益與需要，才故意製造機會主動接近你？你說她跟車班其他司機員沒什麼來往，表示她在人際關係上難免遭人排擠，若在公司裡有位主任級幹部當男友，誰還敢欺負她？別說我太現實或用小人之心看人，你剛才也說了，她以前在百貨公司上班，交的男朋友就是公司的管理幹部。我猜搞不好是她騙了你，說不定她一離開百貨公司就把對方甩了，不是被甩了才離開百貨公司。

「學長還沒見過姚雅綾，等學長忙完通車，我可以帶她來給你看，也許你的看法就會不一樣了。」葉育安感覺自己臉部脹紅，肌肉緊繃。「說到工作，其實與學長擔心的剛好相反，她雖然只是司機員，可是在我們認識之後，反而是我依靠她的地方比較多。例如總經理交辦的跳軌自殺防治業務，姚雅綾就幫了我不少忙。」

「你說你讓一個司機員，參與運務管理課的跳軌自殺防治計畫？」

「不、不，學長別誤會，我們很少談工作上的事。我的意思是，我和姚雅綾走得比較近，剛好是從我負責防治跳軌任務開始。學長說過希望總經理看到我的努力，要我拿出作為，多想些辦法出來。但你也知道我這個人沒什麼創意，真要想點子，我能有什麼好辦法？我課裡的人也只會參考國外那些沒用的做法。但很奇怪，在認識姚雅綾這段期間，我覺得頭腦好像變得比較靈活了，膽子也大了不少。所以我才說她幫了我大忙，我之所以能在這麼短的時間想出這些方案，其實都是姚雅綾直接或間接提供的靈感。就像這次剛成功的宗教信仰計畫，也是她給我的啟發。」

「成功？你說什麼成功了？」

「就是我們已經證明，運用宗教力量可以有效防止旅客跳軌。」

魏紹達看著他，眼睛又睜圓了。他似乎有話想說，但到嘴邊就停住，只牽動嘴角露出薄薄笑容。這微笑一閃而逝，葉育安來不及看清。「好吧，無論你用什麼方法，只要有效就行了。」魏紹達說：「我的忠告是，把心思放在工作比較實際，感情這種事虛無縹緲，關於你和那位女司機員，我只能勸你想開點，別期待太高，萬一到時候她沒在機場出現的話。」

「謝謝學長的建議。」

「算了，看看你這張臉，我又沒說她一定不會跟你去日本。只是，如果真要和公司裡的人談感情，也要把分寸拿捏好，不要太感情用事，讓人利用了都不知道。就像我，你也知道，雖然我是你學長，但我也不是不分青紅皂白一路胡亂拉拔你。我希望你的能力可以讓人看見，就算我幫了忙，也不想讓人以為你是靠我的關係才爬到這個位置。就算上次提過的處長位置，我也不敢向你保證可以直接交給你，主要還是得看你自己的表現。」

「我知道了，學長，說真的，我並沒有想過這個問題。」

「很好，那你現在知道了。」

魏紹達說，又露出了笑容。葉育安知道他誤會了，他說的是自己從來沒想過處長這個位置，魏紹達卻以為他接受了意見。這次學長的微笑一樣簡短一樣意味深長，但這回葉育安看清楚了，魏紹達的笑容裡似乎帶有一點淡淡的感傷，像極了告別時會有的那種笑容。

26

浴室排水孔又不通了，洗臉盆的水下去得也很慢，這兩個月來已經不知道是第幾次了。葉敏萱把毛巾往積水的臉盆一丟，濕著一頭短髮打開浴室門。「阿蒂！」她大喊。

「阿蒂跟阿嬤一早就出去了。」回應她的是坐在餐桌前的父親，他弓著背盯著筆電螢幕上的旅遊網頁。「妳阿嬤說要去公園和市場，回來時還打算去工廠轉一圈，看妳阿梅婆在不在。」

敏萱哼了一聲。如果阿蒂沒來的話，今天陪阿嬤出門的就會是敏萱，不過敏萱倒不在乎阿蒂取代她做這件事，她比較在意的是阿蒂的長髮。「已經跟阿蒂說很多遍了，用完浴室一定要把頭髮撿乾淨，她就是不聽。」

「妳也不能全怪阿蒂，公寓老了就是這樣，水管很容易堵塞。」

「不怪她怪誰？你自己去看，排水孔蓋上全都是頭髮。」敏萱說：「爸，等阿蒂回來你一定要叫她清理好。」

敏萱的頭髮不到肩膀，阿蒂的長髮卻垂到了胸前。敏萱不知道雇主能不能硬性規定外籍幫傭的穿著打扮，但連續幾次在菜裡湯裡發現頭髮後，她便要阿蒂把頭髮剪短或綁起來。阿蒂不想剪掉頭髮，只願意用髮帶把長髮胡亂盤在腦後，可是日子一久，特別是在她搬去和阿嬤睡在同一個房間後，她就再也不理會敏萱的要求。阿蒂是爸爸透過仲介請來的，敏萱不知道她算是幫傭還是看護，只覺得阿蒂像狼一樣，具有分辨群體位階高低的本能，一進這個家就知道誰是老大，誰的話該聽誰的話可以不理。敏萱猜自己在阿蒂眼中可能是這個家裡地位最低的人，因為年紀比她小，阿蒂似乎不太情願把她當作成年人或雇主看待，才會如此肆無忌憚，一有空便歪頭對著鏡子梳理長髮，照顧自己的頭髮比討好家中地位最高的阿嬤還認真。

「爸，我們家的吹風機呢？」

「不是掛在浴室裡嗎？」

「不在浴室，不會是阿蒂拿去用了吧？」敏萱離開浴室逕自走進阿嬤房間，沒兩秒就拎著吹風機出來。「我就知道是她。奇怪了，阿蒂不是怕傷害髮質，洗完頭都不吹乾的嗎？什麼時候開始用吹風機了？」

「大概是妳阿嬤跟她說這樣對身體不好，以後可能會偏頭痛。」

「她這麼聽話，為什麼我講的事她都不理？吹頭髮為什麼不在浴室，把吹風機拿到阿嬤房間是什麼意思？」

「敏萱，妳為什麼老是因為頭髮的事跟阿蒂生氣？」

「我才沒有。」

敏萱不願承認，但爸爸沒有說錯，她第一次見到阿蒂，視線就全落在那襲充滿侵略性的長髮上。她原本以為這些外勞都來自貧窮落後之地，所以頭髮也應該是缺乏照顧的，若不是像狗尾草毛亂蓬燥，就是像浸過油似的濕黏噁膩。但阿蒂完全不是這麼回事，她的長髮烏黑亮麗，一根根都健康得不得了，像有生命的活物。它讓敏萱想起神話裡的蛇髮女妖，也讓她想起阿海背上那個長髮女人。

儘管只見過一眼，時間也已過了三個月，敏萱還是無法忘記那個女人，尤其是她那襲末梢化成草葉攀附在阿海肩頸上的長髮。只能說阿蒂來的時間不巧，她那頭長髮像一根根長針，全扎進了敏萱的心裡。

「爸，你告訴阿蒂，叫她一定要把浴室弄乾淨喲。」

出門前的敏萱留下這句話給父親，說得心平氣和，句尾還加上俏麗的一聲「喲」讓話語不帶任何火氣。她不想坐實父親的觀察發現，另一方面是此時她的心情也歡樂得不想跟阿蒂鬧情緒。

打定主意主動進擊，無視阿海背上的女人，是上個月和父親一起看電視聊天後的決定。第一個步驟是重回布貓咖啡，恢復和那群人的熟絡，調查清楚那個頭髮像黑貓一樣烏亮的長髮女生和阿海的關係。這點進展得很順利，敏萱兩星期內去了布貓六次，以若無其事的態度加上心萍的賣力配合，很快把自己和眾人的關係校正回四個月前剛到布貓的那個時間點，同時也喜出望外發現阿海並沒有和那個長髮女生搞曖昧——她真的只是光頭阿寄帶來的朋友，而且來布貓幾次後，就無聲無息消失了。

敏萱很快化解了在眾人面前的尷尬，阿海也一副什麼事都沒發生過的樣子。他在人群中還是一樣很少說話，也一樣開口就直戳重點。敏萱發現阿海好像很喜歡澆人冷水，這是她以前沒注意到的，不過她不在意這點，只在乎阿海對她的態度。大夥像貓一樣窩得很近，但敏萱感覺阿海的距離還是有點遠，雖然偶爾會搭上話，阿海卻沒有像過去那樣開口問她要不要送她回家。

緊接而來的大學期中考試讓敏萱空了一陣子沒去布貓。她邊準備考試邊怪自己沒出息，明明決定要豁出去談戀愛了，卻又放不下學校的課業，和當初她堅持要搬去住學校宿舍，不到一個月又縮回家裡一樣窩囊。她擔心好不容易重新熟起來的關係會冷下去，沒想到隔了十來天再去布貓，阿海竟主動關心問她去了哪裡，還跟著她一起離開說要送她回家。

一切似乎又復原回先前的溫馨接送關係，但敏萱要的不止如此。

今天是個重要的日子，兩人恢復關係後的第一個約會日，這是敏萱主動提出的，而阿海也完全聽話準時來到敏萱家巷口等候。

「背那麼大的包包幹嘛？又不是去爬山。」阿海發動機車說。

敏萱接過阿海遞過來的安全帽，瞄了一眼內墊，戴上時還偷偷嗅了一下味道。沒有任何一根長髮附著，也沒有陌生的香味。

「晚上不回來這裡，我要回宿舍。」她說。

今日的天氣很適合出遊，像敏萱的心情一樣風和日麗。她在心中複習了一遍今日行程：先去市中心那家最潮的美式餐廳吃早午餐，然後看午後第一場愛情文藝電影，再騎車去漁人碼頭看晚霞落日。敏萱相信這會是一趟浪漫的雙人之旅，因為那是她上網以「情侶」加「一日遊」搜出的無數熱心建議中篩選出來的結果，不會花大錢，不會曬太多太陽，至於天黑之後的活動嘛，就看到時兩人情感上升到何種指數再說。想到這裡，敏萱覺得臉熱了起來，怕被阿海從照後鏡看見，便急忙把臉貼在他的背上。

「妳怎麼了？」

「沒事，知道那家店怎麼走嗎？要不要開導航？」

「那家店很好找，沒人不知道，就只有妳沒去過而已。」

阿海說的沒錯，那家美式餐廳就在八線車道的大馬路邊，外觀設計成英國都鐸式建築式樣，有兩個尖斜的人字屋頂，白色外牆鑲嵌直橫交錯的黑木條，遠遠就能看見。餐廳有兩層樓，各擺了十幾張四人座或六人座的桌子，空間雖不比網路相片寬敞，但一進門就聞到咖啡香和剛出爐的麵包味道，讓敏萱的心情開始發酵。大門進來靠左邊剛好有桌空位，兩人面對面坐下，敏萱假裝研究餐點，其實心中早有定見。同樣是上網做來的功課，雙人可點一份德國香腸和一份厚切培根早午餐，蛋選太陽蛋和炒蛋，麵包選比司吉和貝果，兩個人交換吃就把店裡的招牌料理都吃到了。

敏萱對美式料理不感興趣，早餐吃蛋餅配冰豆漿的次數遠高於三明治加咖啡，但她還是拿起刀叉切割盤中食物送進嘴中，邊咀嚼邊對阿海放送滿足的笑容。「你吃看看我的。」她又起一塊培根往前伸，故意露出左手的船錨刺青。她一度想雷射抹除這枚刺青，如今又變得珍惜起來。她想找機會告訴阿海這個刺青的含意，但阿海只像烏龜伸頭張口接過敏萱叉來的東西，視線沒掃到刺青，也沒落在食物上。

「好吃嗎？」

「好吃。」

「你的好吃嗎？」

「還不錯。」

「那我吃看看你的。」

他們邊吃邊說話，儘管兩人有段時間處於半分手狀態，卻不愁沒有話講，因為說的大都是像空氣一樣沒有重量的話語。敏萱並不急著太快把話題帶往她想要知道的那件事，今天時間還長，而且她既然用了一個月的蛋餅錢來吃這頓早餐——她和阿海說好早餐她請，電影票和爆米花由阿海付——就應該要好好享受一下這間餐廳的氣氛。

從窗戶望出去是一片秋末的陽光，黃澄澄灑落在林蔭大道上。敏萱邊說話邊轉頭看向窗外景致，不是分心欣賞美景，而是因為阿海的眼神時不時就朝她這個方向投射，羞得她只好往窗外閃躲。她以為阿海被這頓網友大推的浪漫早午餐勾出了情意，但不久便察覺阿海的眼睛使用得太過頻繁，讓耳朵和嘴巴都變得不太靈光，連連漏聽或遲回她的問話，這才發現阿海的眼睛是看著這邊沒錯，但視線卻越過她，落到她身後的地方。

敏萱轉頭向後看了一下，立刻把頭擺正。

坐在她背後那桌的有三個人，一男兩女。和她背靠背坐的顯然是對情侶，敏萱看不見他們的臉，只瞥見男人的手放在身邊女人的肩上，然後就和坐在情侶對面那個落單女人對上了眼。

「技術很差唷，」敏萱保持微笑說：「你這樣子偷看隔壁桌的女生，很容易被發現。」

「我哪有？」阿海否認，但視線晚了兩秒才收回。

敏萱很想再回頭好好打量那個女人，但她的座位不方便這麼做。憑剛才短暫的視線交錯，她承認阿海確實有理由頻頻偷看——她轉頭過去的時候，那個女人正好歪頭撥了一下頭髮。長髮撩起，露出裸露的肩頸線條，敏萱注意到她戴著兩圈銀手環的纖細手腕，以及那張上了濃妝有點風塵味的臉。她不想說這是個漂亮女人，但不得不承認自己比不過她。

「你喜歡長頭髮的女生對吧？」

「才沒有。」

「那個女的穿得好少，秋天都快過了，一大早穿這樣會不會很奇怪？」

「應該是在夜店玩到天亮才來這裡吃早餐。」

「你常去夜店嗎？我還沒去過，下次帶我去看看好不好？」

「沒什麼好玩的，那裡不適合妳，我也不愛去那種地方。」

「騙人，你明明就愛看夜店出來的女生。」

兩人的話題轉移到夜店，旋即因為沒有交集而向四方散射。阿海還是聊得心不在焉，在被敏萱揭穿後，他偷看對桌女子的行為反而更明顯了。敏萱有點懊惱剛剛入座時選錯了邊，她的位置夾在阿海和那個夜店女人之間，正好給阿海提供了最佳的掩護。要是兩個月前的她一定會馬上翻臉，但今天不一樣了，現在的她心中充滿體諒和包容，即使被這樣的女人破壞了她用一個月蛋餅錢買來的氣氛。敏萱沒有很介意，她理解男人都愛看這樣的女人，決心要多站在男性的立場以展現自己的開明。只不過，下午的那場電影，就沒這麼容易釋懷了。

那是一部好萊塢的愛情電影，男女主角都是大牌演員，可是觀眾不多，或許和導演想把商業片拍成藝術電影有關。黑暗中阿海手上的爆米花不小心灑出來兩次，敏萱才注意到他被電影平庸的情節給悶睡了——英俊帥氣的畫家男主角懷才不遇失意墮落，在小鎮超商當收銀員的女主角陪伴鼓勵下，總算受到畫界注意迅速成為明星藝術家，接下來男主角卻和多金美麗的藝廊經紀人發生一夜情又被抓包，女主角傷心離開花花世界縮回鄉村角落，最後男主角領悟女主角才是真愛，奔回小鎮超商在收銀台前向女主角誠心懺悔，終於成功挽回女主角芳心。

故事很簡單，三兩句話就能把情節講完，整部電影除了主題曲上了告示牌排行榜可以多聽幾次，其他部分都沒有討論的必要。不過片子是敏萱挑的，她必須認真把電影看完以示負責，太過投入的結果，造成散場後她還把情緒停留在這部愛情電影的歡喜結局裡。

「編劇爛透了，導演也爛透了。」敏萱一走出電影院就忍不住說：「早知道就先去布貓，問問杯麵導演對這部電影的意見。」

「還好，就一部愛情電影嘛。」

「一點都不好。那個男人做出這種事，女主角怎麼可以原諒他？這種結局真是爛到爆。」

「我覺得沒什麼。男主角是犯了錯，可是既然誠心道歉了，女主角就沒理由不接受他。不都是這樣嗎？」

「那不是普通的犯錯，是背叛。明明有女朋友，還跟別的女人搞外遇。怎麼可以就這麼算了？」

「沒那麼嚴重吧？而且是那個女經紀人主動勾引那個男主角，以那時候的狀況，確實很難把持住自己。」

「所以如果你遇到這種情況也會拋下女友，隨隨便便跟別的女人上床？」

「事情沒那麼簡單，如果妳懂男人的話。」阿海說：「談戀愛不能太小心眼，妳看像女主角這麼大方，包容一下，事情不就過去了？感情就又回到原來的樣子。」

「不，我覺得不會一樣了。」

兩人對電影的觀點出現差異，但行程仍按計畫往漁人碼頭進行，機車引擎加上風切聲暫時阻止他們繼續討論忠實和寬恕的問題。敏萱坐在阿海的機車後座，在陽光明媚的道路上看著兩旁街景不斷後退，機車和街道都是熟悉的，阿海卻讓她覺得有點陌生。

兩人來到漁人碼頭，這裡倒是永遠不會讓人有陌生感，每個鄰海的城市好像都會找一座港口命名為漁人碼頭。敏萱和阿海來的時間太早，太陽高掛天上還不能直視，他們走過噴泉廣場和情人橋，在藍白相間的地中海式建築和荷蘭風車前拍了照，吃了烤花枝、現煮小卷和黑糖珍奶，躲過滿地騎輔助輪腳踏車亂竄的小鬼和漫天飛舞的肥皂泡泡，總算挨到天空變了顏色，西方開始出現令人雀躍的霞彩。敏萱嫌木棧道上立腳架卡位拍攝夕陽的人太多，便拉著阿海往遠方的堤岸走。海風逐漸增強，吹亂她的短髮，也把從電影院帶出來的不舒服感覺吹散了。她想挽阿海的手，又怕太過主動而作罷，她忽然覺得自己有點傻，都說了要下定決心包容阿海的過去，不要在意他背上的長髮女人，怎麼會因為一場電影的虛構故事搞得自己不愉快？

垂落中的夕陽逐漸變大，敏萱心中的情意也跟著膨脹。相處了一整天，該說的空氣話都已講完。兩人默默面向西方，敏萱抬起有刺青的那隻手遮眉觀看海上落日，不時斜瞄旁邊的阿海。她發現阿海來到海邊還是一樣心不在焉，他對夕陽似乎不感興趣，視線只跟著進出港的船隻移動。敏萱猜想，阿海這時心中肯定充滿船舶設計師的夢想。男人不都是這樣？不輕易言說自己的理想，更絕口不提過去的傷痛。敏萱想起以前看過的羅曼史和韓劇那些讓人愛到心疼的男主角，一陣如潮水湧來的感動，讓敏萱打破了沉默。

「我知道你喜歡長頭髮的女生。」

「妳還在講那個夜店妹？我都說了，沒這回事。」

「騙人，你明明就喜歡。」敏萱終於說出口了，把話題帶往她最在意卻硬要自己不能在意的事。「我說的不是早上那個女生，我說的是你刺在身上的那個女人。」她看見阿海睜大眼睛看著她，知道自己猜對了，說好不介意的心還是酸了一下。她幽幽說下去：「她好美，雖然我只看到一眼，但我知道她是真的，一定是你認識而且非常重要的人，你才會把她刺在背上。」

阿海一定深愛過那個女人，敏萱猜想，也許是初戀情人，也許是暗戀多年的對象，也許是青梅竹馬長大論及婚嫁的女友。她推測這個女人現在已經不在了，可能移情別戀甩了阿海，更可能是出了什麼意外，因為絕症、車禍或飛機失事離開人世。愛情和恆星一樣，在燃燒殆盡坍塌之後會形成黑洞，吸掉光線也吸乾一個人的靈魂。敏萱在羅曼史上看過這段話，深信阿海一定也承受過巨大傷痛……不，他可能到現在都還活在傷痛裡，否則怎麼可能忍受在身上刺上那麼大面積的圖案，她只是刺一個小小的簡單船錨在手上，就痛到不敢再嘗試了。

敏萱知道提起這個女人可能會讓阿海傷心難過，但她已做好準備。她想告訴阿海，不管他過去經歷了什麼，她都無所謂，都可以接受。只要阿海願意，她會讓自己成為他下錨停泊的港灣。

她以深情的眼神看著阿海，等待阿海坦承一切，主動說出以前經歷過的事。她知道這並不容易，但有眼前夕陽彩霞大海船舶鷗鳥共構的美景加持，她相信阿海一定可以做到，不過她決定再輕推他一下。

「怎麼不說話？不說話就是承認了。是你以前的女朋友吧？她的頭髮很長對不對？」

她準備好迎接阿海的表情由驚訝轉為哀傷，沒想到這轉換的過程出乎預料，應該要悲傷的阿海竟然大笑了起來。

「妳想太多了，根本沒有這樣的女人。」

「別裝了，你一定是不想提過去的傷心事。不說就算了，反正我不會介意。」

「騙妳幹嘛？好啦，我承認，其實我真的很喜歡長頭髮的女生。」

「我就知道。」

「但我從來沒有和長頭髮的女人交往過，一個都沒有。」

「那就是你暗戀的對象，沒錯吧？你一定偷偷喜歡她很久很久，才會把她的臉和長髮刺在身上。」

「妳要我說幾次？這世界上根本沒有這樣的女人。」阿海忍不住又笑了。「妳很會編故事欸，回布貓我一定要告訴杯麵導演，要他請妳去寫劇本。」

「沒有這個女人？那你背上的刺青為什麼這麼像真人，簡直像把相片貼上去一樣。」

「它本來就是相片，妳去刺青的時候沒看到嗎？我承認我喜歡長頭髮的女生，所以刺青師拿店裡的圖案和我討論要刺什麼的時候，我就選了他圖庫資料中的長髮女生相片。」

這實在太意外了。沒想到讓她差點鬧到和阿海絕交的，只是一張完全不認識的陌生人相片。敏萱相信阿海說的，高興地掩不住笑。「你真的這麼喜歡長頭髮的女生？那我也把頭髮留長好了。」

「不，妳還是留短髮就好，妳留長髮晚上出來會嚇到人。」

「你去死啦。」

敏萱笑著要打阿海，阿海假裝逃開，但沒幾步就讓敏萱追上。兩人坐在堤岸上欣賞落日，敏萱覺得心情好極了，今天的計畫完全成功，障礙消失，兩人關係又回到她從阿海住處逃離那天之前的舊況。西方雲層厚了些，夕陽把天空染上橘色虎斑貓的毛色，敏萱也像隻小貓一樣挨著阿海，兩人肩膀輕輕地貼在一塊。在回程路上，敏萱像個小女孩在木棧道上蹦蹦跳跳，心裡卻開始想著成年女人的事，盤算接下來該用什麼方式彌補那天的過失。她回憶那天的情景，快到停車場時，她突然停下腳步。

「不對！你還是在騙我。」

「怎麼了？」

「我想起來了，上次我問你這個女人是不是真的，你沒有回答。」

「妳有問嗎？我忘了。就算有，我大概也是不知道妳在問什麼吧。」

「不，你很清楚。」敏萱說。那天的記憶浮現上來，趕跑了剛剛的愉悅感覺。「上次我說，你心裡是不是還有個女人，記得嗎？」

阿海愣了一下。「那我怎麼回答？」

「你說我說的沒錯，還說了對不起。」

阿海又沉默了，這回的沉默比先前更久。天差不多全黑了，但停車場的燈卻遲遲未亮起。黑暗中，敏萱看不清阿海臉上出現的是什麼表情，她有種不祥的預感。

「妳說得沒錯。」

阿海說出了和上次一樣的話。

「什麼沒錯？」

「就妳問過的那件事呀。」

敏萱深吸一口氣。「所以你背上的那個女人是真的？」

「不，我說過了根本沒這個女人。」

「那麼你那天為什麼道歉？」敏萱迷惑了，不知道該笑還是該難過。沉默了幾秒，她突然懂了。「你有喜歡的女生了。」

「對不起。」

「沒關係，」她強顏歡笑。「喜歡就喜歡，幹嘛跟我道歉？」

「我是為了上次的事情道歉。我只是答應人家要多陪妳，好好照顧妳，可是差點就……」

「陪我？照顧我？你答應誰了？」敏萱頭腦一片混亂，但答案簡單到自己跳出來。「蔡心萍？是她要你來陪我？」

「真的很抱歉。」阿海說：「那天的事情就當沒發生過，我們還是可以當好朋友，玩得很開心……」

「你這個大笨蛋！為什麼心萍說的話你就照做！」

敏萱用盡力氣大吼，旋即睜大眼睛，退後兩步，驚恐地看著阿海。

她突然明白阿海為什麼這麼聽心萍的話了。

27

時間好不容易來到十二月，當葉育安把辦公室的桌曆翻過一頁時，竟有像翻過一座山巔的疲憊感覺。

不能說渾渾噩噩，但他真的不知道上個月是怎麼度過的。儘管魏紹達以處長和學長雙重身分要他努力表現爭取機會升遷，可他真的無力也無心。光是一個總經理交辦的跳軌自殺防治任務，便讓他和整個運務管理課的同事忙了快半年，而課裡的例行工作卻一樣也沒少過。就算他有心向上爬，也沒有多餘的力氣。

他和姚雅綾已經超過一個月沒見面了，離約定之日只剩三個星期，他已預訂了機票和飯店，至於行程該如何安排，他還沒完全計畫好。在公司不方便找資料，只能在家上網爬文，但最近即使他準時下班回家也沒辦法好好做這件事。問題是從星期天開始的，那天敏萱一早出門，不到九點就回到家，進門踢掉鞋子還沒放下背包就大吼要阿蒂出來，罵她沒有清理浴室的頭髮，罵她亂用吹風機，罵她整天只會拿著手機跟朋友聊天，罵她態度傲慢以為只要哄騙好阿嬤就可以不甩這個家的其他人。

連續好幾天，敏萱動不動就找阿蒂麻煩。阿蒂一挨罵就哭，平常話語流利的她，這時候只會說「不是」、「沒有」。她想逃回阿嬤的房間，但只成功了幾次，後來敏萱都早一步擋在門口，雙手抱胸惡狠狠非要她給出交代，迫使她只能轉向葉育安投以求救目光。葉育安不想袒護阿蒂，但敏萱盛氣凌人的模樣讓他看不下去。他開口說了幾句，提醒敏萱尊重阿蒂的年紀，注意一下自己的態度和語氣，畢竟阿蒂是來陪伴阿嬤，是來照顧我們的人。結果場面更加無法收拾，敏萱的情緒像氣球一戳就爆，她放聲大哭，用盡力氣嘶吼：「我不需要被照顧！為什麼你們都自作主張？我要的不是這樣！」

葉育安感覺敏萱似乎受了什麼委屈，她忘了當初是她說要請外傭的，如今竟把阿蒂當成出氣對象。女兒歇斯底里的模樣讓他心驚，彷彿看到離婚前夕的妻子怡慧。十五年了，儘管離婚不到一年怡慧就嫁給老外從此移居德國，敏萱四歲以後就再也沒見過母親，但她哭鬧罵人不講理的樣子，簡直像被怡慧附了身。他驚懼發現，女兒終究還是長成了她母親的樣子，不只相貌身材近似，就連鬧起彆扭不肯承認自己說過什麼的那副蠻橫，都跟她母親一模一樣。

那場未超過五年的婚姻對葉育安而言是一場噩夢，或許是因為害怕再經歷一次，他不斷搬出小孩、工作和自由等理由遲遲不找對象。但現在情況不同了，敏萱越是無理取鬧，越是對阿蒂板起前妻對他板過的那張臉，他就越思念姚雅綾。他敢說，即使是第一次和他去吃迴轉壽司的曾怡慧，也不會比現在的姚雅綾體貼溫柔和善解人意。姚雅綾會顧慮他的工作，提出暫時不要見面的要求。曾怡慧當年可不管這些，葉育安平常只要一加班或假日去公司支援，她就會發火怪他丟下她一個人在家和他媽媽乾瞪眼。

被翻過去的那一個月，葉育安心思紊亂，無心工作。他很想用全部的時間去想姚雅綾，讓自己重回那天晚上的十字路口，讓姚雅綾一次又一次撲進他懷裡說「真的好愛你」，但總是不斷有事情干擾他。就像現在，當他來到這座地鐵站，看見出現在眼前的景象時，他就不得不暫時放下姚雅綾，集中精神，回想事情為什麼會變成這樣？

先是那支監視器影片造成的風波。說了不能外流，結果還是傳出去了。在葉育安上網找旅遊資料的同時，這支影片也在網路上不斷被轉貼分享，像病毒一樣瘋狂蔓延。才兩天時間，光是ＹＴ上的觀看次數就超過百萬，引來兩千則以上留言。絕大部分的人都被這支影片感動了，看到想跳軌自殺的人跪倒在師父跟前，有人驚呼奇蹟，有人感念佛號，少數嗜血者留下「為什麼不跳下去」的酸言，也被大量正義鄉民群攻輾壓到不敢回嘴。

但葉育安完全不知此事，是電視台記者找上地鐵公司公關部說要採訪總經理，他才被緊急叫去簡報。「所以那個和尚是你們安排的？」總經理這麼問，記者也這麼問。葉育安沒多想就說是，總經理沒多問就這麼回答了記者，順道在鏡頭上誇耀地鐵公司防治跳軌自殺的成效。葉育安憂心忡忡回到運務管理課，立即關起門召集所有人開會，他忘了追究影片是怎麼外流的，只擔心自己說錯話，現在大家都以為地鐵有和尚駐站，一時之間他不知道上哪找那麼多和尚。

「有個簡單的做法，」副主任劉士超提議：「地鐵站外面不是常有尼姑和尚在那裡討錢嗎？我們只要通知各站站長，看見站外有人化緣，就把他們請進來讓他們待在月台層，問題就解決了。」

「這樣做不太好。我們一直嚴格規定不准讓外面的人進到站內從事商業活動，不管是不是以慈善為目的都不行。」老吳說，他從一開始就反對這次的宗教計畫。「你把這些尼姑和尚放進來，等於自己破壞這條規定。更何況，在站外討錢的那些和尚尼姑，不一定是真的出家人。」

「有什麼關係？影片裡的那個和尚也不是真和尚，他只是溜進站裡到處找人要錢，沒想到竟然救了一個想跳軌的人。」

「老吳說的沒錯，但我們好像沒別的選擇了。」那時葉育安如此裁定。「這些和尚尼姑是真是假倒還無所謂，我只擔心他們不願意進來我們地鐵站。」

「主任請放心，車站裡有空調，不受日曬雨淋，人潮又多又集中，他們哪有不肯進來的道理？」劉士超微笑說。

沒兩天工夫，在實施宗教信仰計畫的地鐵站月台，就都有了出家人的身影。和尚非但不缺，甚至還多出來了。地鐵站開放僧侶化緣的消息不知怎的一下子就散播出去，讓四面八方的和尚、比丘尼、喇嘛、僧侶和行者聞風而至。他們身穿或棕或黃或紅或灰的法衣、僧袍和袈裟，以站姿、跪姿或打坐姿停留在地鐵月台。有的不停誦唸佛號，有的不發一語，有的乾脆擺出電子讀經器，唯一共同點是每個人都捧著一個還不算小的缽。他們都是來討錢的，各有各的化緣理由，印經、蓋廟、辦學校、建醫院、設養老孤兒院甚至照顧流浪貓狗，全方位滿足搭車旅客的慈善心。

料想不到的是，跳軌事件又發生了，而且是有和尚尼姑在月台的車站。

那時葉育安接獲消息，整個人無力癱坐在辦公椅上，只能請副主任劉士超去現場處理。宗教感化對那些想死的人不是很有效果嗎？他百思不解，只得出一個推測，會不會是因為這些化緣人都不是真正的出家人，才無法發揮應有的宗教效果？

不勞葉育安親自查驗，一些名門正派的佛教團體就證實了他的懷疑。一連幾天，旅客服務部湧入大量投訴電話，不斷有信徒檢舉地鐵站有假尼姑假和尚冒充師父騙取群眾財物。幸好客服部門和先前一樣，把這類抗議電話全轉到運務管理課，才沒有鬧到總經理那邊。葉育安不免感激學長魏紹達的睿智，早從他們在車站張貼美女海報開始，就協調站務處客服把和他們有關的投訴電話都轉過來。但這回投訴的電話實在太多，小琪一個人接不完，迫使小姜和阿凱也放下手邊工作接聽電話。為了不讓整個運務管理課被檢舉電話拖垮，葉育安只得再度把門關起來召開緊急會議。

「都是副主任出的鬼主意啦，害我們投訴電話接不完，工作全停擺了。」小琪開口便怪劉士超。

「喂喂，妳說話要小心點，」劉士超笑著回答：「這做法是主任裁示同意的，妳怪我沒關係，罵到主任就不太好了。」

「我哪有？」

「過去的事就算了，我們要把握時間解決眼前的問題。」葉育安說：「明明有師父在月台能讓人打消自殺念頭，可是這星期又有人跳了。我在想，會不會是因為我們請的不是真和尚，才沒有產生效果。」

「上次的和尚也是假的呀。」兩光說。

「我覺得很可能只是巧合，跟有沒有和尚在場沒關係。」老吳說：「在缺乏理論和科學實驗的情況下，我們無法斷定上次那個人為何臨時改變主意，所以我認為這個計畫應該要……」

「沒錯，上次的和尚不是真的和尚，但是那個想找死的人並不知道。」劉士超打斷老吳。「你看他在現場哭成那樣，他是真的相信出現在他面前的人是真的師父，才會有這種反應。」

「那抗議電話要怎麼解決啦？」小琪說。

「既然大家想看真的法師，那我們就請那些有政府立案的合法佛教團體，邀他們派師父來地鐵站進行『宗教服務』。」劉士超的解決辦法非常簡單，他告訴小琪，只要有宗教團體打電話來抗議，就順便提出邀請，這樣連翻電話簿或上網尋找這些單位的力氣都可以省了。

多虧劉士超，危機被他輕撥兩下就變成了轉機，讓葉育安不得不對他的副手充滿感激。只是正牌法師進駐計畫一開始不太順利，這些佛教界人士聽到這樣的請求，大都以為地鐵公司在開玩笑，不是推說要請示師尊，就是直接在電話中拒絕，唯有某個新興禪寺的住持可能覺得這是召募信徒的大好機會，願意讓寺裡的出家人全都下山到地鐵站弘法。於是那些無法證明自己隸屬哪個教派的化緣人全又被請出站外，地鐵S線的車站都出現身穿灰色僧衣、側背土黃色繡有顯目禪寺名稱僧袋的法師，在月台上對著過往旅客微笑。

也許是眼紅或擔心友寺勢力增長，沒隔幾天，先前推拖猶豫或已拒絕的佛教團體又紛紛打電話進來，主動表示願意派門下法師進駐地鐵站。投入自殺防治的出家人忽然多了起來，葉育安便聽從劉士超的意見，順勢增加了實施此計畫的車站。「不這麼做還真不行，」劉士超在會議上說：「我們只能多增加實施宗教計畫的車站，要不然應付不了這麼多山頭教派。」

也許是正牌法師發揮作用，一連十天，地鐵各線都沒有旅客跳軌，這是葉育安當主任以來從未出現過的事。他很想向總經理報告這個勝利成果，但這個月才剛開過月會，他沒機會宣揚運務管理課的戰功，只好把下次的月會列為另一件值得期待之事。這樣也好，他查看了一下行事曆，下個月風光開完月會，隔天就和姚雅綾甜蜜出發旅行。等待可以讓勝利的果實更加甜美，他彷彿看見亮光出現在黑暗的盡頭。

葉育安本來以為那個月可以就這樣過去，沒想到旅客服務部又轉來大量抗議電話，不是佛教界人士，但一樣是宗教組織：基督教、天主教、伊斯蘭教、一貫道、天理教、神道教、軒轅教……所有聽過和沒聽過的宗教都到齊了，不同宗教的信徒打電話進來抗議同樣一件事——地鐵公司厚此薄彼，只准佛教徒進地鐵站傳教，肯定是高層私下勾結收了賄款。葉育安親自接過幾通電話，心平氣和解釋這不是傳教，而是請有意願義務幫忙的佛教團體協助地鐵站執行自殺防治計畫。但這些不同宗教的信徒同樣不聽解釋，「這根本是置入性偷渡傳教！」他們在電話那端咆哮，甚至有人威脅，要是地鐵公司在三天之內不把這些和尚尼姑趕出車站，他們就會為他們的神而戰，讓恐怖和災厄降臨到地鐵公司頭上。

沒幾通電話，就讓葉育安臉色瞬間慘白。宗教狂熱分子恐怖攻擊！他立刻想起東京地鐵沙林毒氣事件，多位奧姆真理教的教徒同時在五輛列車上施放沙林毒氣，造成十多人死亡數千人輕重傷。那是他剛進地鐵公司工作第一年的事，慘劇雖發生在日本，M市地鐵公司卻不敢掉以輕心，仔細研究了這個案例列為各單位演練防範的重要項目。葉育安進地鐵公司接受的第一個震撼教育，就是從一張張相片和錄影畫面見到千百人倒臥地鐵站內外的驚悚景象。想到這樣的事件可能在M市發生，他慌到連椅子都坐不住。

「開會、開會！」他起身高喊：「所有人馬上到會議室！」

也許是這個月的部門會議開得太過頻繁，運務管理課資深的老陳和老吳仍盯著電腦螢幕，事務員小姜和阿凱則慢條斯理起身以樹懶的速度向會議室移動。最年輕的小琪不耐煩的態度表現得最直接，她咂了一聲嘴唇，用力跺一下高跟鞋，拎起披在椅背上的小外套氣呼呼往門外走。課裡的氣氛不太對勁，葉育安即使在慌亂中也能感覺到這個變化，眾人在會議上的表現更是明顯，儘管他已宣布了這個緊急事件，大家仍一副事不關己，想不出辦法解決。唯一提出意見的是老吳，但他的看法還是和以前一樣，建議葉育安停止宗教信仰計畫。

「這是怎麼回事？」他向劉士超求救。

「可能這陣子大家都太忙了。」劉士超說。

開會無法解決問題，葉育安頓時感覺失去依靠，幸好他還有副手劉士超。他答應幫葉育安思考應對方案，隔天一早便擬好「宗教信仰防治跳軌自殺計畫最終解決方案」放在葉育安桌上。葉育安不喜歡這個聳動的標題，懷疑劉士超可能不知道「最終解決方案」這幾個字背後的血腥歷史，看過計畫內容後，他的八字眉更是捲成一團。劉士超的應對方式很簡單——答應這些宗教團體的要求，無條件開放車站讓所有宗教團體進駐，只要他們停止抗議並協助防治旅客跳軌，不管採用任何方法地鐵公司都不干涉。

「這簡直是割地賠款嘛，他們只是抗議車站裡有佛教團體，憑什麼我們一接到恐嚇電話，就要提供空間場地讓他們進來？」葉育安猛抓頭髮說：「提供他們需要的東西就算了，但怎麼可以不干涉他們在車站的行為？這個方案實在太沒道理。」

「主任，我知道你一定覺得莫名其妙，但這樣做也是不得已的。」劉士超說：「你想看看，那些宗教團體抗議我們偏袒佛教，如果我們接受抗議撤走那些和尚尼姑，那麼我們的宗教計畫就等於結束了。假如我們拒絕要求，可能會讓抗議行動越來越激烈，最後事情鬧大了，我們還是得撤走那些和尚尼姑。」

「你說的我都知道，所以才讓人苦惱呀。照你這樣講，等於只有一種選擇，把和尚尼姑請出車站只是早晚的問題，看來我們只好結束宗教計畫了。」

「你先別著急，」劉士超微笑說：「正因為情況惡劣，我才會花一整個晚上思考對策。不知道你有沒有聽過『博弈論』？」

「什麼理論？」

「博弈……就說『賽局理論』好了。這是指參加競爭的不同對手，都會暗懷鬼胎猜測別人可能的行動，然後計算出對自己最有利的決策。對宗教團體來說，信徒就是他們最大的資產，是能不能生存下去的命脈，勢必是大家都想爭奪的東西，因此競爭關係就形成了。假設現在只有甲和乙兩個宗教團體，他們可以選擇『要』或『不要』派人到地鐵站，那麼就會有四種可能的狀況。對甲方來說，如果他們決定不加入，而乙方也不參加，雙方得分皆為零；乙方若參加，則甲方失去一千分。如果甲方選擇參加，而乙方也參加的話，可各得五百分；要是乙方決定不參加，則甲方可獨得一千。這樣的話，你覺得甲方會選擇加入還是不加入呢？」

不待葉育安回答，劉士超便提出自己的判斷。「那些宗教界人士之所以反對我們讓佛教團體進駐，是因為他們自己不能加入。所以我們要化解抗議，就必須開放所有宗教團體進來車站協助我們的防治跳軌計畫，我相信他們一定都會樂意配合，這就是所謂的『納許均衡』。」

葉育安聽得暈頭轉向，也不知道劉士超說對還是說錯。「好吧，那為什麼不要干涉他們在車站的行為？」

劉士超繼續高談賽局理論，進一步說到「靜態賽局」和「動態賽局」概念，這下葉育安聽得更迷糊了，只知道劉士超好像是說，競爭的雙方為達到各自目標，會觀察對手的作為再調整自己的行動，以獲得最大的利益。而當這些宗教團體各自獲得最佳利益時，對地鐵公司防治旅客跳軌計畫的幫助也就會最大。「競爭者如果單獨改變行動策略，並不會讓自己的利益提高，必須要大家一起改變才可能達到納許均衡，我們才能獲得最大利益，所以絕對不能干涉他們的行動。」劉士超說。

礙於主任身分，葉育安不好意思問劉士超開口閉口說的「納許均衡」是什麼東西，也不明白為什麼這些宗教團體的競爭可以給地鐵公司帶來好處。不懂歸不懂，但經過劉士超這麼一解釋，原本看起來十分荒謬的方案竟然顯得高深起來了。不過他還是不喜歡這個方案名稱，便刪掉了「最終」兩字，其他就讓劉士超完全按計畫執行……

那是葉育安上個月做過眾多決定中的一個，或許是最重要的一個，但他自己並不知道，畢竟那是渾渾噩噩神魂顛倒的一個月。

現在混亂的那個月過去了，宗教信仰防治跳軌自殺計畫的「解決方案」也已施行超過了十天。此時，當葉育安來到地鐵S線的第12號車站，親眼看到這座車站的景象時，他忍不住喃喃自語：

「事情怎麼會變成這樣？」

這是地鐵S線最大的一站，有Y線和Z線在此交會轉運，附近有兩家大型醫院、四所學校和一個商業區，每天都有十幾萬名旅客在這站進出。葉育安還沒走近S12車站，遠遠就聽見站前廣場傳來吵鬧的聲音。這並不尋常，因為這座廣場上只有青石地磚、紅銅雕像和上了漆的水泥燈柱，沒有半株植物或任何不夠堅硬的東西。很少人願意在這裡逗留，讓這座廣場即使在大白天也相當安靜，頂多只有來來往往的鞋跟聲響。

但今天他聽見的聲音不僅響亮，而且還不太單純，聽起來好像是由多種聲音匯聚而成的。葉育安還沒抵達廣場，遠遠就看到一群穿鮮藍短旗袍、白色長靴、手拿各式銅管樂器的女子，排成半圓隊型演奏西洋懷舊老歌。他以為那是送喪的西索米樂隊，走近後才看見她們身後的布條和旗幟寫著「聖仙山天籟樂團」，同時手裡也被塞了幾張寫有「聖仙上人祝你闔家平安」的傳單。眼前景象異常熱鬧，葉育安發現站前廣場已被各路宗教人士占據，除了那支看似送喪樂隊的女子樂團，廣場上還有一個唱詩班，一個搖滾樂團體，一群畫了臉譜手持羽扇令牌搖頭晃腦橫行的八家將，幾個白人高舉看板胸前掛著擴音機高喊「末日即將來臨」。地鐵站前廣場已變成各宗教推廣教義召募信徒的博覽會，叫喊聲、演說聲、歌唱聲、音樂演奏聲被喇叭、大聲公和擴音器放大後混雜在一起，把廣場裏上一種夜市或園遊會特有的歡樂氣氛。讓葉育安感到驚訝的是，在這樣的嘈雜聲浪下，廣場角落竟還有一群綠衣信徒安靜地在打坐。

葉育安在人群中奮力往地鐵站入口前進，但中途被攔下了四、五次。兩個人發傳單給他，一個人請他購買慈善衛生紙，另兩個人問他信不信神。他不擅長拒絕別人，因此花了點時間才脫身，等他來到地鐵站入口時，看見有道長長人龍在排隊。他以為那是要排隊搭電梯下地鐵站的隊伍，便自動站到隊伍尾端，但不到幾秒就感覺怪怪的——電梯好像不是在這個隊伍的方向。於是他探頭踮腳往前看，才發現這群人根本不是在排隊進站，而是排隊等著要鑽「瑤瀾宮」媽祖的神轎。

好不容易擺脫廣場上的嘈雜和教徒的糾纏，葉育安走進地鐵站，登時覺得清靜許多。穿黃背心的志工向他走來，詢問他要搭什麼線，去第幾月台，讓葉育安立刻有安心的感覺。這才是他熟悉的地方，儘管他一個志工也不認識，卻很樂意先和這位熱心的志工大姐聊上幾句，再讓她知道自己是運務管理課主任的這個好消息，以作為她熱心服務的回報。只是，這位志工顯然也有好消息要告訴他。

「先生，如果你不趕時間的話，我想和你分享一下清境上師的金言語錄，讓你喜樂平安，放下煩惱立刻開悟。」

她話還沒說完，葉育安就已從她背心上的圖案悟得，這位女士穿的背心只有顏色和地鐵志工背心相同，上頭印的文字顯示她為「蓮花淨德會」的師姐，而且在她身後還有一整排穿同樣服裝的歐吉桑和歐巴桑在閘門前一字排開，每個人都對他露出慈祥和藹希望葉育安和他們一樣開悟的微笑。

他抗拒這些整齊畫一的微笑，轉身走向車站大廳，打算找站長問問這裡是怎麼回事？這時他才注意到，先前為了實施宗教信仰計畫布置的那些佛像和文物展示櫃，已經都不見了，大廳層兩側走道上多了幾個用隔板和布簾圍起來的空間。他走過去查看，發現第一個空間地上鋪了三張地毯，一張矮桌上擺了兩本經書，牆上還貼了一張像交通號誌的箭頭符號，但指示的並不是地鐵出口的方向。他續看下一個布簾後的空間，裡面的東西他熟悉多了，一張紅木桌上供奉著幾尊神像，有草席跪墊，有木魚和銅缽。他再闖進第三個空間，看見十字架、祭壇、講道桌和數排長椅，一個穿白祭袍的黑人神父笑臉迎上來，問葉育安願不願意去告解室向神懺悔自己的過錯。

不必神父提醒，葉育安自己也有好像做錯事的感覺。難道這就是劉士超的「解決方案」，不干涉宗教團體在地鐵站活動造成的結果？他開始緊張了，站外廣場和大廳層已如此熱鬧，月台層會變得如何他已不敢想像。他微微發著抖，勉強自己往月台層移動，感覺比去處理跳軌事故現場還要恐怖。他緊緊抓著電扶梯扶手一路往下，還沒抵達月台層地面就倒吸了一口氣——他看見月台層的每個燈廂廣告，原本的俊男美女相片已全被撤下，變成了這些宗教團體的神或教主的肖像，有的頭頂放射光芒，有的全身被蓮花圍繞，有的高高浮在藍天白雲間，也有的被密密麻麻信徒簇擁宛如巨星降臨。整個月台層的廣告燈箱全是各家師父相片，讓葉育安看得兩眼發昏，有種嘔吐的感覺，這下他完全相信劉士超說的，俊男美女圖確實比較有益身心健康。

他無心細看地鐵站裡還有哪些與宗教有關的布置和行為，只擔心如此鋪天蓋地的宗教宣傳活動，會讓旅客打爆客服部的投訴電話。他把注意力轉向來往的旅客，看見站內旅客還是和往常一樣謹守秩序，大部分的人一樣靠電扶梯一側排好，或選擇活動雙腿上下樓梯，眼睛只盯著前一個人的背部或低頭看手機，對周遭環境的改變似乎毫不在乎。但葉育安還是憑他交通專業對旅客流速的敏感，發覺旅客離開月台層的速度好像比以前快了許多。按過去經驗，旅客流速忽然加快，尤其是離開車站的速度，往往都是因為有突發狀況引起的，例如他最不願見到的跳軌自殺人身事故，不過這時的狀況顯然不是如此。他聽見響亮的爭吵聲，遠遠看見這座車站的站長、警衛、志工甚至連清潔人員全都在月台上，被兩個不同的宗教團體夾在中間，十幾張嘴巴同時激動地說話，聲量蓋過了車站的列車資訊廣播。

葉育安擠進人群，把站長拉到一旁。

「這是怎麼回事？」

「搶地盤，」站長滿臉無奈說：「兩邊都說這個位置是自己先到的，他們都想在這裡傳……宣傳，做自殺防治宣傳。」

「為什麼一定要搶這個地點？這裡風水特別好嗎？」

「這裡離樓梯最近，經過這裡的乘客最多，其他幾個人多的地點都已被別人占去了。」

葉育安轉頭望去。站長說的沒錯，幾個主要的樓梯出入口果然都有不同教派人士，偌大的月台空間，至少有七、八個舉著海報標語的宗教團體三五人一組，忙著追逐乘客發傳單、分送教義小冊，熱鬧程度不輸站外廣場。

「我們前三天都是在這個位置。」穿藏青色僧袍的人說。

「來了三天這位置就算是你們的嗎？今天是我們先來的。」穿唱詩班服裝的人說。

「胡說，我們有一個人比你們早到。」

「這裡人這麼多，誰知道你們的人在哪裡？」

「因緣會遇時，果報還自受，你們這是在造惡業，一定會有報應的。」

「你們才是不順從真理的不義之人，當末日審判來臨，神的忿怒會從天上顯明，你們會在地獄接受永遠的刑罰。」

「現在怎麼辦？」站長對葉育安說：「要調監視器畫面嗎？」

葉育安不想思考也不想調解這個衝突狀況，他只想趕快轉身離開，或隨便跳上一列進站電車逃離這個地方。目睹哄哄亂亂鬧成一片的月台，他總算明白為什麼這陣子都沒人來地鐵站跳軌了。

即使想死，也找不到一個安靜的地方。

28

沒有任何徵兆，沒有緩衝預告，宗教信仰防治跳軌自殺計畫被取消了。一切彷彿幻影，所有地鐵站都恢復到半年前什麼計畫都還沒開始的狀態。那些海報文宣、美女相片、音響設備、風水擺設全消失得無影無蹤，半點痕跡都沒有留下。

下令取消計畫的人是魏紹達，新上任的副總經理，也兼任原本的處長職務。繼任處長的人選總經理還沒有決定，魏紹達會暫代到新處長出爐為止。這是轟動全地鐵公司的大事，許多人的消息跑得比人事命令還快，在人事室公告之前就已捕風捉影猜出誰會接任副總經理，而葉育安卻完全不知道這件事。憑他和魏紹達二十多年的學長學弟交情，他應該會比任何人還早知道才對，但現實情況正好相反，他也許是整個地鐵公司最後一個知道的人。

不是誰故意隱瞞他，而是他剛好請了幾天事假。家裡出了狀況，阿梅姨突然打電話給他，說他母親一個人在針織廠附近遊蕩，沒見到那個外傭的人影。

阿蒂逃跑了，沒有任何徵兆。

那天早上他上班前還看見阿蒂和母親有說有笑，討論天氣冷熱出門要不要加件外套，下午就只剩母親一個人在外面找不到方向回家。這幾個月來母親和阿蒂相處得很愉快，他擔心阿蒂突然跑掉會對母親造成重大打擊，但當他趕到針織廠時，看見母親坐在門邊塑膠椅上，周圍有阿梅姨和幾位工廠姐妹陪伴。母親靜靜坐著，臉上沒有驚慌、難過、憤怒或迷惑等表情，什麼都沒有。葉育安感覺母親既在這裡，也不在這裡。阿梅姨要他趕緊回去清點家中財物，但是不能報警，因為阿蒂不是合法外勞，若讓警方知道，雇主會被罰好大一筆錢。他確實想請警察幫忙，怕阿蒂出了意外而不是不告離別，直到回家發現阿蒂只帶走自己的衣物，這才安了心。他把家裡巡了一遍，沒發現短少什麼，只有敏萱回來後大呼小叫說阿蒂拿走了她的吹風機。

多虧阿梅姨願意在他找到下一個看護前，幫忙照顧失智症惡化的母親，他才能銷假回去上班。他和往常一樣準時在八點半走進地鐵公司辦公大樓，一樣用掛在脖子上的識別證感應電梯選擇樓層。地鐵公司辦公大樓每個樓層都很像，不管在哪一樓走出電梯，都會見到一模一樣的電梯間，看到每一塊大理石地板和牆面都映耀著冰冷潔淨的燈光。他像機器人走向辦公區迷宮般的走道和隔間，讓腦子處於暫時真空的狀態。這是他多年的習慣，把這段路程當成緩衝區，如此才能將煩人的私事隔絕在外，不致影響公事的進行。這是他每日開始工作前的固定儀式，包括接下來的電腦開機、放一個茶包進保溫杯到茶水間加滿熱水，打開藥袋吞一顆降血壓藥，一切就像列車發車前必須做的各項檢查準備。

他和往常一樣以為這又是相同一天的開始，但一走進運務管理課辦公室，就發現狀況有點不太對。所有人都到了，包括總是最晚來的阿凱和經常遲到的小琪。九點不到，大家就都出現在自己的位置上開始工作。

「今天是怎麼了？大家這麼早就到了？」

所有人到齊，整個辦公室卻安安靜靜的。幾個人抬頭看了他一眼，又把頭低下，沒有人回話或和他打招呼。

「這到底是怎麼回事？」

他花了一點時間，找來幾個人詢問才拼湊出他請假這幾天發生的事。魏紹達從十幾位處長中脫穎而出升任副總經理，上任後第一件事就是跑來運務管理課，把所有人召集在會議室裡教訓了一頓。散漫、被動、沒紀律、不思進取，遇事敷衍，亂出一些莫名其妙的鬼主意把車站搞得烏煙瘴氣。魏紹達要他們在二十四小時內把各車站恢復成原本模樣，這等於否定了運務管理課所做的一切努力。他把責任完全歸咎在這些職員身上，說他們不好好把心思放在工作，光會替主任找麻煩，所以他要代替主任整頓一下這個部門，算是卸下處長職務前為行車處做的最後一件事。

這是越級干涉，葉育安應該生氣或受傷才對。處長趁他不在這幾天跑來指揮運務管理課的工作，完全不理會總經理先前的充分授權。他剛開始確實有點不高興，但憤怒很快就轉成羞愧。處長是自己學長，學長一直都很照顧他，學長也知道他家裡出的事，所以一定是為了他好才決定扮這個黑臉。羞愧雖是情緒的深淵，葉育安倒希望它能夠留久一些，因為疑心才是真正的地獄。學長沒告訴他升副總經理的事，事前沒講，人令發布後也沒說。他回想前幾次和魏紹達的聊天，懷疑自己是否漏聽這方面的消息。學長只說過年底可能有個處長缺，沒想到這個缺竟是他空出來的。就算學長刻意不提副總經理職務，或是他自己沒注意，當人令公布一切塵埃落定後，學長也應該告訴他這個好消息才對，過去的每一次升遷他們不都會相約慶賀嗎？他想不出原因，只能同樣以學長體貼他家裡出事的理由安慰自己。但疑心會生出更大的疑心，他納悶不解，自己的直屬長官升任副總經理，運務管理課竟然沒人通知他這件事。也許他們以為他早就知道了吧？可是，這幾天處長、不，應該說副總經理，親自來課裡下令取消他們的計畫，這是天大的事情，但為什麼運務管理課的人，包括副主任劉士超、包括最有意見的老吳、還有最喜歡抱怨的小琪，這幾天為什麼都沒人告知任何消息？

他坐在辦公室裡，只覺得腦袋一片渾沌。他沒有去倒茶，也忘了吃降血壓藥丸，上班例行的儀式被破壞了，他知道自己必須趕快找到一個新的秩序，好面對接下來的工作，但此時思緒像陷在旋渦裡不停打轉。

拉離他出來的是突然響起的電話。沒聽過的女子聲音，自稱副總經理祕書，以最有效率的方式傳達了副總經理的指示。

葉育安立刻前往副總辦公室，剛開始還有點恍惚，直到電梯門打開才發覺自己按的是處長辦公室的樓層。他重按電梯，往上加了六層樓，這時才警覺到，現在約見他的不是處長，也不是學長，而是剛上任的副總經理。

「育安，先坐吧。」魏紹達說。

副總經理室比處長辦公室足足大了一倍有餘，也許因為剛換辦公室許多東西都還沒就定位，葉育安一進來便覺得有種空蕩的感覺。他不知道要用什麼態度面對魏紹達，是該像學生時代大呼小叫擊掌拍肩慶賀學長成功？還是該識相估量職階差距，先說些客套話然後恭候長官訓示？他發現這是多年來第一次，沒因為學長的喜事而開心，而且不知怎的，他忽然開始懷念處長辦公室那張腳墊脫落總會發出刺耳噪音的舊皮椅了。

「坐啊坐啊，幹什麼那麼規矩？」魏紹達說，一樣聲如洪鐘。「別把我當副總，這扇門關起來，我一樣是你學長。」

「學長……」葉育安開口，但話卡在嘴裡說不下去。他頓了一下才說：「學長，恭禧你榮升副總經理。」

「只能說太巧了，你一請了事假，上面就發布我升職的人令。我先前有告訴你副總經理職務開缺的事吧？我一定有說，可能是你忘記了。我們是什麼關係？這種事怎麼可能瞞你？你這幾個月來太忙了，記不住或疏漏什麼事是很正常的。」魏紹達伸出手指推了推臉上的金邊眼鏡，睜大眼睛看著葉育安，仍是那股咄咄逼人的氣勢。

「我知道你一定很意外，」魏紹達繼續說下去：「其實我也一樣，競爭對手太多了，也沒想到最後出線的是我。你看看車輛處和站務處處長，他們想要這個位置至少兩年了吧，一天到晚只想表現給總經理看。但總經理是個明眼人，也是過來人，他怎會不知道底下的人在搞什麼？你可千萬別以為我這個位置是運作來的，想當總字輩的人物必須具備許多條件，要有統籌能力，要有識人眼光，這兩個條件我是很有自信的，再怎麼不濟都比那兩個處長強。當然，努力也很重要，這點我問心無愧……」他越講越激動，額頭因為冒出汗珠反光，但也可能是皮膚的油光，葉育安無法確定。「……倒是你，你的業務，這麼好的機會，我幫你製造的，直接在總經理面前展現能力，可是你就這樣白白讓它溜走了。你看看，這是下半年各單位的績效評比，你的運務管理課是全公司最差的。」魏紹達嘆口氣，拿起桌上文件，摘下眼鏡把臉貼近紙張。「你這些數字不太好看呀，尤其是『課務管理』和『計畫執行』這兩個項目……」當魏紹達戴回眼鏡抬起頭來時，葉育安發現他的口氣變了，把明確的報告內容說得吞吞吐吐，像宣告絕症噩耗的醫生。「各部門雖有各自的目標，以及達成目標的策略，但也具有一致性的任務。我不是說你們努力不夠，但從結果導向來看，你們的績效分數確實會讓公司高層有一些不愉快的想法。」葉育安努力聽著魏紹達說的每一個字，雖然有點不太懂，但眼前的魏紹達似乎又恢復成以前那個穩重、溫和的學長，而不是剛上任的副總經理。這使他壯起了膽，忍不住提出還卡在心裡的疑問。

「學長，你停掉我部門的計畫，為什麼不先跟我講一聲？」葉育安說，努力不露出埋怨表情。「我們的確花了一點時間摸索，但真的要看結果，我覺得我們還是有希望的。上次不是跟學長報告過，我們用宗教信仰防治跳軌，已有具體效果。」

「你誤會了，不是我要停掉你部門的計畫。」魏紹達忙擺手說：「我們是自己人，什麼事不能商量？是總經理要我去把這個計畫卡掉，而且非常緊急，我才沒時間跟你說。」

「總經理？」

「我不是早說過嗎？總經理這個人不難對付，就算這些計畫沒有任何效果，也可以在數字上做文章，分析比較一下資料，擬個長期改善目標讓人看到遠景，這樣就可以過關了。你非要說你可以解決旅客跳軌問題，把自殺人數降到零。這下好了，你把車站搞得雞飛狗跳，媒體都來報導了。總經理是怕你越做越過火，才急著要我來把計畫終止。」

「可是，我的方法確實有效啊！這個月跳軌人數明顯減少，幾個以前常出事的車站甚至掛零。我本來還打算在這次月會上報告成果……」

「你確定這是你的方法嗎？」

「什麼意思？」

「你不是讓那個車班的女司機員，姚什麼的，幫運務管理課出一些主意？話說回來，那個女司機長得還真漂亮，你眼光不錯。」

「學長看過她了？」

「沒有沒有，我去看她做什麼？」魏紹達說：「是……是總經理，老總他想瞭解一下你和那位車班同事的關係，所以要我調出人事資料。」

「我和姚雅綾之間又沒什麼。」

「對，我知道，可是總經理不這麼想，他很不高興你和那個女人搞曖昧。雖說他沒權利干涉同事之間的感情，但育安呀，接下來我要說的話你別在意，那不是我的想法，我只是轉述總經理的話給你聽。」魏紹達像數落罪狀似的，開始一字不漏轉述總經理的觀點。「那個司機員是撞死過人的，你們一起吃飯看電影沒有關係，可是你沒得到心理諮商師同意便讓她復駛，還讓她介入運務管理課的工作，為的是想討好她，讓她答應跟你一起去日本旅行，這樣就不該是一位主管應有的行為。」

「事情不是這樣的，」葉育安喃喃說：「總經理是聽誰講的？」

「這種事說起來真的很複雜，不瞭解狀況的人，會以為有人跑到總經理面前打小報告。但是育安，我要告訴你，其實我很欣賞你的努力。」魏紹達嚴肅地說：「所以不是我……不是總經理要停掉你的計畫，而是大家要顧及旁人的眼光。一個計畫的主持人必須很有原則，不會把私事和公事混淆在一起……我相信你不會這樣，我也盡力在總經理面前幫你解釋了，可是他那個人……」

接下來魏紹達說出口的話，葉育安已經分不清那是公務的布達，是副總經理升職的演說，是學長的關懷，還是處長的慰問，他想找機會替自己辯護，但幾次開口都被魏紹達打斷。「我當然知道，你的狀況我很清楚，可是總經理那個人……」這句話讓葉育安混身發熱，腦子嗡嗡作響，一股氣憋在胸口怎麼都吐不出。魏紹達說的話讓他越聽越糊塗，只確定了一件事——一切都是總經理決定的，魏紹達不管是以學長身分、處長身分或副總經理身分，都做不了主。說也奇怪，葉育安聽著聽著，發現自己的氣漸漸洩光了，也沒那麼想知道他不在的這幾天公司出了什麼事了。

離開副總經理辦公室前，葉育安只問了一件魏紹達可以做主的事。

「學長，有件事一定要請你幫忙……」他有點膽怯地說：「這個月底我還是可以休年假吧？」

＊　＊　＊

那天下班後，葉育安沒有走在回家的路上。

不能說他是「不知不覺」或「無意識」走到姚雅綾住的那條街，那是不合理又偷懶的講法。走習慣的路還有可能，譬如今天他進電梯去副總經理辦公室，就不知不覺按了處長室的樓層。姚雅綾住的地方和他下班的路線相反，儘管他曾送她回家幾次，但沒有任何一次是從公司過來的。要不知不覺走來並不容易，想無意識走來的困難度也相當高，因為葉育安這時候的意識正在亂哄哄運作中。

白天在副總經理室他一開口提休假的事，就馬上後悔了。這等於不打自招，讓學長以為他什麼都不關心，只在乎能不能和姚雅綾一起去日本。這不能怪他，畢竟今天他被告知太多離奇的事，在一切都無法掌握的情況下，他不得不擔心即將到來的旅遊計畫也會受到影響。

他還是想不通，總經理為什麼這麼清楚姚雅綾的事。劉士超是提醒過他，公司有人在傳他和姚雅綾的愛情八卦，那些流言蜚語都是無中生有的，但總經理知道的都是事實，連細節都清清楚楚。除了自己的學長魏紹達，他不記得對誰講過姚雅綾，連工作上最配合的夥伴劉士超都沒有。可是，魏紹達卻不止一次保證他什麼都沒說……他不喜歡懷疑別人，尤其學長魏紹達，比起工作上的無能，懷疑學長會讓自己更瞧不起自己。他也不喜歡被人懷疑，尤其是自己部門的同事，可是當他今天從副總經理室回到運務管理課後，他感覺大家的態度好像有點不太自然，似乎把他當新任副總經理那邊的人，用刻意的冷漠來劃清不同陣營的界線。

白天公司的事情讓他情緒低落，這是下班後的葉育安有意識地往姚雅綾住處走的原因。這兩個月來，每當公司或家裡出了麻煩事，姚雅綾的形象就會更加光鮮亮麗出現在他腦海，耀眼有如黑暗中的亮光。他無法抗拒思念，也很快發現這種思念的療癒效果——即使只是在心裡想一想姚雅綾，也可以讓他自爛泥般的惡劣情緒中抽離。今天的他特別需要姚雅綾，當然他不能直接找她，這是兩人說好的事，他只想在姚雅綾家門前找個地方躲起來，在不被發現的情況下等她下班，偷偷看她一眼。一眼就好，這樣就夠滿足了。

無奈葉育安今天沒時間這麼做，他只能來附近逛一下，不能停留太久。阿梅姨傍晚臨走前傳了訊息，說她米粉湯不小心煮多了，他下班回家可以幫忙吃一些。他很感激阿梅姨，這條短訊讓他知道了家裡的狀況——母親吃過晚餐了，而敏萱還是沒有回來。

如果敏萱願意回家，他就可以在外面多留一會兒。阿蒂逃離那天他急著把敏萱從學校叫回來，只是想要她檢查家裡有沒有什麼東西被阿蒂帶走，沒有責怪她的意思。但敏萱不這麼認為。罵完阿蒂拿走她的吹風機後，敏萱開始鬧脾氣，說他明明心裡怪她趕走阿蒂，卻又故意什麼都不說，她不喜歡他這副虛偽的樣子。敏萱激動的情緒喚起了迷茫了一整天的母親的記憶，母親走出房間，破口大罵自己的孫女是爛女人、臭雞掰，要她滾出去到別的地方勾引男人，別來這裡搶她的老公。她拿起桌上的湯碗丟向敏萱，砸破了客廳東南方位的二尺玻璃魚缸，讓敏萱回家不到三小時就哭著衝回學校。葉育安有點後悔，要是那時能多關心一下敏萱的情緒，或許現在就可以在姚雅綾住處外多待一點時間了。

葉育安來到那個讓他想了一遍又一遍的十字路口，從這裡已可看見姚雅綾住的那棟白色大樓。他忍不住又讓自己穿越時間回到三個月前，重溫一遍姚雅綾撲進他懷裡說「我好愛你」的感覺。那短短的三十秒他不知道已經反芻過多少次了，但站在事件實際發生地點回想此事，無論是真實感或震撼效果都遠勝過去任何一次回憶，就像平面圖像和虛擬實境的差別。

他深吸一口氣回到現實世界，心情好過了許多。這幾天公司和家裡雖然都出了一些狀況，但當他站在這個十字路口時，突然有了新的領悟。「不會再有更糟糕的事了。」他對自己說。不是自我安慰，而是真的如此認為，因為他想不到還有什麼潛伏的壞事沒在這幾天發生。這樣也好，他心想，一次全都來了，反而覺得輕鬆。現在還有變數讓他放心不下的，就只剩半個月後到期的那個約定了。

想想連自己都覺得可笑，女兒都讀大學了，他居然還像滿腦子浪漫愛情幻想的小孩玩起等待和約定的遊戲。他慢慢走近姚雅綾住的那棟大樓，決定一到門口就調頭回家，不打算進去問保全她是否在家，也沒計畫在外面逗留等她回來。這個快到期的約定雖然幼稚，他卻不想提前破壞。他下班走來這裡只是想散散心，給自己一點舒服的感覺，這樣就很滿足了。更何況，姚雅綾這個時候應該還在值班開車，兩人沒有遇見的可能，這也是他如此放心走來她住處的原因。當然，要是可能，要是有萬分之一的可能，姚雅綾剛好回來，讓他在大門口遇到的話……儘管嘲笑自己幼稚，但在接近姚雅綾住處的同時，葉育安忍不住開始幻想。要是姚雅綾真的恰巧在這時候回來，他該怎麼解釋自己的行為呢？說什麼都好，就是不能承認是故意走來這裡的，這樣會給她壓力，讓她以為自己是跟蹤狂。他可以裝出一副若無其事的樣子跟她打招呼，寒暄兩句，但絕對不能探問她這個月底的決定，這樣會破壞她的信任。倒是姚雅綾，一個多月沒見面了，不知道她過得好不好。要是真的見到他，她還會不會像以前一樣熱情大方地奔過來打招呼呢？

離姚雅綾住的大樓只剩一、二十步，葉育安的幻想變成了幻覺，他看見姚雅綾突然出現在面前，先是發出一聲驚呼，然後雀躍地朝他奔來，給他一個長達三十秒的熱烈擁抱。他差點就以為這個幻覺變成了真實，因為他真的看見姚雅綾出現在大樓門口。他感到一陣狂喜，旋即發現自己在見到姚雅綾出現的第一時間，竟然躲到了廊柱後面。他怪自己沒用，明明剛剛才在心裡演練過巧遇的景象，臨場居然全派不上用場。

這樣也好，只要能看她一眼就夠了，葉育安心想。躲起來也有好處，這樣既不會違反約定，又能好好把姚雅綾一次看個痛快。

他躲在柱子後面，探出半張臉偷看。原來她今天在家，沒有去上班。她這時候出門，大概是要去吃飯吧。但她為什麼還不離開，還站在大門口做什麼？

他看見姚雅綾走到馬路邊，往自己所在的方向看，嚇得馬上縮頭。他換了幾口氣，隔了好一會兒，才小心翼翼再探出頭去。

幻覺的真實變成了殘酷的現實，他看見姚雅綾身邊多了一個男人。

這個男人顯然是從她住處走出來的，肩上背了個大背包，還拉著一個硬殼行李箱，一副要出發旅行的樣子。兩人站在街邊，似乎在等計程車，不停地說話。

沒等計程車抵達，葉育安便轉身往回家的路上走，努力保持和走來時相同的速度。「不會再有更糟糕的事了。」他對自己說。不是自我安慰，而是真的如此認為，即使見到姚雅綾身邊出現了別的男人。十五天後就是他們約定的日子，他相信這場期待已久的日本之旅必能成行，相信姚雅綾到時一定會在機場出現，而所有煩惱、混亂、不順心和狗屁倒灶的事，都會在那一刻完全消散。

姚雅綾一定會赴約的。

在走回家的路上，葉育安就這麼不停告訴自己，說了一遍又一遍。

前往美好境地

這是他和她第一次的長途旅行。他是這麼認為的。

他們一起出遊的次數並不算少，不過都是單日活動，而且多半在非假日。他們在同一家飯店的餐飲部門工作，他是內場傳菜員，她是外場服務生，兩人都二十四歲，學校畢業後就一直在這家飯店上班，領著一樣微薄的薪水。

大家發現他們是情侶，是從班表看出來的。餐廳採排休制，假日不能休假，也不能同一天太多人排休，因此每個月都必須協調錯開各人的休假日期，以免影響餐廳營運。最先注意到這件事的人是會計阿珠姐，這位大姐有天面露神祕微笑，把她拉到收銀櫃檯邊問：「說，妳和傳菜的小張是不是在交往？為什麼每次妳排休，小張也剛好排休？」

全餐廳都知道他和她休假會排同一天了，這兩個人還是沒有公開承認，平常工作表現像沒這回事。也許是不想給餐廳添麻煩，不管是她送點菜單到傳菜口交給他，或他把廚房料理好的菜肴送到她負責的包廂，兩人都沒有多說一句話，或多停留一分鐘，看不出任何親密互動。不過餐廳經理還是有話要講，他說餐廳人手不夠，你們別老是同一天休假呀。只是這種話完全沒有說服力或強制效果，因為他和她分屬不同單位，沒理由要他們不能同一天排休。

儘管有餐廳同事開玩笑和經理的刁難，他和她對排休的事仍非常堅持，一定要把兩人的休假日排在同一天。要是有哪個星期排休實在喬不攏無法讓兩人同一天排假，他們寧可兩人都不休假照常上班。

餐廳的同事都很好奇，這兩個人每週都排同一天休假究竟上哪去玩。對女生他們不好意思問，對男生他們就很直接。有天二廚按捺不住，把他押進廚房說出自己的推測：「你們每個月一定都計畫好活動，這個星期騎車去郊外玩，這個星期逛街看電影，這個星期爬山或游泳……我沒說錯吧？你敢讓我看一下你的手機嗎？我猜你的手機日曆一定都排好了，說不定還會用不同顏色代表不同活動，綠色是去爬山，藍色去看海，棕色喝咖啡……」

面對眾人追問，他總是笑而不答，當然也不肯把手機給他們看。他和她的手機日曆都是空白的，也沒有使用筆記或行事曆註記任何事情的習慣。和大家的想像不同，他們只是單純地把休假排在同一天而已，不一定會約定好去什麼地方。

但今天這個休假日不同，他計畫要帶她去一個從來沒去過的地方。

他們已經好一陣子沒一起出遊了。這兩年他們是去過不少地方，在兩人感情穩定的時候。廚房的二師傅沒猜錯，他確實會費心安排每一次約會的去處，也非常有效地讓感情迅速增溫。只是，當那些好吃好玩的景點兩人都嘗試過，兩人的休假日開始去重複的地點，吃重複的食物後，他們休假待在家裡的次數就越來越多了。兩人各自待在自己的住處，他打電動，她追劇，有時一整天都沒見面，只透過電話或通訊軟體連繫對方。他覺得這樣沒什麼不好，甚至這才是感情真正穩定的自然狀況。

只是，她並不這麼認為。

今天是他和她第一次的長途旅行。他看好時間，提早二十分鐘來到她住處附近的地鐵站，像以前那樣在固定的地方等她。天氣有點涼，入冬後首波冷鋒剛到，他看見她遠遠走來，穿的還是夏天的短褲，身上的羽絨外套也是最輕薄的那種。他連忙殷勤上前。

「出門沒看天氣預報？就只穿這點衣服？看看妳，冷到都笑不出來了。」

她沒回話，逕自走進地鐵站。他緊跟著她走上電扶梯，兩人一前一後向下沉降。

「幹嘛裝作不認識的樣子？」

「不是要你別再和我排同一天休假了嗎？」

「不是我要排的，是經理自做主張。他看妳先排好假，問都沒問就把我的假排得和妳一樣。」

「你怎麼知道我這個時間出門？」

「我哪知道？只能說我們有心電感應，連休假出個門都會在地鐵站遇到。」

她翻了個白眼。寒流進不了地底車站，地鐵大廳層暖烘烘的，但她那張漂亮的臉上仍有寒意。

他知道她在生氣，這也難怪，問題都出在兩人出遊的次數越來越少。她抱怨過放假太無聊，不管怎樣都應該找個地方玩。他不是無視她的感受，只是平常工作已經夠累了，放假還要動腦筋找地點安排行程，尤其是一天往返的旅遊，根本達不到休息的效果。她抱怨了許多次，他認為那是情感磨合的過渡時期，終究她還是會理解真實生活的平淡無事面貌。但她的不滿像爬藤般在他租居的房間、在電話通訊軟體中迅速擴大，從抱怨他不出門，到態度敷衍，個性不合，沒有未來，最後鬧到要分手。

不過，她每回生氣最後都能和好，這次一定也是一樣的。

「妳今天想要去哪裡？」他拿出地鐵儲值票卡，跟在她身後通過驗票閘門。

「去我想去的地方。」

「一個人嗎？」

「你有看到其他人嗎？」她繼續往月台層走。地鐵站大廳響起下一班列車還有五分鐘進站的廣播。

「妳很不會說謊，其實妳不必怕刺激我而勉強自己做不擅長的事。」他環顧四周，月台上人不多，他覺得運氣不錯，長途旅行最怕的就是人擠人。「其實我知道妳要去哪裡，跟誰見面，昨天我不小心在員工休息室看到妳的手機。妳看，我很誠實吧？有事情就直接說出來，這不是很好嗎？」

她張大眼睛看著他。

「你跑去休息室偷看我手機？你怎麼可以……」

「不是偷看，如果我看了妳的手機卻沒告訴妳，那才叫偷看。」

「你這樣子讓人很不舒服。」她說，轉身往月台尾端走。

他跟在她身後。「我不是故意的，是因為要給妳一個禮物，我才會這麼做。再說，以前我們不都是換來換去看彼此的手機嗎？我想妳應該不會介意才對。」

他答應過要帶她去遠方玩，一次長途的旅行，只是拖了太久，拖到她已死心不再期待。他不是無心，而是無力。日復一日規律的工作除了耗掉他大部分精力，還讓他產生了被固定、逃脫不了的感覺，認為人生就是如此，只能像列車一樣永遠在一條軌道上行駛。是她的行為給了他啟示——當然，剛開始先是驚訝與不解——一節串聯好的車廂，竟然可以自己決定脫離往不同方向行駛。當所有挽回的行動都變成徒勞，他才恍然明白，其實自己也可以脫離這條固定的軌道。這個發現讓他異常興奮，這才規畫了這次兩人的長途旅行。他沒有事先告訴她，想給她一個驚喜。

「我非常介意，希望你記住這點。」她把臉別開，低聲抱怨：「什麼爛規定，上班時間不能帶手機……算了，反正下個月就不做了。」

「不做了？妳要辭職？為什麼不跟我說？」

「我現在不是說了嗎？如果我一直都沒說，才叫做不跟你說。」

他愣了一下，旋即露出笑容。「妳生氣的時候嘴巴特別厲害。」他說，慶幸自己安排了這次旅行。「我剛才說要給妳禮物，妳怎麼問都不問一下？難道妳一點都不關心？」

「我比較關心的是，列車什麼時候到站。」

「還有三分鐘，月台螢幕上面顯示的。我們還有時間可以說話。」

「我們可以安靜地等車嗎？」

「我只會再跟妳講幾分鐘話，列車來了我就不吵妳了。」

「你不搭這班車？」

「妳希望我一起搭嗎？」

「不、不，」她連忙說：「你高興搭哪班車都可以，不要再跟著我就行了。」

「妳這句話說過好多次了，可以不要那麼固執嗎？」

「要說固執的話，你也是滿堅持的。你不覺得這樣很累嗎？」

「我們都是固執的人，個性滿像的，所以很適合在一起。妳真的不願意再我給一次機會？」

「這句話你也問過好多遍了。」

他瞄了一眼月台螢幕，資訊顯示列車一分鐘後到站。她還是和以前一樣沒有習慣查看任何文字資訊，只頻頻轉頭，把視線投向黑洞洞的隧道。

「我不會再問妳這個問題了，但還是要給妳一個禮物。」

「謝謝，我不需要。」

「我不是要送妳戒指項鍊香水之類的東西，妳不是一直想去遠一點的地方旅行？我想到了一個很棒的地點，妳一定沒有去過。要不要猜猜看？」

「我不知道你在說什麼，你好像都聽不懂我說的話。」她轉身面對隧道，看著列車進站的方向。「我的車快來了，你可以走了。」

帶有水泥味道的風吹來，月台地面等候線上的黃燈開始閃爍，黝黑的隧道盡頭出現了一點亮光。

「既然妳不想猜，我就自己說了。我想帶妳去的那個地方，不會有任何煩惱的事，而且我敢保證，到了那裡，妳就不會再說『不要再跟著我』這句話了。」

他突然握住她的手腕。

「你要幹什麼？」

她想把他的手甩掉，卻發現他的手像鉗子一樣緊緊夾著。

「我要妳和我一起去一個美好的地方。」

他微笑說，想保持最輕鬆自然的樣子，但隨著手部的用力，這個笑容還是扭曲了起來。

29

每兩分鐘。一輪光明與黑暗的交替。一遍開門與關門的動作。一次面向過去和面向未來的指認。

姚雅綾坐在地鐵C802號列車駕駛座上，緊盯前方不斷延伸的路軌、供電軌、感應線路和水泥甬道，一手輕扶控制桿，一手隔空指著迎面而來的各個號誌，口中默唸制式的確認話語。

列車是自動駕駛，但司機員還是有許多事情要做。確保前方軌道淨空，確認路徑開通正確，注意駕駛室內設備燈號，確定程式化停車啟動，確認站名顯示器及廣播正確……列車在地底軌道上急行，司機員也沒閒下來過。車班老資格的學長交代她說：「車子在動，眼睛就要一直看前面，不要想其他事情，專心開車就對了。」其實列車在站與站之間行駛的時間只有一、兩分鐘，司機員根本沒有時間可以想自己的事——這才是姚雅綾在撞死人之後一個月，就急著想回到駕駛室的真正原因。

她可以什麼都不想，在過去一年多來的司機員工作中也大都如此，但今天她心思紊亂，似有多種故障異常燈號在她腦袋裡的駕駛室同時亮起，讓她不得不在駕駛途中分神去想一些「其他事情」。

闖入她腦海第一個特殊事件，是分手三年男友的再度聯絡。

她應該拒絕和他見面的，但是她沒有。被同期司機員稱為「記憶女王」的她，即使練習了遺忘，也無法將他的魅影完全刪除，當然也不可能忘記創傷。她痛恨這個男人，恨到想駕駛地鐵電聯車把他撞死。這種負心漢、色情狂、下流玩意，居然還敢不知廉恥打電話來，簡直是自己皮癢討罵。她大可在電話裡痛罵他一頓，詛咒他和外遇對象一起滾去地獄。可是，她卻答應他那天傍晚在咖啡廳見面。

姚雅綾拒絕評估自己是否還愛這個男人，甚至一想到愛這個字就覺得噁心，所以她絕不是為了想挽回什麼才接受邀約。前男友電話來得意外，當時她沒想太多，此刻她在駕駛室裡，一手指著隧道裡各種號誌確認前方路徑正常，同時也指認著自己那時候的心態。

是因為想展現被拋棄後還能活得好好的，才答應和他見面吧？那天她還特地打扮了一番，用煥然一新的自己出現在那個惡魔面前。她想讓他知道她已經完全復原了，而且受過傷的她變得更堅強、更成熟和更有自信。分手後的第一次見面，她要讓他留下完全不一樣的印象，讓他感覺好像不認識這個人。她想扭轉情勢，讓他懊惱到敲打自己的腦袋，後悔當初不該有的行為。

那天她刻意晚五分鐘走進約定的咖啡廳，地點是她挑的，她不想讓這個人再踏進她的住處。

一開始她居於上風，確認前男友看著她的眼神充滿驚豔，慌忙起身時還打翻了桌上的水杯。她猜得到這個男人的來意，不外乎是厚著臉皮要求復合，或更噁心下流點，想約砲上床，說服她接受非正式男女朋友名義下的性關係。果然，這個男人要出哀兵賤招，從寒暄開始便訴說近年悲慘遭遇：工作不順，換了幾家公司，老闆和上司都同樣機車；投資失利，積蓄全賠光在股市期貨和街頭的運動彩券；健康也出問題，摔一次車肋骨裝了鋼釘，得一次流感併發肺炎在醫院住了一星期……他沒問她這三年來過得如何，只顧著說自己的不幸。姚雅綾優雅地聽著，嘴角始終保持淺淺一抹笑意。是禮貌，也是嘲笑，她如此認為，如果對方當成是憐憫的話，那就更好了。她猜接下來他一定會說情感方面的事，索性提早引出這個話題。

「出了這麼多麻煩，女朋友為了照顧你，應該很辛苦吧？」

「誰？」

「女朋友啊？還是你們已經結婚了？」

「妳說誰？我沒結婚，現在也沒有女朋友。」

「那個化妝品專櫃小姐呢？」

「妳說她呀，我們早就沒有在一起了。」

駕駛室微微搖晃，車輪和鐵軌摩擦發出刺耳噪音，在密閉的隧道中迴響。姚雅綾這才意識到列車正在過彎，自動降低了車速。駕駛電聯車在地底隧道行駛，她總覺得像是在這座城市的腸道內鑽行。路徑筆直時，視線可以一路延伸到光亮盡頭的那一小團黑洞；列車過彎時，可見距離極短，只能看見被車燈打得極亮的隧道牆面。她低頭檢查時速表和幾個燈號，一切正常。

和她預料的一樣，他說自己沒有女朋友，沒有老婆，也不承認有喜歡的對象。渣男一貫的招數，謊稱單身以降低狩獵目標的戒心，以她現在的經驗值等級當然不會中這種圈套。

「妳還在生我的氣嗎？」

「我們已經沒有任何關係了，為什麼要氣你？」

「妳生氣是應該的，那時我的確做得不太漂亮。我不知道自己怎麼了，其實也沒多喜歡她，卻莫名其妙失去了理智。」

她保持微笑聽他說話，等待這個自以為聰明的獵人暴露企圖，然後再給他一次狠狠的打擊。這樣的狀況她早已在心中演練多次，本來只是為了讓自己好過一點，沒想到機會居然真的來了。

「其實我很懷念以前和妳在一起的時光。」

車速再度降低，隧道遠方的黑洞變成一小圈亮光。

「這幾年來我改變了很多，當然，妳改變了也不少，居然可以離開百貨業跑去當地鐵駕駛。」

列車即將進站。姚雅綾檢查站名顯示器，確認無誤。

「事情都過這麼久了，我希望妳能原諒我，讓我們恢復過去的關係。」

列車減速停妥，姚雅綾起身準備下車。

「不可能。」

「考慮一下嘛，難道妳對我已經完全沒感情了嗎？」

「你不用管我有什麼感覺，反正我們是不可能復合的。」

「為什麼？」

「因為我已經有男朋友了，不想像你一樣劈腿，我不要變成你這種人。」

這是她所能說出的最有殺傷力的謊言，儘管她盡力壓住情緒，咖啡廳裡還是有幾個人轉頭看向他們這一桌。男人愣了一下，但馬上恢復正常。

「我想也是。」他笑了笑說：「那麼，我可以拿走還放在妳那邊的行李箱嗎？」

電聯車在月台停妥，姚雅綾開門下車，在駕駛室門邊面朝列車尾端站著。駕駛地鐵電聯車是一件充滿矛盾的工作，除了光亮與黑暗，還有熱鬧與孤獨的交替——列車行駛中，封閉在單人作業駕駛室裡的司機員是完全孤獨的；而當列車停下，司機員又得離開駕駛室注意旅客上下車動態，在月台上成為人潮中的一分子。姚雅綾常想，再也沒有比地鐵司機員更錯亂的工作，但此刻她看著上下車的人群，想的是再也不能更愚蠢的自己。

她早該把那個行李箱丟掉的。她努力展示最美好的一面，高傲地拒絕復合的請求，自以為這樣就可以把對方踩在腳下，讓他得到一場教訓。沒想到——雖然痛苦，但她必須承認——這男人再度出現不是為了過去的情感，而只是想拿回自己的東西。她自以為的高傲和堅強，都比不上那個價值數萬的Rimowa行李箱。

男人只用一句話就擊碎了姚雅綾的自尊，她必須用更大的力氣才能讓微笑繼續掛在嘴上。她保持風度讓男人跟她一起回到住處大樓，自己一個人上去把行李箱拖到大廳交給他，還很大方地先走出大門替他攔計程車。就在那時候，她發現這個男人拉行李箱上車的樣子，像極了當年離開時的情景——這讓她終於無法承受了。

列車離站關門警示聲響起，姚雅綾比了一個手勢，確認各節車廂門都已閉合以及自己那天完全失敗後，她回到駕駛室，把車門關上。

前方軌道淨空，路徑正確，駕駛室內各燈號設備正常，列車自動啟動往下站出發。

她覺得自己十分幼稚，居然會想用那種方式羞辱前男友，但現在她才想到，自己做過的幼稚事情不止一件——再過十天，她和葉育安主任的約定就要到期了。

若不是前男友突然出現，姚雅綾可能會忘記這個約定。兩個月不要碰面，然後在聖誕節那天在機場相見——這不是偶像劇才有的情節？是要心智多不成熟的人才會這麼天真？從十月底到現在，她和主任真的沒再見面了。雖然他們同在地鐵公司工作，但車班司機人多，不但分成好幾個不同時段，工作時又各自關在封閉的駕駛室裡，想和誰特別見一面並不容易。相較之下，如果葉育安想要找她會比較簡單些，畢竟他是這些司機員的頂頭上司，他也知道她住在哪裡，下班若想找她一點都不難。可是葉育安從那天之後就沒再找過她，看來他一直把這個約定放在心上。

儘管快兩個月沒見面，葉育安這段時間的狀況她都知道。應該說，整個地鐵公司應該沒人不知道這位運務管理課主任的事——為了辦好總經理交代的阻止旅客跳軌自殺任務，這位天才主任在短短半年內想出各種怪招，最後連和尚神父乩童道士全都請進了車站，讓總經理不得不出手阻止他再惡搞下去。在姚雅綾面前，他們不敢批評葉育安主任的作為，但姚雅綾知道葉育安已成為公司同仁的笑柄，尤其是企畫部和旅客服務部，他們是一邊配合執行計畫，一邊等著看運務管理課的好戲。

她替葉育安叫屈，這個人其實很認真，只是太老實，沒什麼主見，太容易相信別人。那天面對葉育安突如其來的邀約，她承認自己當下有些慌亂，在不好答應也不好拒絕的情況下，腦海忽然蹦進這個不知在哪齣偶像劇看過的情節，提出兩個月後再見面的約定。

「你先別來找我，下次我們再見面就是在機場，這樣才會有全新開始的感覺。」

她記得自己那時是這樣說的。換作他人，大概都知道這是婉轉的拒絕，可是葉育安居然當真了，還興奮笑到闔不攏嘴。他喜孜孜要了她的證件資料，說機票必須先訂，旅館的話可以慢慢看，甚至隨興玩到哪就住到哪都行。

隧道盡頭又出現亮光，駕駛台上ＰＳＳ燈號亮起，表示列車即將進站，自動靠站停車系統開始運作，此時司機員必須監聽車廂廣播，確認電腦語音預告的站名正確，沒發生跳站或重複上一站的狀況。姚雅綾一時忘記列車要進到哪一站，慌忙轉頭查看了螢幕上顯示的站名。

日子過得像列車一樣快，轉眼逼近她和葉育安約定的時間。地下隧道的景象單調而重複，今天在駕駛室看到的畫面，和昨天、前天、上星期和上個月一模一樣。也許不是時間快速，而是一成不變的隧道景觀麻痺了時間意識。每天看著同樣的畫面，做著同樣的動作，姚雅綾感覺自己好像永遠停留在昨天，即使她記憶力過人，也常搞不清楚今天是什麼日子，每每得靠駕駛室ＭＭＩ人機介面螢幕顯示日期的提醒，才知道原來日子又過了一天。

約定的日子接近了，也許是身為司機員的習慣，姚雅綾的思緒自動激活，開始進行最後的檢查確認。她該不該履行自己提出的這個約定呢？如果不去的話——其實她當初只是想先拖延，打算在約定日前幾天再說抱歉——葉育安應該不會有太多實質上的損失。旅館、機票都可以無償取消，請好的年假也可以照放，只是待在自己家裡。或許從此葉育安不會再來找她，流傳在公司同事間的流言蜚語也會漸漸消失，她的生活可以恢復平靜，讓單調而重複的日子在麻痺中繼續一站一站地前進。

列車鑽出黑暗進入亮晃晃的車站，在單調的行車過程中，這是姚雅綾覺得最有趣的時刻。列車減速滑進月台，她看到一張又一張陌生的臉孔在候車人群中閃現。衣著邋遢的遊民、穿百褶裙的高中少女、拄枴杖的老人、儀容端正的粉領婦女、西裝筆挺的中年大叔……他們一致面向列車方向站立，以為沒有人能看見他們，卻不知道列車進站時有一個人可以透過駕駛室車窗，把他們的行為和表情看得一清二楚。她打開駕駛室車門，下車看著這群彷彿從黑暗中生長出來的花朵的旅客，一個個進了各節車廂。列車再度出發，奔向新的一站，她的心事也重新啟動，思考另一種可能。

要是她真赴了這場約呢？

她知道葉育安應該是愛上她了，為了讓告白婉轉一點，反而魯莽提出了旅遊邀約。這似乎是他個性上的缺點，很容易把簡單的事弄得複雜，就像這幾個月鬧得沸沸揚揚但全數失敗的防治自殺計畫。姚雅綾心想，如果到時她準時出現在機場，葉育安一定會以為她願意和他正式交往吧？和一個大自己十多歲、離過婚、有個十九歲女兒的男人交往？她從來沒想過，壓根不認為有這種可能性。但在這個時候，當前方軌道確認淨空無異狀，列車馬達音頻升高快速奔向下一站時，姚雅綾正式思考了這個問題。

這不是受前男友再度出現的刺激，她堅決否認此點。她絕不是那種女人，不會被這個男人拋棄就帶著情傷奔向另一個男人的懷裡。只是，不知怎的，那天當她目送前男友帶著行李箱坐上計程車離開時，她突然好想放個長假去遠方旅行。當初葉育安提議去京都，她在受驚嚇之餘只覺得不可能，現在她竟然想起了這個旅行計畫。

要是不牽扯感情，兩個人結伴去日本玩應該會很不錯吧？葉育安這個人其實並不難相處，可能是年齡差距的關係，先前和他一起出遊總有種放心和安全的感覺。當然如果答應一起出國，主任難免會誤會，但她可以要求訂兩間單人房，嚴守男女分際，這樣主任即使一時誤會，終究也會明白她的意思。誰說兩人不是情侶就不能一起出國旅行？

列車駛過一個大彎道，車燈光束撞上逼近眼前的隧道牆壁再反射回來，亮得讓姚雅綾微瞇起眼睛。出彎後軌道恢復筆直，接下來這段隧道的照明是開啟的，一長排橙黃色的燈光，柔和而溫暖，讓人有種安全、放心，類似家的感覺。列車快速前進，她的思緒也不斷飛奔。她記得最後一次和葉育安見面，在咖啡廳窗外也看到一樣的橙黃光芒，這個人雖然沒讓她有心動的感覺，可是也沒什麼不好的地方。

誰說愛要一見鍾情？一定要先動心才能動情？那是純情者對愛情的刻板想像。第一時間看上對方，是一種盲目的喜歡，等於把感情當賭注，而三年前她差點把一切都輸光。這樣的經驗有一次就夠了，現在的她已經三十二歲，應該要用成熟的方式看待成年人的交往，說不定，在安心自在的感覺中，也可以慢慢培養出令人心動的愛情。

列車即將進入下一站，ＰＳＳ燈號再度亮起，姚雅綾心中也有個訊息燈號正在一明一暗地閃爍。她輕輕把手指一點，確認了自動停車燈號，同時也確認了自己的決定。

就讓這個約定實現吧，她心想。

在這個時候進站也沒什麼不好。

電車馬達音頻降低，車廂進站廣播響起，隧道盡頭的亮光迅速擴大，列車就要離開黑暗進入光明。姚雅綾監聽車廂廣播，低頭檢查時速表下降中的數字。再抬頭時，亮晃晃的月台已清楚可見。今天不是假日，此時也不是尖峰時刻，月台上的人站得稀稀落落。她遠遠看見月台尾端有一對男女，兩人的身體緊緊捱著，像是黏在一起。姚雅綾臉上微微浮現笑意，猜想這是情侶在月台上擁吻，地鐵站經常可見的浮世風光。她喜歡這種場面，透過駕駛室車窗，她可以盡情觀賞，不必擔心冒犯了誰。她的視線停留在這兩個人身上，注意到這對濃情男女可能太忘我了，站的位置超過了黃色的候車線，離月台邊太靠近了些。她輕輕把手移到儀表板左側的黑色圓鈕上，想鳴笛提醒他們小心安全，又怕笛聲驚嚇到他們而沒有按下。接下來發生的事只有短短幾秒，當列車快進站時，姚雅綾才發現這對男女並非擁吻，而是在拉扯。穿羽絨外套和短褲的女人手腕被男人緊緊抓著，她弓起雙腿蹲低身子拚命抵抗男人糾纏，一度失去重心跌坐在地，旋即又被男人拉起往月台邊緣拖行。女人用空著的手狂揮亂打男人的頭和肩，卻阻止不了兩人向軌道接近。列車衝進月台，姚雅綾和他們的距離剩不到五公尺，她清楚看見女人恐懼絕望的表情，看見男人臉上扭曲的笑容。就在這一刻，被拖拉的女人、月台上其他乘客，還有駕駛室裡的姚雅綾，都齊聲發出了尖叫。

30

在約定的那一天，葉育安沒有去機場，而是走進了地鐵S線第7號車站。

進入車站，他看見聖誕樹、薑餅屋和一列由麋鹿拖拉的電聯車，才想起今天是聖誕節。這棵聖誕樹是塑膠製的，不到兩人高，上頭只掛了一串廉價的聖誕燈泡。薑餅屋和被名為「聖誕希望號」的雪橇電車，則是用幾片合板拼成，再漆上簡單的圖案和顏色。幾盞地板舞台燈由下往上照射，造出的光影效果沒有聖誕節的喜悅，反倒有幾分陰森的感覺。這個裝飾儘管擺在人群來往之處，但旅客多半無視走過，只有帶了小朋友的家長，才會停下讓孩子站在合板雪橇電車後面把頭探出車窗拍照。

也許是想覆蓋旅客對上週發生的雙人跳軌事件的記憶，地鐵公司才會在這座車站布置這樣的裝飾，但葉育安在這裡停留了一會兒，那天事故現場的景象還是牢牢凝固在他的腦海。

在他和劉士超趕到現場前，行控中心就已通知他們那班列車的司機員是姚雅綾。葉育安最不希望收到的就是這個消息，但他也安慰自己，以姚雅綾的心理素質，加上先前已有過經驗，她應該能鎮靜處理這場事故才對。只是，當他強壓心中恐懼，以最快速度衝到車站月台時，才發現狀況已經失控了。事故現場圍著一大群旅客，每個人都舉起手機，對準駕駛這輛列車的女司機員。葉育安看見姚雅綾坐在駕駛室門邊地上，雙手不停扯著頭髮，一下子大哭，一下子尖叫。幾名站務員在一旁束手無策，就連葉育安上前安撫，也無法讓姚雅綾停止歇斯底里的哭喊。

地鐵司機員遭遇人身事故後崩潰的樣子，被旁觀者從各個角度拍下，成了第二天社會版的頭條新聞，地鐵公司總經理也被請去市議會被不同黨派議員輪番斥辱。這個事件讓地鐵公司提前召開月會，總經理臭著臉宣布行車處由站務規畫課主任接任處長。「我們會全力趕工，讓所有月台都裝上安全閘門，在此之前請各位同仁都辛苦點，」總經理語帶威嚇勉勵這位比葉育安小三歲晚五年進公司的新處長：「尤其是行車處，我不要再看到有人跳軌了。」

新處長第一把火直接燒向運務管理課，月會過後葉育安馬上被找去。「葉主任，我看過你們過去的工作報告了，我很佩服你採用的方法，很大膽，有突破性，只可惜沒有效果。」新處長早有準備，顯然不把葉育安的年齡和輩分放在眼裡。「你也聽到總經理的話了，跳軌自殺問題非解決不可。我知道這個問題很複雜，但複雜的事情，可以用簡單的辦法擺平。」

新處長的辦法真的非常簡單，就是動員車站所有人員，包括站務、保全、志工，甚至連清潔人員都納入編組，採用緊迫盯人戰術，每組兩人兩個小時，全天候在所有還沒裝設安全閘門的月台站崗。新處長說，那些想自殺的人不會一走到月台就跳軌，他們大都會在月台徘徊，至少等三班列車過去才會跳軌，所以只要發現列車進站後有人不上車，在月台逗留太久，就要過去關懷勸導。運務管理課的人也得全數出動，採責任制，督導各站確實執行人盯人任務。「要是自己負責的車站有人跳軌，考績就一律以乙等計算。」新處長對運務管理課全體同事說。

葉育安走下車站月台，不知道是不是高血壓的關係，他感到十分疲憊。車站的工作人員可以像衛兵輪班，運務管理課的人卻沒有放鬆的時候。每天地鐵一開始營運，他們就得一座車站一座車站地巡查，落實新處長的計畫，就連假日也不例外。聖誕節不是法定假期，但今天正好是星期日，葉育安一離開安養院就直接趕赴車站巡視，這是他今天視察的第六座車站。列車剛離站，候車的旅客沒有人留下，但葉育安在月台上也沒看到站務人員的影子。

多虧學長魏紹達幫忙，介紹了一家專門收容失智老人的養護中心，安排葉母緊急入住。葉育安有些羞愧，先前他還懷疑魏紹達有意疏遠，但學長升上副總經理後兩人又恢復往日的頻繁互動，可見他那陣子真的是太忙了。學長還是以前的學長，他也一樣是經常麻煩他照顧的學弟。「你已經沒別的辦法了，不要做自己做不來的事，等你累垮了，對任何人都沒好處。」魏紹達說。他替葉育安做出困難的決定，一如處理公務的果決。

葉育安在月台上的長椅坐下。儘管母親已住進養護中心一個星期，適應狀況也還算可以，但他還是又一次想著讓母親留在家裡的可能。要是母親的失智症不要惡化得那麼快，要是外籍看護不要逃跑，要是敏萱願意多忍耐一下……想到敏萱，他正在羞愧的心又多添上一點傷痛。他心裡一直保存著一個鮮明的記憶，那是剛出生還沒滿月的敏萱，小小身軀還可以放在自己大腿上的敏萱。孩子一瞑一寸大，能把大腿當床讓寶寶睡在上面的時間短如流星，但葉育安還是清楚記得他讓敏萱躺在他的大腿上，他俯身貼近她的小臉蛋，用兩根指頭捏著她的小手，輕聲細語地說話。他始終保留著這個記憶，沒有隨著時間淡化，那是他們父女倆最接近的距離。可是現在，他覺得是和女兒距離最遙遠的時候，到現在他還是不知道敏萱手上的刺青是怎麼回事。他發現，似乎女兒越叛逆，越不聽管教，他對嬰幼兒時期敏萱的懷念就更加強烈。有時他看著敏萱出神，想找回或對比她童年的樣子，卻經常換來惡狠狠、充滿厭惡的一瞪。他沒有責怪敏萱的意思，可是即使家裡已經沒有會罵她賤女人的阿嬤了，敏萱還是不常回家。整個星期他只在家裡遇過一次。讓葉育安不禁多想，是否連自己也沒有回家的必要了。

另一個方向的列車進站，葉育安起身走到車廂旁邊，查看旅客上下車情況。列車開走後，他才注意到，自己站的位置正是姚雅綾第二次遇到跳軌事件的現場。一起事故兩具屍體，他從未見過如此慘慄的景象。兩名死者都很年輕，據說是一對情侶。姚雅綾駕駛的電聯車輾過他們的身軀，兩顆頭顱被完整地切下，並排落在軌道邊凹入的避難空間。葉育安低頭看著軌道，事故發生後立即清洗，加上多日來的風乾和粉塵堆積，現場已完全看不出痕跡，彷彿這裡不曾出過任何事。

要是沒發生這個事故，葉育安心想，這時候他應該已和姚雅綾一起抵達大阪了。資料說從關西機場搭電車進市區，可直達大阪最熱鬧的道頓堀商圈，附近的難波公園和購物中心每年冬季都有規模盛大的聖誕燈飾展覽，數百萬顆彩色燈泡把夜間都市變成繽紛光之森林。若能在抵達日本的第一個晚上，就和姚雅綾漫步在那童話般的光影世界，不知該有多麼美好。

只是姚雅綾終究無法赴約，而且再也不會回來了。

那天在現場他安撫不了姚雅綾，只好請兩名站務員強架進站長室，讓心理諮商師接手。下班後他打電話給心理諮商師，知道姚雅綾已經平靜多了，也已讓她回家休息。葉育安猶豫了一下，決定還是去姚雅綾住處探視。雖然他們約好不見面，但白天在事故現場已打破了規定，晚上再見一次應該也無妨。於是他買了晚餐和水果，直奔姚雅綾住處，可是保全員拒絕讓他上樓。「姚小姐說今天謝絕訪客，她不想見任何人。」大樓保全掛下電話，無奈地搖搖頭。葉育安報上姓名和身分，請保全再打一次，得到的仍是相同答覆。「你把電話給我，我自己跟她說。」葉育安借到電話，聽到了朝思慕想的那個聲音，但只有短短一句「主任，對不起」，電話便掛斷了。

要是當時不讓姚雅綾復駛就好了，葉育安坐回月台長椅，回想當初的決定。魏紹達認為這件事處理得有些輕率，還說他不敢保證上面會不會追究責任，到時真要調查是誰決定讓姚雅綾復駛，一切紀錄白紙黑字都在，他恐怕無法替他擔保。葉育安不在乎被懲處，也早有被拔掉運務管理課主任職務的準備。他自責的是，本來以為姚雅綾的心理素質很強，很懂得自我療癒，沒想到第二次遭遇同樣事件就完全崩潰。那天他把晚餐和水果留在大廳就離開了，心想來日方長，姚雅綾需要一些時間，誰知姚雅綾從那天之後就沒來上班。她的兩個哥哥來到M市接她回鄉下老家，臨走前還去了地鐵公司替她遞出辭呈。

葉育安知道姚雅綾不會再回來了，那些日子的思慕與期待全化為泡影，但他一開始並沒有難過的感覺。也許是事情的發展完全超出他的預料，驚愕鈍化了情緒反應的能力，也可能因為連日奔波忙著處理公務和家事，讓他累到失去悲傷的力氣。事故已經發生十天了，他坐在月台長椅上，突然意識到這還是他第一次認真面對自己對這件事的感受。他做好準備，以為會有壓抑已久的情緒澎湃而來，可是等了一會兒，又一班列車進站，他什麼喜怒哀樂反應都沒發現，只感覺有點茫然、像整個人漂浮著的感覺。

他不喜歡這種感覺，但看著列車關門駛離月台，他發現這個感覺正在慢慢擴大。他開始覺得有些恐慌，雙腳微微顫抖，手心也冒出冷汗。他感覺心底好像破了個洞，有東西不斷從這個漏洞掉出來，而且逐漸從朦朧變得具體。茫然和恐慌感持續增強，讓葉育安呼吸變得困難，胸口隱隱作痛，現實感也漸漸失落。他看見和自己年紀相當的父親從這個破洞掉出來，泛著油光的西裝頭散發濃濃髮蠟氣味。他看見已改嫁的前妻也從破洞掉出來，穿著航空公司制服說她不喜歡地勤工作。他看見大學時代的魏紹達也掉了出來，衝著他大喊快下樓買臭豆腐。從這個破洞掉出的東西越來越多，越來越快速，他看見總經理跟著副主任劉士超一起掉出來，年輕的阿梅姨拉著年輕的小琪掉了出來。他看見母親的歌聲也從他心底的破洞掉了出來，一個個豆芽菜音符全變成敏萱手上刺青的船錨圖案穿插在這些掉出來的人之間。從心底掉出來的這些人把葉育安團團圍住，像跑馬燈一樣旋轉，圈子越縮越小，眼看就要壓到他身上了。

葉育安猛然站起，把這些幻影全都甩開。他意識到自己剛剛做了一件危險的事，差點讓自己失去控制。他不想讓這種情況再次出現，不自覺使用了姚雅綾教過他的方法，把心思轉移到眼前的工作——他是來督導站務人員有沒有做好新處長交代的監視任務。他左右看了看，還是沒見到工作人員，正打算去大廳服務處詢問怎麼回事時，突然想起，剛剛他在查看觸發他一連串沉重思緒的事故現場時，好像有瞄到軌道上有個奇怪的東西。

他不確定那個東西是什麼，只感覺好像是類似鞋子的物體。先前他沒多留意，因為不是出現在事故現場範圍內。基於過去經驗，他猜那可能是旅客掉落的物品。乘客不小心把個人物品落掉軌道，在地鐵站是常見的事。掉落在軌道上的東西什麼都有，從最常見的手機、票卡、雨傘、水壺，到誇張離譜的輪椅、嬰兒車，都有可能是軌道上的掉落物。為確保行車和旅客人身安全，每當有物品掉落軌道，通常都是由站務員拿加長型的網子和勾子將掉落物撿起。軌道必須淨空，不能有掉落物，葉育安想起工作上的規定，打算待會連同這件事一起跟站務員說。

他走向月台邊，想先確認一下掉落物是什麼再通知站務處理，這時又一班列車剛好進站，司機員鳴笛發出短促一聲巨響，車廂快速從他身邊掠過，把沒注意列車時刻和進站廣播的葉育安嚇了一大跳。列車暫時阻擋了視線，他退開幾步，以免阻擋旅客上下車動線。列車離站了，他馬上跨過等候線站在月台邊緣。這回他看清楚了，在第三軌的支撐架旁邊，真的有隻鞋子掉在那裡。一隻運動鞋，大小和樣式看起來是男用鞋，鞋帶紮得好好的，並沒有鬆脫。

怎麼會有隻鞋子掉在那裡？葉育安感到納悶，又有種似曾相識的感覺，覺得那隻鞋子好像在哪見過。

他努力回想，腦海中卻浮現幾個監視器拍攝到的影像，都是以前他看過的，跳軌自殺者徘徊在月台上的最後身影。他突然想到，剛剛列車從自己身邊驚險擦過，那種震撼的感覺，這些人應該也都經歷過吧？他在月台邊呆立了幾秒，發覺自己從來沒想過那些跳軌者的感受。這些一心跳軌尋死的人，當他們站在月台邊，看著列車直衝過來時，他們的心裡在想什麼？他們最後的感受是什麼呢？

他覺得好奇，又有些慚愧，他們曾經調出歷年旅客跳軌事件調查報告，試圖分析跳軌理由：找不到工作跳軌，工作壓力太大跳軌，失戀跳軌，戀愛被反對跳軌，戀人吵架跳軌，未婚懷孕跳軌，生不出小孩跳軌，小孩生太多跳軌，老公外遇跳軌，老公家暴跳軌，父母責罵跳軌，父母過世跳軌，考試失敗跳軌，網路霸凌跳軌，樂透損龜跳軌，長期酗酒跳軌，藥物成癮跳軌，被倒債跳軌，得不到他人肯定跳軌，太受人注目也跳軌，候選人落選跳軌，被人告跳軌，告不贏別人跳軌，憂鬱症患者跳軌，躁鬱症患者跳軌，心理醫師也跳軌……他們從案例中找出千百種可以讓人跳軌的理由，可是葉育安從未想過自殺者的心情。這個發現來得太晚，跳軌自殺防治業務已由新處長全權指揮，沒他置喙的餘地，但葉育安還是忍不住想像這些人最後的感受。

這些人走到月台邊，是不是都已來到崩潰的邊緣？壓力無法再承擔，希望一個個如肥皂泡破滅，一切努力皆白費，幸福的過去化為現實的夢魘，未來沒有目標，生命變得毫無意義與價值？

他無法分辨這是他們的心情，還是自己現在的感受。於是他繼續站在月台邊，想像那些人和那個關鍵的時刻。

先是聽見月台的廣播，預告列車接近。然後他們會感覺到有風，先是微風，從隧道深處吹來。然後風力逐漸增加，他們會看見黝黑的隧道盡頭出現亮光。地面微微震動，隧道中有聲響從弱至強迴蕩。

葉育安看著這道光越來越接近，越來越明亮。

越來越刺眼。

他緩緩閉上了眼睛。

「不要跳！」

有人大喊一聲，葉育安感覺自己被人從後方死命抱住。他睜開眼睛，只見一節節車廂快速在眼前刷過。

「放開我！」葉育安拚命扭動身體。

「先生，你別衝動，千萬不要做傻事，任何事都是可以解決的。」

「解你媽的蛋！」他掙脫擒抱，轉身過來，看見抱住他的人是穿地鐵公司制服的站務員。

「我是運務管理課主任，你眼睛瞎了嗎？」

「對不起、對不起，主任，」年輕的站務員慌忙解釋：「因為處長有交代，要大家注意所有不上車的旅客。剛剛我看你一直在月台逗留，電聯車進站好幾輛都沒上車，還離月台邊越來越近，所以才……」

「你以為我想跳軌？我看起來像是會跳軌的人嗎？」葉育安咬牙切齒說。

進站列車開走了，菜鳥站務員也連聲道歉離開。葉育安一直瞪著他，直到他躲到月台遠端的一根柱子後面，才把視線轉回到軌道上。奇怪的是，剛剛明明看到的那隻鞋子，現在居然不見了。他眨眨眼睛，整條軌道上乾乾淨淨，什麼失落物都沒有。

他歪頭沉思，不明白這到底是怎麼回事，想了一會兒，只想到還有好幾座車站等著他視察。

又一班列車進站。這回他上了車，站在車門邊。

在等待車門關上的時候，他突然想到，雖然姚雅綾不會回來了，但他還有年假沒放完，或許等時間再駛離這座車站遠一點，他可以到姚雅綾的家鄉找她。畢竟，這座車站過了還有下一站，下一座車站過了還有下下一站。就這樣一站站往前延伸，總有一天會抵達想要去的地方。

列車開動了，他身子搖晃了一下，旋即穩穩站住。

【後記】盡頭的亮光

很羨慕那些創作力旺盛的小說家，像活火山一樣每隔一段時間就噴發出新作品。我知道自己不是產量型的作者，只自我期許每三至五年交出一本作品就算達標。這樣比較不會太常打擾編輯，也可以節省一些紙張有助生態保育。

沒想到，這本《地鐵站》離我的上一部長篇小說，竟然一隔就是九年。之所以拖這麼久，是因為寫完《花街樹屋》後，我立刻從小說創作模式切換成論文寫作模式，花了幾年時間完成論文取得比較文學博士學位，旋即又轉變成專任教師模式，在文化大學中文系文藝創作組教書，日復一日過著備課、上課、批改作業、輔導學生和籌辦系上各類事務的生活。擔任教職後，能改回小說創作模式的時間只有寒暑假，這本小說主要就是利用這些間斷的時間寫出來的。帳面上雖和前一本小說相隔九年，但實際投入創作的時間加起來其實還不到三年，還算符合自己心中理想的創作速度……

好吧，我承認這些都是藉口。真相是我寫得慢，腦袋的轉速也不高，又浪費太多時間在沒有意義的事情上，才會把一個好好的小說題材，拖了這麼久才完成。

感謝木馬文化社長陳蕙慧女士和副總編輯陳瓊如願意出版這本小說，給我這個快變成死火山的小說家再一次噴發的機會。也要感謝我的國中死黨兼多年厝邊Kevin，在捷運公司服務的他，是我的交通專業領域諮詢顧問，也提供了我寫作這個故事的靈感。從他口中，我聽到許多發生在地鐵站的人身事故——感謝月台安全閘門的全面安裝，讓這類憾事不會再發生。

《地鐵站》裡有許多死亡，但我思考的事情剛好相反，想的是該如何活下去的問題。英語有句成語「light at the end of the tunnel」，用來比喻在漫長黑暗中見到的希望曙光。但也有人惡搞這句話，添上幾字變成「the light at the end of the tunnel is just an oncoming train」。在隧道盡頭出現的亮光究竟是希望的顯現還是更黑暗的絕望？我認為是這本小說最主要的命題。

本來以為自己寫了一本沉重的小說，可是小說家高翊峰在聽完我的故事後竟說：「你寫的根本就是一個愛情故事嘛！」我愣了一下，想馬上辯駁，但又覺得他其實也沒說錯。沒想到向來視愛情小說為畏途，自認寫不出戀愛那種千滋百味的我，也寫出了一個愛情故事。原來在死亡與生存之外，還有更重要的東西能在冥冥中主導人生行進的方向，而我竟然很遲鈍地一直沒有發現。

【關於何致和與他的作品】

愛情荒謬記事始末
——讀長篇小說家何致和，以及《地鐵站》

小說家　高翊峰

在步行前往閱讀小徑的路途之前，值得進行一個轉身，然後可以先一步抵達，並看見出發原點之前的所有風景。之後，閱讀可以以背向的姿態，開始往前一步步。在閱讀行進時的理解，第一人稱，是在前往的路程，前行。但主動跟隨的視角，我，所得的閱讀風景，是由在前的後方，往引讀觀看的方向，筆直線性移動。我是在這樣「背向前行」的既視感中，觸及了《地鐵站》這部長篇小說探究的記事本末。

第一個倒退之後抵達的既視感，是關於地面之下的，或者描述，那個地面下的世界，以及那並非單為寫實而存的空間。這一點，可以先回到作者的首部長篇小說《白色城市的憂鬱》。作者在這個故事中，透過三個主人翁視角，進行小說技藝的接與合。失憶之人、失物之人與失真之人，這三位行者一體，或沉或溺於生之迷宮，在可控的時序、場域、動態情節推進的律定下，十分精準檢視了第一人稱視角、第二人稱視角，以及全知視角在一部長篇小說裡的可行敘事。這其中，最吸引我的是，故事中第二人稱視角引領我發現的那一片雪盲景致。

那白色城市是熱帶國家積雪之後的海市蜃樓。

那是一趟大於寫者憂鬱的巨型城市謎途。

隱於地面之下的，多有埋藏記憶。有些記憶鮮活，在通往無數虛構的葉脈隧道之間，來回踱步。這個由「你」創造出來的白色地景，也是從遊戲虛擬而生的隱喻。地面之下的車站迷宮，是以抒情追尋古典的再現。如此再現，亦是《地鐵站》往前抵達的下一站。

其後的下一站長篇《外島書》，以寫實小說之名，精準明確知會了閱讀者：一座小小離島上的愛情，訴說著不單只是彼此等待的故事，也是臺灣軍旅生活的集體記憶。寫實的現代意圖，也是背向往前起步前的另一原點。搭上運輸船出發去數饅頭的時光，如今看來，更有辨識愛情軌跡的意趣。當年，在這島國的奇特歷史下，從軍不只是從軍，集體的執念不必然是淹沒於男性汗水，以及費洛蒙的孤獨感。軍旅時光的最大隱憂公約數，是被愛遺棄的集體恐懼。

那時，我們都只能藉由等候多時的一封書信，看讀愛情的輪廓，或者推入公共電話卡，按壓已由彼此默許的數字鍵，聆聽思念本身。難得假期，純愛會暫時擱置，改由皮膚性格的慾望取代。那渴求愛慾的數量，等同軀體的所有毛細孔，也只願為那數天的纏綿呼吸。在作者過去的長篇小說裡，我先是在《外島書》遇上愛情這個永恆命題。然後在《地鐵站》發現作者更深層檢視愛情的視角。遇見這個新檢視的思索期間，我閱讀著哈里．法蘭克福（Harry G. Frankfurt）的《論真實》（*On Truth*）。他以真實之論，辯證人無法不愛真實，書中隱隱呼應史賓諾沙在《倫理學》中關於愛本質的詮釋：「愛不是別的，它是一種伴隨『外部』概念而來的喜悅。」由此，在閱讀《地鐵站》時，我看見明朗的路徑。作者十數年以來，透過長篇小說形成的思索鏈，刺探愛情的存有與否，都與這外部概念有關。特別值得坦露的是，《地鐵站》標示了作者一路以來以小說深刻以對的情感世界：等候是大於思念的。

我們總說，因為愛，所以思念，所以等候。若將這條路徑，虛構以對背向解讀：等候大於思念大於愛。可以發現，小說家藉由外部敘事內裡的意圖。我進一步浸潤，如此描述的意圖，與作者一直以來的簡約、節控、隱晦有關。我想藉由《給下一輪太平盛世的備忘錄》進行理解。

極度感性的閱讀也無法忽略，在那段小外島的入伍生活，作者掌握了伊塔羅．卡爾維諾論及文學意義的「快」——那是發生故事接連故事發生的進行式，取代了可感時間的流動。同時，也有對於漫長饅頭日子實施一次拖延愛情的戰術。這是以小說的速度，接觸了愛。然而，《地鐵站》則是對焦校對「輕」的文學價值——那是經過深思熟慮之後的輕。最後抵達的荒謬之地，若以輕浮姿態閱讀，極可能錯過作者企圖，以輕盈，自髑髏地召喚愛的那份沉重。

若能在月台上，遇見讀後的你，你可能提問：

《地鐵站》為何輕盈以愛？

《地鐵站》何以輕盈計量跳軌的死亡？

我不辯駁，那確實是愛的不確定，以及另一類集體自審的繁雜訊號。但，作者的前三部長篇小說，包含面對《地鐵站》內彷若不懂停歇的跳軌事件，都未曾意圖以繁雜濃稠，面對愛與死亡之重。一路以來，作者鮮少展現絢麗的虛構技藝，選擇以清油流動的方式，包覆故事，這讓小說靜默行走於寂靜之地。我想往後多走一步，附和如是說——能來得及說出口的愛，總能大於自身的愛。在未能去愛之前，愛總顯得倉皇，也無能為力——這是《地鐵站》遺留在軌道上的無主之物。若你曾在同一站的月台等候列車，必然巧遇偽裝成路過旅客的作者，以及他那些若有所失的愛與死亡。

我繼續挪借《外島書》，尋找作者藉由小說拾得的遺落之愛。

東引離島故事中，有一段由士兵軍官說了各自初戀的故事橋段。這幾段描述婉轉解說，在小小孤島，書寫愛的初衷，是一種思念的需求。有了思念，所以等候，也足以命令人試圖堅強——每個小島男子手心能緊握的，不只是等候，還有那段願意為愛耗損的時光。

《地鐵站》的主人翁葉育安，一位中年的父親，一位已被愛遺棄的男人，他有三種不同領域的可能愛人：失智的母親、怨他的女兒、妻子以外的另一個非愛女人。這三者，也是愛人的耗損。如此愛的敘事，最難為的是經營看似簡單的事件。因這些事件，逐步也逐一地，讓關係質變。這些微量的變化，過於日常，而被忽視。在忽視之中，有真實的一頁，人的愛情剛誕生，或許，正在發生之中。於是，徘徊於《地鐵站》的愛，不再是躁動的一頁。不論站內站外，月台上月台下，都涉及更為複雜的生命記事。特別是這位處理跳軌自殺的運務管理課主任，他，一個中年男人，有什麼值得祂垂憐的存有？我個人的觸動，如同一個逐漸靜默下來的男人與尋找南方一隅的候鳥，男人與候鳥，兩兩之間，存介著季節。等待候鳥的男人，久久端持望遠鏡，不單是為了看見季節，也為了確認候鳥的抵達，以及不論季節的時光如何變奏，候鳥沒有消逝，凝視也依舊。

凝視故事本末，不單有一被愛遺棄的中年父親，雙線敘事視角的另一位女兒，也是願意為愛委身的人。中年父親與青春女兒，特別標示身分與不同年歲之後，才能在地面之下、轉運生命的站口，遇見《地鐵站》裡角色的真實功能：一位幾乎撲空了一切的男人，一位只等到了徒然的女孩。

撲空與徒然，是《地鐵站》捕捉到的兩種抽象意義。

作者有意讓它們躲藏，而它們的隱藏，就在路徑旁的矮草叢裡，靜置之後不難發現。我想，凡能長時間有愛於小說的寫者，都愛惜躲藏。躲藏，於小說敘事，時常是透過幽默這個引子，最後再由試著微笑來揭示。巴赫金談論笑的理論問題時，也引述了史賓諾沙所描繪的：「笑，標示著所有努力都枉費而一無所得」。小說裡，理想的笑，該是無聲的，微小的，只存在於嘴角之外。於是，我們發現笑的背後藏有枉然無所得。當然，巴赫金沒有停留在笑，進一步申論的重點，轉身為一無所得的「得」的辯證。若真是一無所得，如何引來真實的笑？我們隨後測得了笑的意義，能是卓別林那種在幽微處的哀傷，也能是狂歡節日之後的憂愁。

《地鐵站》的哀愁，展現在徒勞之後，是懂得幽默的荒謬——在跳軌自殺的的氣氛裡，滋長愛情的發生。若非如此，我們不足以體會《地鐵站》中「防治跳軌自殺」的所有預防性企畫，如此慌慌忙忙，如此紛紛擾擾。之後指涉的，依舊是恆定不變的嚴肅議題：人，是懂得自我結束生命的少數。

列車在深邃甬道駛入月台前的那短短秒數，車頭燈的強光也同化月台所有光線，那瞬時的光纖，如雪盲，我單純臆測，所有防止旅客跳軌的閘門，都只是紙門。預防跳軌的美麗容顏、古典樂、自觀鏡面、信仰種種措施，在自決生命的選擇權面前，都如紙糊。

在背向前行的最初之初，我們覺得自己還能做點什麼，以補救那些在月台上縱身而消逝的，是因為相信。閱讀與書寫，或許都也是因為相信，紙糊之門，才有了打開與關閉的意義。

開與關之間，具有死與生的隱喻。開應是生，卻是往死；關原本是綑縛，但也是守住了活。這生死愛戀的暗流，往下游，一直一直流，流往那一處適足以讓知情者落淚的深淵。

如何從深淵裡脫身？依舊仰賴無數的記憶，自可能無底的深淵底部，開始堆疊盒子。

一個一個的記憶，裝盒。盒子無須過大，剛好兩個腳尖可以直觸的面積就足夠。最為難的是堆疊本身。若有一個盒子沒有對齊，記憶便開始一釐米一釐米傾斜，那麼沿著漫長的深淵峭壁，爬行的軌跡可能傾斜。直到，小說的終點？不，若單只是為了爬上峭壁，這一點不會是長篇小說家啟動書寫的唯一目的。我想，如此以追尋，記憶錯置與重製，如何以白描，交織尋找鑰匙的解碼脈絡，作者在《花街樹屋》這部長篇小說裡，裸裎且坦然，為讀者進行過一次告白。

《花街樹屋》從一場喪禮開始。而那記憶中仍是孩童的男人，不知為何走到河邊，找到了一棵樹，僅以一條繩子結束自己生命。如此的姜翊亞，是可指涉性的一個人，單一的個體。抵達《地鐵站》之後的跳軌自殺者，有了明確的審思變化。他們轉身為集體，由一個一個累積而成數量上的亡者們。為了什麼？這個質問，《地鐵站》無法問罪，也不再提問。因為不論與時間如何妥協，當下此刻，自殺已經逐漸染有污名，純潔的生命本身也因此受損。過去的《花街樹屋》，只丟出謎題的小徑，沒有走往解謎之路的出口；現在的《地鐵站》則為跳軌自殺這恆定為一整座迷宮的謎題，交易了全力防堵的喊聲。

這或許是作者以長篇小說背向前行的思索鏈原點：尋找已然與必然的消逝。

小說作為尋找記憶的列車，待在《地鐵站》如吾等的旅客，以葉育安之名的中年男人們，或許都有一只用來置放記憶的雪茄盒子。在《白色城市的憂鬱》，也有一只漂浮於海洋的珠寶盒，浸潤《外島書》中由鯨魚眼淚染了鹹味的一整座海洋。尋找記憶，是為了贖回必然與已然的消逝。這個執念，啟動《花街樹屋》那場拯救紅毛猩猩的童年行動。為了拯救，時間的樹屋，成為記憶的雪茄盒子，蒐集人間少數的珠寶之一：朋友。然而，誰也無法預見，原本好端端一起在沙洲小屋裡躲雨的朋友，只是因為一場大雨，就消失不見了，永遠躲藏在那未知的河道上游。是的，是上游。那位後來自殺消逝的孩童，要其他一起行動的夥伴，繼續往上游前行。只有消逝者本人，一個人獨自背向。那些原本一起躲藏樹屋的其他人，是被營救的成年人，也是被時間推著長大而活下來的孩童。他們脫離了少壯，成為中年，漫步走入《地鐵站》，思索另一場與下一場預防生命消逝的拯救行動。

在地鐵月台上，尚且徘徊的生者，不是無關的無臉他者。他們都是與記憶有關的人。除非那些生命，選擇縱身跳入軌道，成為記憶的亡者。即便如此，他們依然不是別人，都是如同你我的臨站旅客。

賭鬼？被霸凌的學生？患有癌症的老兵？鏡中無法辨識誰人與我的女子？……是的，諸多跳軌者，都等同你我。我城，或者我們的城市，滿溢了人。這些人各自活著，也被多數的人遺忘成少數的人。這或是赫拉克利特式的悖論。因這悖論的矛盾落地，城市成為被遺忘者的群居之城。那些被遺忘而獨活的人，隨著時光，竟也就成為一座城市的多數。曾經臨站的旅客們，《地鐵站》裡那一則則被描摹，以及未被寫出的跳軌者，複數身影，不就是重複的我們？

在生命的某一個時間岔路口，如果你我搭乘了不是原本該乘坐的那輛時光列車，我們前往的下一站，就不是此時此刻，而是另一條人生地鐵線。誰知，誰不會成為另一個跳軌者，誰在列車駛入月台的車頭燈裡，不會被光纖稀釋為其他雪茄盒子裡的一則記憶。

如何看著光，卻不是迎向死？

——這個視角是《地鐵站》給讀者的嚴肅扣問。

如何活著，以延續愛？

——這是故事主人翁葉育安來不及告知跳軌者的一句承諾。

閱讀《地鐵站》時，那種「讀他如已讀我」的經驗共鳴再次襲來。每每閱讀何致和的長篇小說，聆聽他特有的白描敘事而成的故事，起先總以為是獲悉了他或者別人的故事，但總會在某一行某一句發現，他說的故事，如此靠近我，也緊貼此身，根本近似，你的故事。

這與作者為虛構進行的現實採樣術有關，也是他小說還原術的展現。這項技藝，在《地鐵站》抵達了最為深遠的人的存在議題。

存在輕盈得如此沉重。即使如此，作者也未曾疏忽了提醒：人生源自一場場的遊戲。

《地鐵站》裡，運務管理課為了防止跳軌者自殺所做的一切企畫與努力，堪比現實更現實的一場組合式人間遊戲。許久許久一段時間過去，我認知一個可能的描述：遊戲的本質是一個現代洞穴，提供人暫時躲藏——那裡，一直是一處烏有之鄉。遊戲存有的美好，在於它為隱身洞穴的寫者，塗銷了現實的界線，讓人很難不相信真實陳述的意義，有時是為了忘卻。過往，遊戲一直在那裡——那座允許人重生的白色城市布隆克迪斯，隱身電玩遊戲；東引的軍旅生活，好比人玩人的實境遊戲；樹屋男孩們的拯救紅毛猩猩行動，更是進入記憶迷宮，試圖解謎「是不是我疏於某個關卡才導致了朋友消逝」的生死遊戲。

遊戲，這個現代洞穴，未曾消失，存在也接續著何致和這一路的長篇小說。

若單純作為一名讀者，初讀《地鐵站》，原本臆測是一個地鐵運務管理人的情愛羈絆，可以遙想淺田次郎的《鐵道員》。但高倉健是幸運的，屬他的那班北國列車，繼續往前了，駛離小站之後，依舊回放，在月台上等候的微笑之臉。《地鐵站》直面了愛，卻沒有通知下一站能否停靠，只拉回一位中年的父親與男人，讓他在月台上堆疊一盒又一盒的哀愁。在愛與生死之間，只需發生一件小事，他的世界便拖曳著他，進入漆黑的行駛隧道。

這是個沒有底的洞穴，悄悄已是日常的顯學。葉育安成為真正的失言者，不停使用語言，重新校對語言。他也成為一位情愛的失能者，重新行使情愛，卻一路駛向陌生之地。故事的另一主人翁姚雅綾，寫在許願卡上的「全線無事故」，即是咒語，掀開了愛情如此荒謬的始末。是吧，試圖戀愛，確實改變了一個人的速度感，然《地鐵站》不是羅曼史式的感情故事，是反覆輪迴發生在男女之間的愛。即便你我都知愛戀如此，在地鐵站的月台上，來回徘徊三趟，尋找跳躍之前的生，並試圖抵達愛，仍是無比浪漫。若能再一次來回徘徊，希望選擇，跳上下一班列車，在漆黑的隧道，在無須靠站的長長軌道，永遠背向往前，行駛愛與死亡的美麗哀愁。

地鐵站

作者	何致和
社長	陳蕙慧
副社長	陳瀅如
責任編輯	陳瓊如（初版）
行銷業務	陳雅雯、趙鴻祐
校對	魏秋綢
封面設計	莊謹銘
封面插畫	莊　璇
排版	宸遠彩藝
出版	木馬文化事業股份有限公司
發行	遠足文化事業股份有限公司（讀書共和國出版集團）
地址	231 新北市新店區民權路 108-4 號 8 樓
電話	02-2218-1417
傳真	02-2218-0727
Email	service@bookrep.com.tw
郵撥帳號	19588272 木馬文化事業股份有限公司
客服專線	0800-221-029
法律顧問	華洋法律事務所 蘇文生律師
印刷	呈靖印刷股份有限公司
初版一刷	2022 年 01 月
初版四刷	2023 年 09 月
定價	460 元
ISBN	9786263141063（紙本） 9786263141148（EPUB） 9786263141131（PDF）

國家圖書館出版品預行編目

地鐵站 / 何致和著 . -- 初版 . -- 新北市 : 木馬文化事業股份有限公司出版 : 遠足文化事業股份有限公司發行 , 2022.01

面 ; 14.8x21 公分

ISBN 978-626-314-106-3（平裝）

863.57 110021325